FRANCKE

Beverly LaHaye / Terri Blackstock

Ein Geschenk des Himmels

FRANCKE
Verlag der Francke-Buchhandlung GmbH

Die Deutsche Bibliothek - CIP-Einheitsaufnahme
Ein Titeldatensatz für diese Publikation ist bei Der Deutschen Bibliothek erhältlich

ISBN 3-86122-448-8

Originaltitel: Seasons under Heaven

Published by Zondervan Publishing House, Michigan, USA

Deutsch von Ingo Rothkirch
Umschlaggestaltung: Reproservice Jung, Wetzlar
Umschlagbild: Premium
Satz: Verlag der Francke-Buchhandlung GmbH
Druck: Wiener Verlag, Himberg, Österreich

Francke-Lesereise

Ein jegliches hat seine Zeit,
und alles Vorhaben unter dem Himmel hat seine Stunde:
geboren werden hat seine Zeit, sterben hat seine Zeit;
pflanzen hat seine Zeit, ausreißen, was gepflanzt ist, hat seine Zeit;
töten hat seine Zeit, heilen hat seine Zeit;
abbrechen hat seine Zeit, bauen hat seine Zeit;
weinen hat seine Zeit, lachen hat seine Zeit;
klagen hat seine Zeit, tanzen hat seine Zeit;
Steine wegwerfen hat seine Zeit, Steine sammeln hat seine Zeit;
herzen hat seine Zeit, aufhören zu herzen hat seine Zeit;
suchen hat seine Zeit, verlieren hat seine Zeit;
behalten hat seine Zeit, wegwerfen hat seine Zeit;
zerreißen hat seine Zeit, zunähen hat seine Zeit;
schweigen hat seine Zeit, reden hat seine Zeit;
lieben hat seine Zeit, hassen hat seine Zeit;
Streit hat seine Zeit, Friede hat seine Zeit.

1. Kapitel

Joseph Dodd gehörte nicht zu jenen Kindern, die krank spielten, um auf sich aufmerksam zu machen. Seiner zehnjährigen Schwester Rachel war das schon eher zuzutrauen, denn sie war die Einzige unter vier Geschwistern, die immer ein wenig wehleidig tat. Ihre Zwillingsschwester Leah wollte ihr nicht nachstehen, und so hatte auch sie unverhofft schon so manches „Bauchweh" bekommen. Selbst der zwölfjährige Daniel bediente sich ab und zu einer Kopfschmerzattacke, um die bevorstehende Mathearbeit nicht mitschreiben zu müssen.

Joseph war da ganz anders. Brenda, seine Mutter, wusste, dass ihr Fast-Neunjähriger zu den Kindern gehörte, denen das Schummeln völlig fremd war. Was er fühlte und dachte, spiegelte sich unverkennbar in seinem Gesicht wie ein Wetterwechsel im April. Brenda blieb daher nicht die geringste Veränderung verborgen.

Deshalb wusste sie auch gleich, dass irgendetwas nicht stimmte an jenem Tag vor seinem neunten Geburtstag. Morgens tauchte er mit dunklen Ringen unter den Augen auf, und die Haut war bleich wie das Umweltpapier, auf das sie ihre Schularbeiten schrieben. Sein roter Haarschopf, den er stets mit viel Mühe bändigte, weil sich drei Wirbel darin befanden, war ungekämmt geblieben. Hatte er es heute vergessen? In der Küche angelangt, hielt er sich sogleich am Tisch fest. Er schaute zu Boden und rang nach Atem.

Brenda ließ sofort die Eier stehen, die sie gerade fürs Frühstück schlug. Sie beugte sich zu ihm hinab und schaute ihm in die Augen. „Joseph, was ist denn los, mein Schatz?"

„Weiß nicht", murmelte er.

„Bist du krank?", fragte sie und fühlte dabei seine Stirn.

„Irgendwie ist mir schwindlig."

„Es ist sein Blutzucker", meinte Daniel, bevor er sich den Mund voll Cornflakes stopfte. Er wischte sich einen Tropfen Milch vom Kinn und fuhr fort: „Du weißt doch, wir haben letzte Woche die Bauchspeicheldrüse besprochen. Und in unserem Biobuch stand, dass einem schwindlig wird, wenn die Bauchspeicheldrüse nicht richtig funktioniert."

„Was ist denn die Bauchspeicheldrüse?", fragte Joseph und runzelte die Stirn.

„Daniel, schmatz nicht so", sagte David, sein Vater. „Besprecht ihr gerade die Drüsen in Biologie?"

Noch bevor Daniel antworten konnte, fragte Joseph ungeduldig: „Was ist die Bauchspeicheldrüse?" Er atmete noch immer schwer, und er begann, sichtbar zu schwitzen.

David schob die Kaffeetasse beiseite, lehnte sich über den Tisch und fühlte Josephs Stirn. „Wie sieht's aus, Sportsfreund?"

Joseph antwortete nicht. Er wartete noch immer auf die Antwort auf seine Frage.

„Die Bauchspeicheldrüse ist natürlich eine Drüse", erklärte Daniel mit einem Mund voller Cornflakes. „Sie ist nahe bei den Nieren."

„Mutti, Daniel spricht mit vollem Mund", bemerkte Leah altklug.

Rachel verbesserte: „Die Bauchspeicheldrüse ist doch nicht bei den Nieren. Sie ist ganz nahe am Herzen."

„Wie willst denn du das wissen? Du hast doch noch gar nicht den Menschen in Bio!"

„Nein, aber ich habe doch selber so eine Drüse", antwortete Rachel schnippisch und meinte, damit gewonnen zu haben.

„Ich hole mal mein Buch", sagte Daniel. „Ich werde es dir beweisen."

„Setz dich auf deine vier Buchstaben, junger Mann." Brenda wandte sich wieder ihren Rühreiern zu und nahm die Pfanne vom Herd. Sie drehte sich zum Tisch um und brauchte wegen der kleinen Küche nur einen Schritt dorthin zu tun, worauf sie die Teller mit je einer Portion Rührei füllte. Dabei fiel ihr eine Locke in die Stirn, die sie aber sogleich anblies und wieder dorthin beförderte, wo sie hingehörte. Obwohl die Sonne noch lange nicht im Zenit stand, verbreitete sich schon wieder eine drückende Schwüle im Haus. Auch wenn es viel Strom kostete, so würde sie heute doch wieder die Klimaanlage eine Stufe niedriger stellen müssen. Anderenfalls musste sie damit rechnen, die Kinder, die zu ihr in den Privatunterricht kamen, nicht mehr bändigen zu können.

Sie setzte an, auch Joseph etwas Ei auf den Teller tun, doch der wollte nichts essen.

„Joseph, mein Junge, du musst doch was essen“, sagte der Vater.

„Ich esse später.“

Brenda stellte die Pfanne wieder auf den Herd, stützte die eine Hand in die Hüfte und sah hinüber zu ihrem Sohn. „Rachel, ob du mal die Klimaanlage eine Stufe niedriger stellst? Vielleicht fühlt sich Joseph besser, wenn es ein bisschen kühler in den Räumen ist.“ Während Rachel sich auf den Weg machte, um ihren Auftrag auszuführen, sagte Brenda: „Ich hoffe sehr, dass du nicht wieder krank wirst, Joseph.“

„Du kannst doch an deinem Geburtstag nicht krank sein“, rief Leah. „Mutti, können wir trotzdem morgen feiern, auch wenn er krank ist?“

„Natürlich nicht. Dann müssen wir die Feier eben verschieben.“

„Ich will sie aber nicht verschieben“, wandte Joseph ein und richtete sich gleichzeitig ein wenig auf. „Mir geht es jetzt besser. Gib mir doch auch etwas Rührei.“

Brenda lächelte, als sie ihrem Sohn eine kleine Portion Rührei auf den Teller schob. Vielleicht ist er ja doch in Ordnung, und er muss nur erst mal was essen. „Mir geht es auch manchmal morgens so, Joseph. Wenn ich am Abend vorher nicht richtig gegessen habe, fühle ich mich am nächsten Morgen auch flau, bis ich etwas esse.“

„Das ist der Blutzucker“, warf Daniel ein.

„Normalerweise esse ich eher zu viel.“ Brenda klopfte mit der flachen Hand auf ihre etwas strammen Hüften. „Irgendwie überzeugt mich mein Körper immer wieder, dass ich kurz vor dem Verhungern bin.“ Sie strich sich mit der Hand durchs Haar und betrachtete ihren Jüngsten. „Joseph braucht sich um seine Bauchspeicheldrüse keine Gedanken zu machen. Ich denke, dass die ordentlich funktioniert. Doch ich muss sagen, Daniel, dass ich es toll finde, wie gut du Bescheid weißt. Findest du nicht auch, Schatz, dass er schon ein richtiger kleiner Doktor ist? Er könnte ja fast schon Medizin studieren."

David lächelte und strich seinem ältesten Sohn über den Rücken. „Du hast Recht. Ich habe immer gesagt, dass Daniel ein cleverer Kerl ist."

„Ich auch, Papa", sagte Rachel, die gerade wieder an den Tisch herantrat.

„Ihr seid alle clever. Aber man kann jetzt noch gar nicht sagen, was ihr mal werdet", sagte Brenda. „Ich gehöre eben zu den Müttern, die mächtig stolz auf ihre Kinder sind. Ich hoffe nur, dass die Leute nicht meinen, ich würde angeben." Jetzt nahm auch sie sich einen Teller und setzte sich an den Tisch. „Bevor Papa aus dem Haus geht, sollten wir noch über die Feier reden. Morgen vor neun Jahren hat mir der Arzt ein ganz wertvolles Bündel in den Arm gelegt. Vor neun Jahren - stell dir das mal vor, Joseph. Muss dir wie eine Ewigkeit vorkommen, oder?"

Joseph schwieg. Er stützte sein Kinn in eine Hand und stocherte mit der anderen im Rührei.

„Für *mich* waren das neun lange Jahre", meinte sein großer Bruder Daniel.

David musste sich das Lachen verbeißen, und Brenda schaute amüsiert zu ihm hinüber.

„Ich habe alle angerufen, die bei uns im Unterricht sind", sagte sie zu Joseph. „Sie sollen morgen um zwei bei uns sein. Wir werden draußen feiern. Heute Nachmittag müssen wir auf jeden Fall schon mal die Kuchen backen. Möchtest du Sandkuchen, Zitronenkuchen oder Schokoladenkuchen? Überleg dir gut, welcher Teig dir am besten schmeckt, denn du willst doch bestimmt wieder die Schüssel auslecken."

Joseph antwortete nicht. Und die beiden Eltern schauten sich wieder an. „Jo-seph!" David nahm die Hand des Jungen. Joseph sah auf: „Ja, Papa?"

„Mutti hat dich was gefragt. Welchen Kuchen wünschst du dir?"

„Ähm ... in der Kastenform."

„Welche *Geschmacksrichtung*?", mischte sich Daniel ein. „Mutti, er ist wirklich krank." Brenda runzelte die Stirn. „Schatz, willst du vielleicht doch lieber wieder ins Bett gehen?"

Er nickte und schob seinen Teller von sich. Dann stand er auf und trottete in sein Zimmer.

„Ich werde ihn zum Arzt bringen", sagte Brenda zu David und ging zum Telefon. „Irgendetwas stimmt nicht mit ihm."

„Ich denke auch. Ruf ihn lieber an."

„Erzähl ihm von der Bauchspeicheldrüse", rief Daniel. „Vielleicht denkt der Doktor sonst nicht daran."

David lachte, während er seinem Sohn das Haar zerzauste.

Beim Arzt mussten sie eine Stunde lang warten, um dann schon nach fünf Minuten wieder das Sprechzimmer zu verlassen. David, der in seiner Werkstatt hinter dem Haus beschäftigt war, als sie heimkehrten, kam herbeigelaufen und fing sie schon an der Auffahrt ab.

„Wie geht es meinem Jungen?"

Brenda stieg aus dem Auto aus. „Der Doktor meint, es sei wahrscheinlich eine Nebenhöhlenentzündung. Er muss nur ein Antibiotikum nehmen."

„Wir können sogar feiern", meldete sich Joseph. „Hat jedenfalls der Doktor gesagt."

„Meinst du, du hältst das durch?" fragte David.

„Bestimmt", antwortete Joseph. „Ich bin jetzt nur müde. Deswegen gehe ich früh ins Bett."

„Wie wäre es, wenn du gleich gehen würdest?", fragte Brenda. „Schlaf ein bisschen, während wir Unterricht machen."

Joseph wehrte sich nicht und das sprach Bände. Er fiel ins Bett und schlief vier Stunden, während Brenda seine Geschwister unterrichtete.

David schaute zwischendurch immer wieder nach Joseph. „Ihm geht es gut", berichtete er seiner Frau. „Er ist gestern einfach zu lange aufgeblieben."

„Vielleicht hast du Recht", sagte Brenda. „Er hat auch wieder Farbe im Gesicht, oder?"

David grinste: „Mit seinen roten Haaren hat er ohnehin schlechte Karten, was die Gesichtsfarbe betrifft. Das ist der Nachteil aller Rotschöpfe."

Brenda umarmte ihren ebenfalls rothaarigen Ehemann und lehnte ihren Kopf an seine Schulter. „Armer Kerl. Er möchte doch auf keinen Fall an seinem Geburtstag krank sein."

„Ach, das wird er auch nicht. Er ist doch eigentlich hart im Nehmen. Eine Nebenhöhlenentzündung wird ihn nicht gleich umwerfen. Da muss schon mehr kommen."

Brenda versuchte, ihre Sorgen zu verscheuchen, aber sie hatten schon Wurzeln geschlagen. Sie hoffte nur, dass man sich auf die Diagnose ihres Hausarztes verlassen konnte.

2. Kapitel

Tory Sullivan, die im Haus neben den Dodds wohnte, wusste am nächsten Morgen nicht, ob sie weinen oder einen Tobsuchtsanfall bekommen sollte, als sie die angetrocknete Erdbeerlimonade auf ihrer Computertastatur entdeckte. Ein Plastikbecher lag daneben in einer roten Pfütze. Zwei zusammengeknüllte Küchentücher und eins mitten auf der Tastatur deuteten auf den vergeblichen Versuch, das Malheur zu beseitigen.

„Brittany! Spencer!", schrie sie und hatte sich gegen die Tränen und für den Tobsuchtsanfall entschieden. „Spencer, komm sofort her!"

Sie bekam keine Antwort und hatte eigentlich auch keine erwartet. Die Kinder hatten sich wahrscheinlich in ihrem Wandschrank versteckt und versuchten nun, zwischen den dort hineingestopften Kuscheltieren nicht aufzufallen. Oder sie kauerten unter einem der Betten und warteten, bis die Luft rein sein würde.

Tory lief in die Küche, schnappte sich eine Rolle Küchentücher und versuchte, die Schweinerei zu beseitigen. Doch es war schon zu lange her, und das „Wisch-und-weg-Prinzip" funktionierte nicht mehr.

Jetzt rollten doch noch die Tränen, als sie auf den Monitor schaute. Die schwarze Fläche deutete darauf hin, dass jemand den Computer wahrscheinlich in der Hoffnung ausgeschaltet hatte, er werde dadurch ganz verschwinden. Doch nicht der Computer hatte sich in Luft aufgelöst, sondern die vier Seiten, die sie geschrieben und nicht gesichert hatte, denn nach dem Duschen wollte sie gleich weiterarbeiten. Der Gedanke war entsetzlich. Das frisch aufgetragene Augen-Make-up rann mit den Tränen die Wangen hinab. Hektisch ließ sie sich auf dem Bürostuhl nieder, ohne sich darum zu kümmern, dass die Reste der Erdbeerlimonade auf dem Stuhl von ihren weißen Shorts aufgesogen wurden. Sie schaltete den Computer ein. Eine Fehlermeldung wies sie zurecht. Sie habe den Computer ausgeschaltet, ohne ordnungsgemäß ausgestiegen zu sein. Sie versuchte das Problem zu lösen, indem sie die Reset-Taste drückte. Dennoch reagierte die Maschine nicht richtig auf ihre Befehle, die sie über die verklebte Tastatur eingab. Doch nicht nur, dass die Tastatur hin war – auch ihre vier Seiten waren auf Nimmerwiedersehen im Cyberspace verschwunden.

„Brittany! Spencer!“ Sie rief die Namen inzwischen weniger wutentbrannt, aber dafür umso verzweifelter. Sie griff nach einem Papiertuch, um sich die Tränen aus dem Gesicht zu wischen. Darauf begab sie sich schnurstracks zu einem der Wandschränke, in dem sich die Kinder befinden konnten. Es war – zufällig – Spencers Zimmer, das sie zuerst betrat. „Ihr könnt weglaufen, aber ihr könnt euch nicht auf Dauer verstecken“, rief sie ihren Kindern mit einem scharfen Unterton zu. „Wer hat die Limonade verschüttet?“

Es kam keine Antwort, und zwischen den in den Schrank gestopften Stofftieren war keine Spur von den Kindern zu entdecken. Sie ging hinüber zum Bett und schlug die Tagesdecke hoch. Doch auch unter dem Bett waren die Kinder nicht.

Tory verließ Spencers Zimmer und betrat Brittanys Reich. Ihre Fünfjährige saß mit feuchten Augen an ihrem Tisch und malte mit gespieltem Feuereifer eine Blume aus. „Ich habe ein Bild für dich gemalt, Mama“, sagte sie schnell. Sie sah aus wie ein Püppchen, als sie mit großen, runden Augen zu ihrer Mutter aufschaute. Wie ein Sündopfer hielt sie ihr das Meisterwerk entgegen. Aber ihre Unterlippe begann zu zittern. „Es war Spencer. Ich mag doch gar keine Erdbeerlimonade.“

Der rote Schnurrbart über Brittanys Oberlippe hätte die Beteuerung des Mädchens sofort als Lüge entlarvt, wenn Tory nicht ohnehin gewusst hätte, dass es sich anders verhielt. Tory stützte die Hände in die Hüften, wobei ihre ganze Wut plötzlich verflog und tiefer Traurigkeit Platz machte. „Brittany, mein Computer. Wie kannst du deinen Bruder beschuldigen!“

„Er stößt doch ständig was um“, brachte sie schluchzend hervor. „Ich ... habe ihm gesagt ..., dass er von dem Computer wegkommen soll. Aber ... er hat nicht gehört. Und als ich ihn dann wegziehen wollte ...“

Die Wahrheit kam mit den Quiektönen ihrer sich überschlagenden Stimme heraus. Und Tory wusste, dass die Verzweiflung echt war. Sie seufzte tief und baute sich vor ihrer Tochter auf: „Britty, ich habe euch tausendmal gesagt, dass ihr kein Essen und keine Getränke in dieses Zimmer mitnehmen sollt. Jetzt ist der Computer kaputt ..." Auch Tory konnte die Stimme nicht mehr halten, und sie wischte sich ihre feuchten Wangen. „Wo ist Spencer?"

„Weiß nicht", weinte Brittany. „Ich hoffe, er ist weggelaufen und kommt nie wieder."

„Brittany", schalt Tory sie, „so was Schreckliches sagt man nicht. Wo versteckt er sich?"

„Er versteckt sich nicht", sagte Brittany. „Ihm ist das alles egal. Er ist nach draußen gegangen, während du deine Haare gewaschen hast."

„Draußen? Britty, warum sagst du das nicht gleich?" Sie sprang auf und rannte zur Hintertür. „Spencer Sullivan!" Sie entdeckte ihn auf der Pferdekoppel der Bryans. Er kletterte auf der Einzäunung herum. „Spencer, komm da weg!" Mit ein paar Sätzen überquerte sie den Rasen.

Der Vierjährige schaute über die Schulter, bemerkte, dass er Probleme bekommen würde, und kauerte sich unter den Zaun in der Hoffnung, unsichtbar zu sein. Eins der Pferde dahinter wieherte seinen Unwillen hinaus, und das Fohlen schreckte zurück.

„Spencer, komm da sofort heraus!"

Sie erreichte den Zaun, beugte sich hinunter, packte ihren Sohn und zog ihn hervor. Als er außer Gefahr war, setzte sie ihn auf einen Baumstumpf und hockte sich vor ihn hin, wobei sie ihn fest bei den Schultern packte. „Spencer, wenn du nicht auf mich hörst, wirst du keine achtzehn. Und der Grund sind vielleicht nicht einmal die Pferde."

„Tut mir Leid."

„Jetzt kommt es aber dick für dich", hänselte Brittany, die plötzlich auftauchte. „Du darfst nicht zu den Pferden, wenn Mutti und Papa nicht dabei sind. Jetzt kriegst du tüchtig ausgemeckert." Ihr brauner Pferdeschwanz wippte bei jedem Wort.

Der rote Saftrand über dem Mund ihrer Tochter erinnerte Tory an den nicht mehr arbeitenden Computer und an die verlorenen Seiten ihres Romans. Und wieder war sie den Tränen nahe. „Es kommt für euch beide dick", sagte sie und erhob sich, wobei sie beide Kinder jeweils an einer Hand packte. „Ihr kriegt *beide* ‚ausgemeckert'."

Eine Spottdrossel schimpfte im Walnussbaum, der zwischen den beiden benachbarten Häusern stand, während Tory ihre Kinder mit sich ins Haus zog. Sie hätte schwören können, dass der Vogel „Versager, Versager" hinter ihr herrief. Die Katze kauerte unter der Verandatreppe und sprang mit ein paar Sätzen über den Rasen zum Walnussbaum, an dessen Stamm sie nun hinaufflitzte.

Der Vogel suchte das Weite, und die Katze schaute ihm verdutzt hinterher. Spencer versuchte stehen zu bleiben, indem er an Torys Arm zog. „Hol sie da runter, Mama! Hol sie da runter!"

„Das schafft sie alleine", antwortete sie und versuchte, seine Hand wieder fester in den Griff zu bekommen, bevor er fortlaufen konnte. „Spencer, komm jetzt."

Buster, der Hund des Nachbarn, bellte, als würde er Antwort geben. Er kam angerannt und tänzelte dann um den Stamm des Baumes herum. Die Katze kreischte und kletterte noch höher, während der Hund, auf seinen Hinterläufen stehend, Anstalten machte, seinerseits den Baum zu erklimmen. Das sah so bedrohlich aus, dass die Kinder anfingen zu schreien. „Sie klettert immer höher. Hol sie da runter, Mama!"

Wenn diese dumme Katze nicht schon so oft auf dem Baum festgesessen hätte und Barry, Torys Mann, nicht schon so häufig hätte auf den Baum klettern müssen, um sie herunterzuholen, dann wäre es möglich gewesen, die zugespitzte Lage einfach zu ignorieren und im Haus zu verschwinden. Doch da die Dinge nun einmal anders lagen, war dies nicht möglich.

Die Mittagssonne stand schon hoch am Himmel, und es war heute wieder viel zu heiß für Ende Mai in Tennessee. Die kleine Stadt hieß Breezewood, weil normalerweise immer ein frisches Lüftchen aus den Wäldern ringsumher wehte. Aber heute schien die Sonne trotzdem leichtes Spiel zu haben und heizte mit ungebremster Macht tüchtig ein. Torys dunkelbraunes Haar, das sie mit so viel Mühe gewickelt und geföhnt hatte, hing schon wieder in Strähnen herab und klebte an der Stirn. Die Kinder, die sie vor kaum einer Stunde frisch gebadet hatte, waren schon wieder völlig verschwitzt. Das traf ganz besonders für Spencer zu, der stark nach Schweiß roch. Tory sah das Planschbecken und hätte ihn am liebsten gleich dort untergetaucht. Aber das hätte wahrscheinlich zu viel Spaß gemacht und wäre auch noch als Belohnung verstanden worden.

Das Kläffen des Hundes ging in ein Winseln über, und die Katze kletterte immer höher in das Astwerk des Baumes, wobei sie jämmerlich maunzte. Tory schaute sich um. Vielleicht gab es ja etwas, womit man das ganze Affentheater beenden konnte. Der grüne Gartenschlauch lag zusammengerollt wie eine Schlange im Gras. Tory ergriff die Düse, drehte den Hahn voll auf und stellte den Strahl scharf. Dann zielte sie auf den Hund.

Der tänzelte davon, wobei er noch versuchte, nach dem Wasser zu schnappen, um einen tüchtigen Schluck zu nehmen. Dann richtete sie den Schlauch auf den Baumwipfel, wo sich die arme Katze in Todesangst an einen Ast klammerte. Der Strahl traf das Tier, aber bereits ohne allzu viel Druck. Doch es reichte, um es genug zu erschrecken und zu veranlassen, auf einen tiefer liegenden Zweig zu springen.

Die Kinder lachten und hüpften vor Vergnügen, als die Katze den Wasserstrahl mit der Pfote zu parieren suchte. Nach und nach erreichte sie immer tiefere Zweige.

Sie hatte nun eine Höhe erreicht, von der aus sie zu Boden springen konnte. Tory richtete den Strahl so über den Körper des Tieres, dass es wegen der Dusche, die es nun abbekam, den letzten Sprung wagte.

Vergnügt rannte Spencer zu dem ebenfalls durchnässten Schäferhund hinüber und schlang seine Arme um ihn. Tory war entsetzt, denn nun würde ihr Sohn nicht nur nach Schweiß, sondern auch noch nach nassem Hund riechen. Aber sie selbst roch ja auch nicht besser.

„Sie ist endlich unten", quiekte Brittany und setzte zu einem Sprint über den nassen Rasen an. Sie wollte doch tatsächlich der durchnässten und verängstigten Katze hinterherlaufen, um sie in die Arme zu schließen.

„Britty, komm zurück, sofort!"

„Aber ich muss sie doch abtrocknen. Katzen finden es ganz doof, wenn sie nass werden."

„Brittany, ich sagte, sofort!"

Brittany hielt inne, und sie versuchte es mit ihrem Hundeblick, der eine nachgiebigere Mutter sicher zum Einlenken gebracht hätte. Aber Tory übersah ihn geflissentlich. Stattdessen wandte sie sich nun ihrem übel riechenden Sohn zu und versuchte, seine den nassen Hund umklammernden Arme zu lösen. „Rein mit dir, Spencer! Rücke vor bis zur Badewanne – gehe nicht über Los und ziehe nicht 4000 Dollar ein."

„Häh?"

„Die Badewanne, Spencer!"

„Wieso? Ich habe doch schon gebadet."

„Du musst noch mal baden."

„Ich bin doch ganz sauber."

„Du gehst jetzt! Brittany, reinkommen!"

„Muss ich auch noch mal in die Wanne?", fragte das Mädchen. „Ich habe doch nichts Schlimmes getan. Und dann ist Josephs Feier im Garten. Da werden wir doch sowieso wieder schmutzig."

„Ich möchte, dass ihr wenigstens sauber dort ankommt. Dann könnt ihr euch schmutzig machen. Los, rein in die Badewanne."

„Aber wir haben doch noch gar nichts gegessen. Ich habe Hunger."

Natürlich, das Kind hatte Recht. Auch Spencer meldete seinen Hunger an. In diesem Augenblick läutete das Telefon. Tory schob die Kinder ins Haus und eilte zum Telefon. Dabei übersah sie die schmutzigen Turnschuhe, die mal wieder mitten im Weg lagen. Sie stolperte darüber und konnte sich gerade noch am Tisch festhalten. Dann drehte sie sich um und beförderte sie mit einem Fußtritt in irgendeine entfernte Ecke.

„Schaff mir diese Schuhe aus dem Weg, Spencer!", rief sie und nahm hastig den Hörer ab. „Hallo?"

„Grüß dich, Schatz." Es war Barry, ihr Mann. Und sie stellte sich vor, wie er jetzt gerade in seinem stillen Büro an einem aufgeräumten Schreibtisch saß, gleich wieder an seinem funktionierenden Computer tippen würde und die gelungenen Produkte seiner Hände Arbeit auf den wie Trophäen an der Wand aufgehängten Fotos betrachten konnte.

„Ist was los?"

„Och, eigentlich nicht viel", sagte sie. „Mein Computer ist nur in Erdbeerlimonade ersoffen. Ich habe gerade eben Spencer von der Koppel gerettet, habe die Katze vom Baum geholt, und wir alle werden gleich unser zweites Bad am Vormittag nehmen, weil wir vollkommen durchgeschwitzt sind. Spencer riecht wie Buster ... und gegessen haben wir auch noch nicht." Dann fragte sie mit bemüht säuselnder Stimme: „Und was hast du so bisher gemacht?"

„Was soll das heißen: Der Computer ist in Limonade ersoffen? Ich habe dir doch immer gesagt, du sollst die Kinder von ihm fern halten."

„Ich war höchstens fünf Minuten im Schlafzimmer, um mich für Josephs Geburtstagsfeier fertigzumachen. Jetzt kann ich nicht mehr schreiben. Die Tastatur ist hin, und ebenso die vier Seiten, die ich schon fertig hatte, als am Morgen die Sesamstraße lief."

„Tory, dieser Computer hat über 1000 Dollar gekostet!"

„Sag das den Kindern." Sie schaute mißtrauisch hinüber zur Speisekammer, in der die Kinder still und leise verschwunden waren. Als sie wieder auftauchten, hatten sie sich schon eine Tüte Gummiwürmer unter den Nagel gerissen. „Bringt das sofort zurück, und dann ab in die Badewanne. Ich will das nicht noch einmal sagen müssen!"

„Au weia", hörte sie Spencer plötzlich flüstern, und Brittany kicherte.

„Barry, sag mir, was ich mit dem Computer machen kann. Ich muss ihn doch unbedingt retten."

„Ruf doch den Händler an. Die haben sicher eine Hotline."

„Das werde ich machen, wenn es hier ein bisschen ruhiger geworden ist."

„Und Tory, die Kinder müssen eine Strafe bekommen. Am besten du verbietest ihnen, heute rüber zu Joseph feiern zu gehen. Sie haben sich doch sicher darauf gefreut. Es wird ihnen eine Lehre sein, wenn sie jetzt nicht gehen dürfen."

Tory hörte, dass das Wasser in die Badewanne lief, und die Katze kratzte an der Hintertür, um eingelassen zu werden. „Barry, wenn ich das tue, muss auch ich zu Hause bleiben. Und ich habe mich schon auf die netten Gespräche mit den Erwachsenen gefreut, auch wenn uns eine Horde Kinder um die Beine wuselt." Sie seufzte. Dachte sie wieder nur an sich? „Weißt du, ich werde erst einmal versuchen, den Computer wieder in Gang zu bringen. Auch muss ich die Kinder jetzt baden. Komm nicht so spät heute Nachmittag. Ich bin dann sicher schon grau geworden und reif für die Klapsmühle."

„Hm ... tja ... das ist der eigentliche Grund für meinen Anruf. Also nicht wegen der Klapsmühle. Mehr wegen meines Späterkommens."

„Nein, Barry!", kreischte sie in den Hörer und ließ sich vor Schreck in einen Stuhl fallen. „Tu mir das gerade heute nicht an. Das ist offenbar heute wirklich kein guter Tag."

„Ich kann es nicht ändern. Ich muss heute lange arbeiten."

„Über welche Zeit sprechen wir denn? Sieben Uhr? Acht Uhr?"

„Vielleicht halb neun. Ein wichtiger Kunde will mit einigen von uns essen gehen. Es geht um viel Geld. Und wir haben bei diesem großen Abschluss schon fast den Fuß in der Tür. Da kann ich nicht nein sagen."

„Natürlich nicht." Sie spürte, wie der Kopfschmerz sich anschlich. „Okay, ich muss jetzt los. Es wäre schön, noch ein bisschen plaudern zu können. Aber du musst sicher auch gleich zur Mittagspause gehen. Gib dem Kellner ein schönes Trinkgeld von mir, ja?"

„Mann, Tory!"

„Tschüs, Barry." Sie legte auf und eilte ins Badezimmer, um zu sehen, ob sich die Kinder schon gegenseitig ertränkt hatten.

Aber sie lebten noch, hatten sich Badeanzug und Badehose angezogen, saßen in einer zehn Zentimeter hohen Wasserpfütze, deren Reinigungsvermögen gleich null war, und spielten Wasserschlacht mit den Plastikschiffchen, die immer auf dem Badewannenrand parat standen.

Tory nutzte die Gelegenheit. Sie ging ins Wohnzimmer und ließ sich auf die Couch fallen. Barry fühlte sich jetzt wahrscheinlich miserabel, dachte sie fast mitleidig. Es war ja nicht seine Schuld, dass er einen Beruf hatte, der ihm Spaß machte, der es aber auch mit sich brachte, in Restaurants speisen zu können und den ganzen Tag mit vernünftigen Erwachsenen plaudern zu dürfen. Er glaubte, ihre ganztägige Heimarbeit sei doch ein großes Privileg. Und ihr war klar, dass es das *eigentlich* auch war.

Doch solange sie dieses Privileg genießen durfte, hatte sie kaum eine Minute für sich selbst. Jeder Funken Hoffnung in dieser Richtung hatte sich als Irrtum erwiesen. Was war aus der „Miss University" aus Tennessee geworden, die die Literaturzeitschrift herausgegeben hatte? Hatte sie nicht ihre Professoren mit Artikeln in Erstaunen versetzt, die diese in jedem Fall für so gut hielten, dass sie sie veröffentlichen wollten? Was war aus der jungen Frau geworden, der schönsten und erfolgreichsten Studentin damals?

Wenn ihre Freunde von damals sie jetzt so sehen würden, dachte sie traurig. Statt Geld zu scheffeln, bewegte sie Staubflocken hoch. Statt im Ruhm zu baden, badete sie kleine Nackedeis. Und statt Auszeichnungen und Preise zu gewinnen, gewann sie jetzt nur kostenlose Hamburger im Rubbelpreissusschreiben vom Schnellrestaurant.

So hatte sie sich ihr Leben nicht vorgestellt, als das Mutterglück sich einstellen wollte.

Wenn die Kinder doch bloß ein bißchen älter wären. Wenn sie schon mal eigene Wege gehen würden, die Schuhe selbst binden, die Brote streichen und die selbst fabrizierten Malheurs beseitigen könnten. Wenn sie, Tory, doch wenigstens zwei Stunden am Tag für sich haben könnte – ja sogar eine Stunde würde vielleicht schon genügen, um ihre eigenen Träume zu verwirklichen –, ohne dass jemand kam und mit einem Becher Erdbeerlimonade alles wieder zunichte machte.

Sie saß auf der Couch und weinte sich richtig aus. Dann fiel ihr wieder ein, dass die Kinder noch nicht gegessen hatten. Sie musste ihnen etwas machen, denn sonst würde wieder die Tüte Gummibärchen herhalten müssen.

3. Kapitel

Sylvia stand oben auf der Leiter in ihrem Wohnzimmer und versuchte, das Gleichgewicht zu halten. Sie war dabei, die Tüllgirlanden von der Decke zu entfernen. Selbst hier oben war noch der Duft der weißen Orchideen und Rosen zu spüren, die unten im ganzen Raum in großen Töpfen verteilt standen. Das alles gehörte zum Zimmerschmuck für den Hochzeitsempfang ihrer Tochter. Doch der Clou der Feier waren nicht die Girlanden und die Rosen, sondern die vergrößerten Fotos aus Sarahs Kindheit, die Sylvia in goldenen Rahmen an einer Wand des Zimmers arrangiert hatte. Auch ihr Sohn Steven war auf vielen der Fotos zu sehen. Auf der gegenüberliegenden Wand hatte Sylvia Bilder gehängt, die sie von der Mutter des Bräutigams erhalten hatte. Es war ihr leicht gefallen, diese schon früh am Morgen abzuhängen, doch bei den Bildern ihrer eigenen Kinder tat sie sich richtig schwer.

Es war nicht das erste Mal an diesem Vormittag, dass ihr die neue Lage so richtig bewusst wurde. Die große Leere im Haus nach all dem Trubel der vergangenen Wochen wirkte beängstigend auf sie. Ihr war, als hörte sie Stimmen in der Stille: Nun habe sie ausgedient, das Nest ist leer. Ihre Augen wurden feucht. Sie setzte sich auf eine der Leiterstufen und versuchte, das Gleichgewicht zu halten.

Trauer überkam sie, als sie hinuntersah zu den Fotos, die Sarah als kleines Mädchen zeigten. Hatte sie die Freiheitsstatue eigentlich in der zweiten oder dritten Klasse der Schulaufführung gespielt? Das Bild war beim Herumzeigen immer wieder ein Lacherfolg gewesen. Und das Kostümfest – war das Stevens sechster oder siebter Geburtstag? Studierte Steven eigentlich schon, als sie mit der Jugendgruppe nach Chattanooga gefahren waren? Viele der Kinder von damals waren zur Hochzeit gekommen - und die Anekdoten, die sie erzählten ...

„Holst du die schon runter?“

Sie fuhr zusammen, als die Stimme ihres Mannes sie aus den

Gedanken riß, wodurch die Leiter zu schwanken begann. Harry eilte herbei und hielt sie fest. „Harry! Ich habe dich gar nicht kommen hören." Ihre Stimme klang noch immer nach Tränen und Traurigkeit, und als Harry zu ihr hinaufsah, war ihr klar, dass er ihre feuchten Augen sehen musste.

„Das ist gefährlich, Sylvia", sagte er freundlich und deutete auf die Leiter. „Du solltest so was nur machen, wenn ich zu Hause bin. Warte noch ein bisschen, dann helfe ich dir."

Sie seufzte und kam herunter. „Ich möchte es hinter mir haben, je eher, desto besser."

„Warum ruhst du dich nicht ein bisschen aus? Die Hochzeit hat doch eine Menge Kraft gekostet. Du hast es verdient, heute nur zu faulenzen. Du weißt doch noch, wie das geht, oder? Erinnere dich an die Zeit, bevor die Kinder kamen."

„Daran kann ich mich kaum noch erinnern", sagte sie leise und betrachtete die Bilder an der Wand.

Er sah sie wohlwollend an, stellte sich hinter sie und legte seine Arme um ihre Schultern. Dabei küsste er ihr Haar und sagte: „Du musst sie ja nicht gleich alle abnehmen."

„So an einer Stelle gefallen sie mir auch nicht", sagte sie. „Ich werde sie überall im Haus verteilen. Die Löcher von den Nägeln können wir verspachteln und dann etwas Farbe drauf tun. Es gibt noch so viel zu erledigen." Wieder kamen ihr die Tränen und schnürten ihr die Kehle zu.

Harry drehte sie zu sich hin, so dass sie ihn ansehen musste. Sein Haar schimmerte zwar schon mehr grau als schwarz, trotzdem waren seinem Gesicht noch fast jugendlich frische Züge geblieben, und seine Augen funkelten schelmisch. Allein die Tatsache, dass er jetzt vor ihr stand und sie berührte, gab ihr das Gefühl, heute nicht urplötzlich ganz allein auf der Welt zu sein. Ihr guter Kamerad war noch immer da und würde sie nicht verlassen. „Deine Kinder haben dir doch nicht fristlos gekündigt", sagte er. „Du sollst doch noch immer ihre Mutter sein."

„Ich weiß nicht, wie ich über die Entfernung noch Mutter sein kann", sagte sie. „Warum haben wir es nicht verhindert, dass sie in einen anderen Bundesstaat gezogen sind? Jetzt wohnen beide so weit weg. Über kurz oder lang werden sie ihre eigenen Kinder haben, und wir sind dann die fernen Großeltern, die ihre Enkel einmal oder zweimal im Jahr zu Gesicht bekommen. Man wird den Kleinen jedesmal erst sagen müssen, wer wir überhaupt sind."

„Das kann natürlich so kommen", sagte Harry. „Aber du wirst sehen: Wenn Sarah wieder nach den Flitterwochen zu Hause ist, wird sie dich jeden Tag anrufen, weil sie wissen will, wie man Rollbraten und Pastete macht. Sie wird sich bei dir ausweinen wollen, wenn sie Heimweh hat oder auf Larry wütend ist. Oder sie will dir nur sagen, dass sie dich vermißt. Du wirst an meine Worte denken. Vielleicht bist *du* ja dann diejenige, die vermißt wird."

Sylvia wischte sich noch einmal übers Gesicht. „Wie meinst du das?" Er setzte an, es ihr zu erklären. Doch dann besann er sich eines Besseren. „Hör mal, mein erster Patient nach der Mittagspause hat abgesagt. Deshalb bin ich schon zu Hause. Wie wäre es, wenn wir zusammen essen gehen – irgendwohin, wo es nett ist. Wann sind wir das letzte Mal zusammen ausgegangen? Wir könnten zum Südamerikaner drüben in der Hilliard Street gehen. Dort können wir in aller Ruhe reden."

„Harry, ich möchte jetzt nicht weggehen. Sieh mich an, ich sehe doch fürchterlich aus."

„Fürchterlich? Du siehst bezaubernd aus – schlank und rank und jugendlich. Wenigstens drei Leute habe ich auf der Hochzeit fragen hören, ob du Sarahs Schwester seist."

Sie musste schmunzeln. „Keine Lügengeschichten!"

„Okay, es war nur eine Person. Aber das stimmt. Großes Indianerehrenwort!"

„Ich bin fünfzig und fühle mich wie fünfundsechzig. Ich bin sozusagen vorzeitig in Rente geschickt worden und gehöre jetzt zum alten Eisen."

Harry stutzte und lächelte nicht mehr. Er runzelte die Stirn. „Du bist seelisch ganz schön angeschlagen, was?"

„Du nicht?"

Er vergrub die Hände in den Hosentaschen und sah zu Boden. Er dachte nach. Sie wusste, dass er eine ehrliche Antwort geben wollte. Harry gehörte nicht zu den Menschen, die andern nach dem Munde redeten.

„Gestern Abend", sagte er, „nachdem Sarah und Larry weggefahren waren und sich die Gäste nacheinander auf den Heimweg machten, da bin ich ins Badezimmer gegangen und habe geweint. Es hat mich ganz schön mitgenommen. Meine Kleine fuhr einfach davon in die untergehende Sonne – mit einem Mann, der nun für den Rest ihres Lebens auf sie aufpassen wird." Seine Augen wurden feucht, nun, da die Gefühle von gestern wieder lebendig wurden.

Sylvia lächelte freundlich. „Warum habe ich das nicht gewusst? Ich bin derweil zwischen den Gästen rumgesprungen und habe an dich überhaupt nicht gedacht."

„Wenn es mir so geht, ist es mir sogar lieber, wenn keiner es merkt", sagte er. „Aber das ist nun vorbei. Heute Morgen sieht alles schon ganz anders aus. Ich habe mich entschieden, diesen kommenden Lebensabschnitt nicht als Ende, sondern als Anfang zu betrachten. Wir sind nun frei, zu tun und zu lassen, was wir wollen. In all den Jahren mussten wir häufig auf etwas verzichten, weil wir Rücksicht auf die Kinder zu nehmen hatten. Jetzt steht uns nichts mehr im Weg, denn nur noch wir zwei müssen uns entscheiden. Jetzt gibt es aber auch keine Ausreden mehr. Es gibt auch keinen Grund mehr, hier wohnen zu bleiben. Ich war plötzlich richtig aufgeregt, Sylvia."

Sylvia sah ihn fragend an. Worauf wollte er hinaus? „Wohin willst du ziehen? Was hast du vor?"

Wieder schaute er zu Boden und war auf der Suche nach einer ehrlichen Antwort. Ihr wurde klar, dass sein plötzliches Auftauchen in der Mittagspause nicht nur eine Laune gewesen war. Er wollte ihr etwas mitteilen. Sie versuchte ruhig zu bleiben. „Harry, was ist?"

„Bist du sicher, dass du auf keinen Fall mit mir essen gehen willst?" fragte er sie noch einmal. „Vielleicht nur einen Hamburger? Wir können ja auch im Auto essen."

Sie seufzte. „Es muss ja wirklich etwas Ernstes sein, wenn du es mir nur beim Essen sagen kannst."

„Ich habe einfach nur Hunger. Es ist nichts Besonderes. Wir können auch ein andermal darüber reden."

„Ich gehe nur noch schnell mit der Bürste durch meine Haare, dann können wir gehen", sagte sie auf einmal.

Harry strahlte übers ganze Gesicht, und sie wusste sofort, dass sie ihm einen Herzenswunsch erfüllte. Sie ging ins Badezimmer, bürstete ihre noch frische Dauerwelle und trug etwas Lippenstift auf, um nicht ganz so blaß auszusehen. Die Augen ließ sie diesmal außer Acht. Sie waren heute ohnehin ein hoffnungsloser Fall. Schön, dass Harry so darauf gedrungen hatte auszugehen. Sie brauchte wirklich eine Abwechslung.

Sylvia folgte ihrem Mann zum Auto und wartete, bis er es für sie aufschloss. Dabei sah sie hinüber zu ihrem kleinen Haus am Ende der Sackgasse, in dem sie schon so lange gewohnt hatten. An der Zufahrt zum Rondell sah sie drei von Brendas Kindern ihrem Vater helfen, Picknicktische auf die freie Fläche zwischen ihrem Haus und dem Haus der Sullivans zu tragen. Es war ja Josephs Geburtstag heute. Man hatte sie auch zu der Feier eingeladen. Doch es war ihr zwischenzeitlich entfallen.

Sylvia erinnerte sich, wie ihre eigenen Kinder noch klein waren. Damals gab es ihre Straße, den Zedernring, noch gar nicht. Ihr Haus war auf einem riesigen Gelände von ca. neun Hektar auf einer Anhöhe errichtet worden. Es war damals noch kleiner gewesen, bevor Harry mit seiner chirurgischen Praxis richtig Geld verdiente. Fast jedes Jahr hatten sie ein Stückchen angebaut.

Als Harry und sie sich entschieden, Land an einen Bauträger zu verkaufen, der gleichzeitig den Zedernring anlegen wollte, taten sie das hauptsächlich für die Kinder. Sylvia meinte damals, den Kindern würden die Spielkameraden fehlen. Und Harry sah das sogleich ein. Die Baufirma plante den Straßenverlauf, pflasterte Fahrbahn und Gehwege und errichtete drei Häuser. Nun aber waren die Palisadenzäune schon mit Glyzinien überwuchert, es waren Eichen gewachsen und Ulmen. Das Haus der Bryans war das größte. Die Nachbarn waren inzwischen enge Freunde geworden, und auch die Kinder hatten immer Spielkameraden.

Doch die Kinder der ersten Generation waren inzwischen erwachsen geworden und hatten Familien gegründet. Und eins nach dem anderen war fortgezogen. Inzwischen wohnten in der kleinen Straße jüngere Mütter mit quirligen Kindern, die bei Sylvia immer wieder Erinnerungen wachriefen und ihr bewusst machten, wie sehr sie sich doch nach diesen alten Zeiten sehnte.

„Willst du mitkommen oder noch eine Weile an alte Zeiten denken?", fragte Harry, um sie ein bisschen aufzuziehen.

Aus ihren Gedanken gerissen, antwortete sie: „Entschuldigung. Ich dachte gerade daran, wie es hier aussah, bevor die Häuser ..." Sie stieg ein und zog die Tür ins Schloss. „Tut mir Leid, Harry, aber das ist so ein Tag, an dem die Gedanken ständig auf Wanderschaft gehen. Es sind die klassischen Symptome für Eltern, die plötzlich in einem leeren Nest zurückbleiben. Ich habe schon viel darüber gelesen, als die Kinder noch studierten. Aber damals waren sie noch in der Nähe. Und ich wusste, dass sie häufig zum Essen da sein und ihre schmutzige Wäsche bei mir abgeben würden ..."

„Stimmt, die Situation ist jetzt anders. Diesmal sind sie auf und davon."

„Ich brauche irgendein Hobby", sagte sie. „Es müsste irgendetwas sein, was mich ablenkt."

„Na ja", sagte er gedehnt, was sie instinktiv aufhorchen ließ. „Vielleicht habe ich ja die Lösung. Ich werde dir beim Essen davon erzählen."

Ein paar Minuten später fuhren sie auf den Parkplatz eines Burger-Restaurants. Drinnen bestellten sie ein Menü, dass für jeden Herzspezialisten eigentlich ein Alptraum sein musste. Als sie einen Tisch in der Ecke gefunden hatten, brachte Sylvia wieder das angefangene Thema zur Sprache. „Also, Harry, schieß los. Was hast du vor?"

Er sah aus dem Fenster. „Ich bin hin- und hergerissen. Ich weiß nicht, ob ich es dir jetzt sagen sollte, wo du so niedergeschlagen bist, weil es dich noch mehr mitnehmen könnte. Vielleicht ist es aber auch gerade das, was dir hilft, dich wiederzufinden."

„Du wirst es niemals rauskriegen, solange du es mir nicht erzählst." Sie biss in ihren Hamburger.

„Du erinnerst dich doch, dass wir uns immer mal wieder vorgenommen hatten, in die Mission zu gehen, wenn die Kinder eines Tages aus dem Haus sind."

„Stimmt. Willst du dieses Jahr ein paar missionarische Dienstreisen mehr nach Nicaragua machen?"

„Nein, keine Dienstreisen. Ich meinte natürlich längere Aufenthalte."

Sie legte ihren Hamburger auf den Teller und wischte ihren Mund mit der Serviette ab, wobei sie ihren Mann entsetzt anschaute. „Das kann nicht dein Ernst sein."

Er sah aus wie ein Schuljunge, der seine Mutter überreden will, ihm ein Sportauto zu kaufen. „Haben wir das nicht immer gesagt, Sylvia? Auch noch in den letzten Jahren. Jedesmal, wenn wir eine Kurzreise machten, sprachen wir darüber, wie großartig es wäre, unabhängig zu sein und die Wunder der modernen Medizin jenen zu bringen, die sie am nötigsten haben."

Sie konnte nicht leugnen, oft darüber gesprochen zu haben. Auch *sie* war jedesmal der Meinung gewesen, wie segensreich es wäre, eine Botschafterin der Gnade zu sein, Opfer zu bringen und sich an die Menschen zu verschenken, die genau das brauchen, was sie geben konnte. Aber was sollte das schon ganz konkret sein? Harry konnte andere Menschen medizinisch versorgen. Sie aber war höchstens imstande, ihm zur Hand zu gehen.

„Es ist ein großartiger Dienst, Sylvia. Die meiste Zeit meines Lebens habe ich mich dazu berufen gefühlt. Andererseits habe ich auch die Verantwortung gespürt, den Kindern ein ganz normales Leben zu ermöglichen. Jetzt aber sind die Kinder aus dem Haus, und ich habe keine Ausrede mehr."

Sie sah ihm in die Augen und bemerkte, wie sie leuchteten. Sie spürte seinen Enthusiasmus und fühlte plötzlich, dass dieser sie ansteckte.

„Sylvia, denk doch mal, wie viel Gutes wir dort bewirken könnten."

„*Du* könntest viel Gutes dort bewirken", sagte sie, und man spürte ihre Enttäuschung. „Aber was soll *ich* dabei tun?"

„Was *du* tun kannst? Du bist die ‚Donna', die Frau, die jeder immer respektiert und verehrt hat."

„Ich hätte dort nichts zu tun, Harry, noch nicht einmal in unserem Haus. Ich hätte keine Aufgabe. Jeder hat dort unten seine Putzfrau. Was soll ich da den ganzen Tag über tun?"

„Du könntest eine Arbeit mit Müttern und Kindern anfangen. Veranstalte Erziehungsseminare, Bibelstunden, Evangelisationen. Du wärst ein Vorbild für alle. Du hättest den Müttern etwas zu sagen."

Ihre Augen wurden feucht, und sie schüttelte den Kopf. „Ich möchte für niemand anders als meine eigenen Kinder Mutter sein. Und die sind jetzt nicht mehr da."

„Sie sind noch immer da. Du tust so, als seien sie tot. Sie sind noch quicklebendig, Schatz, und sie sind doch ein lebendiger Beweis dafür, dass wir unsere Arbeit gut gemacht haben. Sie sind glücklich und zufrieden und bauen sich jetzt ihr eigenes Leben auf."

Sylvia schüttelte den Kopf und schaute auf den Hamburger, der vor ihr auf dem Teller lag. Sie bekam keinen Bissen mehr herunter. Ihr Magen streikte. „Ich bin noch nicht so weit, Harry", sagte sie, und man merkte ihr die Anspannung an. „*Noch* nicht. Vielleicht nächstes oder übernächstes Jahr. Vielleicht brauchen mich die Kinder ja doch noch. Da kann ich nicht ins Ausland gehen."

Er nahm ihre Hand. „Schatz, die Kinder werden dich immer brauchen. Aber Gott will möglicherweise, dass wir woanders leben."

Sie konnte sich nicht vorstellen, dass ihm das alles so wichtig war. Hatte er das alles schon geplant und nur den richtigen Augenblick abgewartet? Hatte er voller Ungeduld die Hochzeit verstreichen lassen und die Tage gezählt, bis er nach Sarahs Abgang endlich nach Managua fliegen konnte?

„Bist du fertig? Ich meine mit dem Hamburger?", fragte Sylvia.

Er schaute auf seinen halb gegessenen Whopper. „Das regt dich wohl alles ziemlich auf. Es tut mir Leid. Ich hätte noch etwas warten sollen. Aber ich hoffte, dass es dich vielleicht ein bisschen aufmuntert. Du sagtest ja, dass du eine Aufgabe brauchst."

„Können wir gehen?" Sie versuchte tapfer, ihre Tränen zurückzuhalten, aber sie schaffte es nicht ganz.

„Können wir, klar."

Sie rutschte aus der Bank und stellte das Tablett in den Ständer. Dann verließen sie das Restaurant. Und auf der Heimfahrt sagte keiner ein Wort mehr.

Kaum waren sie in die Auffahrt gebogen, da war sie auch schon ausgestiegen und im Haus verschwunden. Harry eilte ihr nach. „Schatz, hör doch mal", sagte er, indem er seinen Arm um sie schlang. „Ich merke jetzt, wie sehr dich das alles mitnimmt. Ich habe einfach den falschen Zeitpunkt gewählt. Vergiss, was ich gesagt habe."

Aber Sylvia war klar, dass sie das nicht konnte und dass es auch nicht recht wäre. Harry hatte all die Jahre kaum einmal etwas für sich verlangt. Stets hatte er sich für die Familie eingesetzt. Und nun hatte auch er einmal einen Wunsch. Doch es kostete einfach zu viel Überwindung, sich so einfach darauf einzulassen.

Sie sah sich um. Im Laufe der Jahre hatte sie ihr Haus genau so eingerichtet, wie sie es sich immer vorgestellt hatte. Und es war ihr großartig gelungen. Auch die ganze Familie hatte viele liebenswerte Spuren in diesem gemütlichen Heim hinterlassen. Da waren zum Beispiel die Bleistiftstriche an der Speisekammertür, die das Wachstum der Kinder dokumentierten, das Wandbild, das sie in Sarahs Zimmer gemalt hatten, und die kleinen farbigen Glasfenster, die von den Kindern in einem Sommer hergestellt worden waren.

„Was würde denn aus unserem Haus werden?", fragte sie mit leiser Stimme. Doch darauf wollte er im Augenblick keine Antwort geben. „Weiß nicht. Das könntest du bestimmen. Wahrscheinlich würden wir es gut verkaufen können."

„Es *verkaufen*?", rief sie schrill mit so viel Entsetzen in der Stimme, als hätte er gerade vorgeschlagen, es abzubrennen. „Aber Harry!!"

Er schaute sie erschrocken an. Sie hatte die Nadel in der Hand, mit der sie alle seine Träume wie Ballons zum Platzen bringen würde. Sie hasste es, diese Rolle zugespielt bekommen zu haben. Sich hilflos fühlend, griff sie seine Hände – diese starken Hände eines Chirurgen, die schon mit Geschick so manches Leben gerettet hatten. Es gab viele solcher helfenden Hände im Land, aber in Nicaragua wahrscheinlich viel zu wenige. Sollten sie vielleicht doch in der Fremde ihren Dienst tun?

Sie gab sie wieder frei. „Du musst das verstehen, Harry. Das kommt alles viel zu plötzlich. Du hast diese Idee wahrscheinlich schon lange in deinem Herzen bewegt. Ich aber nicht.“

„Du hast Recht.“ Es gelang ihm, wieder ein bisschen zu lächeln. Und sie nahm wahr, dass das Funkeln in seine Augen zurückgekehrt war. „Ich habe tatsächlich in den letzten Tagen viel darüber nachgedacht. Ich vermisse die Kinder genauso wie du. Doch für mich ist das Ganze ein Neuanfang und nicht das Ende. Der Gedanke geht mir nicht aus dem Kopf, dass Gott einen Plan für uns hat. Die Ausbildung und die Talente, die er mir geschenkt hat, könnte ich einsetzen, um das Evangelium in der Welt zu verbreiten. Und ich könnte meine medizinischen Kenntnisse denen zugute kommen lassen, die sonst keinen haben, der ihnen hilft. Ich hatte niemals zuvor mehr das Gefühl gebraucht zu werden als letztes Jahr in Masaya. Erinnerst du dich noch an die vielen Menschen, die wir zu Christus führen konnten? Denk an Carlos, den Playboy mit seinem Harem. Wir konnten seine Frau zu Christus bekehren, weil wir ihr Vertrauen gewonnen hatten – und das aus einem ganz einfachen Grund: Ich operierte ihren Sohn am Blinddarm. Schließlich kam auch ihr Mann in die Kirche, und auch sein Leben veränderte sich von Grund auf.“

„Es gibt auch bei uns verlorene Menschen, Harry – ja sogar hier in unserer kleinen Straße. Warum müssen wir da in die weite Welt hinaus?“

„Weil es irgendjemand tun muss.“

Sie versuchte, logisch zu denken. „Lass mich darüber nachdenken, ja? Oder müssen wir uns in diesem Augenblick entscheiden?“

„Natürlich nicht. Nimm dir so viel Zeit, wie du brauchst.“

„Wirklich? Ich möchte nämlich deine Träume gar nicht zerstören.“

„Gott wird bestimmt nicht nur einem von uns seine Berufung ans Herz legen. Wenn er mich beruft, wird er auch dich rufen.“

Sie sah ihn eine Weile an, und ihre Augen füllten sich wieder mit

Tränen. „Hat es mit deiner Praxis zu tun? Langweilt dich die Arbeit etwa?"

Er sah verlegen zu Boden und dachte nach. „Ich könnte Abwechslung gebrauchen", sagte er, und ihre Blicke trafen sich. „Aber das ist nicht der eigentliche Grund." Er umarmte sie erneut und hielt sie eine Weile fest. Dabei durchnässten ihre Tränen sein Hemd. „Es ist nicht das Ende, Liebes. Du wirst schon sehen."

„Ich weiß es. Im Grunde weiß ich es. Ich habe einfach nur das Gefühl, nicht viel beitragen zu können – weder hier noch dort. Ich habe in beiden Fällen offenbar keine Perspektive."

„Ich werde beten, dass Gott dir zeigt, wie wichtig du bist."

Sie schmiegte ihren Kopf an seine Brust. Er war ihr bester Freund, ihr Liebhaber, ihr Vertrauter und ihr Versorger. Er war immer so stark. Sie konnte sich bei ihm anlehnen. Oft hatte er Recht behalten. Aber wie auch immer diese Entscheidung ausfallen würde, sie war froh, dass er nicht in diesem Augenblick eine Entscheidung verlangte.

Sie setzten sich beide noch einen Augenblick hin und verzehrten zwei von der Hochzeit übrig gebliebene Törtchen. Sylvia meinte, ein Pfund mehr auf den Hüften würde auch nichts mehr ausmachen. Essen hielt schließlich Leib und Seele zusammen.

Harrys Mittagspause war vorüber, und sie begleitete ihn hinaus zum Auto. Sie fühlte sich bedrückt dabei. Durch das offene Fenster gab sie ihrem Mann noch einen Kuss. Vom Grundstück nebenan hörte sie ein „Hallo!". Sie winkte hinüber zu Cathy Flaherty, ihrer Nachbarin.

„Warum gehst du nicht zu Cathy rüber?", fragte Harry. „Sie versteht es doch, dich aufzumuntern."

„Ich muss noch die Bilder abnehmen. Da kommt noch einiges auf mich zu. Sie hätte sicher im Augenblick nicht viel von mir", sagte sie lächelnd.

Er gab ihr einen Kuss und rollte vom Grundstück. Sylvia mühte sich weiter zu lächeln, bis er außer Sichtweite war. Doch dann erlahmte ihr Kraft dazu. Ihr Blick schweifte über die Hügelkette in der Ferne. Der Dunst, der sonst wie ein Engelshauch über allem lag, war von der brütenden Sonne weggeheizt worden. Alles sah so klar und kontrastreich aus.

Sie wäre froh, genauso klar in die eigene Zukunft sehen zu können.

4. Kapitel

Cathy Flaherty konnte gerade noch ihren Schäferhund abfangen, als er von den Bryans drüben gelaufen kam. Sein Fell fühlte sich feucht an, als sie sich niederbeugte, um ihn zu streicheln. Er roch wie ein Streuner. Wo konnte er gewesen sein? Sie schlug die Tür ihres Kleinlasters zu und sah hinüber zu den Bryans. Harry küsste gerade seine Frau Sylvia. Es musste ein besonderer Tag für sie sein, dachte Cathy. Endlich waren die Kinder verheiratet und aus dem Haus, und die Ehe hatte offenbar in all den Jahren keine ernsten Blessuren abbekommen.

Sie ging ins Haus und musste gegen den aufkeimenden Neid ankämpfen. Sie war natürlich nicht so naiv zu glauben, dass eine Ehe immer nur der Himmel auf Erden sei. Ihre eigene war es jedenfalls nicht gewesen. Trotz mancher Zweifel wünschte sie sich jedoch immer noch die Chance für einen zweiten Versuch. Es war nicht leicht, sich als alleinerziehende Mutter mit drei Kindern von elf bis siebzehn durchzuschlagen. In den letzten Jahren war sie ständig auf der Suche nach einem neuen Partner gewesen. Sie wollte einen Neuanfang wagen. Schließlich hätte sie nie geglaubt, mit vierzig wieder Single zu sein und ihre Kinder allein großziehen zu müssen.

Als sie das Haus betrat und sie die Stille umfing, empfand sie diesen Frieden als Balsam für ihre aufgewühlte Seele. Ihre Tierarztpraxis hielt sie zwar immer auf Trab, aber sie versuchte doch, jeden Tag zur Mittagspause nach Hause zu fahren. Die Kinder waren dann nämlich noch nicht von der Schule zurück, so dass sie sich einerseits etwas regenerieren konnte, und außerdem ließ sich die Hausarbeit, die morgens liegen geblieben war, so besser erledigen. Bald würden die Kinder ihre Sommerferien haben, und der ganze Tagesablauf würde sich ändern.

Sie öffnete eine Dosensuppe, schüttete den Inhalt in eine Schüssel und stellte diese in die Mikrowelle. In drei Minuten würde ihr Essen fertig sein. Schnell eilte sie in die Waschküche. Dort sortierte sie alle Bluejeans aus einem Wäscheberg aus. Bevor sie eine nach der anderen in die Maschine stopfte, durchsuchte sie alle Taschen nach Kleingeld, Kaugummipapier und Pfefferminzbonbons. Den Abfall warf sie fort, und das Kleingeld behielt sie ein. Das war die Regel, die sie eines Tages verkündet hatte: Wenn die Kinder so unachtsam waren und ihr Geld in den Taschen ließen, dann würde sie es eben einbehalten. Sie sammelte es in einem Gurkenglas, und wenn sich genug angesammelt hatte, lud sie die Kinder zum Essen ein.

Sechs Jeans verschwanden im Bullauge der Maschine. Aber dann meinte sie, eine weitere würde auch noch Platz finden. Sie griff Rickys völlig ausgewaschene Jeans und fingerte routinemäßig in den Taschen. Erst fiel Geld heraus, und dann spürte sie etwas Festes, Viereckiges zwischen den Fingern. Sie zog es hervor ...

Und ihr Herz stockte.

Es war ein Kondom – in der Tasche ihres 17-Jährigen! Sie warf es weg, als habe sie sich gerade daran verbrannt. Ihr Sohn traf sich doch eigentlich kaum einmal mit einem Mädchen. Wann hatte er denn überhaupt Zeit, eine Beziehung anzufangen, bei der ein Kondom eine Rolle spielen würde? Sie fühlte sich wie vor den Kopf geschlagen, lehnte sich nach hinten an die Wand, rutschte an ihr zu Boden und umklammerte ihre Knie. Es konnte nicht sein. Nicht *ihr* Junge!

Langsam erholte sie sich von dem Schock, und sie überlegte, was zu tun sei. Sie konnte zur Schule fahren, ihn aus der Klasse holen, zur Rede stellen und eine Erklärung verlangen. Aber wäre das nicht eine überzogene Reaktion? Sollte sie nicht lieber froh sein, dass ihr Sohn so vernünftig war und sich um Safer Sex kümmerte?

Nein, und nochmals nein! Alles bäumte sich in ihr auf. Sie wollte nicht, dass Rick schon mit Mädchen schlief. Trotz ihrer liberalen Grundeinstellung war ihr der Gedanke zuwider, ihre Kinder könnten schon sexuell aktiv sein.

Die Mikrowelle piepte, und sie richtete sich wieder auf. Als die Schockwirkung nachließ, füllte Wut den frei werdenden Raum aus. Woher hatte er das Kondom überhaupt? In der vergangenen Woche war er beim Vater gewesen. Es wäre im Grunde typisch für Jerry, seinem Sohn völlig unüberlegt ein Kondom in die Hand zu drükken. Der Mann ging offenbar davon aus, sein Sohn werde schon einen ähnlich lockeren Lebenswandel führen wie er selbst. Und so wollte er ihn möglicherweise nur vor „Fehltritten“ schützen.

Die Mikrowelle piepte noch immer. Als ob der Apparat an allem Schuld wäre, schlug Cathy die Tür allzu schwungvoll auf. Sie griff die Glasschüssel, riss sie fast heraus, wobei die Suppe überschwappte und ihr schließlich die Hand verbrühte. Vor Schreck schleuderte sie die Schüssel ins Waschbecken, wo sie dann klirrend zerbrach. Das aber machte jetzt auch nichts mehr. Ihr war ohnehin der Appetit vergangen.

Stattdessen griff sie zum Telefonhörer und drückte hastig die Nummer ihres Exmannes in Knoxville.

„Hallo Jerry, was hast du dir dabei gedacht?“, fragte sie ihn ohne Umschweife.

„Cathy?“ Er war ganz verdutzt.

„Ja, ich bin's. Wen sonst kannst du so in Rage bringen, ohne überhaupt anwesend zu sein?“

„Was, in aller Welt, habe ich angestellt?“

„Hast du deinem Sohn ein Kondom zugesteckt oder nicht?“

„Was habe ich ihm zugesteckt? Er hat doch von mir kein Kondom bekommen!“

„Wer dann? Kann es Sandra gewesen sein?“

„Auf keinen Fall. So was macht doch meine Frau nicht. Das ist lächerlich. Wie kommst du überhaupt auf solch eine Idee?“

„Oh, Verzeihung!“, sagte sie mit einem ironischen Unterton. „Aber aufgrund deiner früheren Eskapaden würde mich nichts mehr überraschen bei dir. Hast du mit ihm über Kondome *geredet*?“

„Nein. Das Thema ist noch nie zur Sprache gekommen.“

„Verabredet er sich regelmäßig, wenn er bei dir ist?“

„Nicht, dass ich wüsste. Unsere liebe Tochter Annie ist diejenige, die ich kaum im Haus halten kann. Ihre Freundin Joni hat ein Auto. Da weiß ich nicht, was sie alles zusammen treiben, wenn sie unterwegs sind, und mit welchen Jungs sie rumhängen.“

Cathy zwang sich, nicht aufzuspringen und die Beherrschung zu verlieren. „Bist du schon mal auf den Gedanken gekommen, ihr Ausgehen etwas mehr zu überwachen?“

„Weshalb? Wir haben sie noch bei keiner Schandtat erwischt.“

„*Weißt* du überhaupt, wo sie sich aufhält?“

„Im Kino, beim Burger King oder bei irgendeiner ‚coolen‘ Veranstaltung. Reg dich doch nicht so auf, Cathy. Wir passen schon auf, dass sie nicht die ganze Nacht wegbleibt. Sie kommt immer zur verabredeten Zeit nach Hause.“

„Warum hast du dann gesagt, dass sie wahrscheinlich mit Jungs rumhängt?“

„Weil sie ein Mädchen ist, und weil Mädchen das nun einmal so machen.“

„Hast du mal überprüft, ob sie auch da ist, wo sie vorgibt zu sein? Kennst du ihre Freundin Joni näher? Kennst du ihre Eltern?“

„Nein, Cathy. Die Kids sind jedes zweite Wochenende zusammen, und da kenne ich die Eltern ihrer Freunde nicht. Und ich wüsste auch nicht, warum das nötig sein sollte. Ich bin auch nur darauf zu sprechen gekommen, weil ich sagen wollte, dass Rick nicht derjenige ist, um den ich mir Sorgen machen würde. Was ist denn überhaupt mit dem Kondom?“

Sie seufzte tief und starrte einen Augenblick ins Leere. „Ich fand ihn in seiner Hosentasche. Wenn er bei dir keine Freundin hat und auch nicht bei uns – wozu hat er dann ein Kondom?“

„Ja, du liebe Zeit! Vielleicht will er es für eine passende Gelegenheit aufbewahren.“

Die Unbekümmertheit, die aus seiner Antwort sprach, regte sie auf. „Du tust so, als sei das alles nur eine Lappalie, Jerry. Es geht immerhin um deinen Sohn!“

„Mein Sohn ist siebzehn, Cathy. Irgendwann wird er sowieso etwas mit Mädchen anfangen. Und wenn du mich fragst: Ein Kondom ist kein schlechtes Ding. Es ist doch gar nicht verkehrt, wenn er immer eins dabei hat. Entspanne dich, Cathy. Die Kinder werden groß. Das kannst du nicht aufhalten. Selbst unser Mark ist schon in der Pubertät. Er ist zwölf, und seine Stimme wird schon tiefer.“

„Ich versuche ja nicht, ihre Entwicklung aufzuhalten“, erwiderte Cathy. „Aber ich will, dass sie sich positiv entwickeln.“

„Es ist doch schon eine positive Entwicklung, wenn sie ohne Schwangerschaft und Krankheit heranwachsen. Vielleicht ist das überhaupt das Höchste, was wir erwarten können.“

Sie konnte es nicht mehr hören und nahm den Hörer vom Ohr. Warum redete sie überhaupt noch mit ihrem Exmann – mit einem Mann ohne Moral?

Sie legte den Hörer auf und beendete damit das Gespräch. Ihre Wut war plötzlich verflogen. Es war die typische Abfolge, wenn jemand ein Trauma verarbeitet: Zuerst kommt der Schock, dann die Wut und schließlich die Depression. Sie konnte jetzt nur noch warten, bis die Kinder nach Hause kamen. Dann konnte sie Rick fragen, woher er das Kondom hatte. Sie hatte noch genau zwei Stunden Zeit, um sich darauf vorzubereiten. Sollte sie laut werden, ihm eine Gardinenpredigt halten oder ihn bestrafen? Oder konnte sie damit rechnen, bis dahin noch einen solchen Zuwachs an Weisheit zu erleben, dass sie es verstehen würde, aus der Krise eine positive Lernerfahrung für ihren Sohn zu machen, die er nie wieder vergessen würde?

Wohl kaum.

Einen Augenblick dachte sie daran, die Klinik anzurufen und ihre Mitarbeiterin zu bitten, die Praxis heute Nachmittag zu schließen. Aber dann fiel ihr doch ein, dass zwei kleine Welpen zum Entwurmen angemeldet waren. Die hätten vielleicht auch noch an einem anderen Tag kommen können, aber es lag auch noch genug andere Arbeit da, die erledigt werden musste. Immerhin ging sie sonst regelmäßig um vier nach Hause. Und den Samstagnachmittag hielt sie sich auch frei. Da blieb nicht viel Zeit für die Büroarbeit. Nein, sie musste zurück in die Praxis.

Sie eilte in die Waschküche, stopfte die restlichen Jeans in die Maschine und ließ das Kondom in der eigenen Tasche verschwinden. Sie bemühte sich, all die unerfreulichen Gedanken, die ihr durch den Kopf gingen, beiseite zu schieben. Schließlich ging sie wieder hinaus zu ihrem Auto. Auf der anderen Seite der Straße stand

Brenda, umringt von vier Kindern, deren Haarschöpfe alle in ganz verschiedenen Rottönen schimmerten. Sie waren mit irgendetwas intensiv beschäftigt. Aber das war nicht ungewöhnlich. Brenda, die ihre Kinder ja zu Hause unterrichtete, hatte in ihrer unerschöpflichen Kreativität immer wieder neue Ideen, wie man Kinder zum Lernen motiviert. Sie demonstrierte sicher wieder irgendetwas am lebendigen Objekt. Solche Lehrstunden, die aus dem Leben gegriffen sind, werden erfahrungsgemäß nicht so schnell vergessen.

Plötzlich überkam Cathy das Gefühl, eine Rabenmutter zu sein, die es nicht verdiente, die Kinder zu haben, die ihr anvertraut worden waren.

Als sie rückwärts aus der Auffahrt fuhr, sah sie gerade noch David, Brendas Mann, der Picknicktische auf die Fläche zwischen den Häusern trug. Er war immer zur Stelle – ein aktiver Partner bei der Kindererziehung, der seinen Lebensunterhalt als Möbeltischler verdiente. Er hatte seine eigene Werkstatt hinter dem Haus. Mit seinem derben roten Haar und dem Bauchansatz war er in Breezewood nicht die beste Partie gewesen. Doch wäre ihr die Chance geboten worden, so hätte sie ihren ganzen Besitz verkauft, nur um einen Mann wie ihn abzubekommen. Sie winkte kurz hinüber und versuchte, den Ärger über ihren Exmann zu vergessen. Sie hatte etwas Besseres verdient, als ihre drei Kinder allein großziehen zu müssen.

5. Kapitel

„Los, beeilt euch! Wir müssen die Dekoration noch hinkriegen, bevor die Feier anfängt", kommandierte Brenda Dodd, als sie sich auf dem freien Gelände umsah, das zwischen ihrem und Torys Haus lag. David hatte schon die beiden selbst gebauten Picknicktische in der Mitte der Wiese aufgestellt.

Joseph war zwar heute Morgen aus dem Bett gesprungen, und er hatte erklärt, sich wohl zu fühlen, doch er sah immer noch kränklich aus. Jetzt rief er: „Wir haben gar kein Krepppapier. Was hängen wir auf?"

Brenda grinste und zog die Augenbrauen hoch. „Habt ihr schon getan, was ich euch gesagt habe, und die Rollen Toilettenpapier geholt?"

„Schon, aber ich verstehe nicht, warum die Kinder nicht ins Haus gehen können, wenn sie mal müssen", sagte Daniel.

Brenda lachte. „Das Toilettenpapier ist für die Dekoration!"

Alle vier Kinder sahen auf die Papierrollen, die sie geholt hatten, und ihre Mienen verrieten das blanke Entsetzen. „Wir dekorieren mit *Klopapier*?", fragte das Geburtstagskind. Sein leuchtend rotes Haar ließ ihn im gleißenden Sonnenlicht noch blasser aussehen.

„In meinem Benimmbuch von Amy Vanderbilt steht bestimmt drin, dass man so was nicht macht." Leah hatte ein dreißig Jahre altes Exemplar dieses Bestsellers in einem Antiquariat erstanden und ihn nach den Hausaufgaben wie einen Roman gelesen. „Klopapier wurde zwar in dem Buch nirgends erwähnt. Aber ich meine auch so, dass das Ganze ein bißchen peinlich ist. Findest du nicht?"

„Vertraut mir ruhig", sagte Brenda. „Seht mal her." Wie eine Wissenschaftlerin, die ein bahnbrechendes Experiment vorführt, rollte sie knapp zwei Meter Papier ab. „Folgt mir, Männer, ich werde euch jetzt zeigen, wie man die tollste Partydekoration zum Preis einer Sechserpackung Toilettenpapier macht."

Die Kinder liefen ihr hinterher, ohne recht an ihre Worte zu glauben.

Brenda lachte über den Ausdruck auf ihren Gesichtern. Sie stellte sich in die Mitte des für die Feier vorgesehenen Geländes. „Oh, ihr Kleingläubigen!“ Sie sah hinauf in das Astwerk der gewaltigen Eiche und Ulmen, die dort überall auf dem Gelände standen. Sie beugte sich nach hinten und warf eine Rolle über einen Ast. Das Papierende verfing sich darin, und die Rolle fiel zu Boden, wobei sich ein langes, weißes Band abspulte.

„Cool!“, rief Daniel. „Dürfen wir auch mal?“

Die Skepsis war gewichen, und schon hatten die Kinder ihre helle Freude daran, ihre Rollen über die Äste zu werfen, wobei sie jubelten und lachten. Nachdem Brendas Papprolle zu Boden gefallen war, zog sie sich ein wenig zurück und schaute den Kindern zu, wie sie ein weißes Band nach dem anderen in großen Schlaufen an die Äste hängten. Auch wenn es kein Krepppapier war, so sah es dennoch richtig professionell aus.

„Brenda! Was treibt ihr denn da?“, rief David, indem er sich aus einem Fenster lehnte.

„Wie soll man sonst ‚für einen Appel und ein Ei‘ eine Dekoration herstellen?“, rief sie ihm vergnügt zurück. „Komm runter, und hilf uns!“

Einen Augenblick später erschien er im Garten, stützte die Hände in die Hüften und sah besorgt in die Bäume. „Wie wollt ihr das ganze Zeug da wieder rauskriegen?“

„Da mach dir mal keine Sorge. Das kriege ich hin. Nach der Feier ziehe ich einfach überall dran.“

„Und was ist, wenn es regnet?“

„Wehe!“

Sein Gesichtsausdruck war in diesem Augenblick so komisch, dass sie laut lachen musste. „Hast du Zeit, Ballons aufzublasen? Helium war zu teuer. Ich denke, dass wir deshalb blasen, bis uns die Puste ausgeht.“

„Mama, können wir noch mehr Klopapier haben?“, fragte Rachel. „Meins ist schon alle.“

„Das reicht jetzt“, antwortete Brenda. „Sieh mal, es sieht doch toll aus. Hilf uns lieber mit den Ballons. Wir wollen sie aufblasen, sie zu einer Traube zusammenbinden und sie dann an den Vogelhäusern befestigen."

Die Gesichter der Kinder verrieten, dass sie vom Feuereifer ihrer Mutter angesteckt worden waren. Sie hätte sie jetzt beauftragen können, sich Spaten zu holen und ein tiefes Loch zu graben – sie hätten auch das als großen Spaß angesehen. Sie bliesen die Ballons auf, bis sie die Hälfte geschafft hatten. Dann wurde es langsam heiß, und Brenda war klar, dass sie bereits weggeschmolzen sein würden, noch bevor die Feier anfing. Joseph sah besonders erschöpft aus. Er war blass, schwitzte stark und keuchte. „David, schließ doch mal den Rasensprenger hinter dem Haus an, während wir hier die Ballons aufblasen. Das ist eine der Aktivitäten während der Feier. Die Kinder können durchs Wasser rennen, wenn ihnen heiß ist."

„Gute Idee", sagte David. Er schwitzte selbst schon, und sein rotes Haar war nass und strähnig.

„Aber sie werden dabei doch pitschnass", sagte Leah. „Was sollen denn die anderen Eltern denken, wenn ihre Kinder durchnässt nach Hause kommen?"

„Mrs. Vanderbilt hätte ihre helle Freude daran gehabt", versicherte Brenda, während David hinter dem Haus verschwand. „Komm, Mädchen, nimm dir ein paar Ballons und fang an zu blasen."

Sie schaute zu, wie die Kinder um die Wette bliesen. Als sie aber bemerkte, dass Joseph nur noch zusah, strich sie ihm übers feuchte Haar und sagte: „Joseph, fühlst du dich wohl?"

„Ja, Mutti", sagte er. „Ich schwitze nur so."

„Möchtest du ins Haus gehen, dich abkühlen und was trinken?"

„Nein, Mutti, ich stelle mich lieber unter den Rasensprenger und kühle mich da ab."

„Du bist das Geburtstagskind und kannst es dir aussuchen."

Eigentlich hatte sie erwartet, dass er die Gelegenheit freudig nutzen und mit einem Satz am Sprenger sein würde. Stattdessen trottete er gemächlich hinter das Haus.

„Joseph, erinnere Papa, dass der Sprenger das Papier in den Bäumen nicht treffen darf."

„Mach ich."

Irgendwann hörten sie auf, noch mehr Ballons aufzublasen, und als es eins war, sah das Gelände festlich geschmückt und einladend aus. Zwei Autos kamen gleichzeitig an, und sogleich stürzten acht quirlige Rangen in den Garten. Brenda wünschte den Eltern viel Spaß für die seltene Gelegenheit, traute Zweisamkeit zu pflegen, und versicherte ihnen, dass für Aufsicht gesorgt sei. Drüben öffnete sich die Tür der Sullivans, und Tory kam mit Brittany und Spencer herüber.

Als Spencer das in den Bäumen drapierte Toilettenpapier entdeckte, hielt es ihn nicht mehr bei seiner Mutter. Brittany machte einen Luftsprung und rief: „Sieh mal, Mutti. Sieh doch mal!“

Tory trug blassblaue Shorts mit einer passenden Bluse. Sie sah aus wie ein Model, das zum Fotoshooting geht. Brenda wunderte sich, dass sich jemand so zurechtmachte, wenn Haarpracht und Schminke bei der Hitze ohnehin nicht lange hielten. Tory schaute neugierig zu den Bäumen hinüber und grinste dann, als wolle sie sagen: „Brenda, Brenda, was hast du dir da wieder eingebrockt!“

„Sag mal, Brenda ...“

„Ich bekomme das alles wieder runter, keine Sorge“, unterbrach sie Brenda. „Die Kinder sind jedenfalls begeistert.“ Ihr war klar, dass das für Tory noch lange kein Motiv war, in beiden Gärten möglicherweise eine große Schweinerei anzurichten.

Spencer und Brittany warfen ihre Geschenke in die Mitte des Tisches, auf dem schon einige Päckchen lagen. „Mach meins zuerst auf, Joseph“, befahl Spencer. „Jetzt gleich!“

Joseph, der nicht mehr so schwitzte, weil sein T-Shirt durchnässt war, schüttelte den Kopf: „Das kann ich nicht, Spence. Es ist noch nicht so weit.“

„Ach, Mann“, sagte Spencer und fand sich damit ab.

„Wieso bist du so nass?“

„Hinterm Haus ist ein Rasensprenger an. Du kannst dich auch nass machen, wenn du willst.“

Spencer war nicht mehr zu halten. Er sprang von dem Picknicktisch, auf dem er gesessen hatte, und wollte gerade hinter dem Haus verschwinden.

„Spencer, nein“, rief Tory ihm hinterher. „Er hat heute schon zweimal gebadet und hat jetzt die dritte Garnitur an.“

„Es trocknet doch wieder“, lachte Brenda. „Komm, Tory, es gehört zu den Sachen, die wir vorbereitet haben. Außerdem ist David hinten und hat ein Auge drauf.“

„Wir könnten schnell nach Hause laufen und unsere Badesachen holen ...“

„Neiiiin“, protestierte Spencer. „In Sachen macht das viel mehr Spaß!“

Tory seufzte und schien sich mit der vierten Garnitur abzufinden. Brittany wollte nun unbedingt auch. „Darf ich mich auch nass machen?“

Brenda wusste, dass Tory kein Verständnis für die Begeisterung hatte, die der Satz ‚*Nass machen*‘ gerade allenthalben auslöste. Für sie bedeutete dies alles nur noch mehr Mühe und Arbeit. Doch schließlich überließ sie auch ihr zweites Kind dem nassen Element. Um nicht andauernd an ihre jetzt pudelnassen Kinder zu denken, beobachtete Tory die anderen noch trockenen Exemplare.

„Sie sind alle ganz unterschiedlich im Alter. Geht denn keins von ihnen richtig zur Schule?“

„Nein, sie werden alle zu Hause unterrichtet“, antwortete Brenda.

„Aber an einem Geburtstag müssen wir keine Schule machen“, sagte Joseph und presste einen Ballon an den Mund, um ihn aufzublasen. Der Ballon blähte sich ein wenig, während gleichzeitig sein Gesicht dunkelrot anlief. Er strengte sich mächtig an.

„Ich helfe auch“, sagte Tory und nahm sich einen Ballon. Im Nu hatte sie ihn zur richtigen Größe aufgeblasen, knotete das Ende zu und gab ihn Rachel, die mit buntem Band wartete, um alle aneinanderzubinden.

Joseph mühte sich immer noch mit seinem ab. Schließlich gab er auf und ließ ihn los. Er schwirrte einen Augenblick wie wild geworden im Zickzack durch die Luft, bis er kraftlos auf dem Tisch landete.

Brenda hielt inne und starrte erschrocken ihren Sohn an.

„Hast du ihn nicht aufblasen können, Schatz?“

„Keine Lust", antwortete Joseph.

„Möchtest du noch einmal durchs Wasser rennen?" Sie schob ihm das nasse Haar aus der Stirn und legte ihre Hand darauf. Sie war nicht besonders heiß. „Geh mal hin. Das wird dich erfrischen."

„Ja, vielleicht." Er stand von der Bank auf, um sich auf den Weg zu machen, hielt jedoch sofort inne, um sich irgendwo festzuhalten.

Brenda beugte sich vor, um in sein Gesicht zu sehen. „Joseph, was ist los?" Er antwortete nicht, sondern blickte nur ins Leere, wobei er schwankte und schließlich zusammensackte.

„Joseph!" Brenda kniete sich neben ihren bewusstlosen Sohn. „Tory, hol schnell David."

Doch David war schon da, bevor Tory sich rühren konnte. „Was ist los?"

„Joseph ist ohnmächtig geworden! Bringt mir einen kalten Lappen - irgendwas."

Daniel, der völlig durchnässt war und hinter seinem Vater gerannt gekommen war, zog sich sein T-Shirt aus und warf es seiner Mutter zu. Sie zitterte am ganzen Leib, als sie damit Josephs Gesicht kühlte. „Wach auf, Schatz, Joseph!"

Langsam schlug er seine Augen auf und sah sie teilnahmslos an.

„Er ist wieder bei Bewusstsein", rief Brenda. „David, wir müssen ihn zum Arzt bringen.

„Und die Feier?", jammerte Leah. „Wir können doch all die Gäste nicht allein lassen. Ihre Mütter sind nicht hier!"

Tory sah Brenda und David hilflos an. „Fahrt ihr beide mit ihm. Ich kümmere mich schon um alles."

„Geht's dir wieder besser, mein Junge?", fragte Brenda so gelassen wie möglich, um ihren Sohn nicht noch zusätzlich zu beunruhigen. „Ich kann auch allein fahren. David, du kannst ruhig hier bleiben und die Feier weiter beaufsichtigen. Achte nur darauf, dass etwas Kuchen für Joseph übrig bleibt und seine Geschenke nicht angerührt werden. Es müssen doch nicht alle gleich nach Hause gehen, oder?"

„Okay", sagte er. Auch er versuchte, so gelassen wie möglich zu wirken. „Joseph wird es gleich besser gehen, und all die guten Sachen sind noch da, wenn ihr wiederkommt. Leah, hol ein paar frische Sachen für Joseph, damit Mutti ihm die nassen ausziehen kann.“

Joseph war schon wieder auf den Beinen, und Brenda führte ihn zum Auto. Sie bekam die Tür nicht gleich auf und David lief, um ihr zu helfen. „David, ich rufe dich gleich an, wenn ich beim Arzt was gehört habe. Habt noch ein bisschen Spaß zusammen. Joseph ist sicher okay.“ Wie oft hatten sie das schon gesagt! Und wenn sie es sagten, dann allein der Kinder wegen – oder auch um sich selbst zu beruhigen.

David half Joseph ins Auto, während die anderen Kinder – einige nass vom Sprenger oder vom Schwitzen – sich um sie drängten. Leah drängelte sich nach vorn und gab Brenda ihr Portmonee und die Sachen zum Wechseln für Joseph. Als sie vom Grundstück fuhren, schaute Joseph bedrückt und tief enttäuscht aus dem Fenster.

Brenda versuchte, fröhlich zu wirken: „Na, das wird ja eine Feier, an die wir uns lange erinnern werden. Noch Jahre später werden wir sagen: ‚Erinnert ihr euch an Josephs neunten Geburtstag, als er einfach umgekippt ist?‘“

Joseph starrte noch immer gedankenverloren aus dem Fenster. „Klopapier ist besser als Krepppapier, stimmt's?“, fragte er mit leiser Stimme. „Und viel schöner. Es hat vor allem schon Spaß gemacht, bevor die anderen ankamen.“

Brenda versuchte, ihre Tränen zurückzuhalten, indem sie kräftig blinzelte. Gleich würden sie beim Arzt sein.

6. Kapitel

Das Wartezimmer beim Kinderarzt war brechend voll von kranken Kindern und Säuglingen, die zur Vorsorgeuntersuchung mussten. Als sie darauf warteten, endlich an die Reihe zu kommen, dachte Brenda, wie enttäuscht Joseph sein musste, eine Geburtstagsfeier zu verpassen, auf die er sich schon wochenlang so gefreut hatte. Sie selbst fühlte sich erschöpft. Der Schreck saß zu tief, der ihr in die Glieder gefahren war, als Joseph vor ihren Augen zusammenbrach.

Vielleicht war es ja tatsächlich der Blutzucker, wie Daniel gemeint hatte. Möglicherweise waren auch die Zimtrollen schuld, die sie zum Frühstück gebacken hatte. Aber sie wollte doch etwas ganz Besonderes an seinem Geburtstag auf den Tisch bringen. Vielleicht hatte er sich aber auch noch nicht von der Virusinfektion erholt, die ihm vor ein paar Wochen zu schaffen gemacht hatte. Oder aber es war einfach zu heiß für ihn.

So sehr sie sich auch wünschte, eine dieser eher harmlosen Erklärungsversuche würde den Tatsachen entsprechen, so reichte ihre Zuversicht doch nicht aus, um sich ein wenig zu beruhigen. Irgendetwas stimmte mit Joseph nicht. Irgendetwas lief in seinem Körper schrecklich schief.

Er lehnte seinen Kopf hinten an die Wand, und sein ganzer Körper hing schlaff in seinem Stuhl. Fast alle Farbe war aus seinem Gesicht gewichen, und das Haar, das getrocknet war, ohne gekämmt worden zu sein, kräuselte sich wirr.

Sie dachte angestrengt nach, was sie tun konnte, um ihm ein bißchen die Zeit zu vertreiben. Mit irgendetwas Schulischem wollte sie ihm nicht kommen. Das hatte sie versprochen, denn er hatte schließlich Geburtstag.

Sie griff in ihren Beutel, der alle möglichen Utensilien zur Beschäftigung für Kinder enthielt. Sie zog einen kleinen Malblock und einen Faserschreiber hervor, und Joseph dachte, seine Mutter wolle ihm beides geben. Doch sie selbst begann, etwas auf das Papier zu malen.

„Was malst du denn?“, fragte er.
„Wart’s ab.“
„Malst du für mich was?“
Sie lächelte ihm zu und hielt dabei ihre Hände über das Papier. Es sollte eine Überraschung sein. „Einen Augenblick, dann kannst du gucken.“
Als sie fertig war, riss sie das Blatt vom Block und wedelte damit.
„Was ist es?“, fragte Joseph.
Brenda schrieb noch eine Eins und sechs Nullen in die Mitte des Blattes.
„Es ist eine Eine-Million-Dollar-Note“, sagte sie, und es sollte gewichtig klingen.
„Eine Eine-Million-Dollar-Note?“, fragte er. „Gibt es denn so was überhaupt?“
„Weiß nicht genau“, antwortete sie. „Aber ich habe gerade gedacht, dass ein Kind, das seinen neunten Geburtstag so feiern muss wie du, eigentlich eine so hohe Belohnung verdient. Deshalb sollst du sie haben.“ Und mit diesen Worten übergab sie ihm den selbstgemachten Geldschein.
Er grinste. „Toll! Danke, Mutti.“
„Nun musst du ihn ausgeben.“
Er sah sie verdutzt an. „Ausgeben? Wie denn?“
Sie holte einen Kugelschreiber aus ihrer Tasche und reichte ihm diesen zusammen mit dem Blöckchen. „Du musst jetzt alles aufschreiben, wofür du deine Million ausgeben willst – auf Heller und Pfennig.“
Sein Lächeln war verflogen, und er sah sie misstrauisch an. „Versuchst du, mir eine Mathestunde unterzujubeln?“
Das wäre gar keine schlechte Idee gewesen. Aber daran hatte sie überhaupt nicht gedacht. „Bestimmt nicht. Es soll nur ein Spiel sein. Zeig doch mal, ob du es schaffst, eine Million auszugeben. Das ist schließlich eine Menge Geld.“
Er betrachtete den Geldschein und grinste. „Okay.“
„Was würdest du als Erstes kaufen?“
Er lehnte seinen Kopf hinten an die Wand und schloss seine Au-

gen, um nachzudenken. Als er sie wieder aufschlug, sah sie ein Leuchten darin. Das Gedankenspiel schien ihn regelrecht zu beleben. „Ich weiß schon was: einen ganzen Lkw voll Toilettenpapier. Dann könnten wir alle Häuser in der Nachbarschaft einwickeln, alles in der Straße – bis hinauf zu den Bergen."

Sie sah ihn missbilligend an. „Du hast eine Million, und du gibst das Geld für Toilettenpapier aus?"

„Das ist doch lustig."

„Okay, schreib's auf."

„Wie viel habe ich denn schon ausgegeben?"

„Kommt darauf an, wo du es kaufst. Sagen wir tausend Dollar. Und was noch?"

Er dachte noch eine Weile nach. „Wie viel kostet ein Swimmingpool?"

„Das hängt von der Größe ab. Meinst du so einen aufblasbaren oder einen, in dem man olympische Spiele veranstalten könnte?"

„Na klar, so'n großen."

Sie zuckte mit den Schultern. „Weiß ich nicht. Ich schätze mal 30.000 Dollar. Damit sind wir wohl auf der sicheren Seite. Was noch?"

Er zog 30.000 ab. „Ich habe ja immer noch so viel übrig. Wie wäre es mit einem Kabrio?"

„Da gibt es viele. Welches?" Sie stellte sich vor, wie er nun seine ganze Datenbank im Hirn nach Automarken durchforstete.

Die Antwort war eigentlich kaum überraschend: „Ein Jaguar-Kabrio!"

Ja, ja, das Fernsehen, dachte sie. Seit sie den ersten Blick auf die Mattscheibe erlaubt hatten, hatte er eine riesige Datenbank an Informationen angelegt. Und dann fragte sie ihn: „Welche Farbe soll es haben?"

„Rot." Er schrieb auf seinen Block. Unterdessen überlegte sie, wie viel ein solches Auto kosten würde.

„Rechne mal mit 100.000 Dollar. Das ist sehr schwer zu sagen, aber ich denke, dass wir damit nicht ganz falsch liegen. Wie viel ist noch übrig?"

„Zu viel! Ich werde gar nicht alles ausgeben können." Er überlegte angestrengt, was er sich noch wünschen könnte. In diesem Augenblick öffnete die Arzthelferin die Tür. „Joseph Dodd?"

Brenda stand schnell auf und nickte der jungen Frau zu. Dann folgte sie ihr mit Joseph ins Sprechzimmer.

Der Arzt nahm sein Stethoskop und horchte sorgfältig Josephs Herz ab. Brenda entging es nicht, dass ihm etwas nicht gefiel.

Als er das Hemd des Jungen wieder herunterzog, sagte er zu Brenda: „Ich denke, wir sollten noch ein paar weitere Untersuchungen durchführen."

„Was für Untersuchungen?"

„Wir sollten noch ein paar Dinge abchecken", sagte er so beiläufig wie möglich. „Wir wollen einfach ausschließen, dass etwas übersehen wird. Können Sie ihn rüber in die St.-Francis-Klinik bringen?" Er sprach zwar mit ruhiger Stimme, aber es klang doch eine gewisse Dringlichkeit durch.

Sie sah ihn beunruhigt an. „Jetzt gleich?"

„Ja, ich möchte die Ergebnisse schnell haben. Es ist nämlich gar nicht normal, wenn so kräftige Jungen wie Joseph an ihrem Geburtstag einfach umfallen. Nicht wahr, mein Junge?" Er legte Joseph die Hand auf die Schulter. „Ich werde die Schwester bitten, dich schon anzumelden. Die Untersuchungen werden ein Weilchen dauern."

Brenda nickte, ohne ein Wort zu sagen. Dabei versuchte sie, ein paar unschöne Gedanken zu verscheuchen. Die Untersuchungen würden bestimmt wieder ein Vermögen kosten. Und sie fragte sich, ob das alles wirklich nötig sei. Aber es war natürlich müßig, darüber nachzudenken. Es ging schließlich um die Gesundheit ihres Sohnes. Und wenn der Arzt sie für wichtig hielt, dann mussten sie eben durchgeführt werden.

Während Joseph nebenan im Belohnungsglas kramte, um genau den richtigen Sticker zu erwischen, sprach Brenda den Arzt noch einmal im Flur an. „Herr Doktor, ist es etwas Ernstes?"

Es fiel ihm schwer, ihr in die Augen zu sehen. „Das kann ich so nicht sagen. Wahrscheinlich ist es nichts Ernstes. Vielleicht ist er nur überhitzt oder etwas überdreht gewesen. Ich möchte nur sichergehen." Er tat sehr beschäftigt, indem er etwas auf ein Krankenblatt kritzelte. Gleichzeitig versuchte er, sich davonzustehlen.

Aber Brenda hielt ihn zurück. „Wonach suchen Sie?"

Noch immer schaute der Arzt sie nicht direkt an. „Nichts Konkretes. Aber die Tests erlauben uns, eine sichere Diagnose zu stellen – wenn es denn überhaupt einen Befund gibt."

Dieser Mann brachte sie zur Weißglut. Am liebsten hätte sie ihn geschüttelt und ihn gezwungen, ihr endlich in die Augen zu sehen. Aber das war nicht ihre Art. Schweigend machte sie sich auf den Weg zum Auto. Und nur mit Mühe konnte sie ihre Tränen zurückhalten.

7. Kapitel

Cathy bog in den Zedernring ein, und sofort entdeckte sie die Girlanden aus Toilettenpapier auf den Bäumen zwischen den Grundstücken der Dodds und der Sullivans. Was, in aller Welt, sollte das bedeuten? In einem Haus, in dem Teenager wohnen, musste man ja mit allem rechnen. Sollten sich Freunde des zwölfjährigen Daniel einen Streich ausgedacht haben? Aber das am helllichten Tag?

Gerade als Cathy auf ihr Grundstück fuhr, kam der Schulbus und hielt in ihrer kleinen Straße. Sie stieg aus und wartete auf ihren Hund, der auf sie zugelaufen kam, als dieser plötzlich die Richtung wechselte und nun zum Bus lief.

Mark, ihr zweiter Sohn, stieg aus, knuddelte seinen Hund und schlenderte dann die Zufahrt entlang. „Hallo, Mutti. Hast du schon gesehen – drüben bei Daniel? Cool. Warum bist du schon so früh zu Hause?"

„Ich muss mit deinem Bruder reden." Sie küsste ihn auf die Stirn, doch er entglitt ihrer Umarmung, weil irgendjemand es ja mitbekommen könnte. Sie akzeptierte die Zurückweisung, ohne gekränkt zu sein. „Wie war die Schule?"

„Ganz okay." Er eilte ins Haus, und sie folgte ihm.

Die Schulmappe landete auf dem Boden direkt hinter der Tür. Doch Cathy schaffte es, ihren Sohn gerade noch am Hemd zu packen, bevor er in seinem Zimmer verschwinden konnte. „Nimm sie gleich mit in dein Zimmer, mein Freund."

„Aber ich muss gleich Hausaufgaben machen."

„Willst du sie etwa gleich hier auf dem Fußboden machen?"

„Na ja, aber ..."

„Nimm die Mappe mit in dein Zimmer!"

Er stöhnte demonstrativ und schnappte sich die Schultasche. Im selben Augenblick hörte Cathy, wie ein Auto in die Garage fuhr. Durch die offene Tür sah sie, dass sich Rick und Annie offenbar heftig stritten. Sie seufzte. Schon mehrfach hatte sie sich gefragt, ob es klug war, sie in einem Auto zur Schule fahren zu lassen, wo sie sich schon zu Hause ständig in den Haaren lagen. Auf der anderen Seite wollte sie Annie auch nicht mit irgendeinem Hallodri fahren lassen, der mehr Strafzettel in den Akten als Kilometer auf dem Tacho hatte.

Rick stieg aus und schlug die Tür zu, dass es krachte.

„Du bist so ein mieser Kerl!“, schrie Annie ihm hinterher und schlug ihre Tür noch kraftvoller zu.

„Schaff mir diese Frau vom Hals, Mutti!“, schimpfte Rick. „Ich habe einfach die Nase voll!“

Beide stürmten ins Haus. „Was ist nun schon wieder los?“, fragte Cathy streng.

„Er ist so ein gemeiner Kerl“, wiederholte Annie, wobei sie ihr langes, braunes Haar von den Schultern schüttelte. „Ich bat ihn, eine Freundin mitzunehmen und zu Hause abzusetzen. Und er hat rundweg abgelehnt. Er hat es ihr einfach ins Gesicht gesagt. Es war so peinlich.“

Auch wenn die beiden Teenager noch so sehr zerstritten waren, so war ihr Verhalten doch immer noch erstaunlich synchron. Gleichzeitig ließen sie ihre Schulrucksäcke neben der Eingangstür fallen, und beide eilten zum Kühlschrank. „Es ist nicht meine Aufgabe, durch die ganze Stadt zu kutschen“, sagte Rick, indem er mit sanftem Körpereinsatz an ihr vorbeizog.

Annie wehrte sich mit einem Bodycheck, der einem Eishockeyspieler alle Ehre gemacht hätte.

„Sie wohnt nicht ‚in der ganzen Stadt‘. Es ist kaum eine Meile drüben am Hang. Und außerdem ist es auf unserem Weg. Du hättest dir keinen Zacken aus der Krone gebrochen.“

„Wenn du dein eigenes Auto kriegst, kannst du fahren, wohin du willst. Ich bin jedenfalls kein Taxiunternehmen für dich und deine Freundinnen.“

„Es sieht nicht so aus, als ob ich überhaupt jemals eins bekommen würde, denn du bist ja Muttis Liebling. Ich bin ja nur das Sandwichkind. Ich schlage mich so still und leise durch, ohne dass es jemand bemerkt.“

„Wenn du eine andere Einstellung bekämst, würde sie dir ...“

„He!“, rief Cathy dazwischen. *„He, ihr beiden!!“* Beim zweiten Zwischenruf wandten sich die Geschwister gleichzeitig um und machten den Eindruck, einmütig über die Einmischung empört zu sein.

Cathy nahm die beiden zentnerschweren Schulrucksäcke auf. „Bringt sie sofort in eure Zimmer!“, befahl sie.

„Was machst du überhaupt schon zu Hause?“, fragte Rick, so als ob sie hier eigentlich noch gar nichts zu suchen hätte.

„Ich möchte mit dir reden“, gab sie zur Antwort. „Aber bringt erst eure Ranzen weg!“

Jeder nahm seinen, und Rick murmelte: „Toll, man wird keinen Augenblick mehr in Ruhe gelassen. Annie schreit mir in ein Ohr, und du brüllst ins andere. Ich kann dieses Haus nicht mehr ertragen!“

Eine empfindsamere Mutter wäre jetzt vielleicht gekränkt gewesen. Aber Cathy nahm es gelassen. Rick hatte ohnehin einen Hang zur dramatischen Übertreibung. Und da er gleichermaßen abfällig von seiner Schule, vom Job und von seinem Elternhaus sprach, nahm sie es nicht allzu persönlich. Sie war nur fest entschlossen, sich nicht durch sein Theater von ihrem Kurs abbringen zu lassen.

Den ganzen Nachmittag über hatte sie über das Kondom in seiner Tasche nachgedacht, und ihre Entrüstung hatte sich dabei immer mehr gesteigert. Jetzt aber konnte sie sich nicht entscheiden, ob sie Rick in Gegenwart der anderen zur Rede stellen oder ihm in sein Zimmer folgen sollte. Sie entschloss sich für das Gespräch unter vier Augen.

Er bekam erst nicht mit, dass sie ihm folgte. Erst als er seinen Schulrucksack auf einen Haufen schmutziger Wäsche in seinem Zimmer warf, bemerkte er die Mutter im Türrahmen. „Läufst du mir nach?“, fragte er vorwurfsvoll.

„Ja, ich laufe dir hinterher.“ Sie trat in sein Zimmer und schloss die Tür hinter sich, wobei sie sich vornahm, nicht nach dem Ursprung des ranzigen Geruchs zu fragen, der im ganzen Zimmer lag. „Wir müssen mal was besprechen.“

Er schob ein paar Kleidungsstücke beiseite und ließ sich rücklings auf sein Bett fallen. „Ich strenge mich den ganzen Tag in der Schule an, werde auf dem Nachhauseweg angemacht, und nun noch das!"

Zunächst wollte sie ihn beruhigen, dass ihr Anliegen keine so ernste Sache sei. Aber als sie zufällig wieder die Folie in ihrer Tasche fühlte, meinte sie, dass es im Grunde noch schlimmer sei, als er ahnen konnte. Sie fühlte, dass ihre Knie weich wurden. Sie stieß einen Haufen getragener Klamotten von einem Stuhl, so dass sie einen weiteren Haufen auf seinem Zimmerboden bildeten. „Rick, ich habe etwas gefunden, als ich deine Hosen waschen wollte."

„Ach ja?", fragte er unbekümmert. „Habe ich wieder Geld drin gelassen?"

Sie beobachtete ihn genau und fragte sich, ob er nur das Unschuldslamm spielte. „Nein, Rick, es war kein Geld."

„Was dann?" Sein Gesichtsausdruck änderte sich schlagartig. Ging ihm ein Licht auf? Ihm stockte der Atem. „Ach, du hast das ..." Er verstummte. Brachte er es nicht über die Lippen?

„Ja, ich habe das Kondom gefunden", sagte sie. Sie spürte Hitze im Gesicht aufsteigen. Sie ahnte, dass sich ihre Stimme gleich überschlagen würde und die Geschwister, von ihrer im ganzen Haus vernehmbaren Gardinenpredigt angezogen, durch ihre Anwesenheit Rick in den Schmollwinkel drängen würden. Doch sie wollte nicht, dass alles so vergeblich endete. Deshalb stützte sie ihre Ellenbogen auf die Knie und ihr Kinn in die Hände. So konnte sie besser nachdenken. Schließlich sagte sie: „Rick, ich möchte wissen, warum du es bei dir hattest."

Er starrte sie an, und sie bereitete sich innerlich auf den Vorwurf vor, sie mische sich in seine Privatangelegenheiten.

„Dachtest du, dass *ich* es benutzen wollte?"

Mit dieser Reaktion hatte sie nicht gerechnet. „Rick, verkaufe mich nicht für dumm."

„Ich bin auch nicht blöd. Das gibt's doch nicht! Jetzt kriege ich Probleme, wofür ich ..."

„Rick, es war in *deiner* Tasche."

„Das ist doch ganz egal. Nur weil ich ein Kondom bei mir habe, heißt das doch noch lange nicht, dass ich es mir gekauft habe und beabsichtige, es zu benutzen."

„Warum hattest du es dann bei dir?"

„Jeder in der Schule hat eins bei sich."

Sie biss die Zähne aufeinander und schwieg einen Augenblick. „Rick, wenn andere ins Wasser springen, springst du doch auch nicht gleich hinterher. Ich möchte nicht, dass mein Sohn ..."

„Du verstehst gar nichts", unterbrach er sie. „Man hat sie an uns in der Schule – in der Klasse – verteilt."

Sie starrte ihn mit offenem Mund an. Hatte sie richtig gehört? „Man hat sie euch gegeben?"

„Klar. Es war wieder diese Aufklärungskampagne gegen AIDS. Aber das Ganze ist der Witz des Jahres. Alle Jahrgänge von der siebten Klasse an kommen zusammen, und dann hört man einen Vortrag über Safer Sex und so was."

Er sprach darüber, als sei es das Natürlichste auf der Welt, und er ging selbstverständlich davon aus, dass seine Mutter sofort im Bilde war. *Ach, natürlich die Aufklärungskampagne gegen AIDS ...* Aber Cathy hatte keine Ahnung.

Die Wut stieg in ihr hoch. Sie stand auf, so dass sie ihm direkt in die Augen sehen konnte. „Willst du ernsthaft behaupten, dass sie die Dinger in der Schule verteilt haben?"

„Klar", sagte er und grinste dabei. Er genoss es, sie so fassungslos zu sehen.

„Rick, ich weiß, dass ich manchmal ein bisschen naiv bin. Aber ganz dumm bin ich nicht."

„Mutti, ich sage die Wahrheit! Ruf doch in der Schule an und frag nach."

War es schon einmal vorgekommen, dass er einen Anruf in der Schule anregte? Aber die Tatsache, dass er es tat, sprach ihrer Meinung nach dafür, dass er die Wahrheit sagte.

„Wann war das?"

„Vergangenen Freitag."

„Warum hast du mir nichts davon erzählt?"

Er zuckte mit den Schultern. „So eine große Sache war das auch wieder nicht. Außerdem ist es schon ein bisschen peinlich, mit der Mutter über Kondome zu reden."

„Du hättest es doch wegwerfen können."

„Wollte ich ja, aber dann habe ich es vergessen. Außerdem: wenn du es im Mülleimer gefunden hättest, wärst du genauso in die Luft gegangen. Mutti, bleib auf dem Teppich. Bei wem sollte ich es denn benutzen? Ich habe doch gar keine Freundin."

Sie beruhigte sich ein bisschen und lehnte sich zurück. „Das weiß ich. Deshalb war ich ja gerade so durcheinander."

„Das heißt natürlich nicht, dass ich nicht eine Freundin haben *könnte,* wenn ich wollte. Das wäre kein Problem. Bei der Schulfete neulich habe ich ein nettes Mädchen getroffen."

Eigentlich wollte es Cathy nicht wissen. Aber dann fragte sie doch: „Ach ja? Wer war es?"

„Jeanie Bradford."

Ja, sie besann sich. Das Mädchen war mehrere Jahre zusammen mit Annie im Tanzunterricht. Und sie kannte die Mutter flüchtig. „Nettes Mädchen."

„Ja, wirklich nett." Die roten Flecken auf seinen Wangen deuteten an, wie unangenehm ihm das Ganze war. Er wandte sich ab. „Denk nicht, dass ich verliebt bin oder so was. Es ist wahrscheinlich unsere erste und letzte Verabredung. Es ist auch mehr oder weniger Pflicht, zu der Schulfeier zu gehen."

Er war mit seinen Gedanken längst bei der Schulfeier, und das Kondom war schnell vergessen. Aber Cathy blieb hartnäckig. „Ich werfe es also weg. Es gibt wohl keinen Grund, es zu behalten."

„Mach das. Nur weil ich ein Mädchen zum Schulfest begleite, brauche ich *das* nicht. Du hast mich doch gut erzogen, oder?"

„In Ordnung", sagte sie. Am liebsten hätte sie ihm verboten, auf diese Fete zu gehen, und ihm noch einmal deutlich gemacht, dass er erst nach einer Hochzeit mit einer Frau intim werden dürfe. Aber im Augenblick schien ihr das noch nicht angebracht und vielleicht ein wenig zu radikal. „Ich kann es noch immer kaum glauben, dass du es in der Schule bekommen hast."

„Hattet ihr denn keinen Sexualkundeunterricht in der Schule?"

Sie versuchte, sich 25 Jahre zurückzuerinnern. Das schien drei Ewigkeiten her zu sein. „Ich denke, dass wir mal einen Film gesehen haben. Der handelte von einem Mädchen, das schwanger wurde. Aber das war schon das Höchste der Gefühle." Sie stand auf, machte ein paar große Schritte über die Wäscheberge und verließ das Zimmer. In diesem Moment klingelte das Telefon. Noch bevor sie die Treppe erreichte, rief Annie: „Mutti, für dich!"

Sie öffnete Annies Tür. „Wer ist es?"

„Irgend so 'n Typ", sagte Annie und hielt mit einer Hand die Sprechmuschel zu. Und leise fügte sie hinzu: „Ich frage: ‚Wen darf ich melden?' Er antwortet: ‚Der Lieblingspatient.' Ich dann: ‚Ach, der Rottweiler?' Worauf *er* sagt: ‚Bin ich für dich ein Hund?' Netter Flirt, wer immer es ist."

„Verbinde mich nach unten", sagte Cathy und lief die Treppen hinunter. Im Wohnzimmer nahm sie ab. „Hallo?"

„Cathy, ich bin's, John. Ich meinte natürlich, dass meine Katze dein Lieblingspatient ist. Und außerdem hatte ich nicht die Absicht, mit deiner Tochter zu *flirten.*"

Sie bemühte sich zu lachen. „Tut mir Leid, ich wusste nicht, dass du mithören konntest."

„Ist schon in Ordnung. Ich wollte nur fragen, wann ich dich heute Abend abholen soll."

Sie war ganz überrascht. Heute Abend? Hatte sie etwas vergessen? Ihr Zögern sprach Bände, und er seufzte. „Du hast gesagt, dass ich dich heute Abend ausführen darf – endlich. Mann, Cathy, du wirst mir doch nicht schon wieder einen Korb geben. Ich bin dir jetzt schon wochenlang hinterhergelaufen. So langsam geht mein Selbstwertgefühl zur Neige."

„John, es ist gerade heute für mich ein besonders dummer Tag."

„Cathy, du hast es mir versprochen."

„Weiß ich, aber ..."

„Nun komm schon. Du wirst sehen: wir haben viel Spaß zusammen. Du hast dir gerade heute eine Pause verdient."

Sie hatte plötzlich die Werbemelodie von McDonald's im Ohr und fragte sich, ob er wohl vorhatte, sie ins Schnellrestaurant einzuladen. John, der seine Perserkatze regelmäßig zur Untersuchung brachte, war ein attraktiver Mann. Im Grunde hätte sie sich geschmeichelt fühlen sollen, dass er sich für sie interessierte. Und tatsächlich wäre ihr der Umgang mit einem gestandenen Mann nicht schlecht bekommen. Während sie den Hörer ans Ohr hielt, öffnete sie mit der anderen ihren Pferdeschwanz. „Na okay. Ich glaube, ich kann mich losreisen."

„Wenn du nur noch ein bisschen Vorfreude entwickeln könntest!"

„Sie lächelte. „Ich sagte dir doch: ein blöder Tag."

„Dann gib mir die Chance, noch etwas Schönes daraus zu machen."

Seine tiefe, rauhe Stimme hat schon etwas Charmantes, dachte sie. Sie lockerte ihr Haar und überlegte, wie lange sie brauchen würde, etwas Ansehnliches daraus zu machen. Zu lange. Aber dann dachte sie doch, dass es die Mühe wert sein könnte. „Okay, hol mich um sieben ab."

„Mache ich. Und keine Rückzieher mehr. Ich kenne alle möglichen Ausreden: Oma liegt im Sterben, Überstunden, Hund kriegt Junge ..."

Nachdem Cathy den Kindern Essen gemacht hatte, ging sie nach oben, um sich fertig zu machen.

„Bis später, Mutti. Ich gehe jetzt", rief Rick nach oben. Sie kam ein Stück die Treppe hinunter und sah über das Geländer. „Wohin gehst du?"

„Zur Arbeit", sagte er. Wenn Rick nicht in der Tierklinik aushalf, dann arbeitete er beim Supermarkt an der Kasse und half den Kunden beim Einpacken.

„Du hast mir ja gar nicht erzählt, dass du heute noch arbeiten musst."

„Es ist auch nicht nach Plan. Ich musste mit jemand tauschen, damit ich zur Fete frei habe."

„Ach ja?" Sie stieg noch den Rest der Treppe hinunter. „Ich gehe nämlich heute Abend aus. Da kann Annie ja dann auf Mark aufpassen."

„Kann ich nicht“, hörte sie von oben protestieren. Annie kam polternd die Treppe hinunter. „Mutti, ich habe mich heute Abend verabredet!“

„Verabredet? Am Donnerstagabend? Du darfst doch in der Woche abends gar nicht mehr weg.“

„Aber Mutti, ich bin schon 15, und Paps lässt mich auch immer gehen.“

Cathy hatte keine Lust, eine Diskussion über Jerry vom Zaun zu brechen. „Während der Woche bist du doch nie bei ihm. Wir haben in unserem Haus feste Regeln, Annie.“

„Mutti, ich habe dich letzte Woche gefragt, ob ich heute Abend zum Baseballspiel unserer Schule gehen darf, und du hast ja gesagt.“

„Du hast mir aber nicht erzählt, dass du mit einem Jungen gehen willst.“

„Ich dachte doch nicht, dass das eine Rolle spielt. Bitte, Mutti. Es ist Allen Spreway. Ich habe schon viele Monate ein Auge auf ihn geworfen. Und dann hat er mich endlich gefragt, ob er mich einladen darf. Ich möchte unbedingt gehen!“

„Was mache ich dann aber mit Mark?“

„Weiß ich nicht“, erwiderte Annie. „Es ist doch nicht meine Aufgabe, mich um Mark zu kümmern. Du bist die Mutter.“

Mark kam aus der Küche, seine Hand tief vergraben in einer Chipstüte. „Ich bin kein Baby mehr. Ich kann auf mich selber aufpassen.“

„Trotzdem lasse ich dich nicht allein zu Hause.“

„Dann sage deine Verabredung ab.“

Sie dachte einen Augenblick daran, John anzurufen und tatsächlich abzusagen. Aber der Gedanke, ihn wieder zu versetzen, war ihr höchst unangenehm. Vielleicht hatte er dann endgültig die Nase voll von ihr. Sie kam auf die Idee, ihn hereinzubitten, wenn er käme, um sie abzuholen. Sie könnte ihm hier etwas zu essen machen. Vielleicht könnten sie auch zu Hause einen Film ansehen. Aber es war bislang keine glückliche Konstellation gewesen, einen Mann bei sich zu bewirten, wenn die Kinder im Haus waren. Meist reichte dann schon ein einziger Besuch aus, um ihren männlichen Gästen klarzumachen, dass sie nicht ihr Typ war.

Es ist schon bezeichnend, dass ausgerechnet alleinerziehende Mütter mit vorlauten Kindern so oft bei den Männern durchfallen.

„Mark, ich möchte meine Verabredung eigentlich nicht absagen, aber ich will dich auch nicht allein lassen. Könntest du vielleicht bei jemand übernachten?"

„Mitten in der Woche?"

„Nein, das klappt bestimmt nicht", stöhnte sie. „Ich werde dann mal erst John anrufen ..."

„Du, Mutti, ich kann alleine bleiben. Wirklich. Gib mir eine Chance."

„Dazu bin ich noch nicht bereit. Was hältst du davon, mit Annie zu dem Spiel zu gehen?"

„Auf keinen Fall!", unterbrach Annie sie empört. „Lieber sterbe ich, als *den* mitzunehmen, wenn ich mich verabredet habe."

„Lieber sterbe ich, als mit *der* mitzugehen", wehrte sich Mark.

Völlig frustriert trottete Cathy zum Telefon. Sie wählte Johns Nummer, aber er war gerade nicht im Büro. Sie hinterließ ihm eine Nachricht und bat um Rückruf. Er würde sofort ahnen, dass sie absagen wolle, und sie dann endgültig in die Wüste schicken, womit er wahrscheinlich auch Recht hätte. Aber das wollte sie auf keinen Fall. Am Ende war er vielleicht doch noch der Richtige.

Während sie auf seinen Rückruf wartete, versuchte sie, unter der warmen Dusche ihre ganze Anspannung wegzuspülen. Sie konnte doch eigentlich ganz zufrieden sein, dass Rick das Kondom nicht selbst gekauft hatte, dass er es nicht mit einem Mädchen benutzen wollte und nichts dagegen hatte, es wegzuwerfen. Trotzdem ...

Die Tatsache, dass man in der Schule Kondome wie Pfefferminzbonbons ausgeteilt hatte, ärgerte sie doch gewaltig.

Sie spülte gerade das Shampoo aus dem Haar, als sie Annie aus der Diele rufen hörte: „Mutti, Telefon!"

Sie stellte das Wasser ab, wickelte sich ein Handtuch um und lief zum Telefon. „Hallo, John?"

„Nein, ich bin's, Mark."

Sie war völlig entgeistert. „Mark, ich dachte, du wärst unten."

„Nein. Ich bin drüben bei den Dodds. Ich wollte mir den eingewickelten Garten ansehen. Cool, nicht? Mr. Dodd sagte, ich könnte bei Daniel übernachten. Weil sie zu Hause Unterricht haben, kann man das ohne weiteres auch mal in der Woche tun."

„Aber *du* musst doch in die Schule."

„Ich komme morgen früh rasch rüber und mache mich fertig. Wo ist das Problem?"

Sie überlegte. „Gib mir mal Brenda." Er legte den Hörer hin, und sie konnte hören, wie er mit dem Vater sprach. Schließlich kam er zurück: „Sie ist nicht hier. Sie ist mit Joseph beim Arzt."

„Denkst du, dass es ihr recht ist?"

„Klar! Sonst noch was? Ich komme jetzt rüber und hole mein Zeug."

„Komm erst mal nach Hause, und mach deine Schularbeiten", sagte sie. „Dann kannst du wieder rübergehen."

Sie legte auf und setzte sich auf die Bettkante. Plötzlich kamen ihr Bedenken. Brachte es irgendetwas, heute Abend auszugehen? Oder zögerte sie nur, weil sie zu Hause sein wollte, wenn Annie von ihrer Verabredung heimkäme? Oder wollte sie kontrollieren, ob Rick nach dem Job gleich nach Hause kommen oder noch auf eine Party gehen würde? Musste sie nicht auch noch Marks Hausaufgaben nachsehen, um sicherzugehen, dass er sie alle machte?

Die Tür flog auf und Annie stürzte herein. „Sind meine Haare in Ordnung? Und habe ich zu viel Lidschatten drauf?"

Cathy warf einen prüfenden Blick auf sie. „Fein, für wen machst du dich eigentlich so schick?"

„Er ist einfach süß", antwortete Annie. „Er hat blaue Augen und einen verführerischen Mund."

Über seinen Mund wollte Cathy eigentlich gar nichts wissen. Sie fragte sich, ob auch er ein Kondom in der Schule bekommen hatte. „Wann wirst du wieder zu Hause sein?"

„Sobald das Spiel aus ist, es sei denn, wir gehen noch einen Burger oder irgendetwas anderes essen."

„Keine Hamburger. Du kommst gleich danach nach Hause."

„Mutti, warum hängst du dich da rein? Du bist doch sowieso nicht hier."

Die Vorstellung, dass Annie unüberprüfbar nach Hause kommen würde mit einem Jungen, der vor kurzem einen Film über Safer Sex gesehen haben soll, beunruhigte sie sehr. Sie entschloß sich, mit John schnell etwas zu essen und sich dann sogleich wieder aus dem Staub zu machen. Sie wollte unbedingt zu Hause sein, wenn Annie heimkehrte.

„Ich werde zu Hause sein", versicherte sie ihr. „Und ich möchte, dass du gleich heimkommst. Immerhin ist morgen wieder Schule."

„Ist ja okay. Doch alle aus meiner Schule werden bei dem Spiel sein."

„Ich lasse dich ja auch zu dem Spiel."

„Warum kann ich dann nicht hinterher noch ein bisschen bleiben?"

„Entweder du bist bereit, gleich nach Hause zu kommen, oder du bleibst hier und gehst gar nicht."

„Wenn ich hier bleibe, bleibst du dann auch hier bei mir?"

Der aufmüpfige Tonfall reizte Cathy, ihr etwas an den Kopf zu werfen. Aber sie hielt sich zurück. „Annie, warum sprichst du so mit mir?"

„Weil du auch mit mir so redest."

„Ich bin schließlich deine Mutter."

„Und ich bin deine Tochter."

Solch ein Dialog gehörte zu den zermürbenden Spielen, die sie öfters miteinander spielten. Das erinnerte irgendwie an die Kinderzeit, als die Kleine immer wieder das letzte Wort der Mutter nachsagte, bis diese, zur Weißglut gebracht, die Beherrschung verlor.

Mit einem vernehmlichen Seufzer verschwand Cathy in ihrem begehbaren Kleiderschrank, um etwas zum Anziehen herauszusuchen. Sie griff ein schlichtes Kleid und einen Pulli und legte beides aufs Bett.

„Willst du das etwa anziehen?", fragte Annie.

Cathy drehte sich zu ihrer Tochter um und fragte: „Was soll ich denn deiner Meinung nach anziehen?"

„Was Fetzigeres.“ Annie verschwand im Kleiderschrank und kam mit einem wesentlich farbenfroheren Kleid wieder hervor. „Zieh das an.“

Irgendwie wirkte es sonderbar, dass die Tochter *ihr* half, sich für ein Rendezvous zurechtzumachen. Cathys Stimmung verschlechterte sich zusehends.

„Na gut, Annie, ich werde es anziehen. Danke.“

„Prima. Und wenn ich dir beim Make-up helfen soll, dann musst du nur Bescheid sagen. Nimm doch ruhig ein bißchen mehr Rouge als sonst.“

„Kann ich machen.“ Cathy begab sich zum Schminktisch. Aber Annie kam ihr zuvor. „Ich bin noch nicht fertig.“

Cathy schloß die Augen und dachte nach. Eigentlich hätte sie jetzt, da ihre Teenager anfingen, sich zum Rendezvous zu verabreden, längst eine glücklich verheiratete Ehefrau sein und im Zenit ihres Lebens stehen müssen. Stattdessen stritt sie sich mit ihrer Tochter um den Platz vor dem Schminkspiegel, um sich wie sie für eine Verabredung zurechtmachen zu können.

Als Annie ihr endlich Platz machte, schminkte sich Cathy so, wie sie es selten tat, und dann schlüpfte sie in ihr Kleid. Jetzt war es aber höchste Zeit, sich auf den Weg zu machen. Sie musste tatsächlich einmal Abstand gewinnen von Verantwortung, Routine und ständigen Forderungen. Es würde sicher schön sein, mit einem erwachsenen und reifen Menschen den Abend verbringen zu können. Und wer weiß – vielleicht würde sich auch etwas daraus entwickeln.

Als ihr dieser Gedanke kam, keimte ein wenig Hoffnung auf. Zum ersten Mal seit langem freute sie sich auf einen Abend.

8. Kapitel

Es kam Brenda und Joseph so vor, als seien sie schon Stunden im Krankenhaus. Man hatte EKG, Echokardiographie, und andere Tests durchgeführt, deren Namen Brenda noch nie zu Ohren gekommen waren. Auch hatte sie keine Vorstellung, zu welchem konkreten Zweck die einzelnen Untersuchungen vorgenommen wurden. Aber sie versuchte, so unverkrampft wie möglich zu bleiben und Joseph aufzumuntern, damit dieser diesen unglücklichen Tag einigermaßen überstehen würde.

Es war schon schrecklich, all das an seinem neunten Geburtstag über sich ergehen lassen zu müssen. Sie würde ihm den Verlust auf jeden Fall ersetzen, auch wenn sie dafür noch einmal eine Feier organisieren und die Bäume neu dekorieren müsste.

Niemand im Krankenhaus wollte ihr irgendwelche Ergebnisse mitteilen. Und als sie sich dann endlich mit Joseph auf den Heimweg machen konnte, war sie kein bisschen klüger als zuvor. Man hatte sie nur angewiesen, ihn ruhig zu halten und ihm so viel Bettruhe wie möglich zu gönnen.

Brenda und Joseph verspeisten gerade die letzten Hamburger, die David noch auf dem Grill gehabt hatte, als der Hausarzt anrief: „Sie wollen sicher etwas über die Ergebnisse erfahren. Von einigen Untersuchungen habe ich sie schon“, sagte er zu Brenda. „Gehen Sie doch mal mit Joseph zu Dr. Robinson. Er ist Herzchirurg und Kinderspezialist.“

„Was ist er?“ Sie stand vom Tisch auf und ging mit dem schnurlosen Telefon ins Nebenzimmer, wo die Kinder nicht mithören konnten. David folgte ihr.

„Sie glauben, es ist das Herz?“, fragte sie mit ruhiger Stimme.

„Die Untersuchungen haben gezeigt ... Nun, es ist ein wenig vergrößert. Es ist schwer zu sagen, warum.“

„Vergrößert?“ Dieses eine Wort wirkte wie Sprengstoff. „Wie kann es dazu kommen?“

„Das kann ganz verschiedene Ursachen haben“, sagte der Hausarzt. „Möglicherweise war es das Virus, das er sich vor ein paar Wochen eingefangen hatte. Auch eine Jahre zurückliegende Erkrankung kann Schäden angerichtet haben und sich jetzt erst zeigen. Ich möchte eigentlich nicht darüber spekulieren. Ich werde morgen früh gleich Dr. Robinson anrufen. Aber Sie müssen sich einen Termin holen. Versuchen Sie, so schnell wie möglich einen zu bekommen."

„Mache ich. Ich rufe gleich morgen an. Wie soll ich mich in der Zwischenzeit mit Joseph verhalten?"

„Vermeiden Sie jede Anstrengung."

„Kann man ihm ein Medikament geben?"

„Sicher. Diese Störung kann man auf vielerlei Weise behandeln. Dr. Robinson wird ihn wahrscheinlich in kürzester Zeit wiederherstellen. Machen Sie sich also keine unnötigen Sorgen."

Keine Sorgen? Er hatte gut reden. In Gedanken versunken, trennte sie die Verbindung.

„Es ist sein Herz?", fragte David fast atemlos.

Sie sah das blanke Entsetzen in seinen Augen, das sie selbst gerade spürte.

„Kann sein. Vielleicht aber auch nicht. Er möchte, dass wir ihn zu einem Herzchirurgen bringen, der sich auf Kinder spezialisiert hat." Sie bedeckte ihren Mund mit zitternder Hand, um einen Schluchzer zu unterdrücken. „David, er hat gesagt, dass Joseph ein vergrößertes Herz hat."

„Vergrößert? Was bedeutet das?"

„Ich weiß es nicht." Sie zog ihn zu sich, und sie fielen sich in die Arme. Würde ihre Solidarität stark genug sein und es ihnen gelingen, die Angriffe abzuwehren, denen sich ihr Sohn ausgesetzt sah?

Sie schafften es, sich der Kinder wegen zusammenzureißen. Und sie sprachen erst wieder über ihr Problem, als sie alle im Nebenzimmer beschäftigt waren. Mark war gekommen und hatte sein Monopoly mitgebracht, so waren die Kinder eine Weile abgelenkt.

Als die beiden allein waren, lief David in der Küche hektisch hin und her, wobei er sich das Gesicht mit seinen schwieligen Händen rieb. „Er braucht die beste Versorgung, die absolut beste. Ich muss wahrscheinlich ein paar Extraaufträge annehmen", sagte er. „Die Rechnungen werden nicht ohne sein."

„Schon die Untersuchungen heute werden nicht billig sein", sagte Brenda. Sie saß am Küchentisch und hatte die Bibel vor sich liegen, die immer eine Kraftquelle für sie gewesen war. Aber irgendwie konnte sie sich heute überhaupt nicht auf den Text konzentrieren.

„Wie sieht denn unsere Versicherung aus?"

„Wir kriegen nur 70 Prozent ersetzt. Das sind die Freuden der Selbständigkeit."

Sie waren vor Jahren zu dem Schluss gekommen, dass es gut für die Familie wäre, wenn David sich selbständig macht, auch wenn das Engpässe bei den Finanzen, hohe Steuern und eine minimale Krankenversicherung bedeuten würde. Aber als Tischler, der zu Hause arbeitet, konnte er Brenda bei der Unterrichtung der Kinder helfen und die Söhne bereits früh an seinen Beruf heranführen. Daniel half ihm auch schon öfters am Nachmittag. Dieses Arrangement funktionierte normalerweise ganz gut, und keiner von ihnen wollte etwas daran ändern. Aber in Krisenzeiten dachten sie dann doch, wie schön es wäre, durch ein Anstellungsverhältnis sozial abgesichert zu sein.

„Wir werden es schon schaffen, David", sagte sie. „Der Herr wird uns beistehen. Er hat es immer getan."

David schaute verlegen zu Boden, wie er es immer tat, wenn sie ihren Glauben ins Spiel brachte. Er teilte ihn nicht, und für ihn war alles Fromme ein Aberglaube. Sie versuchte, sich seine Ablehnung nicht allzu sehr zu Herzen zu nehmen. „David, er wird für uns sorgen. Du wirst sehen."

Sie wusste, was er jetzt dachte: Natürlich sei *er,* der Mann, es, der für alles zu sorgen habe. „Wir werden es schaffen!", sagte er aufmunternd.

Und Brenda fügte hinzu: „Und außerdem glaube ich, dass Joseph gar nicht so krank ist." Das war wieder ihr typischer Optimismus, für den sie bekannt war. „Wir werden zum Arzt gehen, er wird sich Joseph ansehen und sagen, dass ihm gar nichts fehlt und dass es

Zeitverschwendung war, mit ihm zu kommen. Es wird sich herausstellen, dass er nur ohnmächtig geworden ist, weil die Sonne zu heiß gebrannt und er zu viel Süßigkeiten gegessen hat. Sein Herz ist nur ein bißchen größer, weil es voller Liebe ist ..."

Davids Gesichtsausdruck verriet ihr, dass dies wieder einmal eine Situation war, in der sie beide mit ihren Überzeugungen und Erwartungen weit auseinander lagen. Er erhob sich und sagte: „Es ist zwar noch gar nicht dunkel geworden. Aber ich gehe doch schon ins Bett. Es war ein langer Tag."

„Mach das. Ich bleibe noch auf, bis alle Kinder im Bett sind."

Sie sah David hinterher, wie er in der Diele verschwand, und wandte sich dann wieder der Bibel zu. Sie konnte keinen klaren Gedanken fassen, weshalb sie glaubte, nicht die richtigen Worte zu finden, um vor Gottes Thron treten zu können. Sie hätte es so gern gehabt, wenn ihr Mann jetzt bei ihr gewesen wäre. So hätte der Stärkere für den Verzagten eintreten können. Aber David wollte davon nichts wissen.

Sie lehnte sich in ihrem Stuhl zurück und dachte an jenen Abend vor fast zwanzig Jahren, als sie mit einer Freundin ihren ersten Gottesdienst besucht hatte. Wieder zu Hause, hatte sie David erzählt, dass etwas mit ihr geschehen sei. Sie hatte damals Christus gefunden und war außer sich vor Freude. Sie konnte kaum abwarten, ihm zu erzählen, wie der Heilige Geist sie berührt hatte.

Ihre große Hoffnung war es, dass auch er die gleiche Erfahrung machen würde. Sie war zwar durchaus auf sein Desinteresse vorbereitet, aber womit sie nicht gerechnet hatte – und was sie wie ein Schock traf, war seine blinde Wut, die sie von ihm überhaupt nicht kannte. Er tat so, als habe sie ihm angekündigt, ihn verlassen zu wollen und zu ihren neuen Freunden zu ziehen. Sein Verhalten war erschreckend und völlig irrational. Er versuchte, ihr die Gottesdienstbesuche zu verbieten, und er forderte von ihr, ihrem Glauben abzuschwören, den er abartig fand. Doch sie weigerte sich standhaft.

An jenem Abend war sie aufgewühlt und beunruhigt ins Bett gegangen, während ihr Mann nebenan das Nachtprogramm im Fernsehen ansah. Sie konnte lange nicht einschlafen. Sie weinte und betete. Und diese Gebete mussten ins Nebenzimmer hinübergetragen worden sein, denn kurz nach Mitternacht kam David ins Bett.

Mit verweinten Augen setzte er sich auf ihre Bettkante und bat um Verzeihung dafür, dass er so außer sich geraten sei. „Ich habe meine Gründe, dass ich die Kirche so ablehne", sagte er dann.

Sie setzte sich auf. Das Licht aus der Diele beleuchtete eine seiner Gesichtshälften, während die andere im Dunkeln blieb. Sie sah, dass er litt. „Aber du bist doch in einer Gemeinde groß geworden. Deshalb dachte ich, dass gerade du mich verstehen würdest."

„Ich durchschaue das alles mehr als du. Die Leute in der Gemeinde, in der du warst ... Sie sind ganz anders, als du denkst."

„Woher willst du das wissen?", fragte sie. „Du warst doch noch nie da."

„Aber ich kenne Leute ihres Schlages."

Sie fühlte sich in die Ecke gedrängt und wusste nicht, wie sie reagieren sollte. Verlegen nahm sie seine Hand. „David, nicht die Leute sind wichtig, es geht um unsere Beziehung zu Jesus."

Er erhob sich, und seine Umrisse lösten sich in der Dunkelheit des Zimmers auf. „Ich dachte, ich wäre dem allen entronnen. Als ich mein Elternhaus verließ, musste ich niemals wieder eine Kirche betreten. Und auch für dich war Kirche niemals ein Thema. Und jetzt bist du aus heiterem Himmel ganz verrückt nach all dem religiösen Getue. Und ich soll das einfach so hinnehmen?"

„Es wird mich zu einem besseren Menschen machen. Ich werde dadurch nicht negativ verändert."

„Ich glaube eben nicht, dass es dich zum Vorteil verändern wird", erwiderte er. „Ich habe erlebt, was der Glaube aus Menschen macht."

Damit war das Gespräch beendet, und er ging, um sich wieder vor den Fernseher zu setzen. Sie aber hatte damals die richtige Entscheidung getroffen, als sie sich vornahm, einfach darum zu beten, dass sich seine Einstellung ändern möge. Sie wollte alles tun, damit ihr Glaube niemals Anlass zur Verbitterung bei ihm sei. Und das musste ihr gelungen sein, denn als die Kinder kamen, hatte er nichts dagegen, dass sie sie mit in die Gemeinde nahm. Doch er selbst weigerte sich standhaft, sie zu begleiten.

Seine Beweggründe schlummerten offenbar tief in seinem Innersten, und er war nicht bereit, irgendjemand daran teilhaben zu lassen. Im Laufe der Jahre begann Brenda jedoch durch Äußerungen seiner Mutter zu ahnen, was ihn bewegen könnte. So erfuhr sie zufällig, dass sein Vater Prediger gewesen war – eine Tatsache, die David bisher verschwiegen hatte. Und eben jener fromme Vater hatte sich schließlich mit der Organistin der Gemeinde aus dem Staub gemacht, als der Sohn noch ein kleiner Junge war. All das ließ Gründe ahnen, warum er so verbittert war und die Gemeinde ablehnte. Es musste aber noch mehr dahinter stecken. Brenda betete jeden Tag in der Hoffnung, dass David eines Tages seinen Käfig öffnen, mit ihr über alles reden und sich zu dem Gott bekehren werde, der vergangene Verletzungen heilt.

Dieses Gebet war zwar nach dreizehn Jahren immer noch nicht erhört worden. Aber sie hatte nicht aufgegeben.

Ihr Herz war so schwer wie lange nicht mehr, und sie entschloss sich, ihre Gebetspartnerin anzurufen. Sie wählte Sylvias Nummer und hoffte, sie nicht aus dem Schlaf zu reißen.

„Hallo?"

„Sylvia, ich bin's, Brenda."

Sylvia hatte ein gutes Gespür dafür, wenn bei ihrem Gesprächspartner nicht alles in Ordnung war. „Was hast du auf dem Herzen? Geht es Joseph einigermaßen? Ich bin später auch noch auf der Feier gewesen, und Tory hat mir davon erzählt."

„Tja ... das weiß ich eben nicht so richtig."

„Bist du noch angezogen?"

Brenda sah an sich herab. Ja, sie trug noch immer die Sachen, die sie schon den ganzen Tag über anhatte. „Ja, warum?"

„Dann komme ich schnell rüber. Wir setzen uns ein bisschen vors Haus."

Brenda fühlte sich sofort ein bisschen leichter, als sie aufgelegt hatte und nach draußen ging.

9. Kapitel

John fuhr Cathy nicht auf dem direkten Weg zum Restaurant. Stattdessen meinte er, sie brauche Erholung, und er wisse, was man da tun könne. Er fuhr auf die Anhöhe von Bright Mountain, von wo man kurz vor Einbruch der Dunkelheit einen herrlichen Blick über das erleuchtete Breezewood hatte. Dort oben angekommen, versuchte er, gleich drei der üblichen Anstandsschritte bei einem Rendezvous zu überspringen.

Sie stieß ihn von sich und stieg aus dem Auto.

„Nun hab dich nicht so. Was ist mit dir los?", fragte er und stieg ebenfalls aus.

„John, du hast mich zum Essen eingeladen. Und ich war einverstanden, mit dir *essen* zu gehen. Ich bin heute Abend deiner Einladung nicht gefolgt, um betatscht zu werden."

Er fühlte sich verletzt und missverstanden. „Ich dachte, es würde dich entspannen, wenn wir hier rauffahren. Ich wollte nur ein bisschen romantisch sein."

„Ich möchte mit dir nicht romantisch sein", sagte sie. „Ich kenne dich doch kaum."

Er tat so, als zöge er ein Messer aus seiner Brust. „Und ich habe gedacht, du magst mich. Na gut, steig ein. Wir gehen was essen."

Mit einem Seufzer der Erleichterung setzte sie sich ins Auto, schloss die Tür und befestigte den Sicherheitsgurt. Auch er ließ sich auf der anderen Seiten in seinen Sitz fallen.

„Ich möchte mal was wissen", sagte sie verärgert, als er wieder auf die Straße einbog. „Ich bin einfach mal neugierig. Erlauben es dir die anderen Frauen, mit denen du ausgehst, dass du sie schon betatscht, wenn der Motor in deinem Wagen kaum warm gefahren ist?"

Er lächelte verlegen. „Du wirst es kaum glauben, aber die meisten wollen es nicht. Ich muss wohl mal meine Technik ändern." Er sah sie mit Unschuldsmiene an. „Du kannst doch einem Mann nicht vorwerfen, es zumindest zu versuchen. Also, wo wollen wir essen?"

Sie hatte plötzlich keinen Hunger mehr. „Ist mir egal, John. Ehrlich gesagt, ich möchte am liebsten nach Hause."

„Das ist ja wohl die Höhe!", schimpfte er. „Ich kann doch eine hübsche Maid nicht schon nach kaum einer Stunde wieder nach Hause fahren!"

„Nun mach kein Theater, John, du hast nicht bekommen, was du wolltest, und deshalb solltest du mich jetzt nach Hause bringen. Hak es einfach als Reinfall ab."

„Reinfall für mich oder für dich?"

„Reinfall für mich", schoss sie zurück. „Ich dachte bisher immer, solche Alpträume würden nur noch meiner Tochter bevorstehen. Ich wäre nie auf die Idee gekommen, dass auch ich noch mal betroffen sein könnte. Ich war immer der Meinung, die Hormone würden in unserem Alter nicht mehr eine so vordergründige Rolle spielen."

Es kränkte ihn mehr, dass sie sein Alter ins Spiel brachte als dass sie empört über sein Verhalten war. „Nun mach aber mal halblang. *So* alt bin ich nun auch nicht!"

„Bring mich jetzt nach Hause."

„Du bist aber nachtragend", sagte er vorwurfsvoll. „Ich habe doch gesagt, dass es mir Leid tut. Das Schlimmste, was man mir vorwerfen kann, ist, dass ich eine hübsche Frau anziehend finde. Frieden?"

Als er an der Straße vorbeifuhr, durch die sie zu ihrem Haus gelangt wären, sah sie ihn verwundert an. „Wohin fahren wir?"

„Zu einem Restaurant."

„Ich sagte doch, dass ich nach Hause will!"

„Ja, aber das lasse ich nicht zu." Er sagte es ganz sanft und versöhnlich. „Wir gehen jetzt erst mal was essen. Wir speisen schön, wir werden uns gepflegt unterhalten – und dann wirst du mir vergeben. Ich habe Mist gebaut, okay? Ich hätte nicht gleich so anlehnungsbedürftig sein dürfen. Aber du bist nun mal ein tolles Weib. Da konnte ich mich eben nicht im Zaum halten."

Sie fragte sich, ob das ehrlich gemeint war oder nur eine Schmeichelei sein sollte. „Ich *möchte* mit dir nicht mehr essen gehen, John."

Er fuhr auf den Parkplatz eines Restaurants und stellte den Motor ab. „Entspanne dich. Es ist doch nur ein Essen. In Gegenwart all der Leute kann ich dir sowieso nichts antun."

Wenn sie daran dachte, was sie für diesen Abend alles auf die Beine gestellt hatte: Sie trug ein „fetziges" Kleid und war geschminkt wie selten. Irgendwie kam sie sich idiotisch vor. War sie nicht wie eine störrische Dreijährige, die mitten auf dem Weg stehen blieb und sich trotz guten Zuredens weigerte, einen Schritt weiterzugehen? Es war John, der sie in diese verzwickte Lage gebracht hatte. Jetzt wusste sie auch wieder, warum sie Männer so abstoßend fand.

„Ich mache dir doch auch keine Vorwürfe mehr wegen deines abweisenden Verhaltens", sagte er mit sanfter Stimme. „Ich bin nicht immer so. Und außerdem gehe ich gar nicht so oft aus. Im Grunde bin ich eher ein Stubenhocker. Ich war furchtbar aufgeregt, bevor ich dich abholte. Deshalb trank ich auch noch ein Glas Wein. Vielleicht hat mich das ein bisschen angeheitert."

Sie tat so, als würde sie das alles nicht beeindrucken. Sie warf ihm einen kurzen Blick zu. „Du warst nervös, bevor du mich abholtest?"

„Klar. Du bist wunderhübsch mit deinen blonden Haaren. Alles spricht für dich. Du müsstest doch eigentlich *die* gute Partie für die Männer in deinem Ort sein. Was würdest du schon an mir altem Knacker finden?"

Dieses Eingeständnis von Schwäche beschwichtigte sie ein wenig und änderte ihre Einstellung zu ihm. Sie schwieg einen Augenblick. Und auch er sagte nichts mehr. Sie sah hinüber zum Restaurant. Sie kannte es von außen und wollte schon immer einmal hineingegangen sein. Was konnte es schaden, wenn er ihr ein Steak spendieren würde?

„In Ordnung", sagte sie mit einem Seufzer. „Gehen wir."

„Wirklich?", fragte er ungläubig.

„Ja", sagte sie. „Aber trink nicht mehr. Es bekommt dir nämlich nicht."

Er nickte und sie gingen hinein. Cathy versuchte, den ersten Teil dieses Rendezvous' zu vergessen, nun, da der zweite seinen Lauf nahm.

John war eigentlich kein Langweiler. Dennoch war sein Themenangebot ein wenig beschränkt. Nachdem er eine geschlagene halbe Stunde über sich und sein Leben geplaudert hatte, wäre ihr ein anderes Thema lieb gewesen. Aber offenbar hatte er noch lange nicht alle Variationen erschöpfend behandelt.

Nach dem Essen bekam sie plötzlich Kopfschmerzen, und obgleich er keinen Alkohol mehr getrunken hatte, wurde er auf der Heimfahrt wieder zudringlich. Sie hatte so gehofft, dass das üppige Mahl seinen Appetit in jeder Beziehung gestillt hatte.

„Bist du sicher, dass du nicht mehr zu unserer Stelle willst?“

„Ganz bestimmt nicht. Bring mich nach Hause, John. Ich möchte dort sein, bevor meine Tochter kommt.“

„Wie alt ist sie eigentlich?“

„Fünfzehn.“

„Da braucht sie doch keinen Babysitter mehr. Sie kann schon für sich selber sorgen.“

„Bring mich nach Hause, John.“

Eingeschnappt wie ein kleines Kind, das seinen Willen nicht bekommt, fuhr er in den Zedernring hinein und ließ sie dort aussteigen.

10. Kapitel

Barry war um halb neun immer noch nicht zu Hause. Und je weiter die Zeiger der Uhr vorrückten, desto verärgerter wurde Tory. Sie hatte die Kinder zum dritten Mal an diesem Tag gebadet und schließlich ins Bett gebracht. Aber sie selbst hatte noch keine Lust, ins Bett zu gehen. Eigentlich hätte sie ja ihre verlorenen Seiten neu erstehen lassen können, aber sie setzte sich lieber auf ihr Trimmrad, um allen Frust auszuschwitzen.

Als der Streckenzähler irgendwann zehn Meilen anzeigte, gab sie auf. Sie duschte und setzte sich noch hin, um eine Weile zu lesen. Die Romane im Regal ließ sie aber links liegen. Dafür nahm sie sich ein Selbsthilfebuch vor, das ihr die Mutter zu Weihnachten geschenkt hatte. Es ging darin um die Chancen, sein eigenes Leben richtig zu gestalten.

Als sie Barry in die Garage fahren hörte, hatte sie bereits das ganze Kapitel über Lebensziele und Prioritäten gelesen. Doch das, was sie da las, machte sie wütend. Die Verfasserin dieses Buches hatte offenbar nicht zwei Kinder, keine verklebte Computertastatur und keinen Ehemann, der ständig spätabends nach Hause kam.

Während sie draußen das Rumpeln des Garagentores hörte, überlegte sie, wie sie ihn begrüßen sollte. Würde sie aufgebracht sein und ihm eine Strafpredigt halten? Oder sollte sie sich lieber damit abfinden, die unterwürfige Ehefrau spielen und ihn wie den verlorenen Sohn mit Küsschen und Liebe in die Arme nehmen?

Als er die Tür aufschloss, hatte sie sich entschieden, nichts dergleichen zu tun. Stattdessen schlüpfte sie in ihre Pumps und huschte an ihm wortlos vorüber nach draußen. Er sah ihr verblüfft nach und folgte ihr dann. „Wo gehst 'n du hin?"

„Mit Brenda was besprechen", antwortete sie kurz angebunden. „Joseph ist heute krank geworden. Ich möchte wissen, wie es ihm geht. Die Kinder schlafen schon."

„Dummer Tag gewesen?", fragte er.

Kaum zu fassen, dass er den Nerv hatte, dies jetzt zu fragen. Sie drehte sich zu ihm um und sah ihn missbilligend an. „War ein *langer* Tag – vor allem, weil mein Ehemann und Erziehungspartner es nicht für nötig hielt, wenigstens zu Hause zu sein, bevor die Kinder im Bett lagen."

„Du hättest sie doch noch nicht ins Bett schicken müssen."

„Ich wusste nicht, wann du nach Hause kommst. Du bist jedenfalls später hier, als du angekündigt hattest."

Er zog eine Grimasse, als wolle er seinen Zweifel zum Ausdruck bringen, ob es überhaupt klug war, nach Hause zu kommen. „Übrigens, wir haben den Vertrag in der Tasche."

„Gratuliere."

Sie machte sich auf den Weg und hörte im Gehen, wie die Tür hinter ihr ins Schloss fiel.

Es war schon beinahe dunkel, und eine kühle Brise, die von den Hängen herabfiel, ließ sie diesen glühenden Tag fast vergessen, an dem die Kinder so elend geschwitzt und ein kleiner Junge in Ohnmacht gefallen war. Den Gipfel der Smoky Mountains umhüllten bereits dichte Nebelschwaden.

Als sie am Nachbargrundstück vorbeikam, hörte sie Stimmen und sah Brenda und Sylvia vor dem Haus der Dodds auf einer Gartenschaukel sitzen. Sie unterhielten sich leise. Als Tory näher kam, war sie unsicher, ob sie sich vielleicht in ein allzu privates Zwiegespräch einmischen würde. Sie dachte schon daran, den Rückzug anzutreten. Aber das hätte bedeutet, den Zwist mit Barry auszufechten. So entschloss sie sich, es doch mit den Nachbarinnen zu versuchen.

„Na, habt ihr es euch gemütlich gemacht?", fragte sie im Näherkommen.

„Tory!", rief Brenda. „Komm, setz dich. Wir reden gerade noch mal über alles, was heute passiert ist."

War das wirklich alles heute passiert? „Ich wollte mich eigentlich nur erkundigen, wie es Joseph geht", sagte sie, als sie die Veranda betrat. Sie zog sich zwei Korbstühle heran und setzte sich neben die Gartenschaukel, wobei sie den einen als Fußstütze benutzte.

„Tja, wir wissen es auch nicht so richtig", sagte Brenda. „Vielleicht ist er ja ganz in Ordnung."

Tory fixierte Brenda. „Was meinst du mit ‚vielleicht'?"

Man sah es Brenda an, dass sie nach Worten suchte. Und Sylvia antwortete stattdessen: „Morgen werden noch weitere Untersuchungen angestellt. Man weiß noch nicht, warum er eigentlich bewusstlos geworden ist."

Das hörte sich gar nicht gut an. Tory nahm ihre Füße vom Stuhl und lehnte sich vor, als ob sie dann besser verstehen würde. „Was für Untersuchungen, Brenda?"

Brenda seufzte. „Sein Herz. Es scheint ein bisschen vergrößert zu sein. Wir waren mit ihm bei einem Herzchirurgen, der sich auf Kinder spezialisiert hat."

„So etwas gibt es?", fragte Tory. Sie war bisher nie auf den Gedanken gekommen, dass es Kinder mit Herzproblemen gibt.

„Ja, offensichtlich", antwortete Brenda. „Joseph fühlt sich wieder ganz wohl. Nach seiner Bewusstlosigkeit hat er sich eigentlich schnell wieder erholt. Wir haben ihn dann den Rest des Tages ganz in Ruhe gelassen. Vielleicht ist es auch nur irgendein Virus. Oder die Ärzte haben das Röntgenbild falsch interpretiert. Das kommt ja bekanntlich immer mal vor. Ärztliche Kunstfehler gehören zum Alltag."

Tory spürte nun selbst einen Druck auf der Brust, und sie versuchte sich vorzustellen, wie sie es erlebt hätte, wenn eins ihrer Kinder an seinem Geburtstag bewusstlos geworden wäre und man ihr hinterher eröffnete, dass sein Herz vergrößert sei. „Und wie gehst du damit um, Brenda?", wollte sie wissen.

„Irgendwie komme ich schon klar damit", sagte sie mit jenem selbstbewussten Lächeln, das man auch sonst von ihr kannte. „Es geht schon an die Nerven. Doch ich glaube fest, dass es gut ausgehen wird."

Plötzlich erleuchteten zwei Scheinwerfer den sonst dunklen Zedernring, und die Frauen beobachteten, wie ein fremdes Auto langsam die Straße entlangfuhr und auf Cathys Grundstück einbog.

„Rendezvous?", fragte Sylvia.

„Denke schon", antwortete Tory. Sie sah hinüber zum Haus ihrer Nachbarin und lächelte. „Cathy hat's gut."

„Hat's gut?", frage Brenda. „Wieso sagst du das?"

„Weil sie von einem attraktiven Mann ausgeführt wird – zum Essen und ins Konzert. Barry hat mich schon monatelang nicht mehr zu irgendetwas eingeladen. Er ist ja auch kaum zu Hause."

„Ja, du liebe Zeit", entrüstete sich Sylvia, „er kommt doch wenigstens jeden Abend nach Hause. Er ist kein Außendienstmitarbeiter, der die ganze Woche über unterwegs ist."

„Er *schläft* gerade noch zu Hause", widersprach Tory. „Nehmen wir den Tag heute. Es war ein Horrortag, und gerade erst vor zehn Minuten ist er hereingeschneit."

„Warum bist du dann nicht zu Hause bei ihm?"

Tory sah zu Sylvia hinüber. Sie konnte ihr diese logische Frage eigentlich nicht verübeln. „Im Ernst, Tory, du beschwerst dich, dass er so selten zu Hause ist. Warum bist du dann nicht bei ihm, wenn er es dann ist?"

Tory fühlte sich angegriffen und stand sofort auf. „Stimmt eigentlich. Ich werde nach Hause gehen." Kannte sie diese Situation nicht? Schon als Kind war es immer wieder vorgekommen, dass sie sich von Freundinnen beleidigt gefühlt, schmollend ihre Puppen eingepackt und sich davongestohlen hatte. Hatte sie dieses Gefühl noch immer nicht abgeschüttelt, dass sie zu keiner Gruppe gehörte und dass diejenigen, die sie duldeten, nur darauf warteten, bis sie endlich verschwand?

„Wir wollten dich nicht vergraulen", sagte Brenda, die geübte Schlichterin, schnell. „Sylvia hat ja damit nicht gemeint, dass du nach Hause gehen sollst. Stimmt's, Sylvia?"

„Natürlich nicht", sagte Sylvia. Aber man merkte ihr an, dass sie überzeugt war, Tory gehörte eigentlich nach Hause. „Ich wollte ja nur daran erinnern, dass er jetzt zu Hause ist."

„Ich weiß, dass er zu Hause ist", sagte Tory schnippisch. „Ich bin eben nur ein bisschen sauer auf ihn."

„Kann ich irgendwie auch verstehen", sagte Sylvia. „Auch ich bin früher öfter auf Harry sauer gewesen, wenn er spät nach Hause gekommen war. Doch irgendwann ist mir bewusst geworden, dass er sowohl für seine Patienten als auch für mich so viel arbeitet.

Nach seinem Verständnis versorgte er seine Familie, so, wie er es zu Hause gelernt hatte."

„Aber Barry rettet da draußen keine Menschenleben", sagte Tory. „Es war nur so ein blöder Rechenschaftsbericht, der sicher Zeit gehabt hätte."

„Ich denke, dass du ein bisschen Cathy beneidest, die mit einem Mann ausgeht. Aber ich weiß nicht, ob du wirklich in ihrer Haut stecken möchtest. Denk mal darüber nach, wie viel du in deine Beziehung zu Barry schon investiert hast. Er ist dein langjähriger Partner. Wenn du ihn nicht mehr hättest, müsstest du wieder ganz von vorn anfangen und mit Männern anbändeln, die du nicht kennst. Das ist sicher kein Vergnügen."

Tory sah sie skeptisch an. „Cathy scheint jedenfalls viel Spaß dabei zu haben."

Kaum hatte sie diese Worte ausgesprochen, da kam Cathys Freund gegenüber aus dem Haus, stapfte zu seinem Wagen, schlug die Tür heftig zu und brauste davon. Die drei Frauen sahen sich an und prusteten vor Lachen.

Kurz darauf öffnete sich drüben die Tür und Cathy erschien – diesmal in Jeans und T-Shirt. Sie musste ihr Kleid so hastig von sich geworfen haben, wie Spencer es mit seinen Sonntagssachen nach dem Gottesdienst tat – in genau fünf Sekunden. Sie überquerte die Straße und bündelte dabei ihr Haar zu einem Pferdeschwanz. Schließlich erreichte sie die Veranda, wo ihre Nachbarinnen saßen und schwatzten.

„Ich habe euch drei Gaffer vorhin hier schon sitzen sehen, als wir vorbeifuhren", sagte sie. „Da dachte ich, ich gehe rüber und erzähle euch gleich alles brühwarm, bis Mark irgendwann nach Hause kommt."

Tory ließ sich von Cathys Sarkasmus nicht beirren und fragte einfach: „Wer war denn der Typ?"

„Ein Kerl, der seinen Hund immer gleich zu mir in die Praxis bringt, wenn er mal gekotzt hat. In der Praxis machte er immer einen guten Eindruck auf mich. Aber der erste Eindruck täuscht doch hin und wieder."

„Es war also nicht toll mit ihm?“, fragte Brenda.

Cathy suchte sich den Schaukelstuhl aus, auf den Tory vorhin ihre Füße gelegt hatte, und ließ sich darin fallen. „Das Essen war gut. Aber lassen wir das.“

„Ihr seid schon früh gekommen“, sagte Brenda. „Dein Sohn und Mark sind wahrscheinlich noch wach.“

„Das war auch der eigentliche Grund, warum ich rübergekommen bin. Ich dachte mir, ich hole Mark wieder nach Hause, dann bin *ich* es wenigstens, die ihn morgens aus den Federn zerrt.“ Endlich war sie mit ihrem Pferdeschwanz zufrieden, und sie ließ ihn nun, wie er war. Dann sagte sie, indem sie mit der flachen Hand auf ihre Hüfte schlug: „Da wir gerade hier so schön versammelt sind, kann ich es ja gleich offiziell bekannt geben: Ich gebe es auf, mich mit irgendwelchen Männern zu verabreden. Es lohnt sich einfach nicht.“

„Wie kommt das?“, fragte Tory verblüfft.

Cathy stützte ihre Ellenbogen auf ihre Knie. Im Dämmerlicht der aufgestellten Kerzen sah sie so zart und weiß wie eine Porzellanpuppe aus, und ihre Gliedmaßen wirkten regelrecht zerbrechlich. Die schlanken Finger bewegten sich so anmutig und elegant, dass jeder glauben musste, es mit einer Künstlerin zu tun zu haben. Vor allem aber das tiefe Blau ihrer Augen faszinierte die Männer.

„Als ich mich heute zurechtmachte und Annie auch, da musste ich ganz schön schlucken. Sie gab mir Tipps und machte mir Vorschläge, was ich anziehen sollte. Das waren vertauschte Rollen. *Ich* hätte *sie* beraten müssen, und nicht umgekehrt.“

„Du solltest aber auf keinen Fall aufgeben“, sagte Tory. „Verabrede dich doch am Wochenende, wenn die Kinder nicht im Haus sind.“

„Mit wem soll ich mich denn verabreden?“, fragte Cathy. „Das hatte ich gerade. Dieser Kerl heute hat sich richtig an mich rangemacht. Zuerst dachte ich, es wäre ein netter Kerl, aber dann merkte ich, dass er wie eine Krake ist. Überall hat er mich betatscht.“

„Ach, das ist ja schade. Da warst du wohl schrecklich enttäuscht“, sagte Sylvia.

„Du sagst es. Ich weiß einfach nicht, wo man nette Männer kennenlernt. Ich gehe nicht gern in Kneipen. Ich fürchte viel zu sehr, dort meinen Kindern zu begegnen." Alle schwiegen. Meinte sie das ernst? Das wusste man bei Cathy nie. „Das sollte natürlich ein Witz sein!"

Alle lachten und Brenda fragte: „Hast du es schon mal in einer Gemeinde oder Kirche probiert?"

Man merkte, dass Cathy sich plötzlich unwohl fühlte. Ihr ging es immer so, wenn jemand auf Kirche zu sprechen kam. „Eigentlich nicht. Aber es ist wohl auch nicht das richtige Motiv, in die Kirche zu gehen, um sich einen Mann zu angeln. Andererseits würde es meinen Kindern sicher nicht schlecht bekommen, ein bißchen geistlich unterwiesen zu werden. Ihr glaubt ja nicht, was ich heute in Rickys Tasche fand."

„Was hast du gefunden?", fragte Tory.

„Ein Kondom. Er hat es in der Schule bekommen – beim Sexualkundeunterricht."

„Ist nicht wahr!", sagte Brenda.

„Doch. Da siehst du mal, was deinen Kindern erspart bleibt, wenn du sie zu Hause unterrichtest, Brenda."

Brenda fand das nicht lustig. „Was willst du denn nun machen?"

„Was kann ich tun? Ich kann nicht zu Hause unterrichten wie du. Ich muss Geld verdienen. Und auf eine Privatschule kann ich die Kinder auch nicht schicken. Abgesehen davon, dass einige auch nicht besser sind als die staatlichen Schulen. Und bezahlen könnte ich es auch nicht." Sie sah in die Runde. „Klar, ich könnte mich in den Elternbeirat wählen lassen und von dort Einfluss ausüben, bevor sie Marks Hormone auch noch durcheinandergebracht haben. Ich überlege dauernd, wie ich das noch hinkriegen kann. Es ist gar nicht so einfach, wo ich im Augenblick Zeit nicht im Überfluss habe." Sie sah auf ihre Armbanduhr und versuchte, die Ziffern im Licht der Straßenlaterne zu erkennen. „Apropos Zeit, sollte das Baseballspiel nicht längst zu Ende sein?"

Tory hatte Schwierigkeiten, Cathys Gedankensprung nachzuvollziehen. „Wieso Baseballspiel? Was hat das mit Kondomen zu tun?"

„Eigentlich nichts – außer vielleicht, dass jeder dort im Team eins bekommen hat und auch alle Jungen in der Schule und natürlich auch der Junge, mit dem Annie gerade aus ist, während wir hier sitzen und reden." Sie ließ sich in den Stuhl zurückfallen und fuhr sich durch den Pony. „Tut mir Leid, es war gar nicht meine Absicht, das Gespräch hier so zu dominieren. Es war nur ein so unwahrscheinlich dummer Tag."

„Wir können mit dir fühlen", sagte Tory. „Bei mir haben die Kinder heute Limonade auf der Computertastatur verschüttet. Na, und Joseph ist heute auf seiner Geburtstagsfeier zusammengebrochen." Beide Ereignisse schienen für Tory gleichermaßen dramatisch gewesen zu sein.

Cathy sah Brenda schockiert an. „Geht es Joseph denn wieder gut?"

„Ja, ich denke schon", sagte Brenda, und Tory wunderte sich nicht über ihre Schönfärberei. Es war einfach nicht Brendas Art, ihre Probleme vor jedermann auszubreiten. Manchmal wünschte sich Tory, sie würde auch so sein. Für sie war Brenda eine Art Supermutter, die immer das Richtige tat und niemals einen negativen Gedanken hegte. Nur ein einziges Mal wollte sie erleben, dass Brenda am Ende ihrer Kräfte wäre, wütend würde und die Fassung verlöre. Es wäre Tory dann sicher leichter gefallen, die Beziehung zu Brenda zu vertiefen.

„Sylvia ist wohl die Einzige, die heute einen friedlichen Tag hatte", meinte Tory, indem sie die mütterliche Leitfigur ihrer kleinen Straße anlächelte.

„Eigentlich nicht", sagte Sylvia, indem sie das Haar ihres Pagenkopfes hinter die Ohren schob. „Harry kam nämlich heute in der Mittagspause heim und eröffnete mir, dass er als Vollzeitmissionar nach Nicaragua gehen wolle."

„Als was?" Cathy warf ihren Kopf in den Nacken und lachte so lauthals, als hätte sie bisher nichts Komischeres im Leben gehört. Tory fand das weniger amüsant und Brenda hatte gar nicht gelacht. „Warum will er sich denn so plötzlich in ein Abenteuer stürzen? Was hast du denn dazu gesagt, Sylvia?"

Sylvia schien verunsichert durch Cathys Reaktion. „Nun ... ich sagte ihm, dass ich darüber nachdenken wolle. Übrigens ist er nicht urplötzlich darauf gekommen. Er hat schon immer davon geträumt. Wir haben auch schon früher darüber gesprochen. Jetzt, da die Kinder aus dem Haus sind ..."

Cathy war das Lachen vergangen. Sie sah in die Gesichter von Tory und Brenda. Keiner von beiden war zum Lachen zumute. „Du meinst das ganz ernst. Ihr denkt wirklich darüber nach."

Sylvia tat einen tiefen Seufzer. Und Tory meinte, Sylvia noch nie so von Herzen seufzen gehört zu haben. „Wir denken darüber nach. Mehr nicht. Ich weiß gar nicht, ob ich überhaupt dazu in der Lage wäre – das Haus verkaufen, die Möbel verschleudern und das Land verlassen ..."

„Warum wollt ihr das überhaupt tun?", fragte Cathy. „Warum gerade er. Ihr habt es doch so gut hier. Ihr seid glücklich und zufrieden. Er ist ein angesehener Herzchirurg, und er hat sein ganzes Leben für diese Position hier bei uns gearbeitet. Was erwartet euch denn in Nicaragua?"

Sylvia dachte einen Augenblick nach. „Es geht nicht um uns, Cathy." Sylvia bemühte sich, nicht belehrend und überheblich zu klingen. „Harry hat einfach das Gefühl, dafür berufen zu sein."

„Donnerwetter!", rief Cathy. „Weißt du, das haut einen um, weil man sich so was kaum vorstellen kann. Die meisten Leute arbeiten ihr ganzes Leben für eine Position, wie Harry sie erreicht hat. Da fällt es einem schwer, eine solche Entscheidung nachzuvollziehen."

„Mir auch", sagte Sylvia. „Einerseits verstehe ich, was ihn bewegt, aber ich weiß nicht, ob ich selber so selbstlos bin."

„Jetzt muss ich aber mal was sagen", unterbrach Cathy sie. „Du und Brenda, ihr seid die selbstlosesten Menschen, die ich kenne."

Tory bemerkte gleich, dass Cathy sie nicht mit erwähnt hatte. Aber sie konnte es eigentlich auch nicht erwarten. Und so sah sie verlegen zu Boden.

„Als wir damals gingen", erklärte Sylvia, „arbeiteten wir in Leon, eine halbe Stunde von Managua entfernt. Ich habe innerhalb von zwei Wochen knapp fünf Kilo abgenommen. Ich habe kaum etwas gegessen, weil es so ekelhaft war, auf dem Markt Fleisch zu kaufen, das dort hing und von Fliegen übersät war."

„Ekelhaft!", flüsterte Tory.

„Im zweiten Jahr sind wir dann nach Masaya gegangen. Ich hatte gedacht, es sei dort besser, weil der Ort direkt an einem See liegt. Angeblich eine richtige Touristengegend. Ihr könnt euch nicht vorstellen, wie entsetzt ich war, als wir dann dort nur verfallene Häuser vorfanden. In diesen hätten wir gehaust, wenn wir dort geblieben wären."

„Wo seid ihr denn abgestiegen?", fragte Brenda.

„Im Haus eines Missionars, der schon dort war. Doch trotz der Enttäuschung über die Unterbringung war die Zeit letztlich sehr fruchtbar. Harry hat Hunderte von Kranken operiert. Viele sind von ihm behandelt worden. Er hat aber nicht nur am Herzen operiert, sondern alles Mögliche. Durch seinen Einsatz hat sich die kleine Gemeinde der Missionsstation verdoppelt. Einige der gewonnenen Christen haben dann wieder eigene Gemeinden gegründet. Zweifellos ist dort Gott am Werk gewesen."

„Für zwei Wochen – das geht ja vielleicht noch", sagte Cathy, „aber für immer?"

Ein böiger Wind kam auf, während Sylvia noch nachdachte. „Ich bin mir eben auch nicht sicher, ob dies wirklich Gottes Berufung für uns ist. Ich bete viel darüber. Ich möchte ja Gottes Willen tun, aber ehrlich gesagt, ich weiß nicht, ob ich wirklich dazu bereit bin. Ich kann mich dort kaum mit irgendetwas einbringen. Harry ist der Arzt, und alle scharen sich um ihn. Er hilft ihnen. Aber was habe ich schon zu bieten?"

„Du hast eine Menge zu bieten", sagte Brenda. „Denk nur mal an die vielen Erfahrungen im zwischenmenschlichen Bereich. Wenn du das alles zu einem Paket verschnürst, dann ist das eine ganze Menge."

Tory sah zu Brenda hinüber und beobachtete sie. Ja, Brenda versuchte gerade wieder, das Hausfrauendasein als nobles Gewerbe hinzustellen. Doch Tory dachte ganz anders darüber. Für sie war das alles nur ein Umweg zu ihren Karrierezielen. Die Hausfrauenpflichten hinderten sie nur, ihren eigentlichen Lebensinhalt zu finden.

„Und was macht ihr jetzt?“, erkundigte sich Tory.

„Ich weiß es nicht“, antwortete Sylvia. „Harry sagte mir, er wolle warten, bis ich meine Entscheidung getroffen habe.“

„Das finde ich ja toll“, sagte Tory. „Damit hat er doch eigentlich die Entscheidung dir überlassen, oder?“

„Ich weiß zwar, was er eigentlich gern tun möchte, dennoch kann ich mich frei entscheiden.“

„So ist es natürlich viel schöner, als wenn er nach Hause gekommen wäre und hätte ihr eröffnet, sie müsse ihre Siebensachen pakken und mit ihm in ein fremdes Land ziehen“, sagte Brenda. „Es ist wirklich lieb von ihm.“

„Er ist davon überzeugt, dass Gott auch mich rufen wird, wenn es wirklich Sein Wille ist.“

„Dann stopf dir doch einfach Ohropax in die Ohren. Vielleicht hörst du es dann nicht“, sagte Cathy, und alle lachten.

Tory sah, dass in ihrem Arbeitszimmer Licht brannte. Arbeitete Barry noch immer an ihrem Computer? Würde er noch immer sauer sein, dass sie die Kinder so lange unbeaufsichtigt gelassen hatte und sie erst dadurch Zeit genug bekamen, den PC zu zerstören, für den er so manche Überstunde geopfert hatte?

Obwohl sie noch keine Lust hatte, stand sie auf und sagte: „Ich denke, ich gehe jetzt lieber nach Hause.“

„Ist vielleicht eine gute Idee“, fand auch Sylvia.

Tory hielt noch einen Moment inne, verschränkte ihre Arme über der Brust und fragte: „Sylvia, hast du das früher auch erlebt, dass Harry nicht pünktlich von der Arbeit kam und du sehnsüchtig auf seine Heimkehr wartetest?“

„Na klar. Und wenn er dann endlich kam, war ich überglücklich, ihn zu sehen.“

Tory nickte und wünschte sich einerseits, mehr wie Sylvia zu sein. Andererseits hatte sie keine Lust, ihre Enttäuschung über Barry einfach so fahren zu lassen. „Es ist unfair – diese endlosen Stunden.“

„Es ist nun mal sein Beruf.“

„Weiß ich." Sie wollte nicht länger darüber reden. Manchmal brachten sie Sylvias kluge Sprüche zur Weißglut. „Ich sehe dich dann morgen, Brenda. Melde dich, wenn du was brauchst."

„Danke."

Tory überquerte den Rasen vor ihrem Haus und verschwand in der Garage. Bevor sie ins Haus trat, sammelte sie sich einen Augenblick. War *er* jetzt so geladen, wie sie vorhin geladen war? Wartete er am Küchentisch – auf dem Sprung, ihr an die Kehle zu springen?

Sie achtete darauf, die Tür besonders hörbar zu öffnen. Dann trat sie in die Küche und sah sich um. Barry war nicht da. Also ging sie ins Arbeitszimmer. Als er sie kommen hörte, sah er über die Schulter. Er saß vor dem Computer und hatte eine Flasche Reiniger in der Hand, den er wahrscheinlich aus dem Büro mitgebracht hatte. Vor ihm lag die auseinander genommene Tastatur.

„Ich weiß nicht, ob ich das noch mal hinkriege", murmelte er.

„Ich dachte mir, dass es schwierig wird."

Er drehte sich zu ihr hin und sagte: „Es tut mir Leid, dass ich nicht eher zu Hause war. Dieser Auftrag bedeutet Millionen für die Firma und einen sicheren Aufstieg für mich."

Es fiel ihr schwer, wütend auf ihn zu sein, wenn er so argumentierte. „Ist ja schon gut. Aber du glaubst einfach nicht, was heute so alles passiert ist." Am liebsten hätte sie eine genaue Aufstellung aller Tragödien dieses Tages gemacht. Er hätte sie sicher besser verstanden. „Du hast keine Vorstellung, was es bedeutet, den ganzen Tag mit zwei Vorschulkindern zu verbringen. Ich habe kaum mal Erwachsene zum Reden. Und ich komme kaum zum Schreiben. Dann freue ich mich immer auf den Augenblick, wenn du nach Hause kommst und mir ein bisschen was abnehmen kannst. Und wenn du dann aber nicht kommst ..."

„Tory, wir waren uns doch einig", sagte er. „Wir waren übereingekommen, als du mit Brittany schwanger warst, dass du dich ganz den Kindern widmen wirst und dass wir sie nicht in den Kindergarten geben wollten. Das Bücherschreiben war damals ziemlich weit unten auf der Prioritätenliste."

Ungehalten erwiderte sie: „Was ist dagegen einzuwenden, wenn ich Bücher schreibe, solange ich den Haushalt schaffe? Im Haus ist alles tipptopp, Barry, und zwar immer. Die Kinder sind sauber, sie sind gut genährt, und sie werden geliebt. Kann man mir da vorhalten, wenn ich nebenbei noch Bücher schreibe?"

„Keineswegs. Es sei denn, es nimmt dir die Lust, Zeit mit den Kindern zu verbringen."

Sie verließ ihn und ging in die Küche. Er hatte den Aktenkoffer und die Autoschlüssel auf dem Tisch liegen lassen. Sie nahm beides und deponierte Tasche und Schlüssel, dort, wo sie hingehörten.

Er stand auf und lehnte sich an den Türrahmen, dort, wo Tory gerade gestanden hatte. „Ich will ja nur sagen, Tory, dass ich nur deshalb Überstunden mache, damit wir in einem schönen Haus in einer schönen Gegend wohnen können und du zudem zu Hause bei den Kindern bleiben kannst."

Sie hatte keine Lust mehr, weiter über dieses Thema zu reden. Obwohl der Küchentisch - wie immer – makellos war, griff sie sich einen Schwamm vom Abwaschbecken und wischte ihn ab.

„Tory, möchtest du wieder arbeiten gehen? Ist es das? Möchtest du wieder in deinem Beruf arbeiten, während ich zu Hause bei den Kindern bleibe?"

Sie wusste, dass die Wahrscheinlichkeit hierfür so groß war wie ihre Chance, in den Kongress gewählt zu werden. „Ich möchte als Schriftstellerin arbeiten." Sie warf den Schwamm ins Becken und drehte sich zu ihm um, um ihm ins Gesicht sehen zu können. „Ich habe mehr auf dem Kasten, als der Alltag von mir fordert. Ich kann mehr als Katzen vom Baum zu holen, Spencer aus der Pferdekoppel zu retten und Kinderkrankheiten im Gesundheitsbuch nachzuschlagen. Man hat zu mir aufgeschaut und mich bewundert, als ich noch studierte. Ich wollte etwas bewirken und verändern. Das war mein Ziel."

„Aber das tust du doch. Du ziehst zwei Kinder groß, die glücklich sind und sich geborgen fühlen. Und du machst das großartig. Wenn du allerdings den schnellen Erfolg sehen willst, dann ist Kindererziehung nicht das Richtige."

„Beim Schreiben ist das nicht anders", sagte sie. „Da bist du auf dem Holzweg. Es geht mir wirklich nicht um die spontane Anerkennung."

„Worum geht es dir dann?"

„Ich möchte wenigstens vier Seiten am Tag schreiben, ohne dass mir irgendwelche Limonade einen Strich durch die Rechnung macht", antwortete sie. „Ich möchte auch mal einen Augenblick für mich haben und nachdenken können. Ich brauche ein konkretes Ziel."

„Wenn du nicht ganz so viel putzen und nicht ganz so viele Bücher mit praktischen Haushaltstipps lesen würdest, könntest du wohl noch etwas nebenher schaffen."

„Heißt das, dass dir das Haus zu sauber ist?"

„Nein, nein. Aber vielleicht muss es nicht immer so perfekt sein. So bist du ja auch mit deinen Büchern. Andere schreiben zum Vergnügen. Sie setzen sich hin, wenn es gerade so passt. Aber wenn bei dir nicht alles in schönster Ordnung ist, bevor du anfängst zu schreiben, dann lässt du es gleich ganz."

„Barry, ich habe heute vier Seiten geschrieben. Aber sie sind verschwunden."

„Bist du nicht auf die Idee gekommen, sie einfach noch einmal entstehen zu lassen?"

„Wie denn? Der Computer war doch kaputt."

„Du hättest die Kinder im Planschbecken spielen lassen können, und dann hättest du mit Papier und Bleistift draußen bei ihnen geschrieben. Du weißt doch noch, wie das geht, oder?"

Er hatte ja eigentlich Recht. So hätte man es machen können. Viele schreiben so noch ihre Bücher. Aber Tory wollte es nicht mehr so altmodisch tun.

Er setzte sich an den Küchentisch. „Komm mal her", sagte er. „Setz dich erst mal hin, und dann erzähle mir alles, woran du dich erinnern kannst. Was hast du geschrieben? Es wird dir wieder einfallen. Und dann kannst du Papier und Bleistift nehmen und alles neu schreiben."

Sie blieb mit verschränkten Armen stehen. „Barry, so funktioniert das nicht."

Er deutete auf einen Stuhl. „Komm, Tory. Versuch es wenigstens. Ist das immer noch die Geschichte über eine Krankenschwester in Frankreich während des Zweiten Weltkriegs?"

„Ja."

„Und sie verliebt sich in einen verwundeten Soldaten, der dann stirbt?"

„Ja, ich habe heute seine Verwundung beschrieben. Er wurde ins Lazarett eingeliefert. Und dort ist sie ihm begegnet. Ich hatte das richtig gut hingekriegt."

„Prima. Und was noch?"

Tory bewegte sich nicht vom Fleck. „Nichts weiter. Mehr hatte ich noch nicht."

„Gut, dann musst du dir ja auch nicht allzu viel neu ausdenken. Was soll als Nächstes passieren? Er stirbt, oder? Und während sie noch trauert, kommt Dr. Richtig vorbei und rettet sie vor sich selber?"

„Ja, so ungefähr."

„Dann fang an zu schreiben. Es wird garantiert ein Bestseller."

Sie schüttelte den Kopf. „Ich bin nicht in Stimmung. Man kann das nicht auf Knopfdruck."

Er starrte sie entgeistert an, und seine Miene verfinsterte sich. „Tory. Ich versuche dir zu helfen. Wenn du dich so miserabel fühlst, dann versuch etwas anderes. Plan A war, zu Hause zu bleiben und die Kinder großzuziehen. Aber wenn Plan A nicht funktioniert, dann denken wir eben über Plan B nach. Schlag was vor, Tory. Heuere doch für ein paar Stunden einen Babysitter an. Dann kannst du schreiben. Auch wenn das etwas kostet."

Tory fühlte sich hundsmiserabel. Sie dachte daran, dass Sylvia und Brenda ihr immer wieder vorgehalten hatten, wie glücklich sie doch sein müsse, zu Hause bleiben zu können. Die beiden beklagten sich eigentlich nie. Tory hatte Sylvia zum ersten Mal heute Abend klagen hören, als sie von Nicaragua erzählte. Sie fragte sich, ob mit ihr selbst etwas nicht stimmte, weil sie nicht schätzen konnte, wonach andere Mütter sich sehnten. Tatsache war, dass sie im Grunde gar nicht außer Haus arbeiten und die Kinder in den Kindergarten geben wollte. Es war ihr ja recht, bei ihnen im Haus zu sein. „Das Problem ist nur ..., dass niemand die Kindererziehung und all die Arbeit, die ich mache, wirklich schätzt“, sagte sie und wünschte sich gleichzeitig, es nicht laut ausgesprochen zu haben. Er stand auf und lehnte sich an die Arbeitsplatte, so dass sie gezwungen war, ihn anzusehen. „Sag mir eins, Tory. Wen musst du unbedingt beeindrucken?“

Was war das für eine komische Frage? „Wovon redest du? Ich will niemand beeindrucken.“

„Du sagtest gerade, dass niemand deine Kindererziehung schätzt. Das hört sich für mich so an, als wollest du doch jemand durch deine Leistung dazu bringen, dich zu schätzen.“

Sie spürte, dass ihr Gesicht rot anlief. „Du wirst das nie verstehen“, sagte sie, „denn du gehst jeden Tag zur Arbeit und begegnest ständig anderen Menschen. Du bekommst Anerkennung für das, was du tust. Du wirst belobigt und bekommst Gehaltserhöhungen. Mit Stolz kannst du auf deine Arbeitsergebnisse sehen und jedermann vorzeigen, was du vollbracht hast. Ich kann nichts davon tun, Barry.“

„Ich denke, das siehst du falsch“, sagte er. „Ich finde, dass Brittany und Spencer – so wie sie sind – ein größerer Lohn sind als jede Gehaltserhöhung und jede Gratifikation.“

„Na toll, jetzt tust du so, als würde ich nichts von ihnen halten!“

„In gewisser Weise hört sich das so an, Tory. Manchmal tut es das wirklich.“

„Jetzt habe ich genug.“ Sie drückte den Schwamm aus, warf ihn in die Waschmaschine und schlug den Deckel zu, dass es krachte.

Dann verschwand sie wütend im Schlafzimmer.

11. Kapitel

Cathy lief ruhelos in jenem Zimmer ihres Hauses hin und her, das ein Fenster zur Straße hatte. Es war früher einmal das Esszimmer gewesen, aber Jerry hatte bei der Scheidung die antike Einrichtung mitgenommen, weil sie ursprünglich seinen Eltern gehörte. Cathy hatte eigentlich nie Lust gehabt, die Einrichtung entsprechend zu ersetzen – abgesehen davon, dass ohnehin nie Geld dafür vorhanden war. Stattdessen hatte sie einen Gartentisch in das Zimmer gestellt, eine nette Tischdecke drauf gelegt und ihren Computer dort installiert.

Heute Abend zog es sie in das Zimmer, weil man von dort die Straße und den Vordergarten überblicken konnte. Sie sah dann sofort, wenn jemand in den Zedernring einbog. Und jedesmal, wenn sie am Fenster vorbeikam, spähte sie hinaus, um zu sehen, ob nicht zwei Scheinwerfer die Straße erleuchteten. Annie war immerhin schon drei Stunden überfällig.

Als sie mit Mark von Brenda nach Hause gekommen war und bemerkt hatte, dass Annie entgegen ihrer Zusage noch nicht da war, war sie noch schnell hinüber zum Sportplatz der Schule gefahren. Der Parkplatz war längst leer und das Spiel lange vorbei. Verärgert war sie anschließend zum Lebensmittelmarkt gefahren, wo Rick in der Spätschicht arbeitete, und hatte ihn gefragt, ob er etwas von Annie wisse.

„Sie erzählt mir doch nichts mehr", sagte er. „Die dumme Pute ist sicher noch ins Kino gegangen oder sonst wohin."

„Das soll sie sich mal erlauben, wo ich ihr gerade noch das Spiel gestattet habe – mitten in der Woche."

„Da hat sie sicher keine Probleme mit", sagte Rick. „Sie macht doch sowieso, was sie will. Nur kriegst du es meistens nicht mit."

Cathy war sprachlos. „Ich hoffe, du erklärst mir das etwas näher!"

„Kann ich jetzt nicht, Mutti. Bin in Eile."

Frustriert kehrte sie zum Auto zurück. Und Mark, der mitgekommen war, fragte: „Hast du sie gefunden?"

Cathy setzte nicht gleich zurück. Sie starrte aus dem Fenster und dachte nach, und dann sagte sie: „Rick weiß also auch nichts. Aber er hat etwas gesagt, was mir wirklich Sorgen macht. Er meinte, Annie würde sowieso machen, was sie wolle, und dass ich das normalerweise nur nicht mitbekäme."

„Da hat er Recht." Mark wollte das Radio anstellen, aber Cathy schlug seine Hand unsanft beiseite. „Ich rede mit dir. Was hat er damit gemeint? Was hat sie schon angestellt, ohne dass ich es mitbekommen habe?"

Er sah sie an und zögerte. Überlegte er, ob er reden oder lieber schweigen sollte? „Das kann ich dir nicht sagen. Das ist irgendwie Vertrauenssache. Wenn ich sie verrate, verrät sie mich auch."

Cathy war außer sich. War da ein Komplott ihrer Kinder im Gange, durch das sie zum Spielball ihrer Intrigen wurde? Taten sie heimlich, was sie wollten, ohne zu fragen? Was spielte sich in ihrem Haus ab, wenn sie abends ins Bett gegangen war? Führten ihre Kinder ein Doppelleben, von dem sie nichts wusste?

Sie legte den Rückwärtsgang ein und fuhr mit einem Satz aus der Parklücke. Die Reifen quietschten, als sie den Wagen zum Stehen brachte und die Automatik auf „D" stellte.

„Die Reifen lassen grüßen", bemerkte Mark ironisch.

Sie merkte, dass sie rot wurde, und bemühte sich, das Gaspedal etwas sanfter zu treten. „Mark, ich möchte dir einen gut Rat geben, und ich möchte, dass du mir zuhörst. Es wäre klug von dir, kein einziges Wort mehr zu reden, bis wir zu Hause sind ... Es sei denn, du erzählst mir, was deine Schwester angestellt hat, von dem ich nichts weiß."

„Tut mir Leid."

„Das war bereits ein Wort."

„Entschuldigung."

„Das waren schon zwei Worte", zischte sie. „Ich denke, dass du auf dem Weg ins Bett einen Abstecher ins Bad machst und noch die Toilette putzt – ein bißchen überschüssige Energie verbrauchen."

„Du bist sauer auf Annie und lässt es an mir aus. Das finde ich ganz gemein!"

„Nein, Mark, im Augenblick bin ich sauer auf dich. Das Gute daran ist höchstens, dass ich eine saubere Toilette bekomme, und du lernst gleichzeitig, deine Mutter zu respektieren. Davon profitieren wir doch beide. Wenn du aber weiterreden willst – in der Küche steht noch das Geschirr und wartet auf den Abwasch."

Von diesem Augenblick an hatte Mark kein Sterbenswörtchen mehr gesagt. Das Toilettenbecken war inzwischen blitzsauber, und Mark schlief auch schon tief und fest. Selbst Rick war von der Arbeit nach Hause gekommen. Nur Annie blieb verschwunden.

„Mutti?" Rick stand in der Tür und Cathy wandte sich vom Fenster ab. „Ich habe bei Allen Spreway angerufen. Seine Mutter sagte, dass auch er noch nicht zu Hause ist. Wahrscheinlich sind die beiden zusammen weg. Ich fragte, wann er denn zu Hause sein sollte. Aber er hat kein Zeitlimit."

„Das ist ja schrecklich. Meine Tochter ist mit einem halben Kind unterwegs, das ein Kondom bei sich trägt und nachts nicht nach Hause muss."

„Wenn du willst, kann ich sie suchen fahren."

„Wo willst du sie denn suchen?", fragte sie und wandte sich wieder dem Fenster zu.

„Es gibt bestimmte Orte, wo sich die Kids treffen - wo sie rumhängen."

Cathy war angespannt und nervös. „Und du meinst, deine Schwester ist da irgendwo?"

„Es könnte jedenfalls sein. Vielleicht ist sie auch in der Pizzeria. Dort gehen viele nach dem Spiel hin. Doch nach drei Stunden sind die meisten schon wieder weg."

Cathy spähte erneut durchs Fenster. „Warum tut sie mir das an?"

Rick stellte sich hinter sie und sah über ihre Schulter aus dem Fenster. Längst war er größer als sie, und er wirkte auch nicht mehr so schlaksig und hoch aufgeschossen wie früher. „Ich glaube nicht, dass sie dir etwas antun will. Ich denke eher, dass sie überhaupt nicht an dich denkt."

„Vielleicht rechnen wir ja unnötigerweise mit dem Schlimmsten", sagte sie und wirkte irgendwie geistesabwesend dabei. „Aber was ist, wenn sie vielleicht verletzt ist. Oder sie hatten eine Panne. Was ist, wenn dieser Allen ein Hallodri ist und sie nicht nach Hause bringt?"

„Sei mir nicht böse, wenn ich das jetzt so sage, Mutti. Aber Annie ist nicht der Typ, der sich unterkriegen läßt. Da, wo sie jetzt ist, da will sie auch sein."

Plötzlich tauchten die Lichtkegel von Scheinwerfern auf, und Cathy hielt den Atem an, als der Wagen in ihre Einfahrt bog. „Da ist sie", sagte Cathy erleichtert.

„Ich mache mich lieber aus dem Staub", sagte Rick und hielt auf die Treppen zu. „Ich habe keine Lust mit anzuhören, wenn ihr euch anschreit."

Cathy reagierte nicht, weil sie nicht damit rechnete, dass sie sich heute Abend noch anschreien würden. Sie ging in die Küche und wartete mit verschränkten Armen, zum Angriff bereit. Aber niemand öffnete die Tür. Es dauerte noch ein ganze Weile, bis dies endlich geschah.

Annie betrat die Küche und war ganz verdutzt, dort ihrer Mutter zu begegnen. „Mutti? Du musstest doch nicht aufbleiben!"

Cathy blieb der Mund offen stehen. „Willst du mich auf den Arm nehmen? Du kommst drei Stunden zu spät, und das ist alles, was du zu sagen hast?"

„Die haben noch Verlängerung gespielt. Dafür kann ich doch nichts ..."

„Versuch es erst gar nicht!", sagte Cathy scharf. „Ich war am Sportplatz, und das Spiel war schon ewig vorbei. Wo warst du also?"

„Wir sind noch ein bisschen rumgefahren."

Cathy starrte sie an, während sie verzweifelt nach einer passenden Antwort suchte. „Ein bisschen rumgefahren? Was hast du dir dabei gedacht, drei Stunden zu vertrödeln, wo ich dich eigentlich gar nicht gehen lassen wollte, weil morgen Schule ist? Wann, denkst du, werde ich dir wieder Ausgang geben können?"

„Ach, Mutti, lass mich auch mal was sagen. Ich bin doch kein kleines Kind mehr. Ich bin fünfzehn."

„Du verdienst es aber, wie ein kleines Kind behandelt zu werden.

Zwei Wochen gehst du nirgendwo mehr hin. Und jetzt gleich gehst du in dein Zimmer und ziehst das Telefon raus. Bring es mir her. Und du bekommst es erst wieder, wenn ich das Gefühl habe, dass du es verdienst."

„Das ist albern!", kreischte Annie. „Ich habe nichts Böses getan. Und ich werde an diesem Wochenende ausgehen, weil Allen mich eingeladen hat. Schließlich habe ich zugesagt. Es ist völlig unmöglich, ihm zu sagen, dass meine Mutter mich nicht gehen läßt."

„Na gut, dann werde *ich* es ihm sagen, wenn er kommt, um dich abzuholen", sagte Cathy.

„Das ist doch unmöglich." Annie warf ihren Beutel auf den Küchentisch. „Was ist denn in dich gefahren? War dein Rendezvous wieder so ein Reinfall? Du lässt es immer an mir aus, wenn du keinen Spaß gehabt hast. Aber ich bin nicht für dein Liebesleben verantwortlich!"

Zunächst wollte Cathy sich auf dieselbe Argumentationsschiene begeben, merkte aber, dass Annie einfach nur das Thema wechseln wollte. „Geh ins Bett, Annie. Wir reden morgen weiter."

„In Ordnung. Aber am Wochenende gehe ich auf jeden Fall mit Allen aus. Ein ganzes Jahr habe ich darauf gewartet, dass er mir seine Zuneigung zeigt. Und nun tut er es. Ich werde es mir jedenfalls nicht gefallen lassen, dass du mir alles wieder verdirbst."

Cathy spielte in Windeseile eine ganze Reihe möglicher Reaktionen in Gedanken durch. In jedem Fall musste es etwas sein, was disziplinierend wirkte. Ihre Tochter brauchte eine Lektion. Sie musste wieder Respekt lernen. Im Grunde fehlte nur der Vater im Haus.

Ganz plötzlich merkte Cathy, wie todmüde sie war. Sie sah auf die Uhr und stellte bestürzt fest, dass es schon nach eins war. „Geh und bring mir das Telefon. Dann schnell ins Bett. Und wenn ich dich morgen wecke, möchte ich nicht zweimal kommen müssen, denn ich werde schlechterer Laune sein als du. Und das könnte gefährlich für dich werden."

Annie schnappte sich ihren Beutel vom Küchentisch und verzog sich beleidigt in ihr Zimmer.

Cathy wartete eine Weile auf den Telefonapparat, aber Annie brachte ihn nicht herunter. Irgendwann riss ihr der Geduldsfaden, worauf sie die Treppe hinauffegte und einen Moment später in Annies Zimmer stand. Die lag schon im Bett, das Zimmer dunkel - und telefonierte.

Cathy knipste das Licht an, und Annie schrie auf: „Mutti, nein!"

Nach wenigen Schritten war Cathy bei der Telefondose. Mit einem Ruck zog sie das Kabel heraus. Dann packte sie das Telefon und riss es Annie aus den Händen, wobei sie es fallen ließ und in eine Ecke schlitterte. Sie drehte sich zu ihrer Tochter und sah, dass sie sie nun endlich ernst nahm. „Ich bin nicht von Haus aus gewalttätig", schrie Cathy sie an, wobei sie am ganzen Leib zitterte. „Aber du treibst es zu weit mit mir, junge Dame. Wenn du einen Funken Verstand hast, wirst du einsehen, dass ich die Schwelle mütterlicher Toleranz längst überschritten habe. Von jetzt an wird es höchst unerfreulich für dich werden."

„Tut mir Leid", sagte Annie weinerlich.

Mehr konnte Cathy an diesem Abend nicht zur Konfliktlösung beitragen. Wenigstens war Annies Drang zur Widerrede erloschen. Und sie hatte einen kleinen Sieg mühevoll errungen.

Schweigend sammelte Cathy die Teile von Annies Telefon ein und zog sich in ihr Schlafzimmer zurück. Den Rest der Nacht verbrachte sie, ohne ein Auge zuzutun.

12. Kapitel

Es fiel Brenda schwer, am nächsten Morgen bis acht Uhr zu warten. Erst dann konnte sie sich einen Termin für Joseph holen. Als man ihr dann mitteilte, dass sie erst in einer Woche wiederkommen sollte, war sie zunächst erleichtert. Doch dann fragte sie sich, ob sie nicht auf einen früheren Zeitpunkt hätte dringen müssen.

Joseph saß mit den anderen Kindern am Frühstückstisch und löffelte seine Cornflakes. Brenda hatte ein schlechtes Gewissen, weil sie ihn heute früh aus dem Bett geholt hatte, obgleich er so bleich und unausgeschlafen aussah. Aber heute war Schultag, und Brenda achtete darauf, dass die Kinder nicht zu spät aufstanden, auch wenn für sie nicht die Schulglocke läutete. Joseph stützte seinen Kopf in eine Hand und mit der anderen stocherte er in seinen Cornflakes. Er schien ein bißchen kurzatmig zu sein. Oder bildete sie sich das nur ein?

David kam herein und bemerkte, dass sie ihren Sohn beobachtete. „Hast du angerufen?", flüsterte er.

„Ja", sagte sie und begann, eine Melone in Stücke zu schneiden und diese in Glasschälchen zu verteilen. Irgendwie musste sie sich beschäftigen. „Komisch ist nur ..."

„Was ist komisch?"

„Sie haben eine ganze Woche lang keinen Termin frei."

David blieb der Mund offen stehen. „Hast du gesagt, dass du bestellt bist? Hast du die Röntgenaufnahme erwähnt?"

„Habe ich", sagte Brenda, „aber das trifft wohl auf alle ihre Patienten zu."

David drehte sich zu Joseph um und beobachtete ihn einen Augenblick. Schließlich setzte er sich mit an den Tisch. Daniel, Rachel und Leah waren gerade mit ihrem Frühstück fertig und warteten auf die Melone, die ihre Mutter gerade bearbeitete. Nur Joseph hatte seine Cornflakes kaum angerührt.

„Fühlst du dich gut heute Morgen, Kumpel?", erkundigte sich David.

„Jooh."

David fuhr seinem Sohn durch das rote Haar und kämmte es mit den Fingern zurecht. „Stimmt das auch? Es sieht nicht so aus, als ginge es dir blendend."

Joseph sah seinen Vater an. „Ist was mit meinem Herz nicht in Ordnung?"

Brenda unterbrach augenblicklich ihre Tätigkeit, und alle Kinder schauten erschrocken auf.

„Wie kommst du darauf?", wollte Brenda wissen.

„Weil ... Daniel hat was von einem Herzcharurgen gesagt."

„Herzch-*i*-rurgen", verbesserte Daniel.

„Das ist doch einer, der Herzen repariert – wie Harry drüben."

David sah Brenda an, die ließ augenblicklich ihre Melone stehen und setzte sich zu den anderen an den Tisch. „Daniel hat Recht", sagte David. „Dein Herz braucht möglicherweise eine kleine Reparatur, wie wir das neulich bei unserem Kleinlaster gemacht haben."

„Eine Reparatur?", fragte Joseph. „Wie macht man das?"

Brenda glaubte nicht, dass Davids Vergleiche hier weiterhelfen würden, und so berührte sie sanft seine Hand, um ihn zu bremsen. „Weißt du, Joseph, möglicherweise ist auch alles in Ordnung. Es kann sein, dass du dir nur einen Virus gefangen hast. Wir wollen erst mal nur herausfinden, was los ist."

Immer wieder tauchte Joseph seinen Löffel in die Cornflakes, fischte ein paar davon heraus, um sie gleich wieder in die Milch sinken zu lassen. „Ich habe heute geträumt, dass ich gestorben bin."

Brenda stockte der Atem. Ihre Hand fuhr zum Mund, und Tränen schossen ihr in die Augen. „Aber Schatz ..."

„Jetzt reicht's", sagte David und stand auf. Er schlug das Telefonregister auf und suchte einen Eintrag.

„Wen willst du anrufen?"

„Ich rufe Harry an. Er ist doch Herzchirurg."

„Aber er ist kein Spezialist für Kinder. Dr. Gunn meinte, dass wir so einen brauchen."

„Weiß ich, aber Harry wird wissen, wie man sich in dieser Situation verhält. Wenn er meint, Joseph müsse sofort in Behandlung, dann wird er einen Weg finden, wie wir sofort einen Termin bekommen. Wenn Kollegen miteinander reden, geht das alles viel leichter."

„Aber Dr. Gunn hat doch schon gesagt, dass er sich darum kümmern wird. Und es hat offenbar auch nichts genutzt. Und ist es nicht peinlich, wenn man den Nachbarn zu einem Hausbesuch ruft?" Brenda war so verunsichert und fürchtete etwas zu tun, was unangenehm auffallen würde.

„Wenn er will, bringe ich Joseph auch rüber. Er ist nicht so, Brenda. Es wird ihm sicher nichts ausmachen."

„Vielleicht erwischsts du ihn gar nicht mehr. Ist er nicht immer schon zum Frühdienst im Krankenhaus?"

David hatte die Nummer, wählte sie und wartete. „Sylvia? Hier ist David Dodd. Ist Harry schon weg?" Pause. „Nein, ist nicht so schlimm. Ich hatte nur gehofft ... Es ist nämlich so ... Brenda wollte für Joseph einen Termin haben, und er bekommt erst einen in einer Woche ... Genau, das dachte ich auch. Es ist uns peinlich, unsere Beziehung über die Nachbarn spielen zu lassen ... Wenn du meinst ... In Ordnung. Das wäre natürlich eine Erleichterung für uns."

Er legte den Hörer auf und wandte sich wieder den am Tisch Sitzenden zu. Alle vier Kinder saßen starr vor Entsetzen da.

„Was hat sie gesagt?", fragte Brenda endlich.

„Sie will Harry gleich anrufen und hören, ob er in der Mittagspause vorbeikommen und sich Joseph ansehen kann."

„Na, das ist ja toll!" Sie lehnte sich über den Tisch und tätschelte Josephs Hand. „Harry wird dich schon wieder auf die Beine bringen." Und zu seinen Geschwistern gewandt, sagte sie: „Ihr könnt jetzt was von der Melone haben. Rachel, gibst du Joseph auch was ab? Und dann räumt ihr drei Großen den Tisch ab. Joseph, du musst heute mal nicht helfen. Versuch aber wenigstens aufzuessen."

Er nickte, als seine Schwester ihm ein Schälchen mit Melonenstücken hinstellte.

Brenda griff nach Davids Hand und zog ihn mit sich zum Schlafzimmer. Noch bevor sie ankamen, brach sie in Tränen aus. David nahm sie fest in seine Arme. „Sei nicht so erschrocken“, sagte er. „Vielleicht ist es ja wirklich nichts Ernstes oder überhaupt nichts.“

„Er hat geträumt, dass er stirbt.“ Sie ließ ihren Tränen noch einmal freien Lauf. Doch dann fasste sie sich wieder und sagte: „Du hast Recht. Wahrscheinlich wird Harry uns sagen, dass wir die Woche abwarten können und dass nichts Ungewöhnliches vorliegt.“

Sie hielten sich eine ganze Weile so. Keiner wollte den anderen gehen lassen. Schließlich löste David die Umarmung. „Ich werde jetzt anfangen zu arbeiten. Sag mir Bescheid, wenn Harry kommt oder wenn du mich brauchst.“

Auch Brenda ließ ihn jetzt los und ging zurück in die Küche. Der Tisch war schon sauber und aufgeräumt. Daniel und Rachel spülten die Schüsseln ab und räumten sie in die Spülmaschine ein. Leah steckte ihre Nase in irgendein Buch, während sie herumlief und versuchte, noch nebenher den Tisch abzuwischen. Joseph lachte darüber, während er seine Schüssel zum Abwaschbecken hinübertrug.

Brenda bemerkte auf einmal, dass sie unbewusst seine kleine Brust in Augenschein genommen hatte. Sie fragte sich, was darin wohl gerade vor sich gehen mochte. In Gedanken dankte sie dafür, dass sie noch rechtzeitig aufmerksam geworden waren – was immer es auch sei. Vielleicht konnte es ja auch geschehen, dass sich alles als Irrtum herausstellen würde und sie sich umsonst Sorgen gemacht hatten. Damit würde sie leben können – auch ohne Groll. Sie versuchte, es einfach zu glauben: Joseph war gesund. In ein paar Tagen würde er wieder auf dem Damm sein, mit seinen Geschwistern ums Haus toben und „David und Goliath“ spielen. Doch die Angst, dass es anders kommen könnte, ließ sich nicht so leicht abschütteln.

* * *

Brenda sah die Sorgenfalten auf Harrys Stirn, als er Joseph untersucht hatte. So manche Runzel hatte sich schon in Harrys Gesicht eingegraben – die Lachfalten in den Augenwinkeln und die Sorgenfalten auf seiner Stirn. Doch seine Miene in diesem Augenblick deutete mehr auf Besorgnis als auf Zuversicht. Würde sie selbst auch bald so zerfurcht aussehen nach all den Sorgen?

„Ich werde Dr. Robinson anrufen", sagte er mit gedämpfter Stimme. „Und ich werde dafür sorgen, dass er noch heute Joseph zu sehen bekommt."

Brenda wusste nicht, ob sie entsetzt oder erleichtert sein sollte. „Was fehlt ihm, Harry?"

„Das kann ich nicht so einfach sagen. Ich konnte nur feststellen, dass sein Puls langsam und schwach ist. Und meiner Meinung nach sollte er so schnell wie möglich von einem Fachkollegen untersucht werden."

Joseph sah zu ihr mit großen Augen auf. Sein Blick verriet, dass er endlich wissen wollte, woran er war. Brenda wollte nicht, dass er spürte, wie bange sie war. Deshalb lächelte sie. Aber es wirkte doch sehr bemüht. „Heute werden wir das noch nicht geregelt kriegen, Joseph."

Er nickte und schien sich zu fügen.

„Ich gehe rüber, um zu telefonieren", sagte Harry. „Ich rufe euch an, bevor ich wieder in die Praxis fahre, und sage euch Bescheid, wann ihr den Termin habt."

Ihr war klar, dass sie nicht mithören sollten. Was würde er Dr. Robinson sagen, das offenbar nicht für ihre Ohren bestimmt war? „Danke, Harry", sagte sie und drückte ihn kurz an ihre Wange.

Als er gegangen war, sahen sich Brenda und David schweigend an. Es war nicht zu übersehen, wie erschüttert David war. Am liebsten hätte sie ihn gleich mit nach nebenan genommen, um ihn zu bitten, ein freundliches Gesicht zu machen, denn Joseph sollte sich keine Sorgen machen.

„Das ist ja ein Ding, Joseph", sagte sie schließlich, „du tust wirklich alles, um nicht zum Unterricht zu müssen, oder!"

Er lächelte. „Ich denke, ich würde lieber Mathe machen, als noch einen Doktor zu besuchen."

„Ist ja fein, dass du Mathe machen willst. Wir werden heute einfach Unterricht in Etappen machen."

Das fand Joseph nun überhaupt nicht witzig.

Nach dem Mittagessen verteilte Brenda die Kinder im ganzen Haus, wo sie je nach Klassenstufe ihre Aufgaben zu erledigen hatten. Doch Brenda war heute nicht bei der Sache. Normalerweise wusste sie, ihre Kinder zu motivieren, mehr zu lernen, als die staatlichen Prüfungen verlangten. Sie verstand es, in jedem Fach den Unterricht lebensnah und anschaulich zu gestalten. Oft ging sie mit den Kindern aus dem Haus, damit sie praktische Erfahrungen sammeln konnten. Die Prüfungen waren dann nur noch reine Formsache. Und die Kinder schlossen stets mit den besten Noten ab.

Heute war sie jedoch versucht, den Unterricht abzusagen und die Kinder sich selbst beschäftigen zu lassen. Sie hätten spielen oder fernsehen können. Und sie hätte Zeit gehabt, sich Sorgen zu machen.

Harry hielt sein Wort und rief innerhalb von zwanzig Minuten an. Er berichtete, dass Dr. Robinson Joseph um halb zwei sehen wolle. Brenda hatte also kaum Zeit, rechtzeitig ins St.-Francis-Klinikum zu gelangen. Sie gab den Kindern ihre Aufgaben und beauftragte Daniel, alles zu überwachen. Dann stieg sie mit Joseph ins Auto.

13. Kapitel

Cathy hatte sich entschlossen, nicht in Jeans und Tennisschuhen in der Schule zu erscheinen, sondern lieber ihr Kostüm anzuziehen. Das, so meinte sie, wirke arrivierter und respektabler.

Vor dem Büro des Rektors musste sie noch etwas warten. Nervös tigerte sie auf und ab. Immer wieder spielte sie in Gedanken durch, was sie sagen wollte, als ob sie fürchtete, durch ein einziges falsches Wort könne ihr Vorstoß am Ende vergeblich sein.

Eine der Türen öffnete sich und der Rektor schaute hervor. „Mrs. Flaherty?“

„Ja.“

„Kommen Sie doch herein“, lud er sie ein. Sie folgte ihm und nahm vor seinem Schreibtisch Platz.

„Sind Sie nicht die Tierärztin?“

„Ja, das bin ich“, antwortete sie.

„Meine Frau ist schon mal mit unserem Hund bei Ihnen. Gussy, ein Schäferhund.“

„Ja, natürlich“, log sie. Sie behandelte Hunderte von Schäferhunden jedes Jahr und erinnerte sich natürlich nicht an einen, der Gussy hieß. Auf dem Schreibtisch standen Bilder von älteren Teenagern – wahrscheinlich seine Kinder. Sie fragte sich, ob auch sein Sohn, als er noch zur Oberschule ging, Kondome überreicht bekommen hatte.

Der Rektor lehnte sich in seinem Stuhl zurück, wobei er beide Hände so hielt, dass sich die Fingerspitzen berührten. Cathy schlug die Beine übereinander und versuchte entspannt zu wirken. Doch ihr rechter Fuß begann zu wippen, wie er es häufig tat, wenn sie angespannt war. Sie bemühte sich, ihn bewusst still zu halten.

„Mr. Miller, ich bin gekommen, um über den Sexualkundeunterricht zu sprechen, an dem mein Sohn letzte Woche teilgenommen hat. Es ging dabei wohl darum, den Kindern die AIDS-Verhütung nahe zu bringen.“

„Das stimmt“, sagte er. „Es ging zwar ganz allgemein um die

menschliche Fortpflanzung. Aber wenn man es ein wenig plakativer macht, bleibt es eher im Gedächtnis haften. Ich weiß, dass einige Eltern Probleme damit haben, Mrs. Flaherty, doch Tatsache ist, dass die Schwangerschaftsrate bei Jugendlichen in unserem Staat besonders hoch ist. Häufig werden unsere jungen Mädchen schwanger, und es gab noch nie so viele Ansteckungen von AIDS und anderen Geschlechtskrankheiten. Da ist es ganz besonders wichtig, ihnen die Praktiken des Safer Sex beizubringen."

„Mir wäre es aber lieber, wenn meine Kinder mit niemandem schliefen – vor allem nicht vor der Ehe", sagte Cathy.

Er lächelte und fiel in seinen Stuhl zurück. „Wollen wir das nicht alle? Das ist das Ideal - ganz ohne Frage. Aber die jungen Leute schlafen nun mal miteinander."

„Wäre es dann nicht besser, ihnen beizubringen, wie man die Zeit übersteht, statt ihnen zu zeigen, wie man es ‚richtig' macht?"

Ihre Argumentation schien ihn in Verlegenheit zu bringen. Sie wollte sich eigentlich nicht auf ein Streitgespräch einlassen, denn sie wollte ihn ja auf ihre Seite ziehen. Sie deutete auf das gerahmte Bild seines Sohnes auf dem Tisch und fragte: „Ist das Ihr Sohn?"

„Ja." Seine Miene entspannte sich. „Er studiert im Augenblick an der Universität von Tennessee."

„Und Ihre Tochter?" Sie deutete auf das Porträt einer jungen Frau.

„Meine Tochter lebt noch bei uns", sagte er. „Sie steht kurz vor dem Examen."

„Sie ist hübsch", sagte Cathy und lächelte gequält. „Ich vermute mal, dass sie am Samstagabend kaum zu Hause zu halten sein wird."

Er fühlte sich geschmeichelt und lachte verlegen. „Nein, sie ist kaum zu Hause."

„Und es stört Sie nicht, dass sie sich mit Jungen trifft, die immer ein Kondom bei sich haben?"

Er begann, unruhig auf seinem Stuhl hin und her zu rutschen. „Ich glaube nicht, dass das das Problem ist. Nur weil sie wissen, wie man es benutzt, müssen sie es ja noch lange nicht tun."

„Wieso nicht?", fragte sie nach. „Wenn Sie Teenager wären und eine Autoritätsperson hätte Ihnen so ein Ding gegeben und Ihnen wäre die Peinlichkeit erspart geblieben, es in der Drogerie zu besorgen, würden Sie sich dann nicht auch eingeladen fühlen, es zu benutzen?"

Er lehnte sich vor und faltete die Hände. „Eigentlich nicht."

„Da sind wir eben nicht einer Meinung, Mr. Miller. Es ist mein Recht, als Erziehungsberechtigte zu bestimmen, wann mein Sohn in den Gebrauch eines Kondoms eingeführt wird. *Sie* haben wohl kaum das Recht, das für mich zu entscheiden." Sie richtete sich auf und sagte: „Gibt es vielleicht die Möglichkeit, das Video zu sehen, das Sie gezeigt haben? Im Grunde ist es ja schon zu spät. Es sind bereits Tatsachen geschaffen worden. Sie hätten es eigentlich den Eltern zeigen müssen, bevor die Kinder es gesehen haben. Ich würde es aber trotzdem noch gern ansehen."

„Wir haben es nicht mehr hier", sagte er. „Es wandert zwischen den Schulen hin und her. Es wird im Schulamt aufbewahrt, bis es irgendwo gebraucht wird." Er rollte den Stuhl zurück und legte seinen Unterschenkel über das andere Knie. „Sehen Sie, Mrs. Flaherty, ich habe diese Verordnung nicht verfasst. Die Schulbehörde hielt es für eine gute Idee. Wenn Sie damit nicht einverstanden sind und das Video unbedingt sehen wollen, dann wenden Sie sich doch unmittelbar an die Behörde."

Sie zog Notizzettel und Bleistift aus der Tasche und machte sich bereit zu schreiben. „Wen soll ich da ansprechen?"

„Ich würde bei Mrs. Jackson anfangen, der Sekretärin des Schulrats. Vielleicht kann sie Ihnen auch gleich das Video vorführen. Und wenn Sie die Verordnung anfechten wollen, sollten Sie es über den Elternbeirat versuchen oder gleich den Schulrat Dr. Jacobs ansprechen."

„Und wird er auch ein offenes Ohr für mich haben?"

„Wahrscheinlich nicht", gab er zu. „Sehen Sie, Sie kommen mit der Perspektive einer Mutter von gerade mal – wie vielen Kindern?"

„Drei."

„Und Dr. Jacobs hat Tausende von Kindern im Blick. Er kennt die statistischen Daten genau. Das Problem ist so gravierend, dass man schon überlegt, spezielle Horte für Schüler mit Kindern einzurichten. Ich bedauere das alles außerordentlich. Ich habe schon genug andere Sorgen. Vor ein paar Jahren war das überhaupt noch kein Thema."

„Vor ein paar Jahren hat man auch noch keine Kondome an Schulkinder ausgeteilt." Sie schlug sich an die Stirn. „Da gibt es natürlich überhaupt keinen Zusammenhang. Was denken Sie?"

„Reden Sie mit dem Schulrat", sagte er, verärgert über ihre Ironie. Er stand auf und signalisierte ihr damit, dass er das Gespräch als beendet betrachtete. „Danke, dass Sie vorbeigekommen sind. Es war nett, Sie kennen zulernen. Ich habe Sie übrigens noch nie im Elternbeirat gesehen."

Das saß. Und ihr wurde sofort klar, dass er ihr durch die Blume vorwarf, sich sonst auch nicht für schulische Belange zu engagieren. Aber selbst wenn das zutraf, sollte sie da nicht das Recht haben, die Schulpolitik in Frage zu stellen? „Mr. Miller, ich bin eine alleinerziehende Mutter, die ganztags berufstätig ist und drei Kinder ganz allein großzieht. Da ist es nicht leicht, Zeit für alle möglichen Sitzungen zu erübrigen."

„Ich verstehe", sagte er jovial. Aber ihr war klar, dass er gar nichts verstand. Seine Familie war wahrscheinlich noch intakt. Er wusste daher nicht, was es bedeutet, wenn der Partner den Lebensnerv einer Familie trifft, indem er sich zu einem Neuanfang mit einer jüngeren und aufregenderen Partnerin entschließt.

„Danke, dass Sie sich Zeit genommen haben", sagte Cathy und verließ sein Büro so verletzt, als hätte er ihr Beleidigungen mitten ins Gesicht gesagt.

14. Kapitel

Kongestive Kardiomyopathie.

Wie Dynamit explodierten diese Worte in Brendas Kopf. Sie war froh, dass Joseph nicht im Raum war, so dass er nicht mitbekam, wie seine Eltern auf diese Diagnose reagierten. Er wäre zu Tode erschrocken gewesen.

„Ursache ist möglicherweise eine Virusinfektion", sagte der Arzt, der langsam und bedächtig redete. „Der Herzmuskel wurde geschwächt und die Herzkammern haben sich ausgedehnt." Anhand einer Abbildung versuchte er deutlich zu machen, wovon er redete. Doch die Alarmglocken wollten für Brenda nicht verstummen. „Wenn das Virus den Herzmuskel geschädigt hat, erweitern sich die Herzkammern, und die Pumpfunktion des Herzens lässt nach. Josephs Herz ist im Augenblick nicht imstande, genug Blut zu befördern, um den Kreislauf aufrechtzuerhalten."

„Was für ein Virus?", fragte David den Arzt, und es klang irgendwie abwesend. „Wann ist das passiert?"

„Es ist nicht sehr wahrscheinlich, dass er seine Kardiomyopathie von Geburt an hat und sie sich erst jetzt bemerkbar macht. Es kann irgendein Infekt gewesen sein, der den Schaden angerichtet hat. Ich vermute allerdings, dass es das Virus war, das er sich vor ein paar Wochen gefangen hatte."

„Was machen wir denn jetzt?" Brenda brachte die Worte mit Mühe hervor, indem sie gegen ihre Tränen ankämpfte. Sie konnte ja schlecht mit verweinten Augen zu Joseph hinausgehen. Er hätte ihre Verzweiflung sofort bemerkt.

„Wir haben drei Möglichkeiten. Die Chancen stehen nicht schlecht, dass sich mit der geeigneten Medikation der Herzmuskel wieder völlig erholt."

„Medikation?" Das klang hoffnungsvoll, und ein großer Stein fiel Brenda vom Herzen. „Das geht?"

„Es geht", wiederholte er. „Sollten die verordneten Medikamente nicht anschlagen, haben wir eine zweite Option. Es gibt Medikamente, die Joseph ständig nehmen müsste, um sein Herz zu unterstützen – und das sein Leben lang."

Der Hoffnungsschimmer war dahin. Medikamente für sein ganzes Leben?

„Und die dritte Option?", erkundigte sich David.

„Tja, das ist dann der chirurgische Eingriff. Alles hängt von der Biopsie ab. Ich möchte Joseph eigentlich heute schon einweisen und gleich morgen früh die Biopsie vornehmen. Wir müssen genau wissen, wie geschädigt sein Herz ist, bevor wir geeignete Schritte unternehmen können."

„Und ...", sie räusperte sich, um deutlich sprechen zu können, „was bedeutet das praktisch?"

„Ich möchte Ihnen nichts vormachen", sagte Dr. Robinson, der an seinem Schreibtisch lehnte. „Für einen kleinen Jungen ist das eine ziemlich unangenehme Prozedur. Deshalb werde ich Ihre Unterstützung brauchen. Wir machen einen kleinen Schnitt in eine Arterie und führen ein Katheter ein. Das tut nicht weh. Wir versetzen ihn in einen Dämmerzustand. Sie werden auf einem Monitor beobachten können, wie der Katheter durch die Arterien vorgeschoben wird, bis er die Herzkammer erreicht hat. Wir werden zudem Kontrastmittel injizieren, um besser sehen zu können. Das bewirkt manchmal etwas Unwohlsein. Es ist ein warmes Gefühl, vergeht aber schnell wieder. Wenn wir Joseph darauf vorbereiten, findet er es vielleicht sogar lustig."

„Ist das alles?", fragte David.

„Nicht ganz. Er muss dann noch mehrere Stunden flach und unbeweglich liegen bleiben, weil wir Druck auf den kleinen Schnitt ausüben müssen. Dazu brauchen wir Sie dann ganz besonders. Das fällt schon Erwachsenen schwer, und Sie können sich vorstellen, wie kleine Jungen damit fertig werden."

„Joseph wird das schon hinkriegen", sagte Brenda.

„Und was erfahren wir dadurch?", fragte David.

„Wir wissen dann, wie schlecht oder gut es um ihn steht", antwortete Dr. Robinson. „Und wir wissen, was wir tun müssen, um sein Leben zu retten."

* * *

Als sie ins Nebenzimmer gingen, fanden sie Joseph, der gerade mit einer Schwester Memory spielte. Sie war es offenbar gewohnt, Kinder zu beschäftigen, während Ärzte sich bemühten, ihren Eltern Alpträume verständlich zu machen. Joseph sah Brenda an, und sie wusste, dass es ihr nicht besonders gelungen war, ihre Tränen zurückzuhalten.

„Wie geht's dir, Schatz?", fragte sie und drückte ihn so fest an sich, dass sie auf einmal Angst bekam, ihm wehzutun.

„Geht so, Mama", sagte er.

David kniete sich zu ihm hin und sah ihm in die Augen. „Der Arzt sagt, dass du doch nicht ganz in Ordnung bist. Er möchte dich im Krankenhaus behalten und noch ein paar Untersuchungen machen."

Josephs haselnussbraune Augen wurden auf einmal groß und rund. „Jetzt?"

„Genau."

„Mach dir keine Sorgen, Schatz", sagte Brenda, „ich bleibe bei dir. Es wird auch nicht lange dauern. Vielleicht eine Nacht oder zwei."

„Kriege ich auch wieder 'n Eis?"

Brenda lächelte. Vor zwei Jahren hatte man Joseph die Mandeln herausgenommen, und seine Geschwister hatten sich regelrecht zurückgesetzt gefühlt, weil Joseph alle Aufmerksamkeit bekommen hatte und mit Eis vollgestopft worden war. „Kann schon sein. Mal sehen."

* * *

Der Eingriff am nächsten Morgen verlief ohne größere Probleme, und Joseph ließ alles über sich ergehen, als sei es eins dieser interessanten Lernprojekte, die er von seiner Mutter gewohnt war. Geduldig versuchte Brenda alles zu erklären, was gerade geschah, und sie nutzte die Gelegenheit, ihm ein bisschen Anatomie zu vermitteln.

Erst spät am Nachmittag kam der Arzt mit den Ergebnissen. David und Brenda gingen hinaus auf den Flur, während die Schwester Joseph ablenkte.

„Wie geht es ihm, Herr Doktor?", fragte David besorgt.

„Nun, die Befunde haben mich schon etwas beruhigt. Die Herzklappen und die Gefäße sind in Ordnung. Das ist die gute Nachricht. Allerdings arbeitet die linke Herzkammer noch immer nicht, wie sie sollte. Und sie ist vergrößert. Es ist jedoch denkbar, dass er mit Medikamenten völlig wiederhergestellt wird."

Brenda atmete einmal tief durch. Hatte er wirklich gesagt, dass Joseph nur medikamentös behandelt werden musste?

„Medikamente? Und kein Eingriff?", fragte David.

„Zunächst nicht", antwortete Dr. Robinson. „Wir fangen mit Medikamenten an, die den Blutdruck senken und die Kontraktionskraft des Herzens stärken. Wir würden ihn gern noch ein oder zwei Tage bei uns behalten. Wir wollen ihn ein bisschen verkabeln und sein Herz ständig beobachten. Die Werte werden per Funk übertragen. Er kann sich dazu frei bewegen und auch Übungen machen. Er bleibt dabei aber unter ständiger Beobachtung. Nach seiner Entlassung bekommt er dann noch ein Langzeit-EKG mit. Sie bringen es uns dann wieder, und wir können seine Herztätigkeit beurteilen und sehen, wie es ihm geht."

Brenda gefiel das alles nicht. Es hörte sich irgendwie nicht gut an, doch sie schätzte es durchaus, dass man ihn so aufmerksam beobachten wollte.

„Was ist aber, wenn sich die Dinge nicht so entwickeln, wie Sie jetzt hoffen?", fragte David.

„Das ist natürlich möglich", gab der Arzt zu. „Dann müssen wir an einen Eingriff denken. Im günstigsten Fall ist er dann in ein paar Monaten über den Berg. Und ich finde, er sieht aus wie ein Kind, das Glück haben wird."

Nachdem Joseph am Abend eingeschlafen war, saßen Brenda und David im abgedunkelten Krankenzimmer, beobachteten ihren Sohn und schwiegen. Sylvia, die die drei Kinder zu Hause beaufsichtigte, hatte David aufgefordert, so lange zu bleiben, wie es richtig wäre.

Und Brenda wusste, dass er bei genügend Platz im Zimmer die ganze Nacht geblieben wäre.

Sie legte ihre Hand auf Josephs Stirn. Er fühlte sich kühl und feucht an. Sie zog sein Deckbett zurecht, achtete aber darauf, keins von den Kabeln abzuziehen, die an seiner Brust befestigt waren. Das *Piep-piep-piep* des Herzmonitors ging langsam auf die Nerven – vor allem die plötzlichen Aussetzer beunruhigten Brenda. Doch es beeindruckte sie schon sehr, wie eifrig die Schwestern seine Überwachung durchführten. Auf der Station gab es zehn Monitore, mit denen zehn Patienten überwacht wurden. Und jedesmal, wenn Josephs Herz zu stolpern begann, eilten sie herbei, um nach ihm zu sehen.

David legte seine Hand auf Brendas Schulter, und sie drehte sich zu ihm. Dann zog er sie an sich, um sie in die Arme zu nehmen und zu trösten. Sie begann zu weinen, und weil sie fürchtete, Joseph zu wecken, löste sie sich aus seinen Armen und floh hinaus auf den Gang.

David folgte ihr dorthin. Da sie nicht wussten, wohin sie sich hätten begeben können, verschwanden sie im nächsten Treppenhaus. Hier setzte Brenda sich auf die oberste Stufe und bedeckte ihr Gesicht mit den Händen. Er setzte sich neben sie und streichelte ihr über den Rücken, während sie weinte. Und er fühlte sich so schrecklich hilflos dabei.

Nach einer Weile sah sie ihn an. „David, falls Joseph dann schon zu Hause ist, möchte ich, dass wir alle am Sonntag zum Gottesdienst gehen."

Er wandte seinen Blick von ihr ab. „Brenda, wir haben über dieses Thema schon tausendmal gesprochen. Ich gehe nicht in die Kirche."

„Das weiß ich. Aber diesmal ist doch alles anders. Noch nie zuvor hatten wir ein Kind mit einer Herzkrankheit."

„Und was ändert das?"

„Wir beide müssen jetzt fest glauben, David." Ihre Worte klangen weinerlich und flehend zugleich.

„Schatz, ich weiß, wie sehr du dir wünschst, dass ich glaube. Aber durch dein Wünschen wird es nicht wahr. Ich glaube nicht. Ich kann es einfach nicht."

Sie wischte sich die Augen trocken und versuchte, ein bisschen gestärkter zu wirken. „Ich werde bitten, dass man ihm am Sonntag die Hände auflegt", sagte sie. „Und ich wünsche mir so sehr, dass du dabei bist. Es ist mir sehr wichtig."

„Auf keinen Fall." Er stand auf und sein Gesicht begann sich zu röten. „Nur über meine Leiche! Niemand legt Joseph die Hände auf!"

Sie war ganz erschrocken über seinen Gefühlsausbruch. Und auch sie erhob sich nun. „David, warum nur?"

„Ich habe meine Gründe." Sein Finger zitterten, als er auf sie deutete. „Sie werden meinen Sohn nicht anrühren, und du, Brenda, wirst mir nicht in den Rücken fallen."

Sie verzog ihr Gesicht, um Verständnis ringend. „David, das ist doch albern. Ich weiß, dass du der Kirche irgendetwas nachträgst. Aber um Himmels willen, die Bibel sagt uns doch bei Jakobus, dass wir zu den Ältesten der Gemeinde gehen sollen, um mit ihnen zu beten ..."

„Ich habe all die Jahre geschwiegen, Brenda", unterbrach er sie. Seine Augen röteten sich, und der Zorn in seinem Gesicht machte ihr Angst. „Ich habe nie etwas dagegen gehabt, dass du alle vier Kinder immer wieder mit in den Gottesdienst geschleppt hast. Es hat ihnen offenbar auch nicht geschadet. Deshalb habe ich es gestattet. Doch das Maß ist voll, wenn jemand Hände auf meinen Sohn legen soll."

„Aber David, wenn du gar nicht an Gott glaubst, was macht das dann aus?"

„Es macht was aus, weil Joseph davon betroffen ist", erwiderte er aufgebracht. „Kannst du dir vorstellen, wie sich ein Kind fühlen muss, dass von einer Gruppe Bibelstellen leiernder Heuchler umringt wird und von ihren Händen betatscht wird? So etwas hängt dir dein ganzes Leben an. Es verändert dein Denken! Und das werden sie meinem Sohn nicht antun!"

Brenda starrte ihn mit offenem Mund an und versuchte verzweifelt, Davids Äußerungen mit all dem in Einklang zu bringen, was sie über seine Vergangenheit wusste. „Hängt dir dein ganzes Leben an? Verändert dein Denken? David, hat *dir* jemand die Hände aufgelegt?"

Er wandte sich abrupt von ihr ab und drückte die Tür auf. „Ich fahre jetzt nach Hause und komme morgen früh wieder."

„Nein, David, bitte! Wir müssen noch reden. Wie kann ich dich verstehen, wenn du nicht mit mir reden willst?"

Er hielt inne und dreht sich langsam zu ihr um. Dabei versuchte er, sich zu beruhigen, indem er ein paarmal tief durchatmete. Und mit leiser Stimme sagte er: „In Ordnung, reden wir. Du willst vernünftige Gründe. Ich werde dir einige nennen: Es funktioniert nicht. Das ist ein Grund. Würde es funktionieren, würden es alle tun, und es gäbe keine Krankenhäuser. Jeden Tag werden Christen beerdigt – wie alle anderen auch."

Sie dachte angestrengt nach. Immerhin war das ein Gespräch, das für Davids Leben große Bedeutung haben konnte. Sie musste also die richtigen Antworten finden. „Es wird eben nicht jeder von Gott geheilt."

„Das ist ja sehr bequem", sagte er spöttisch. „Man sagt dir, dass er dich heilen wird, und wenn es dann nicht geschieht, hat Gott es sich eben anders überlegt. Kann man irgendwann mal wissen, woran man ist?"

Wieder kamen ihr die Tränen, als die Enttäuschung, an die sie sich schon gewöhnt zu haben glaubte, sie so verletzte, als sei es eine ganz neue Erfahrung. „Glaube, David. Es ist ganz einfach der Glaube."

„Was passiert denn mit Josephs Glauben, wenn er überzeugt ist, geheilt zu werden und dieses Haus immer noch krank verlässt? Und was geschieht, wenn sich nichts ereignet und deine Kirchenfreunde anfangen zu behaupten, in deinem oder in Josephs Leben sei Sünde – ja eher noch in *meinem* Leben, weil ich es bin, der sich nicht einfügen will? Sie werden behaupten, dass der liebe Gott unseren Jungen verflucht, denn sonst hätten ihre Gebete ihn ja geheilt. Wahrscheinlich verbreiten sie noch das Gerücht, es sei kein Herzproblem, sondern ein Dämon halte ihn ab, wieder gesund zu werden. Wie wird er sich fühlen, wenn er glaubt, ein Dämon hause in ihm? Wie, Brenda, wird das auf die Seele eines Kindes wirken?"

Sie war plötzlich nicht mehr gegen ihn aufgebracht, denn sie verstand nun. Das waren keine Gedanken, die nur vorgebracht wurden, um ein Wortgefecht zu gewinnen. Es waren Schlaglichter mit einem realen Hintergrund aus Davids Kindheit.

„Hat man von dir behauptet, du seist von einem Dämon besessen?" fragte sie.

„Ich war ein aufsässiges Kind", raunte David, als würde jedes laute Wort noch mehr Schaden anrichten. „Und es gab gute Gründe dafür. Es waren aber nicht die Dämonen, es war meine tiefe Enttäuschung."

„Über deinen Vater!" Auch sie flüsterte nun.

Verblüfft sah er sie an. Woher wusste sie das?

„Deine Mutter hat es mir erzählt, bevor sie starb", sagte sie. „Du hast mir nie erzählt, dass du das Kind eines Predigers bist."

Er lachte auf und rollte mit den Augen. Dass sie ihn einmal so bezeichnen würde! „Warum hast du mir nie erzählt, dass du es wusstest?"

„Ich wollte, dass du es mir erzählst", sagte sie. „Ich glaubte, dass es dir aus irgendeinem Grund peinlich sei."

„Dann hat sie dir auch von der Organistin erzählt, mit der er durchgebrannt ist?"

„Ja."

Er nickte und blieb einen Augenblick regungslos stehen. Meinte er, dass seine Mutter ihn verraten hatte? Brenda hoffte, dass es nicht der Fall sei. Er hatte schon genug an seiner Mutter auszusetzen.

„Dann hat sie dir ja wahrscheinlich auch von unserem Pfarrhaus erzählt. Die liebe Gemeinde gewährte uns eine Woche Zeit zum Ausziehen, weil sie den Platz für den neuen Prediger brauchten. Hat sie dir auch erzählt, dass wir zunächst in einer Garage hausen mussten ..."

Das hatte seine Mutter nicht erzählt. Brenda hörte ihm aufmerksam und dankbar im Herzen zu. Sie hatte sich so danach gesehnt, einen Blick hinter die Kulissen tun zu dürfen und zu verstehen. „Kein Wunder, dass du so verbittert bist", flüsterte sie.

Er lachte bitter, und seine Augen wurden feucht. „Sie dachten, ich hätte einen Dämon. Und sie versuchten, ihn auszutreiben."

„David, diese Leute haben nicht den wahren Gott gekannt. Das kann gar nicht sein, denn sonst hätten sie dich liebevoll angenommen. Sie hätten gespürt, was dir fehlte."

Er schüttelte den Kopf. „Ich weiß, dass du der Meinung bist, deine Gemeinde sei anders, Brenda. An der Oberfläche mag das sein. Aber grundsätzlich gibt es keinen Unterschied."

„Komm doch und überzeuge dich", sagte sie. „Du kannst dabeistehen und zusehen, während sie für ihn beten. Es wird keine Horde wild gewordener alter Männer sein, die schreien und an ihm zerren. Es werden ein paar Älteste da sein, die ihn sanft berühren, die mit Gott reden und ihn um die Heilung bitten. Niemand wird ausfallend werden und etwas Böses tun. Es sind Menschen, die glauben und Gott ihre Anliegen vorbringen. Sieh mich an."

Er sah sie an und bemerkte ihren bangen Blick. Sie schien wirklich zu leiden.

„David, du weißt, wie sehr ich unsere Kinder liebe. Würde ich irgendetwas tun, was sie in Gefahr bringt? Würde ich es zulassen, dass irgendjemand sie erschreckt oder ihnen auf irgendeine Weise ein Leid zufügt?"

„Mit Absicht sicher nicht."

„Es wird Joseph bestimmt nicht schaden, wenn ein paar Leute für ihn beten. Es wird ihn daran erinnern, dass Gott bei ihm ist und ihn nicht im Stich lassen wird."

Plötzlich war da wieder dieser Grimm in Davids Zügen, und sie wusste, was er dachte: Es gab, wie Brenda zuvor selbst zugegeben hatte, keine Garantie, dass Gott Joseph heilen würde. Und sollte dies tatsächlich nicht geschehen, dann würde sein Sohn das Gefühl haben müssen, Gott habe ihn tatsächlich im Stich gelassen. Brenda wusste, dass David es nicht verstehen *konnte.* Auch würde sie es ihm nicht erklären können. Es war etwas, wovon ihn nur der Heilige Geist selbst überzeugen konnte.

„David, du hast mir erlaubt, die Kinder mit in die Gemeinde zu nehmen. Du hast sogar zugegeben, dass es gut für sie sei. Beschränke diese Freiheit jetzt bitte nicht."

Er sah verlegen zu Boden. „Brenda, was Joseph hat, ist bitterernst. Da möchte ich nicht, dass jemand mit ihm irgendein Brimborium aufführt."

„Was möchtest du, das ich tue, David?", fragte sie. „Soll ich ihn auf den Tod vorbereiten?"

„Nein!", rief er laut. „Er wird nicht sterben. Mit den Medikamenten wird es ihm bald besser gehen. Du wirst sehen. Ob die Leute beten oder nicht."

Die schroffe Aussage tat ihr im Herzen weh. Er hielt sie noch einen Augenblick im Arm, verließ sie dann aber.

Sie kehrte zurück ins Krankenzimmer, legte sich in das Notbett und versuchte zu schlafen. Doch das stolpernde Herz ihres kleinen Sohnes, das sie über den Monitor ständig hörte, ließ sie nicht zur Ruhe kommen. So nutzte sie die Zeit, um für sein Herz und für die Seele ihres geliebten Ehemanns zu beten.

15. Kapitel

Cathy wusste nicht so richtig, warum sie Sylvias Einladung zum Gottesdienst angenommen hatte. Sie nahm an, dass es zum Teil mit dem Verhalten ihrer Kinder zu tun hatte, die sich in letzter Zeit ziemlich danebenbenommen hatten. Sie brauchten wohl ein bisschen geistliche Zurechtweisung.

Sie selbst hatte eigentlich nie viel von der Kirche gehalten. Zwar glaubte sie an Gott, aber sie hatte nicht eingesehen, warum es nötig sein sollte, ausgerechnet an dem einzigen freien Tag der Woche früher aufzustehen, sich in Schale zu werfen und die Kinder dazu zu zwingen, feine Sonntagssachen überzuziehen – nur um in die Kirche zu gehen.

Genau das war die Herausforderung an jenem Morgen. Annie war aus ihrem Zimmer gekommen und hatte wie eine Herumtreiberin ausgesehen. Cathy musste sie zweimal zurückschicken, bevor sie halbwegs vorzeigbar aussah. Das erinnerte Cathy daran, dass sie es offenbar in letzter Zeit versäumt hatte, Annies Kleidereinkäufe etwas mehr zu überwachen. Zwar hatte sie auch ein paar Kleidungsstücke für festlichere Anlässe, aber die passten kaum in einen Gottesdienst. Sie einigten sich schließlich auf einen Rock, der eigentlich zu kurz war, und eine enge Bluse, deren Anblick Cathy schwindlig machte. Aber das war eben die Bekleidung, die noch am wenigsten anstößig wirkte.

Mark und Rick hatten bis zum letzten Blutstropfen dafür gekämpft, Jeans anziehen zu dürfen. Aber dann gelang es ihr am Ende doch noch, die Tuchhosen durchzusetzen. Als Mark die Treppe herunterkam, trug er seine schmutzigen Turnschuhe. Auch er sollte kehrtmachen und sich andere Schuhe anziehen.

„Kann ich nicht, Mutti. Ich habe keine anderen Schuhe.“

„Natürlich hast du noch ein Paar Lederschuhe. Zieh sie jetzt an.“

„Die hast du mir letztes Jahr gekauft! Die passen überhaupt nicht mehr! Was hast du denn gegen die hier?“

Sie sah auf Marks Füße. „Sie sind einfach schmutzig und passen nicht für den Gottesdienst. Bist du sicher, dass die anderen nicht mehr passen?"

„Bestimmt, Mutti. Es ist so."

„Na gut", sagte sie resignierend, „nun steigt schon ein."

Den ganzen Morgen hatten sie darüber diskutiert, warum Cathy ausgerechnet heute zum Gottesdienst gehen müsse und nicht warten könne, bis sie – die Kinder – das Wochenende beim Vater verbringen würden. Das wäre doch überhaupt kein Problem gewesen.

„Ich möchte einfach, dass ihr mitkommt", sagte sie. „Wir tun das für mich, aber genauso auch für euch."

„Glaubst du plötzlich, wir seien Heiden geworden und müssten mal wieder zum Gottesdienst?", fragte Annie.

„Mutti!", rief Mark. „Ich bin doch kein Heide, oder?"

„Ich glaube, dass keiner von euch ein Heide ist", erwiderte sie. „Aber anständige Leute gehen nun mal ab und zu zur Kirche. Und ich möchte, dass ihr anständige Leute werdet."

„Wir sind auch so anständig", beschwerte sich Rick. „Wir müssen doch nicht noch anständiger werden."

Die Geschwister waren seiner Meinung. Cathy konnte sich das Lachen nicht mehr verkneifen. „Ich verlange doch gar nicht von euch, dass ihr euch die Köpfe kahl schert. Ihr sollt doch nur mal wieder in die Sonntagsschule gehen."

„Sonntagsschule? Nun mach aber mal halblang, Mutti", sagte Rick. „Wir sind doch schon viel zu alt für die Sonntagsschule."

„Tatsächlich?", fragte sie und sah ihn von der Seite an. „Ich wusste gar nicht, dass es für die Sonntagsschule eine Altersgrenze gibt."

„Was sollen wir denn da machen? An kleinen Tischen sitzen, Bibelposter ausmalen und ‚Lies die Bibel, bet jeden Tag' singen?"

War es schon so lange her, dass sie mit ihren Kindern in der Kirche gewesen war?

„Ich glaube kaum, dass man das in eurer Altersgruppe tun wird."

„Was dann?"

„Man wird über Gott reden", sagte sie. „Ob ihr es glaubt oder nicht – es ist ein wichtiges Thema. Ihr glaubt doch an Gott, oder?"

Rick zuckte mit den Schultern. „Könnte sein."

„Könnte?“ War diese Einschränkung noch ein Zeugnis ihres Versagens?

„Sieh mal, Rick, mir ist bewusst, dass ich die Kirche bei uns nie in den Mittelpunkt gestellt habe. Das bedeutet aber nicht, dass sich daran nichts ändern könnte. Es ist offenbar wichtig, dass wir ab und zu zur Kirche gehen.“

„Moment mal“, meldete sich Annie vom Rücksitz. Cathy sah über den Rückspiegel in das mürrische Gesicht ihrer Tochter. „Ja? Was willst du sagen?“

„Ich denke, der einzige Grund, warum wir heute in die Kirche gehen, sind die vielen Singles, die es in der Gemeinde der Bryans gibt. Du gehst auf Brautschau.“

„Was sagst du da?“ Cathy stockte der Atem. Sie war erschrocken, von ihrer Tochter doch irgendwie durchschaut worden zu sein. „Wie kommst du denn darauf?“

„Ich habe so was läuten hören“, sagte sie. „Ich weiß ganz zufällig, dass Bryans Gemeinde eine aktive Single-Arbeit betreibt. Es sind dort Alleinstehende aller Altersgruppen versammelt – selbst ältere Geschiedene wie du. Und ich habe neulich zufällig mitbekommen, wie du und Sylvia euch darüber unterhalten habt. Deshalb weiß ich, warum du dorthin willst.“

„Es wird dich vielleicht überraschen, meine liebe Tochter“, sagte Cathy mit ironischem Tonfall, „aber es ist keineswegs mein größtes Ziel im Leben, mich noch einmal mit einem Mann einzulassen.“

Annie sah aus dem Fenster. „Ich will damit nur sagen, dass es schon ein Ding ist, uns so aufzuscheuchen, nur um vielleicht einen Mann abzuschleppen.“

Cathy begriff plötzlich, dass es einiges an ihrer Erziehung gab, was sie hätte besser machen können. Zuallererst hätte sie darauf achten müssen, dass die Kinder ihr mit mehr Respekt gegenübertraten. Wer hätte ahnen können – damals als sie noch vertrauensselige kleine Knuddel waren -, dass sie ihr eines Tages so frech kommen würden! Das aber war wohl ihre eigene Schuld. Und nun war es fast schon zu spät.

Sie fuhren auf die riesige Parkfläche der Gemeinde. Cathy blieb einen Augenblick sitzen und betrachtete die Menschenmenge, die sich vor dem Eingang gebildet hatte. „So, ihr Kids, jetzt wollen wir alle versuchen, einander nicht in Verlegenheit zu bringen. Okay? Ich verspreche euch, nicht gleich mit dem erstbesten Mann zu flirten, dem ich über den Weg laufe, und ihr versprecht mir, euch nicht wie Flegel zu benehmen."

Alle Kinder schwiegen.

Sie stiegen aus, und im Gänsemarsch folgten die Kinder ihrer Mutter. Jeder war irgendwie schlechter Laune und wollte mit keinem anderen reden.

„Ich hasse es, ‚der Neue' zu sein", grummelte Mark.

Cathy aber machte das überhaupt nichts aus, denn es bereitete ihr Spaß, neue Menschen kennenzulernen. Sie fragte sich, ob jeder hier merken würde, dass sie gekommen war, um vielleicht einen ordentlichen Mann zu ergattern. Aber selbst wenn sie es mitbekämen, wäre dass denn einer ewigen Bestrafung und Verdammnis würdig? Würden alle sich umsehen und mit Fingern auf sie deuten?

* * *

Sie suchte Harry und Sylvia in der Menge. Als sie sie gefunden hatte, setzte sie sich zu ihnen. Die Bryans waren offenkundig hoch erfreut, dass sie sich entschieden hatte, mit ihren Kindern zum Gottesdienst zu kommen. Sie verstand nicht, warum ihnen das so viel zu bedeuten schien. Mark kritzelte irgendetwas auf das Informationsblatt, das ausgegeben worden war, und riss das Stück mit einem vernehmlichen Ratsch ab, so dass sich die Leute vor ihnen in den Reihen umsahen. Cathy kniff leicht in Marks Bein und bedeutete ihm, endlich still zu sein. Mark gab den Zettel weiter an Rick, und der reichte ihn Annie. Auch Cathy öffnete ihr Informationsblatt und fand eine leere Stelle, auf die sie schrieb: „Hört auf, Zettel zu schreiben!" Sie wollte schon das Stück herausreißen, hielt dann aber inne und reichte das ganze Blatt weiter. Als es Rick und Annie erreichte, mussten diese kichern, denn sie fanden es ziemlich komisch, dass sie einen Zettel erhielten, auf dem das Zettelschreiben untersagt wurde.

Als die Predigt vorüber war und der Chorleiter alle bat aufzustehen, um das Lied Nummer 132 zu singen, begann Mark zu murren: „Aufstehen, setzen, aufstehen, setzen." Cathy musste zugeben, dass es ihr auch nicht einsichtig war, warum man dauernd stehen musste. War es wirklich nötig, wie ein Kastenteufel immer wieder aufzuspringen, nur um ein Lied zu singen? Konnte man denn nicht ebenso gut im Sitzen singen?

Nach Abschluss des Gottesdienstes war Cathy ziemlich angespannt. Sie hatte den Fehler begangen, sich zu melden, als man nach Gästen gefragt hatte. Sie hatte aber eigentlich auch keine Wahl gehabt, denn Sylvia hatte sie dazu angestoßen. Würde sie jetzt von einem Dutzend wohlmeinender Gemeindeglieder angesprochen werden, bevor sie die Tür erreichte? Würde man jemand zu ihr schikken, um über den Himmel und ihre Verantwortung den Kindern gegenüber zu sprechen?

Aber erst auf dem Weg zum Auto geschah dies. Sie versuchte, freundlich zu wirken.

„Tag", sagte der blonde Mann mit den dunkelbraunen Augen und hielt ihr die Hand zum Gruß hin. „Ich bin Bill Blackburn. Ich habe Sie schon in der Sonntagschule gesehen, als Sie Ihre Kinder brachten. Kommen Sie aus der Gegend?"

„Wir wohnen drüben am Survey Mountain", sagte sie.

„Schöne Gegend."

„Wir wohnen gerne dort. Meine Nachbarin hat uns eingeladen – Sylvia Bryan."

Sie hatte den Eindruck, dass er diesen Namen noch nie gehört hatte.

„Gut, gut. Ich bin für die evangelistische Arbeit der Sonntagsschule verantwortlich", sagte er. „Ob Ihre Kinder es mochten?"

„Ich denke schon." Hinter Bill stand Annie an ein Auto gelehnt. Sie kreuzte die Arme über der Brust und grinste, als wolle sie sagen: *Na, habe ich es dir nicht gleich gesagt?* Cathy begann, umständlich in ihrer Tasche nach dem Schlüssel zu suchen. Dann warf sie einen

Blick auf Mark und Rick. Auch sie lauerten hinter Bills Rücken wie Richter auf irgendein Indiz, das ihre Absicht beweisen würde, nur der Männer wegen hergekommen zu sein.

„Hätten Sie etwas dagegen, wenn ich Sie irgendwann einmal anrufe?", fragte er. „Vielleicht haben Sie ja Lust, am Samstag zu unserem geselligen Abend zu kommen, den wir möglichst jede Woche veranstalten. Ich könnte Sie dann auch anderen Leuten vorstellen."

Sie war schon drauf und dran abzusagen, nur um ihren Kindern den Wind aus den Segeln zu nehmen. Sie wollte aber auch ihr eigenes Leben führen, und daran hatten die Kinder sich gefälligst zu gewöhnen. „Vielleicht", sagte sie und kritzelte ihre Telefonnummer auf eine Ecke der Gemeindeinformationen. Sie riss das Stück ab und gab es ihm. „Rufen Sie mich irgendwann diese Woche an und erzählen Sie mir mehr davon. Es hört sich gut an."

„Prima. Es war nett, Sie kennenzulernen."

„Ganz meinerseits."

Er wandte sich den Kindern zu und sah sie sich – eins nach dem anderen – genau an. „Machen ja was her, Ihre Kinder", sagte er, als ob sie es nicht hören würden.

„Danke", sagte sie.

Als er gegangen war, stiegen sie ein, und Cathy startete den Motor. „Was denkt ihr?" fragte sie.

„Ich denke, dass du uns hergeschleppt hast, um Männer zu treffen", wiederholte Annie.

Cathy fuhr aus der Parklücke. „Ich meinte eigentlich, was ihr von der Sonntagsschule haltet. War das gut oder nicht?"

„Nicht!", antwortete Annie.

„Und was denkst du, Rick?" Cathy sah ihren hoch aufgeschossenen Sohn an, der neben ihr saß. Er hatte bereits seine Kopfhörer vom Walkman aufgesetzt und hörte seine Musik. Sie ließ ihn in Ruhe. „Und du, Mark, wie fandst du es?"

„Ganz okay", antwortete er von hinten. „Ich kannte ein paar Leute."

Das hörte sich vielversprechend an. „Tatsächlich?"

„Ja."

„Wen kanntest du?"

„Brad Lovell. Ist 'n cooler Typ."

„Und der geht in die Gemeinde? Stell dir das mal vor. Da willst du sicher wieder hin."

„Nein, nur wenn ich muss."

Sie sah sich zu Annie um: „Hast du auch jemand getroffen?"

„Ja." Sie sah aus dem Fenster, um ihr Desinteresse zu bekunden.

„Wen?"

„Sharon Greer. Ich kann sie nicht leiden."

„Und warum nicht?"

„Weil sie hinter Allen her ist. Sie ist früher mit ihm gegangen, und sie glaubt, er gehöre ihr noch immer. Sie ist eine richtige Ziege. Sie sitzt in der Sonntagsschule und beantwortet alle Fragen mit frommen Phrasen, die die Mitarbeiter hören wollen. Und die sind so weltfremd, dass sie die Heuchelei gar nicht mitkriegen."

Cathys Hoffnungen schmolzen dahin. „Hat noch jemand was zu meckern?", fragte sie resignierend.

„Nein, aber das reicht doch schon."

Cathy seufzte und dachte, dass sie möglicherweise sogar Recht hatten. Vielleicht sollte sie doch lieber an den Wochenenden zur Kirche gehen, wenn die Kinder bei ihrem Vater waren. Sie war sich gar nicht mehr sicher, ob all dieser Aufruhr die Sache wirklich wert war.

16. Kapitel

Die Vorlesestunde am Montagmorgen in der Bücherei war immer ein Segen für Tory, und sie verpasste deswegen auch keine einzige. Brittany und Spencer liebten es, der großmütterlich wirkenden Bibliotheksangestellten zu Füßen zu sitzen und ihren Geschichten zu lauschen. Tory gefiel das Ganze, weil es ihr Gelegenheit gab, in den Ecken zu stöbern, wo ihre Lieblingsbücher standen. Schon mehrere Monate lang war sie mit der Recherche für ihren Roman beschäftigt. Sie hatte bereits zahllose Bücher und Artikel über Frankreich, den Zweiten Weltkrieg und über die Schwestern und Ärzte gelesen, die in diesem Krieg ihren Dienst taten. Sie hatte inzwischen so viele wenig bekannte Details im Kopf, dass sie mehrere Romane hätte schreiben können.

Doch heute – so entschied sie – war nicht Recherche, sondern Motivation angesagt. Dazu überflog sie die Ratgebertitel. Sie suchte ein Buch, das ihr helfen würde, ihre Zielstrebigkeit weiterzuentwickeln. Sie blätterte schließlich in einem Buch, das die Selbstorganisation zum Thema hatte. Dabei wurde ihr etwas klar: Wenn sie all die Zeit sinnvoll genutzt hätte, die sie mit der Lektüre von Büchern über Selbstorganisation verbracht hatte, dann wären inzwischen schon drei Romane fertig.

Sie ging zu den Regalen mit der Psycholektüre. Hier gab es ein breites Spektrum – von der Selbsterkenntnis bis zur Erforschung der eigenen Vergangenheit. Als sie nichts persönlich Ansprechendes fand, wechselte sie zur Belletristik. Sie ging die Buchrücken durch und suchte nach ihren Lieblingsautoren. Eines Tages würde auch ihr Name zwischen all den anderen stehen, das versprach sie sich. Einmal würde sie ein Buch herausbringen, das man in den Büchereien nur noch auf Vorbestellung bekäme, und die Kunden würden es den Buchhändlern aus den Händen reißen. Hier und da zog sie ein Buch heraus, überflog seinen Klappentext und stellte es wieder zurück. Plötzlich sah sie, auf einem Sonderregal aufgestellt, einen neu erschienenen Roman. Sie erkannte, dass es einer ihrer Lieblingsautoren war, und deshalb ging sie hin, um sich das Buch näher anzusehen.

Auf dem Buchdeckel war eine Frau in Schwesterntracht abgebildet und dahinter Flammen, die andeuteten, dass etwas abgebrannt war. Beunruhigt griff Tory nach dem Buch, holte es vom Regal und begann den Klappentext zu lesen. „Zweiter Weltkrieg ... Annabelle Hopkins diente als Krankenschwester ... Frankreich ... Wird Annabelles Herz für immer mit ihrer großen Liebe begraben sein ...?"

Tory verspürte einen Krampf in der Magengegend, und ihr Herz begann heftig zu pochen. Ihre Hände zitterten, als sie zu Ende las: „... oder wird sie in den Armen von Dr. Frank James eine neue große Liebe finden?"

Fast warf sie das Buch zurück aufs Regal, als sei es ein heißes Stück Eisen.

Wie konnte das passieren? Wie konnte dieser Roman genau die Handlung haben, die sie zu schreiben versuchte – mit dem entscheidenden Unterschied, dass er bereits vorlag und ein Bestseller war?

Am liebsten hätte sie laut aufgeschrien. Doch sie konnte sich beherrschen. Noch einmal griff sie nach dem Buch und blätterte darin. Tatsächlich, die Geschichte hatte große Ähnlichkeit mit ihrer – zudem war sie auch noch viel besser. Sie suchte nach einem Anhaltspunkt, der ihr die Sicherheit geben würde, nicht unnötig Zeit zu vergeuden. Doch mit jeder Seite, die sie las, wuchs die Überzeugung, dass sie mit ihrem Buch nur ein Plagiat verfassen würde.

Nachdem sie das Buch zurückgestellt hatte, lehnte sie sich gegen das Regal daneben, schloss die Augen und weinte. Das war nicht fair. Sie musste um jede Minute am Computer kämpfen, und da kam jemand mit einem berühmten Namen und einer unübersehbaren Leserschar daher und schnappte ihr das einzige Stückchen Hoffnung auch noch weg.

Die Tür zum Vorleseraum schlug auf, und eine fröhlich schwatzende Kinderschar polterte heraus. Die Kinder stürzten auf sie zu, und Brittany fragte, als sie die Tränen ihrer Mutter sah: „Was 'n los,

Mama?“ Sie fragte es so laut, dass mehrere Mütter, die in der Nähe standen, aufmerksam wurden.

„Ach, nichts, Schatz“, sagte Tory, die sich noch immer mühte, ihr Schluchzen zu verbergen. „Gehen wir.“

„Kann ich mir noch ein Buch aussuchen? Bitte!“ Spencer hielt ihr zwei dicke Bände entgegen, die er sich von einem Tisch geholt hatte. Eins war über Oldtimer und das andere war ein Bildband über Karussells.

„Nein, Schatz, leg sie zurück.“

„Aber du hast doch gesagt ...“

„Ich habe gar nichts gesagt.“

„Aber sonst ...“

„Bitte, ich muss hier raus!“ Sie trocknete ihre Augen, und Brittany starrte sie noch immer an. Sie hasste es, vor ihren Kindern weinen zu müssen. Das war nicht fair.

Sie legte die Bücher zurück und führte die Kinder zum Auto. Sie liefen schweigend neben ihr her und fragten sich, was sie angestellt haben konnten. Worüber war ihre Mutter so traurig? Kein Computer und kein Pferd auf der Koppel waren in der Nähe. Sie hatten keine Limonade getrunken und nirgends war eine Katze im Baum verschwunden.

Tory ließ sie einsteigen, schnallte sie fest, schlüpfte hinters Steuer und rollte aus der Parklücke.

„Was ist, Mama?“, fragte Brittany vorsichtig mit leiser Stimme.

„Etwas ganz Blödes“, antwortete sie.

„Ich finde blöde Sachen cool“, rief Spencer und drückte von hinten gegen Torys Rückenlehne.

„Spencer, hast du dich noch nicht angeschnallt?“

„Ich bin angeschnallt, guck!“

„Spencer, wenn du nur auf der Kante sitzt, nützt der Gurt nichts. Wenn du so weitermachst, kriegst du den Kindersitz wieder.“

Spencer maulte und setzte sich zurück. Sie hörte, wie er den Gurt festzog.

„Mir geht es jetzt wieder besser“, sagte sie schließlich. „Ich musste nur mit einer kleinen Überraschung fertig werden. Ihr wisst doch, dass ich ein Buch schreibe. Und nun hat es schon irgendjemand vor mir geschrieben."

Im Rückspiegel sah sie, dass die beiden kein Wort verstanden hatten. Was wollte sie damit sagen?

„Ich habe das Gefühl, so viel Zeit vergeudet zu haben. Die ganzen Recherchen. Ich habe die Charaktere entwickelt. Und schließlich habe ich schon drei ganze Kapitel geschrieben. Aber inzwischen hat jemand anders es fertig. Ich sollte Vernunft annehmen und aufgeben. Was meint ihr?"

Die Kinder, die ihr Selbstgespräch mit angehört hatten, dachten einen Augenblick nach. Schließlich sagte Brittany: „Können wir noch zu McDonald's?"

Tory setzte sich die Sonnenbrille auf in der Hoffnung, ihre roten Augen zu verbergen. Sie dachte über Brittys so unschuldiges Anliegen nach. Wollte sie denn wirklich gleich nach Hause? Dort hätte sie Brote machen und den höhnisch grinsenden Computerbildschirm ansehen müssen, der lediglich drei armselige Kapitel abzubilden vermochte. „Auf zu McDonald's!"

Die Kinder jubelten. Und sie suchten das Schnellrestaurant auf, das einen Spielplatz vor der Tür hatte. Während die Kinder in den Plastikbällen wühlten und mit Juchhe durch die Tunnel rutschten, saß Tory auf einer Bank und fragte sich, wie sie überhaupt auf die Idee gekommen war, als Hauptberuf Schriftstellerin zu werden.

17. Kapitel

Weil Joseph sich nicht wohl fühlte, ging Brenda mit den Kindern an diesem Sonntag nicht in den Gottesdienst. Sie feierten den Tag des Herrn zu Hause. Sie sangen Lieder und lasen in der Bibel, während David in seiner Werkstatt arbeitete. Am Nachmittag, als die Kinder im Garten herumtollten und mit sich selbst beschäftigt waren, zog sich Brenda in ihr Schlafzimmer zurück und begann, den Jakobusbrief in der Bibel zu lesen. Sie fand die Stelle, die sie suchte, und las sie noch einmal: *Ist jemand unter euch krank, der rufe zu sich die Ältesten der Gemeinde, dass sie über ihm beten und ihn salben mit Öl in dem Namen des Herrn. Und das Gebet des Glaubens wird dem Kranken helfen, und der Herr wird ihn aufrichten.*

Sie schloss die Augen und dachte noch einmal über das Streitgespräch mit David nach. War es besser, sich in dieser Sache dem Mann unterzuordnen oder den Geboten der Bibel zu folgen. Sie begann, Gott ihr Herz auszuschütten, und erflehte Leitung und Weisung.

Schließlich kam sie zu dem Entschluss, dass David eigentlich gar nichts mitbekommen müsse. Sie konnte doch mit Joseph zu den Ältesten gehen. Und dann würden sie eben für ihn beten. Sie hatte noch nie Geheimnisse vor David gehabt, und sie würde sie auch jetzt nicht haben, wenn es nicht um das Leben ihres Sohnes ginge.

Aus ihrer Sicht hatte sie keine andere Wahl.

Am nächsten Tag überzeugte sie David, dass es nicht nötig sei, sie zum Arzttermin zu begleiten. Möglicherweise würden sie nicht gleich drankommen, und er habe doch genug Arbeit in der Werkstatt. Dann rief sie heimlich den Pastor an und bat, die Ältesten zusammenzurufen, wenn diese ihre Mittagspause hätten.

Zutiefst verunsichert und mit einem bangen Gefühl fuhr sie auf den Parkplatz vor der Gemeinde. Joseph sah sie mit erstaunten Augen an. „Warum fahren wir denn in die Gemeinde?“, fragte er.

„Wir bleiben nur einen Augenblick, bevor wir dann zum Arzt fahren. Pastor Mike und ein paar Männer wollen für dich beten.“

Sie blickte zu Joseph hinüber und griff nach seiner kleinen Hand. „Ist das okay?"

Er nickte. „Klar."

Sie blieb noch einen Augenblick im Auto sitzen und sah ihren Sohn schweigend an. „Das Problem ist, dass dein Vater davon nichts wissen darf."

„Warum nicht?"

Sie schluckte. „Er hat als kleiner Junge mal ganz schlechte Erfahrungen mit Gemeindeleuten gemacht, die mit ihm gebetet haben."

„Papa ist mal zur Kirche gegangen?"

„Ja, aber es war nicht wie unsere Gemeinde, das hat er irgendwie noch nicht mitbekommen." Sie sah Joseph eine Weile schweigend an. „Ich habe dich noch nie gebeten, Papa etwas zu verheimlichen. Und ich bitte dich auch jetzt nicht darum. Wenn ihr zufällig darauf zu sprechen kommt, dann erzählst du es. Aber fang von dir aus nicht an, darüber zu reden. Ja?"

Sie merkte, dass er nachdachte. „In Ordnung."

„Na fein." Sie stieg aus und ging ums Auto, um Joseph herauszuhelfen. Die Kirchentür öffnete sich, und der Pastor kam herbeigeeilt, um auch zu helfen. Auch einige der Ältesten kamen und kümmerten sich um Joseph so rührend, wie Großväter es mit ihren Enkeln tun.

In diesem Augenblick wusste Brenda, dass sie sich richtig entschieden hatte, auch wenn es bedeutete, vor David ein Geheimnis zu haben.

18. Kapitel

Drei Wochen wartete Cathy, bis sie einwilligte, mit Bill zu einem geselligen Abend in der Gemeinde zu gehen. Seit sie ihm auf dem Gemeindeparkplatz begegnet war, hatte er mehrmals pro Woche angerufen. Und indem er immer wieder von der guten Gemeinschaft in der Gruppe für Alleinstehende berichtete, bemühte er sich redlich, ihr Interesse zu wecken. Er wollte sie eigentlich donnerstags zum Volleyball überreden, aber um zu verhindern, dass Annie wieder über ihre wahren Gründe für den Gottesdienstbesuch zu lästern begann, entschloss Cathy sich, bis zu dem Wochenende zu warten, an dem die Kinder bei ihrem Vater waren.

Sie war einverstanden, zum Eisessen mitzukommen, das die Single-Gruppe am Samstagabend veranstaltete. Und sie freute sich darauf, vielleicht neue Freundschaften schließen zu können.

Bills Porsche war ein Zweisitzer, und als Cathy mit einigen Verrenkungen Platz nahm, hatte sie das Gefühl, ins Gefährt der Familie Feuerstein einzusteigen. Er fuhr wie ein Henker, und jedesmal, wenn er in die Eisen stieg, fürchtete sie, mit ihren Fingernägeln Spuren in seinen Armlehnen zu hinterlassen. Vorsichtshalber überprüfte sie, ob das Auto auch Airbags hatte. Zum Glück waren welche vorhanden. Bei dem Tempo, das er vorlegte, fürchtete sie jedoch, bei einem Crash wie ein Torpedo durch den Luftsack hindurchzuschießen.

Nachdem sie ein wenig belanglos geplaudert hatten, dachte sie bei sich, dass er doch eigentlich ein ganz netter Kerl sei. Ein so im Leben stehender Mann wie er wäre sicher eine große Hilfe an ihrer Seite. Annie würde ihn zwar spontan ablehnen, aber bei Mark und Rick würde er schon durch sein Auto Eindruck schinden.

„Warst du schon mal verheiratet, Bill?“, fragte sie ihn und erwartete eigentlich, dass er ihr erzählen würde, er sei Witwer geworden, als seine Frau durch die Windschutzscheibe geschleudert worden sei.

„War ich.“

Das war eine unerwartet einsilbige Antwort. Vorsichtig geworden, versuchte sie es weiter: „Geschieden?“

„Ja.“

„Kinder?“

„Nö.“

Sie wusste nicht recht, ob das ein Vorteil oder ein Nachteil war. Wenn er keine Kinder hatte, musste sie sich keine Sorgen darüber machen, ob sie sie gern hatten. Andererseits konnte man aber davon ausgehen, dass seine Duldsamkeit Teenagern gegenüber ziemlich unterentwickelt sein musste.

„Und wie sieht es bei dir aus?“, fragte er. „Geschieden oder verwitwet?“

„Geschieden.“

„Wie oft?“

Die Frage kränkte sie, und sie sah ihn verwundert an. „Nur einmal.“

„So.“

Sie hatte sich darüber noch gar keine Gedanken gemacht. Jetzt aber war sie neugierig geworden. „Wie sieht es denn bei dir aus?“

Er zuckte mit den Schultern, war plötzlich schüchtern.

„Na, wie oft denn nun?“

„Dreimal“, sagte er. „Ich war dreimal verheiratet und bin dreimal auch geschieden worden. Drei Fehlgriffe. Ich vertue mich so leicht bei Frauen.“

„Ach so.“ Er beschleunigte wieder. „Ich habe den Eindruck, dass du schon eine ganze Weile in der Single-Gruppe bist. Wie lange ist deine letzte Scheidung her?“

„Sechs Monate.“

Entsetzt starrte sie ihn an. „Monate? Aber wie ...?“

„Ich habe alle drei Frauen in der Single-Gruppe kennen gelernt“, erzählte er stolz. „Die Bemühungen dort, Menschen zusammenzubringen, sind ziemlich erfolgreich.“

„Erfolgreich?“, fragte sie. „Drei Scheidungen sind für dich ein Erfolg?“

„Wieso nicht?“

„Nun, das hört sich so an, als ob für dich die Hochzeitszeremonie als solche bereits den Erfolg einer Ehe ausmacht. Wenn du eine rumgekriegt hast, und sie heiratet dich, dann war das ein Erfolg, egal, ob ihr dann auch zusammenbleibt."

„Sieh mal, an diesen Scheidungen war nicht ich schuld. Jeder weiß das."

„Das meinte ich ja auch nicht ..." Sie wusste eigentlich gar nicht mehr, was sie überhaupt meinte. Und plötzlich wünschte sie, Bill Blackburn niemals begegnet zu sein.

„Es waren immer biblische Scheidungen. Das ist der gravierende Unterschied."

Sie kannte die Bibel nicht besonders gut, aber sie glaubte zu wissen, was er meinte. „Sie haben dich betrogen?"

„Nein, aber sie waren nicht gläubig und sind davongelaufen. Ich hielt sie zunächst für gute Christinnen. Wenn sie das wirklich gewesen wären, wären sie auch bessere Ehefrauen gewesen. Paulus sagt, dass wir nicht zur Verantwortung gezogen werden, wenn der ungläubige Partner uns verlässt. Deshalb bin ich aus dem Schneider. Das ist fast so, als wären diese Ehen nie geschlossen worden."

Auch als theologischer Laie war sie ziemlich sicher, dass das eine falsche Auslegung war. Diese Erklärung konnte vielleicht einmal Anwendung finden, aber gleich dreimal?

„Warum bist *du* geschieden?", erkundigte er sich. „War deine auch eine biblische Scheidung?"

Sie sah zu ihm hinüber und überlegte, wie sie ihm höflich klarmachen konnte, dass ihn das nichts anginge. Und als habe er ihre Gedanken gelesen, sagte er: „Es ist wichtig für mich. Ich möchte mit niemand ausgehen, der bestimmte Sünden noch nicht bekannt hat."

Das wirkte schon alles ziemlich absurd, aber Cathy ließ sich nichts anmerken. „Du kannst ganz entspannt sein. Auch ich bin ‚aus dem Schneider'."

Er schien froh darüber zu sein – so froh, dass er von 130 auf 140 beschleunigte.

Als sie die Farm erreichten, wo man sich treffen wollte, fühlte sie sich wie erschlagen. „Du bist ein stiller Typ, oder?“, bemerkte er, als sie mit quietschenden Reifen auf den Hof fuhren. Einen Augenblick dachte sie daran, ihm zu sagen, dass es eben schwierig sei, mit angstvoll zusammengebissenen Zähnen etwas zu äußern.

„Ich hoffe, mein Fahrstil hat dich nicht zu sehr erschreckt“, sagte er, als habe er ihren Gesichtsausdruck richtig gedeutet.

„*Erschreckt* ist nicht der richtige Ausdruck“, antwortete sie.

Er grinste. „Ich habe den Wagen nach meiner letzten Scheidung gekauft, und ich schlage immer ein bisschen über die Stränge, wenn ich erst mal drin sitze. Er liegt einfach so toll auf der Straße.“

Sie versuchte, beeindruckt auszusehen. „Au ja, das tut er.“

Er stieg aus, während sie Probleme hatte, den Griff zum Öffnen zu finden. Ihr Hände zitterten noch immer. Er lief ums Auto und öffnete von außen, worauf sie sich herauswand.

Als sie sich den schon anwesenden Teilnehmern näherten, wurde sie vor allem von den Frauen eingehend gemustert. Ob sie sie bemitleideten? Waren auch seine Exfrauen dabei?

Er jedenfalls verlor keine Zeit und begrüßte die Umstehenden wie ein Politiker auf Wahlkampftour, wobei er Cathy völlig zu vergessen schien.

Doch da sie von Hause aus nicht das schüchterne Mauerblümchen war und sich im Grunde freute, ihn los zu sein, stellte sie sich den am Rande Stehenden vor, die den Eindruck machten, wie sie zu den „Neuen“ zu gehören. Schon nach kurzer Zeit hatte sich ein Grüppchen von Männern und Frauen gebildet, die im Schatten eines mächtigen Baumes standen und Eiscremerezepte austauschten.

Als es zu dämmern begann, sich immer mehr Teilnehmer auf den Heimweg machten und die Insektenfallen immer häufiger etwas erbeuteten, kam Bill auf sie zu. „Wollen wir uns auf den Weg machen?“

Der Gedanke, wieder bei ihm einsteigen zu müssen, beunruhigte sie sehr. Krampfhaft suchte sie nach einem Ausweg. Konnte sie jemand anders nach Hause fahren oder sollte sie ein Taxi nehmen?

Dann hatte sie die rettende Idee.

„Bill, laß mich fahren. Ich wollte schon immer mal einen Porsche fahren."

Er runzelte die Stirn. „Ich weiß nicht. Ich lasse eigentlich sonst niemand ans Steuer meines guten Stücks. Man muss es schon mit viel Gefühl fahren ..."

„Aber du hast mir doch gesagt, wie gut er auf der Straße liegt, und ich bin ganz scharf darauf, es einmal selber zu spüren."

Er gab sich einen Ruck und warf ihr den Schlüssel zu. „Okay, aber sei vorsichtig."

Angesichts der Tatsache, dass sie erst ein paar Stunden zuvor mehrfach fast abgehoben hatten, amüsierte sie diese Maßreglung doch sehr. In aller Eile nahm sie den Platz des Fahrers ein, bevor er es sich anders überlegen konnte.

Dass sie ständig das Tempolimit einhielt, schien ihn schrecklich zu nerven. Immer wieder machte er sie auf technische Finessen aufmerksam, die ihr bisher entgangen zu sein schienen. Ab und zu ermahnte er sie, etwas mehr aufs Gas zu treten. Aber sie ließ sich dadurch keineswegs aus der Ruhe bringen.

Als sie endlich den Zedernring erreichten, war Cathy richtig stolz auf ihre eigene Genialität. „Tja, Bill, das war heute Abend richtig nett. Ich denke, dass ich dich morgen in der Gemeinde sehe."

„Das ist schon alles?", fragte er. „Du lädtst mich nicht ein, noch auf einen Sprung hereinzukommen?"

„Nein. Es ist schon ein bisschen spät. Ich bin müde."

Er sah enttäuscht aus. „Wie wäre es, wenn wir nach dem Gottesdienst essen gehen?"

Am liebsten hätte sie ihn gefragt, warum er sie noch zum Essen einladen wolle, wo ihre gemeinsame Zeit heute Abend im Grunde doch ein Reinfall war. Doch sie entschied sich für eine Notlüge: „Da kann ich nicht. Ich bin schon bei meinen Nachbarn eingeladen."

„Dann morgen Abend?"

„Nein, dann kommen meine Kinder nach Hause."

„Nächstes Wochenende?"

So langsam ging es ihr auf die Nerven, dass er ihre ablehnende

Haltung nicht wahrzunehmen schien. „Ruf mich an. Ich bin normalerweise viel unterwegs, aber ..."

„Okay, ich rufe dich an. Ich finde, wir passen gut zusammen, Cathy. Ich kann mir vorstellen, mit dir zusammenzuleben."

„Das kannst du dir vorstellen?" Sie versuchte, ihre Erheiterung zu verbergen. „Und worauf gründest du deine Vorstellung?"

„Du bist mein Typ. Du hast Klasse und Rasse."

„Vielen Dank für das Kompliment."

„Doch wirklich. Die Leute erwarten von mir, dass ich mich mit rassigen Frauen umgebe. Ich finde toll, dass du Tierärztin bist. Das ist irgendwie interessant. Da verdient man sicher auch gut."

Sie hätte am liebsten laut aufgelacht. Das war es also: Er dachte, sie sei vermögend.

„Ich darf dich also anrufen?"

„Klar." Sie war in diesem Augenblick richtig froh, ein modernes Telefon zu haben, das die Nummer des Anrufenden anzeigte. „Danke, dass du mich mitgenommen hast, Bill. Es war toll."

Er wollte mit aussteigen, aber sie hielt ihn zurück, um ihm jede Chance zu nehmen, ihr einen Gutenachtkuss zu geben. „Du brauchst mich nicht zur Tür zu begleiten", sagte sie. „Gute Nacht."

„Gute Nacht", sagte er, wobei er sich zur Seite lehnte, um sie zu küssen. Sie drehte aber schnell ihren Kopf, so dass seine Lippen nur ihr Ohr trafen.

Blitzschnell war sie ausgestiegen, und dann winkte sie ihm noch zum Abschied.

Als die Tür hinter ihr ins Schloss fiel, schwor sie sich, nie wieder mit einem Mann auszugehen. Es gab auf dieser Erde offensichtlich keinen Mann mehr, für den es sich lohnte, Zeit zu verschwenden. Außerdem brauchte sie in Zukunft alle Kraft, um dafür zu beten, dass ihre Tochter unter all diesen unterbelichteten Typen einen ordentlichen Partner finden und dass aus ihrem Sohn ein gestandener Mann werden würde – und nicht solche Psychopathen, wie sie sie zur Genüge kennen gelernt hatte.

Sie ließ bewusst den Fernseher links liegen und nahm die Stille wie einen guten Freund wahr – was eher selten bei ihr vorkam.

19. Kapitel

Während Cathy es aufgab, nach Männern Ausschau zu halten, begrub Tory die Hoffnung, eine Schriftstellerin zu werden. Sie hatte ihr ganzes Manuskript virtuell in den Papierkorb ihrer Festplatte gestopft, sich dann aber einen Ruck gegeben und mit einem Tastendruck alles ganz und gar gelöscht. Sie war durchs ganze Haus gelaufen und hatte systematisch alles, was an ihre Ambitionen erinnerte, zusammengesucht. Schließlich hatte sie noch alle verstreut liegenden Ratgebertitel eingesammelt, die sie im Laufe der Jahre gehortet und von denen ihr kaum einer etwas gebracht hatte. Sie wusste inzwischen ganz genau, wie man sein Leben organisiert, seine Zeit gut einteilt und Prioritäten setzt. Aber in der Realität hatte sie diese hohen Ziele niemals erreicht, und sie würde sie auch niemals erreichen.

Deshalb entschloss sie sich, ganz neue Ziele zu setzen. Zu den wichtigsten gehörte, ein Haus vorweisen zu können, das so tipptopp sauber war, dass man hätte vom Boden essen können.

Barry beobachtete sie vom Küchentisch aus, wo er mit den Kindern Dinosaurier aus Knete formte. „Komm, setz dich zu uns", sagte er und zog einen Stuhl hervor. „Nun mach schon, das Haus ist doch sauber genug."

„Es kann gar nicht sauber genug sein", sagte sie. „Ich werde jetzt darangehen, den Trödel aus allen Ecken auszumisten. Dabei werde ich keine Rücksicht nehmen. Wenn ihr irgendetwas aufheben wollt, dann sagt es mir lieber jetzt gleich."

„Liebes, warum tust du das?"

„Weil es Samstag ist", sagte sie, „und du zu Hause bist, um dich um die Kinder zu kümmern. So kann ich eine ganze Menge wegschaffen."

„Aber du könntest doch endlich wieder mal schreiben."

„Ich habe es dir schon gesagt: Ich werde nie wieder schreiben."

Er schüttelte den Kopf. „Warum liest du dieses andere Buch nicht erst einmal durch, um zu sehen, ob es überhaupt etwas taugt. Oder du kannst sogar noch etwas lernen. Wer weiß, welche Gründe Gott hatte, dass es so gekommen ist."

„Gott hatte ganz gewiss Gründe", sagte sie mit einem ironischen Unterton. „Er wollte mir klarmachen, dass ich keine Schriftstellerin werden soll. Es ist nicht mein Weg."

„Warum war es dann solch ein Herzenswunsch von dir?"

„Nur weil man sich etwas wünscht, bedeutet das ja noch lange nicht, dass es auch dem Willen Gottes entspricht."

„Was aber, wenn es doch Gottes Wille ist – und du sollst dich einfach nur ein bisschen mehr anstrengen?"

„Wie soll ich mich mehr anstrengen?", fragte sie und sah ihn an. „Ich kann unmöglich mehr Zeit dafür investieren, und so komme ich immer nur langsam voran. Ich fing mit dem Projekt nur an, weil auf einer der Lehrkassetten ein Verleger behauptete, es bestehe ein großer Bedarf an Geschichten aus dem Zweiten Weltkrieg. Nun ist solch ein Buch erschienen – zudem noch als Bestseller – und schon halten sie nach anderen Themen Ausschau. Vielleicht ist es jetzt der Bürgerkrieg oder das Mittelalter. Eh ich mal ein Buch fertig habe, ist es meist schon zu spät für das Thema."

„Dann richte dich doch nicht nach dem, was gerade ‚in' ist", sagte er. „Schreib einfach, was dich bewegt."

Sie lachte auf. „Ich habe keine Ahnung, was mich ‚bewegt'. Ich sauge mir irgendetwas aus den Fingern, wenn ich schreibe, und ich habe auch nicht die Lebenserfahrung, die jene Autorin offenbar mitbringt. Sie war sicher in Frankreich. Vielleicht erinnert sie sich sogar noch an den Krieg. Und möglicherweise hat sie schon so manche tragische Liebe hinter sich. Ich bin nur das kleine Würstchen – eben ich."

„Aber es gibt doch genug Sachen, die dir ans Herz gewachsen sind, die dir wichtig sind. Schreib darüber. Schreib über die Menschen in unserer Nachbarschaft. Es passiert doch genug um uns her."

„Ich möchte nicht über die schnöde Realität schreiben. Ich möchte etwas aus der Phantasie entstehen lassen. Es soll Dichtung sein, nicht Wahrheit."

„Aber in jeder Dichtung steckt auch immer viel Wahrheit", erwiderte er. „Oft habe ich die wichtigsten Erkenntnisse durch ausgedachte Geschichten gewonnen. Denk mal an die Gleichnisse von Jesus."

Sie sah Barry erstaunt an. Ja, er hatte ja eigentlich Recht. Das waren kluge Gedanken. Vielleicht sollte *er* schreiben, dachte sie bitter. „Wie dem auch sei, ich habe damit abgeschlossen."

„Und was soll nun aus dem Computer werden? Willst du ihn verkaufen?"

„Eigentlich nicht. Ich werde Rezepte darauf sammeln. Außerdem will ich meine Bücher katalogisieren, dann ist alles wie bei einer Bibliothekarin geordnet. Und die Kinder können damit arbeiten, wenn sie in die Schule kommen. Mach dir keine Sorgen, ich werde mit meinen neuen Zielen schon zurechtkommen. Ich habe auch schon daran gedacht, hinter dem Haus ein Gewächshaus aufzustellen. Dann kann ich etwas anpflanzen. Außerdem werde ich ein Stück umgraben und Tomaten und Erbsen ziehen."

„Aber du musst doch zugeben, dass du für Pflanzen kein Händchen hast." Dabei deutete er auf eine Kunstblume, von denen überall im Haus welche aufgestellt waren. Alle lebendigen Pflanzen waren tatsächlich bei ihr immer nach kurzer Zeit eingegangen. So sehr sie sich auch bemühte, ihre Umwelt zu perfektionieren – bei der Pflanzenwelt wollte ihr das nicht gelingen. Die Natur lebte offenbar nach ihren eigenen Gesetzen.

„Stimmt schon", gestand sie ein. „Wenn ich mich aber da richtig hineinknie, könnte ich es doch lernen. Wenn ich ein Gewächshaus hätte, würde mir das sicher gelingen."

„Tory, du brauchst kein Gewächshaus, und du musst auch nicht den Garten umgraben. Du hast genug anderes zu tun."

„Na gut. Dann pflanze ich eben nichts an. Ich werde schon etwas für mich finden."

Barry wusste nicht mehr, was er noch sagen sollte, und so stahl er sich davon. Tory ließ sich auf einen Stuhl fallen und begrub ihr Gesicht in beiden Händen. Es war zum Verrücktwerden. Barry hatte eigentlich Recht. Sie hatte genug zu tun. Da war es völlig überflüssig, neue Hobbys auszugraben. Ihre Kinder brauchten sie und ihr Mann brauchte sie auch.

Sie atmete einmal tief durch, stand auf, rückte den Stuhl an den Tisch und verließ die Küche. An der Wohnzimmertür blieb sie stehen. Drinnen lagen die Kinder vor dem Fernseher, während Barry auf seinem Lehnstuhl Platz genommen hatte und nun Löcher in die Luft starrte. Welche Gedanken mochte er sich gerade machen? Tory hätte es zu gern gewusst.

„Hallo, ihr Bälger", rief sie, „was haltet ihr davon, wenn wir heute Abend noch etwas unternehmen? Wir haben schon eine ganze Weile nichts gemacht. Wir könnten Eis essen gehen. Und dann gehen wir noch hinunter zum Fluß. Auf der Anlegebrücke können wir zusehen, wie die Schiffe vorbeifahren."

„Au jaaa!", riefen Spencer und Brittany und hüpften vor Freude wie Flöhe. Barry sah sie verwundert an. „Was ist denn mit dir los?"

Sie grinste, und er stand zögernd von seinem Sessel auf. „Es gibt doch bestimmt noch ein paar Ecken, die du noch nicht geputzt hast, und ein paar Schränke, die noch ausgewischt werden müssen."

Sie griff sich ein Kissen von der Couch und bewarf ihn damit. Er versuchte es abzuwehren. „Okay, ich war wehleidig, habe mich selber bedauert und habe damit alle in Mitleidenschaft gezogen", sagte sie. „Aber sieh es auch mal positiv: Das Haus ist sauber wie noch nie."

„Den Test mit dem weißen Handschuh würdest du allemal bestehen", stimmte er zu.

„Na los!", sagte sie und versuchte, ein bisschen aufmunternd zu klingen. „Machen wir uns auf den Weg."

„Bist du sicher, dass du Zeit für solche Zeitverschwendung hast?"

„Verspiel nicht die seltene Gelegenheit."

„Los, Kinder", brüllte Barry, „brechen wir auf, solange Mutti noch in Stimmung ist!"

Sie nahm noch das geworfene Kissen auf und platzierte es ordentlich auf der Couch, bevor sie ihren Lieben nach draußen folgte.

20. Kapitel

Der Dunst über den Smoky Mountains hatte sich schon früh verflüchtigt und der bewaldete Gebirgszug auf der anderen Seite des Breezewood-Tales erhob sich grün und mächtig. Sylvia fühlte sich frisch und belebt nach dem Ausritt mit Sunstreak, ihrer Stute. Sie hatte den unberührten Teil ihres Anwesens durchstreift. Und jetzt trottete das Tier zurück zum Stall. Sylvias Haar war vom Wind zerzaust, und ihre Wangen glühten.

Behutsam nahm sie dem Pferd Sattel, Decke und Zaumzeug ab. Dann striegelte sie es, bevor sie es wieder auf die Koppel führte. Nun wollte sie ihre Post durchsehen, und so ging sie ums Haus, wobei ihr Blick in die Ferne schweifte. Der Anblick der sanften Landschaft stimmte sie glücklich und heiter. Sie war in Breezewood geboren und auch aufgewachsen, und wenn sie einmal für längere Zeit in der Ferne war, so sehnte sie sich immer schnell nach dem Anblick jener bewaldeten Höhen. Sie fragte sich, ob ihre Tochter Sarah bereits ihre Heimat vermisste oder ob Steven schon daran gedacht hatte, doch wieder zurückzukehren.

Dann öffnete sie den Briefkasten und hoffte, dass einer von ihnen geschrieben habe, obwohl sie ja erst gestern am Telefon miteinander geredet hatten. Sie zog einen ganzen Packen von Briefsendungen und Reklame aus dem Kasten und musste sogleich gegen die Enttäuschung ankämpfen, weil nichts von ihren Lieben dabei war.

„Sylvia!“

Sie sah auf und entdeckte Brenda, die auf sie zukam. Sie winkte und wartete, bis ihre Nachbarin die Straße überquert hatte.

„Hast du einen Augenblick Zeit?“ fragte Brenda.

„An einem so herrlichen Tag immer. Ich bin schon den ganzen Morgen geritten. Schau dir bloß diese Landschaft an. Komm, wir setzen uns auf die Veranda, da haben wir einen schönen Ausblick.“

Brenda folgte ihr und setzte sich auf die Gartenschaukel. Sylvia nahm den Schaukelstuhl, der bei den Azaleen stand.

„Wie geht's denn Joseph?“ fragte Sylvia, sie die Post durchsah.

„Ich denke, ganz gut."

Sylvia sah auf. „Du denkst?"

Brendas Lächeln war untypisch schwach. „Nun, Dr. Robinson ist sich nicht ganz sicher. Vier Wochen lang sind wir jetzt zweimal pro Woche bei ihm gewesen, und er verändert jedesmal die Dosis der Medikamente. Ich hatte gedacht, dass es Joseph inzwischen viel besser gehen würde. Aber er ist ständig müde und gerät so schnell außer Atem."

„Es wird sicher langsam besser", sagte Sylvia. „Das braucht Zeit. Habt einfach etwas Geduld."

„Das versuche ich ja."

Sylvia sah nebenbei noch immer auf ihre Post. Ein Absender aus Masaya erregte ihre Aufmerksamkeit. „Carlos!", sagte sie laut, und sie sah jenen Mann vor sich, den sie im letzten Jahr kennen gelernt hatten.

„Wer ist Carlos?", fragte Brenda.

„Ein Mann aus Nicaragua. Habe ich dir noch nicht von Carlos erzählt?"

„Ich glaube nicht."

Sylvia ließ ihren Blick über die fernen Berge schweifen und lächelte. „Als wir voriges Jahr dort waren, brachte Maria, seine Frau, ihren Sohn zu Harry. Er hatte starke Bauchschmerzen, und Harry stellte einen Blinddarmdurchbruch fest, den er auch gleich operierte."

„Dann hat Harry ihm sozusagen das Leben gerettet", sagte Brenda.

„Klar. Und Maria war so dankbar. Nachdem alles überstanden war, führte Harry sie auch noch zu Christus. Dann fing sie plötzlich an zu weinen, und sie erzählte uns von ihrem Mann Carlos."

„Sollte Harry auch mit ihm über Jesus sprechen?", fragte Brenda.

„Eigentlich schon, aber sie hatte keine Hoffnung, dass dies Zweck haben würde. Er ist Bäcker, hat seinen eigenen Laden, und zu jener Zeit war er ein richtiger Frauenheld. Sah sehr gut aus. Maria ist übrigens auch sehr hübsch. Aber das bedeutete nichts. Carlos hatte immer seine Geliebte nebenher, und er verbrachte viel Zeit mit der jeweiligen Favoritin."

„Arme Maria."

„Das stimmt. Aber wir fingen an, mit ihr zu beten, und ich zeigte ihr all die Schriftstellen, die ich über den Gott wohlgefälligen Lebenswandel einer Frau finden konnte. Wir übten so lange, bis sie die Stelle im ersten Petrusbrief auswendig konnte, wo es darum geht, dass man den ungläubigen Ehemann durch tadelloses Verhalten und ohne ein Wort bekehren könne. Sie war entschlossen, in Zukunft mit Sanftmut zu reagieren und nicht das Opfer zu bleiben, das er bis dahin immer antraf, wenn er nach Hause kam."

Brendas Augen wurden feucht, und Sylvia wurde schlagartig klar, dass Brenda sich sehr gut in Maria hineinversetzen konnte, obgleich David niemals fremdgegangen war.

„Ich hoffe, du hast sie auf eine lange Durststrecke vorbereitet", sagte Brenda. „Es muss der Heilige Geist bewerkstelligen."

„Genau!", antwortete Sylvia. „Es hat tatsächlich der Geist getan. Ungefähr zehn Tage später überredete Maria ihren Mann, mit zum Gottesdienst zu kommen, weil er sich dort bei Harry für die Heilung seines Sohnes bedanken könne. Der Missionar, der damals predigte, traf mit seinen Worten Carlos mitten ins Herz. Er rannte vor zum Altar, fiel auf seine Knie und weinte bitterlich."

Sylvia sah, wie bewegt Brenda war, die die Szene offenbar sehr bildhaft vor Augen hatte. Sah sie David an der Stelle von Carlos? Jetzt fiel Sylvia ein, warum sie diese Geschichte bislang noch nicht erzählt hatte. Sie hatte befürchtet, Brenda traurig zu machen und sie dazu zu bringen, Gottes Schweigen auf ihre Gebete falsch zu deuten.

„Was für eine schöne Geschichte", raunte Brenda. „Hat er sein Leben geändert?"

„Das kann man wohl sagen! Er arbeitet aktiv in der Gemeinde dort mit. Und Maria ist mit mir in Kontakt geblieben. Ich soll immer wieder erfahren, was für einen großartigen Mann sie inzwischen hat." Sylvia riß den Umschlag auf. „Carlos hat eigentlich noch nie selber geschrieben. Es wird Harry riesig freuen, von ihm selber zu hören."

Sie überflog die ersten Zeilen. „Oh, Brenda, er möchte vollzeitig in die christliche Arbeit einsteigen. Seine Gemeinde sammelt im Moment Geld, damit er in die Staaten kommen und eine theologische Ausbildung machen kann. Dann will er eine eigene Gemeinde gründen." Sie las weiter. „Er möchte wissen, wie viel Geld sie insgesamt für Unterbringung, Nahrung, Studiengebühren und alles andere, woran er noch nicht gedacht hat, zusammenbringen müssen. Er bittet auch um Rat, welche Ausbildungsstätte er besuchen könnte."

„Brenda lächelte. „Was für ein Wunder. Das macht mir Hoffnung."

Sylvia ließ den Brief auf ihren Schoß sinken und starrte ins Leere. „Ja, das ist der missionarische Geist, der so viel Freude bringt. Das ist auch der Grund, warum Harry unbedingt wieder dorthin will."

„Wenn man bedenkt, wie viel Frucht dieser Carlos noch bringen wird", sagte Brenda. „Und das alles, weil Harry an Ort und Stelle war, um seinem Sohn das Leben zu retten. Und du warst da, um seine Frau Maria zu lehren, wie man als gläubige Frau lebt. Habt ihr euch eigentlich schon entschieden, ob ihr in die Mission geht?", fragte Brenda.

Sylvia schüttelte den Kopf. „Ich habe schon viel gebetet. Ich habe dem Herrn gesagt, dass ich nicht gehen will. Aber ich habe ihn auch gebeten, mein Herz anzurühren, wenn er will, dass ich gehe."

„Das finde ich in Ordnung", sagte Brenda. „Ich werde in diesem Sinne auch für euch beten."

Als Harry am Nachmittag nach Hause kam, gab ihm Sylvia den Brief. Auch er vergoss ein paar Tränen der Rührung, und er fing sofort an, für Carlos und Maria zu beten und für die Pläne, die sie offenbar gerade schmiedeten. Dann nahm er sich seinen Taschenrechner und versuchte auszurechnen, was ein Studium in den Vereinigten Staaten kosten würde. Tagelang hing er am Telefon und versuchte, Stipendien, Spenden und Zuwendungen aufzutun. Er suchte Menschen, die Carlos während des Studiums unterstützen würden. Den beiden war klar, dass die kleine Gemeinde in Nicaragua, zu der Carlos gehörte, niemals das Geld aufbringen konnte, das nötig war.

Sylvia stellte plötzlich fest, dass ihr kreativer Geist erwacht war, und sie wusste, dass all die vielen Ideen, die ihr in den Sinn kamen, ein Geschenk Gottes waren. Sie wusste plötzlich ganz genau, was wichtig für sie war, auf welche Weise sie für andere da sein konnte und welche Prioritäten ihr Leben reich machen würden. Dennoch war sie noch nicht bereit für den Sprung. Aber Harry verlor die Geduld nicht, und ohne sie zu bedrängen, gewährte er ihr die Zeit, sich zu entwickeln.

21. Kapitel

Es waren bereits fünf Wochen vergangen seit Josephs Geburtstag, aber die Medikamente brachten keine Besserung seines Zustands. Zweimal in der Woche suchten sie nun schon Dr. Robinson auf, und bei jedem Besuch sah Brenda, wie angespannt der Doktor war, wenn er wieder ein neues Medikament vorschlug oder die Dosis variierte – in der Hoffnung, diese werde nun endlich helfen.

Brenda hatte in den vergangenen Wochen versucht, Joseph so ruhig wie möglich zu halten. Obgleich sie im Hochsommer normalerweise keinen Unterricht machte, tat sie es diesmal für Joseph, um ihn abzulenken und ihn davon abzuhalten, ständig auf sein versagendes Herz zu achten. Er schlief oft, und in diesen stillen Augenblicken setzte sie sich auf ihr Bett und betete für ihn. Alles deutete darauf hin, dass sich sein Zustand verschlechterte: die Bleichheit seiner Haut, die dunkler werdenden Ringe unter den Augen, die zunehmende Kurzatmigkeit nach jeder kleinen Anstrengung, die Schwindelanfälle, die nun öfter kamen, und die immer stärker anschwellenden Fußgelenke.

Die ganze Woche über war er missgestimmt gewesen. Er musste einfach mal raus. Und so hatte sie gestern verkündet, man werde heute einen Ausflug ins Abenteuermuseum machen. Die Kinder liebten diesen Ort.

Sie hatte Tory, Brittany und Spencer eingeladen mitzukommen, weil sie hoffte, Tory könne sie direkt vor dem Eingang aussteigen lassen, damit Joseph nicht so weit laufen müsse. Sie hatte geplant, dort einen Rollstuhl zu leihen, um ihn damit herumzufahren.

Als sie aber morgens in sein Zimmer trat, um zu sehen, ob er fertig sei, traf sie ihn auf dem Bett sitzend an. Er weinte und hielt einen Turnschuh im Schoß.

„Joseph, was ist los?"

Er wischte sich die Tränen aus dem Gesicht und sagte: „Ich kann meine Schuhe nicht anziehen."

„Dann helfe ich dir, mein Schatz. Da musst du nicht weinen."

Sie nahm die Schuhe und kniete sich vor ihn hin. Doch als sie seinen Fuß anhob, um ihn in den Schuh zu schieben, bemerkte sie, wie geschwollen er war. Kein Wunder, dass die Schuhe nicht passen wollten.

„Tun dir die Füße weh?"

„Nein, Mama", sagte er. „Sie sind nur so dick. Ich kriege die Schuhe nicht an. Aber ich will doch mitkommen, und ohne Schuhe geht es nicht ..."

„Dann ziehst du eben deine Sandalen an", sagte sie und ging hinüber zum Schrank. „Die sind bequemer." Wieder wischte er sich neue Tränen vom Gesicht. „Das wird schon wieder. Und ganz neu für dich ist es ja auch nicht. Ein bißchen dick sind sie doch jeden Tag. Und der Arzt ist auch informiert."

„Weiß ich."

„Und warum weinst du dann?"

Er zuckte mit den Schultern, und mit einem Schluchzer stieß er hervor: „Weiß ... nicht."

Aber sie wusste es. Dieses ständige Krankheitsgefühl, die Medikamente, die Arztbesuche – das alles begann an seinen Kräften zu zehren. Er brauchte diesen Ausflug. Es war dringend nötig, dass er von seinen Problemen abgelenkt wurde und ein bisschen Spaß hatte.

Als sie am Museum angekommen waren und Tory sie aussteigen ließ, leistete Joseph noch schwachen Widerstand gegen Brendas Absicht, ihn mit einem Rollstuhl herumzufahren, denn der sah aus wie ein Sportwagen für Kinder, und er war doch kein Baby mehr. Doch bereits in der Schlange vor der Kasse gab er seinen Widerstand auf.

Als Tory vom Parkplatz kam und sich zu ihnen gesellte, erlaubte sie Brittany und Spencer, schon mal loszulaufen, und sie stürmten auch gleich in ihre Lieblingsabteilung, als hätten sie Angst, andere könnten schneller sein, den Spaß dort rauben und sich damit aus dem Staub machen. Rachel schob Josephs Rollstuhl, während Brenda und Tory langsam hinterherliefen.

Tory war wieder wie aus dem Ei gepellt, während Brenda gerade noch Zeit gehabt hatte, mit der Bürste durchs Haar zu gehen und Jeans und T-Shirt überzuziehen. So fühlte sie sich fast ein bisschen minderwertig neben ihrer Nachbarin.

„Wie kommt Joseph mit den Medikamenten klar?", fragte Tory.

Wegen der Kinder mühte sich Brenda, kein allzu besorgtes Gesicht zu machen. „Nicht gut."

„Das habe ich mir fast schon gedacht", sagte Tory. „Er sieht wirklich nicht so aus, als würde es ihm gut gehen. Was ist denn jetzt weiter geplant?"

Brenda flüsterte fast: „Ich weiß es nicht. Die Ärzte scheinen der Meinung zu sein, es reiche aus, wenn sein Herz nur 50 Prozent leistet. Ich denke aber, dass das über kurz oder lang besser werden muss. Ich bin wirklich sehr besorgt."

„*Du* bist besorgt?", fragte Tory erstaunt. „Ich dachte immer, das sei gar nicht möglich."

Brenda wusste, dass das als Kompliment gemeint war, aber irgendwie nahm sie es ihr auch übel. Hin und wieder war auch sie schwach, und sie konnte es nicht ausstehen, wenn andere dann ganz erstaunt taten. Sie ging zu einer Bank, die an der Wand stand, und setzte sich. Tory nahm neben ihr Platz. „Es ist ganz menschlich, sich Sorgen zu machen", sagte sie und wollte trösten.

„Stimmt, aber dennoch: Wozu ist es nütze? Gott weiß, was morgen passieren wird und in zehn Jahren. Er kennt ganz genau den Tag, an dem wir sterben werden. Was nützt das Sorgen, wenn er alles unter Kontrolle hat?" Sie spürte Torys forschenden Blick.

„Ich weiß, dass du Recht hast, aber das Sorgen ist eine meiner größten Schwächen. Allerdings versuche ich immer wieder, damit aufzuhören – damit und mit dem Schreiben."

Froh, das Thema wechseln zu können, sagte Brenda mit einem ironischen Unterton: „Du gibst doch das Schreiben nicht auf!"

„Doch, ich habe es bereits an den Nagel gehängt." Sie erhob ihre rechte Hand wie zum Schwur. „Ich habe bereits mein letztes Wort geschrieben."

„Das kannst du doch nicht machen. Es ist deine Berufung."

Tory lachte gekünstelt. „Tatsächlich? Berufen – wozu?"

„Du bist begabt. Das, was du mir bisher zum Lesen gegeben hast, war klasse. Ich weiß nicht, ob du überhaupt ein Recht hast, das alles aufzugeben."

Torys Lächeln war verflogen. Sie sah Brenda einen Augenblick nachdenklich an. Dann sagte sie: „Ich glaube fast, das war eins der nettesten Komplimente, die ich je bekommen habe."

Brenda lachte. „Nun mach aber halblang."

„Wirklich", sagte Tory und meinte es ganz ernst. „So habe ich das noch nie gesehen – als Verpflichtung, meine ich."

„Das solltest du aber. Weil es nicht beim ersten Anlauf geklappt hat, muss es ja nicht bedeuten, dass es nicht sein soll. Wie soll dich Gott etwas lehren, wenn immer alles gleich beim ersten Mal klappt?"

„Ja, ich weiß nicht. Er könnte mir Bücher vom Himmel schikken. Und dann würde ich die Lektionen lesen, die er für mich gedacht hat." Sie zwinkerte Brenda zu, und die musste lachen. Brittany flatterte vorbei, und die Mutter bemerkte sofort, dass beide Schuhbänder offen waren. Tory hielt sie an, band ihr die Schuhe und schickte sie mit einem sanften Klaps aufs Hinterteil wieder zu den anderen.

Brenda sah ihr hinterher. „Ist Brittany aufgeregt, dass sie jetzt bald mit der Schule anfängt?"

„O ja", sagte Tory. „Wir haben schon Kleidung und die Schulsachen eingekauft. Ich hätte mir nicht träumen lassen, dass aus meiner Kleinen so schnell ein Schulkind geworden ist. Die Zeit ist wie im Flug vergangen. Ich muss aber sagen, dass ich mich auch schon ein bisschen freue. Vielleicht habe ich dann doch etwas mehr Zeit, über vieles in Ruhe nachzudenken."

„Und das Schreiben?", fragte Brenda ein wenig provozierend.

„Nein, nicht schreiben", antwortete Tory trotzig. „Das habe ich schon gesagt. Es ist beschlossene Sache."

„Wir werden ja sehen", sagte Brenda.

In diesem Augenblick kam Spencer gelaufen und rief: „Mama, die Vorführung fängt gleich an. Ich will mitmachen, ja?"

„Ja klar, aber ich muss mitkommen", sagte Tory. Spencer griff ihre Hand und zog sie hinter sich her. Sie winkte Brenda noch einmal zu und folgte ihrem ungeduldigen Sohn in den entsprechenden Saal.

Brenda begab sich in den Raum, in dem Joseph sich aufhielt, und blieb neben seinem Rollstuhl stehen. Sie fragte sich, ob es ihr die anderen Kinder übel nehmen würden, dass sie sich ausgiebig mit Joseph beschäftigte. Es war einfach ihr mütterlicher Instinkt, denjenigen am meisten zu umsorgen, der es am nötigsten brauchte. Daniel, Rachel und Leah waren recht selbständig erzogen, und sie schienen begriffen zu haben, dass ihr Bruder ziemlich krank war.

Joseph stand aus seinem Rollstuhl auf, machte ein paar Schritte und setzte sich in eine Fotokammer, in der er Grimassen schneiden, sie fotografieren und ausdrucken konnte. Das war sein Lieblingsobjekt in der ganzen Ausstellung. Es produzierte etwas, was er mit nach Hause nehmen und in seinem Zimmer an die Wand heften konnte. Sie sah nach den anderen Kindern, doch die waren ebenfalls mit irgendwelchen künstlerischen Aktivitäten beschäftigt. Hinterher würde wieder der Kühlschrank davon zugehängt sein. Sie freute sich und spähte wieder in die Kammer, in der Joseph saß.

Er schnitt jetzt keine Grimassen mehr. Vielmehr lehnte er kraftlos an der Wand. Sie duckte sich hinein. „Liebes, willst du lieber wieder raus?“

„Einen Moment“, röchelte er atemlos. Sie sah, dass irgendetwas mit ihm vorging. Wurde ihm schwarz vor Augen? Sie hoffte, dass es gleich vorbeigehen würde. Aber das tat es nicht.

„Komm, Schatz, komm wieder in den Rollstuhl. Wir werden dir etwas zu trinken besorgen.“

Er rührte sich nicht, saß schlaff gegen die Wand gelehnt, und so reichte sie ihm den Arm, um ihn herauszulocken. Plötzlich fasste er sich mit der Rechten an die Brust, und ihr eigenes Herz schien stehenzubleiben.

„Tut es dir in der Brust weh?“ Er nickte kaum erkennbar, stand langsam auf und tat den einen Schritt zum Rollstuhl. „Nun komm“, sagte sie. „Setz dich wieder hin. Es wird gleich besser werden.“

Doch bevor er den Rollstuhl erreichen konnte, versagten die Beine, und er stürzte zu Boden, wo er bewusstlos liegen blieb.

22. Kapitel

Die Stille im Warteraum war für Brenda kaum zu ertragen. Sie und David hofften auf das baldige Erscheinen des Arztes. Dieser Augenblick der Ruhe hatte aber auch sein Gutes. Brenda konnte ihre Gedanken und Gefühle ordnen und gleichzeitig verarbeiten, was gerade geschehen war. Die Angst, die sich ihrer bemächtigte, als sie auf den Notarzt wartete, war kaum zu beschreiben. Während die Sanitäter sich Josephs medizinische Werte zuriefen und dann wieder mit gedämpfter Stimme darüber beratschlagten, wie er auf dem Weg zur Klinik zu stabilisieren sei, weinte sie hemmungslos. Niemand hatte es ausgesprochen, aber sie war sich sicher, dass sein Herz versagt haben musste. Wie ein alter Mann hatte ihr kleiner Sohn auf dem Boden der Museumshalle mit einem Herzstillstand gelegen.

Brenda war mit dem Notarztwagen mitgefahren, und Tory hatte inzwischen David benachrichtigt und dann die Kinder nach Hause gefahren. Die Notfallmaßnahmen in der Ambulanz hatten Brenda so erschreckt, dass sie nur noch wie gelähmt zuschauen konnte. David war gerade noch rechtzeitig erschienen, um sie zu stützen. Dann hatte einer vom Personal sie in jenen Raum geführt, in dem sie nun auf das schicksalsschwere Urteil warteten. Nie hätte sie sich träumen lassen, dass sie eines Tages im Krankenhaus sitzen und auf die Nachricht warten würde, ob ihr Sohn tot oder lebendig sei.

David hielt es nicht mehr auf seinem Stuhl. Er stand auf, lief planlos hin und her und starrte, während er immer wieder stehen blieb, gedankenverloren die billigen Ölbilder an, die dort aufgehängt waren. Brenda saß mit geschlossenen Augen da und versuchte zu beten. Hatte sie nicht vorhin bei Tory noch behauptet, es sei völlig unnötig, sich Sorgen zu machen, weil Gott ohnehin alle Fäden in der Hand halte? Er wisse doch, was alles geschehen werde. Warum aber gab ihr dieser Gedanken jetzt keinen Halt mehr?

Jemand kam zur Tür herein, und Brenda sprang von ihrem Stuhl auf. Es waren Dr. Robinson und Harry, die wie müde Krieger nach einer langen Schlacht aussahen. Nur mit Mühe konnte sie sich zurückhalten, die beiden nicht sofort mit ihren Fragen zu bestürmen. Sie reichten sich die Hände – fast feierlich, und Brenda versuchte verzweifelt, ihre Mienen zu deuten.

„Ich habe meinen Kollegen gebeten, bei unserem Gespräch anwesend zu sein", sagte Dr. Robinson und setzte sich an einen der Tische.

„Ist er tot?", stieß Brenda hervor.

„Nein, nein", sagte Harry, bot ihr den Stuhl neben sich an und legte seine Hand auf ihre Schulter, als sie sich gesetzt hatte. „Das hätten wir dann gleich gesagt."

Für einen Augenblick war sie maßlos erleichtert. Doch schnell war da wieder diese immense Anspannung, und die Tränen flossen in Strömen. Kraftlos fiel sie David in die Arme, der neben ihr Platz genommen hatte.

„Aber Sie haben trotzdem keine guten Nachrichten, oder?", fragte David, indem er sie umklammert hielt. Brenda riss sich zusammen und setzte sich auf, um ja kein einziges Wort zu verpassen.

Harry und Dr. Robinson sahen sich kurz an. Schließlich ergriff Harry das Wort: „Die Medikamente schlagen nicht an. Josephs Herz arbeitet nur mit einer Kapazität von 15 Prozent. Und heute ist es gerade noch einmal gut gegangen."

„*15 Prozent?*", rief David. „Warum wussten wir denn nichts davon?"

„Bei der letzten Untersuchung war es noch nicht so bedrohlich", sagte Dr. Robinson. „Die Verschlechterung ist rapide gewesen."

„Und was nun?", fragte David, der jetzt aufstand und mit hochrotem Kopf den beiden Männern entgegentrat, als würden sie ihn bedrohen. „Mit den Medikamenten ist es ja nun wohl vorbei."

„Ja, das ist wohl so." Die beiden Ärzte sahen sich wieder an, als wollten sie sich wortlos verständigen, wer nun reden sollte.

„Wir haben inzwischen nur noch eine einzige Möglichkeit", sagte Dr. Robinson ruhig.

„Die Operation, stimmt's?", sagte David.

Nicht so sehr das, was sie aussprachen, beunruhigte Brenda, sondern vielmehr das, was sie verschwiegen. Sie erhob sich langsam von ihrem Stuhl und wandte sich an Harry: „Was können wir tun, um Joseph zu retten?"

„Er braucht ein neues Herz", antwortete Harry.

Brenda wurde bleich vor Schrecken und fiel zurück auf ihren Stuhl.

„Eine Transplantation?", fragte David heiser, fast flüsternd. „Aber er ist doch noch ein kleiner Junge!"

„Nur das kann ihn noch retten. Sein Zustand ist äußerst bedenklich."

„Aber kann man ihn nicht weniger riskant operieren?"

Dr. Robinson schüttelte den Kopf. „Das Herz ist zu sehr geschädigt. Entweder er bekommt ein neues oder er überlebt es nicht."

Brenda und David sahen sich an, und das Entsetzen stand ihnen ins Gesicht geschrieben. Jeder schien den anderen drängen zu wollen, ihn aus diesem Alptraum zu reißen.

„Wo müssen wir denn hin ... für eine Transplantation?", fragte Brenda.

„Noch vor einem Jahr konnte man das nur in Knoxville. Doch seit St. Francis ein Universitätsklinikum ist, können wir auch hier transplantieren. Unser Team ist ausgezeichnet. Es gehört zu den besten im Süden. Die Erfolgsquote ist sehr hoch."

„Erfolgsquote?", murmelte Brenda. Sie hätte nie gedacht, dass dieses schnöde Wort einmal solch eine Bedeutung für ihr Kind haben würde.

„Wann geht es los?", fragte David gespannt.

„Wir müssen warten, bis wir ein passendes Herz haben."

„Und wie lange wird das dauern?"

„Das kann man nicht sagen", antwortete Dr. Robinson. „Die Wartezeit beträgt normalerweise ein paar Monate. Es kann länger dauern oder schneller gehen. Es hängt alles davon ab, ob ein passendes Herz gefunden wird. Das Transplantationsteam wird sich morgen zusammensetzen. Und wir haben ein Beratungsteam für Angehörige. Man wird Ihnen also mit Rat und Tat zur Seite stehen. Wir müssen sofort testen, ob Joseph ein geeigneter Kandidat für eine Transplantation ist. Aber ich denke, dass das so sein wird."

„Aber ihm bleiben doch nicht mehr ein paar Monate, wenn sein Herz nur noch zu 15 Prozent arbeitet“, wandte David ein. „Wie ist es nächste Woche, vielleicht sind es dann nur noch zehn Prozent oder fünf. Nachher hört es irgendwann ganz auf zu schlagen.“

„Wir werden ihn an eine Art künstliches Herz anschließen, das die linke Herzkammer unterstützt. Es ist tragbar und wird ihn bis zur Transplantation stabilisieren. Wir werden ihn allerdings hier im Krankenhaus behalten müssen“, sagte Dr. Robinson. „Aber es wird ihn am Leben erhalten, bis ein geeignetes Herz gefunden ist.“

„Was ist das – ein künstliches Herz?“

„Es hat die Größe eines Eishockeypucks und wiegt ungefähr 900 Gramm. Es wird unter dem Zwerchfell eingesetzt. Ein Kompressor, der außen angeschlossen wird, gibt die nötige Energie.“

Brenda hatte es die Sprache verschlagen. Sie konnte keinen klaren Gedanken fassen.

„Er muss also möglicherweise wochenlang im Krankenhaus bleiben? Vielleicht sogar Monate?“, sagte David mit bebender Stimme.

„Das kann so kommen“, sagte Harry. „Es *kann* ...“

„Ich glaube das alles nicht.“ Brenda stand auf und begann umherzulaufen. „Wie konnte das alles nur passieren? Noch vor ein paar Wochen war er quietschvergnügt. Wie kann so ein winziges Virus so viel anrichten?“

Keiner der beiden Ärzte hatte darauf eine Antwort.

„Haben Sie die Möglichkeit, hier bei ihm zu bleiben?“, fragte Dr. Robinson mit sanfter Stimme.

Brenda versuchte ihre Benommenheit abzuschütteln. „Äh ... ja, bestimmt.“

„Und was machst du mit deinen anderen Kindern?“, fragte Harry.

„Die werden schon zurechtkommen. Ich muss auf jeden Fall hier bei ihm bleiben.“

David nickte zustimmend. „Einer von uns wird immer hier bei ihm sein.“

„Doktor, glauben Sie, er wird es schaffen?“, fragte Brenda. „Ich meine, bis ein Herz eintrifft. Kann er vorher sterben?“

„80 Prozent unserer kritischen Patienten, die wir mit der Maschine am Leben erhalten, überleben bis zur Operation."

„80 Prozent?", fragte sie erstaunt. „Das bedeutet, dass es 20 Prozent nicht schaffen?"

Harry zögerte mit der Antwort, sagte dann aber: „Er ist in sehr guten Händen, Brenda."

Sie lehnte sich in ihrem Stuhl zurück, und ihre Gedanken begannen sich im Kreis zu drehen. 80 Prozent, 80 Prozent ...

„Wir können ihn leider nicht auf der Kinderstation unterbringen, sondern müssen ihn auf der Kardiologie behalten", sagte Dr. Robinson und fuhr fort: „Es wird deshalb nicht so einfach sein, ihn zu beschäftigen."

„Warum muss er dort sein?", fragte David. „Wäre er nicht besser bei den Kindern untergebracht?"

„Emotional vielleicht, aber man ist dort nicht auf solche Krankheiten eingerichtet. Unsere Transplantationsteams sind direkt neben der Kardiologie untergebracht. Und dort muss auch er sein, damit wir ihm optimal helfen können."

„Er ist doch noch ein kleiner Junge", flüsterte Brenda noch einmal.

„Ein sehr *kranker* kleiner Junge", fügte Dr. Robinson hinzu.

Brenda schmiegte sich in Davids Arme und presste ihr Gesicht an seine Brust. Er hielt sie fest umschlossen und sah über ihren Kopf hinweg zu den beiden Ärzten hinüber. „Und jetzt?", fragte er.

„Nun, wir müssen ihn aufnehmen und ihn an das Kunstherz anschließen. Dann werden wir eine Reihe von Tests machen müssen, um zu sehen, woran wir sind."

„Doch bevor wir irgendetwas in die Wege leiten", sagte Harry, „möchte ich etwas zuvor tun. Wenn es euch recht ist, möchte ich für euch beten."

David warf ihm einen überraschten Blick zu. Brenda wusste, dass er noch nie einem Arzt begegnet war, der mit seinen Patienten betete. Aber er hatte auch nichts dagegen einzuwenden. Wahrscheinlich meinte er, dass alles, was sie jetzt versuchten, besser sei als Nichtstun.

Er drückte Brenda fest an sich, während Harry ganz schlicht Gott darum bat, sie durch diese Krise zu begleiten.

Sobald sie ihr Gebet beendet hatten, ließ David sie los. Er stand auf, steckte seine Hände in die Hosentaschen und sagte, indem er sich den beiden Ärzten zuwandte: „Ich habe noch eine Frage, die sich vielleicht ein bisschen gefühllos anhört. Aber man muss es doch ansprechen."

„Schießen Sie los."

„Wie viel wird das alles ungefähr kosten?"

Dr. Robinson und Harry sahen sich wieder an.

„Es ist nämlich so: Meine private Krankenversicherung deckt nicht allzu viel ab", sagte David. „Auch haben wir die Rechnung von unserem letzten Besuch mit Joseph noch nicht bezahlt. Ich möchte nicht, dass jemand in der Buchhaltung das herausbekommt und wir dann vielleicht mitten in der Behandlung auf die Straße gesetzt werden. Ich bin selbständiger Möbeltischler. Wir sind gerade so versichert, dass wir es uns leisten können. Deshalb wird die Versicherung nicht für alles aufkommen."

„Bei den meisten Verträgen sind Herztransplantationen inzwischen mit eingeschlossen", sagte Harry.

„*Wenn* das bei uns der Fall ist, bekommen wir aber nur 70 Prozent erstattet", sagte David. „Wir müssen also immer noch für 30 Prozent aufkommen, plus einer Selbstbeteiligung von 2.000 Dollar. Über welche Summen reden wir dann überhaupt?" Mit feuchten Augen sah er von einem Doktor zum anderen. „Sehen Sie, ich muss vorher wissen, was auf mich zukommt, damit ich durch Überstunden das verdiene, was ich dann brauche. Ich werde ihn nicht sterben lassen, nur weil mir das Geld fehlt."

„Es kann zwischen 75.000 und 110.000 Dollar kosten", sagte Harry. „Es hängt davon ab, wie lange er hier sein muss, welche Maßnahmen inzwischen getroffen werden müssen und auch wie schnell er sich erholt."

David rechnete. „Einschließlich der Selbstbeteiligung sprechen wir also von einer Summe zwischen 19.000 und 35.000 Dollar, die ich aufbringen muss." Er sah zu Boden. „Da unser Haus schon mit einer Hypothek belastet ist, werde ich wohl kaum noch mehr Geld aufnehmen können. Ich könnte höchstens das Haus verkaufen ..."

„Bevor du daran denkst, solltest du mit dem Sozialdienst sprechen. Dort hat man immer Programme, die in Fällen wie diesen Hilfe anbieten", sagte Harry.

David schüttelte den Kopf. „Entscheidungen über Josephs Versorgung sollten in jedem Fall aufgrund medizinischer Gesichtspunkte getroffen werden. Geld sollte dabei keine Rolle spielen. Wenn erst einmal der Sozialdienst mitredet, bin ich mir da nicht mehr so sicher."

„Da brauchst du dir keine Gedanken zu machen", sagte Harry. „So funktioniert das nicht."

David ließ sich nicht überzeugen. „Ich bin bereit, alles Nötige zu bezahlen. Ich muss nur planen können."

„Es hängt eben viel von der Wartezeit ab", sagte Harry. „Aber auch wenn ich das Geld erst einmal vorlegen muss – Joseph bekommt seine Transplantation. Wir werden das Geld schon irgendwie zusammenkriegen. Mach dir darüber keine Sorgen. Ihr habt jetzt genug um die Ohren."

Brenda wischte ihre Augen trocken und betete leise, dass Harrys schlichtes Gebet und seine Bereitschaft, es auch praktisch umzusetzen, David beeindrucken würden. Dieser Glaube in Aktion war etwas, was David viel zu selten an den Christen beobachten konnte. Es war das genaue Gegenteil von all dem Fehlverhalten, das ihm den Zugang zur Gemeinde bislang versperrte.

Sie war auch noch aus einem anderen Grund Harry dankbar: Sein Versprechen, ihnen auf diesem schweren Weg zur Seite zu stehen, gab ihr Zuversicht und Kraft. Es erinnerte sie daran, dass Gott auch jetzt am Werke war.

Andererseits war sie sich überhaupt nicht sicher, ob ihr Glaube letztlich stärker war als Davids – jetzt, wo das Leben ihres Kindes an einem seidenen Faden hing.

23. Kapitel

Während David über Joseph wachte, der in seinem Krankenzimmer tief und fest schlief, begab sich Brenda zur Krankenhauskapelle, um mit Gott ein Zwiegespräch zu führen. Sie kniete vor dem Altar an der Stirnseite der Kapelle nieder und machte all dem Kummer Luft, der ihr Herz beschwerte. Doch so inbrünstig sie auch betete, es wollte sich nicht das Gefühl bei ihr einstellen, ein wirkliches Zwiegespräch mit Gott zu führen.

Warum nicht, Gott? fragte sie flehentlich. *Gibt es Sünde in meinem Leben, die dich abhält, mir zuzuhören?* Sie hatte doch alles bekannt, was ihr eingefallen war – selbst ihre Verzweiflung, die, wie sie fürchtete, ihren Glaubensmangel offenbarte. Doch in Wahrheit hatte sie ihren Glauben längst noch nicht verloren. Sie war überzeugt, dass Gott seinen Willen in ihrer Familie offenbaren werde. Allerdings war sie nicht sicher, ob dieser Wille auch mit ihren Wünschen übereinstimmen würde. Verzweifelt, ja fast wütend, flehte sie um Gnade, um Heilung und um die Chance, Gottes Willen so zu lenken, dass er mit ihrem übereinstimmen würde.

Aber gleich darauf machte sie sich Vorwürfe, dass sie so egoistisch betete. Würde sie damit Gott nur abstoßen und ihn dazu bringen, ihr gar nicht mehr zuzuhören?

Jemand öffnete die Tür und Brenda erkannte, dass es Sylvia war, die auf sie zukam. Sie stand auf und umarmte die Freundin, unfähig, ihre Verzweiflung zu verbergen.

„David meinte, du würdest hier sein", sagte Sylvia.

Sie setzten sich in die vorderste Bank, und Sylvia gab Brenda ein Taschentuch. Brenda schnäuzte sich und trocknete ihr Gesicht.

„Brenda, wie schwer das alles für dich sein muss", sagte Sylvia. „Du musst doch am Boden zerstört sein."

„Das bin ich auch", gab Brenda zu.

„Kann ich irgendetwas für dich tun?"

Brenda zuckte mit den Schultern. „Vielleicht kannst du mir ein paar Dinge erklären." Sylvia ahnte, welche Fragen Brenda auf dem

Herzen hatte. Aber hatte sie nicht selbst Mühe, Antworten zu finden?

„Die Ältesten haben mit ihm in der Gemeinde gebetet", erzählte Brenda. „Wir haben um Heilung gebetet, und sie ist nicht eingetreten."

„Ich weiß", sagte Sylvia.

„Ich habe es gegen Davids Willen getan. Er trägt der Kirche etwas nach. Es kommt aus der Kindheit. Er warnte mich davor, es zu tun, weil Joseph einen Schaden davontragen könnte. Aber ich habe es trotzdem getan, ohne ihm etwas davon zu sagen. Ich dachte, ich tue das Richtige – nach dem Motto: Was ich nicht weiß, macht mich nicht heiß. Aber das alles hat wahrscheinlich mehr geschadet als genützt – weil ich es gegen seinen Willen getan habe. Gott hat es offenbar nicht angenommen."

„Ach, Liebes." Sylvia tippte an Brendas Kinn und zog es sanft in ihre Richtung, um ihr in die Augen sehen zu können. „Gott straft dich doch nicht, weil du seinem Gebot gefolgt bist. Das kann der Fehler nicht sein. Weißt du, Gott ist kein Flaschengeist, der Anliegen sofort umsetzen muss. Wenn Gott Joseph nicht heilt, dann wird das irgendeinen anderen Grund haben. Du hast wahrscheinlich nach dem Gebot gehandelt, dass wir Gott mehr gehorchen sollen als den Menschen, also mehr als deinem Mann."

„Das stimmt, Sylvia."

„Unsere Gebete sind nicht wie der Knopfdruck an einem Automaten, der uns sofort das ausspuckt, was wir gerade wollen. Gottes Wille steht über allem. Wir haben nie den Überblick. Er aber hat ihn gewiss."

Brenda sah Sylvia flehend an. „Warum sagt dann aber die Bibel, dass ein Gebet, im Glauben gesprochen, den Kranken heil machen wird? Warum steht das da?"

„Brenda, hast du jemals die Erfahrung gemacht, dass Gottes Wort nicht wahr ist?", fragte Sylvia.

Und wie aus der Pistole geschossen kam die Antwort: „Nein, niemals!"

„Also muss auch dieses Wort wahr sein."

„Und warum ist es dann nicht eingetreten?“, fragte Brenda. „Warum hat er nicht geheilt?“

„Weil Gottes Zeitplan nicht immer unserem entspricht. Vielleicht will er aus irgendeinem Grund, dass Joseph durch eine Transplantation wieder gesund wird. Vielleicht will er, dass du ausreichend Zeit hast, es zu lernen, ihm ganz zu vertrauen.“

„Das muss ich ja auch, denn er ist der Einzige, der die Macht hat, Dinge wirklich zu verändern.“

„Das ist wahr“, stimmte Sylvia zu. „Und es würde ihn verherrlichen, wenn Joseph wieder gesund wird.“

„Aber das ist es ja eben.“ Brenda stand auf, ging zum Altar und drehte sich wieder zu Sylvia. „Ich werde den Gedanken nicht los, dass manchmal auch der Tod Gott auf die eine oder andere Weise verherrlicht. Manchmal werden Menschen für Christus gewonnen, weil jemand gestorben ist. Und ich habe einfach Angst, dass Gott Joseph dafür gebrauchen könnte.“ Ihre Stimme versagte und innerlich zerbrochen barg sie ihr Gesicht in beiden Händen.

Sylvia eilte zu Brenda und schloss sie in ihre Arme. So ineinander verschlungen, hielten sie sich für eine lange Zeit. Da hatte Brenda plötzlich das Gefühl, Sylvia in den Strudel ihrer Verzweiflung mit hineinzuziehen. Und das wollte sie auf keinen Fall. Sie trat einen Schritt zurück und versuchte, sich zusammenzureißen. Sie sah hinauf zu den bunten Glasfenstern. Dort war der Heilige Geist als Taube dargestellt, die vom Himmel herabschwebte.

„Meine Mutter starb vor Jahren an Brustkrebs“, erzählte Sylvia. „Gott hat mich damals durch diesen Tod gelehrt, dass er uns großartige Geschenke macht – manchmal in Form von Menschen, die wir lieben. Doch diese Geschenke müssen wir in offenen Händen halten, bereit, sie ihm zurückzugeben, wenn er es will. Wir können uns letztlich nicht daran klammern, Brenda, denn es sind immer nur Leihgaben. Nichts, was wir zu besitzen glauben, gehört uns wirklich.“

Brenda riss sich los von jenem tröstlichen Fensterbild. „Ich weiß, dass das so ist“, sagte sie und nickte. „Ich muss bereit sein, all meine Segnungen wieder herzugeben, wann immer er kommt, um sie mir zu nehmen. Doch ich bin noch nicht so weit, dies einfach zu akzeptieren."

Sylvia schüttelte den Kopf und sagte: „Ich doch auch nicht. Ich habe immer wieder gebetet, dass ich durch meine eigenen Kinder etwas lerne, und sie sind noch nicht ein Mal krank gewesen. Sie sind gesund und munter. Und deshalb schäme ich mich manchmal, dass ich trotz mancher Segnungen nicht weiter bin."

„Du brauchst dich nicht zu schämen. Wir beide lieben unsere Kinder. Für mich aber kannst du beten, dass ich Gewissheit bekomme, dass Gott über Joseph wacht. Ich möchte sicher sein, dass alles, was passiert, nur deswegen geschieht, weil Gott es so lenkt, weil es einen Sinn hat und uns letztlich dient. Vom Kopf her habe ich das alles begriffen, Sylvia, aber bete dafür, dass es auch mein Herz erreicht. Und bete für David."

Sylvia nickte und versprach, dies zu tun.

„Weißt du, es hat Tage gegeben – bevor Joseph krank wurde, da habe ich so inständig für David gebetet, dass ich bereit war, mein Leben für die Rettung seiner Seele zu geben. Ich war jedoch niemals bereit, Joseph dafür zu opfern. Und ich habe auch nicht erwartet, dass das von mir gefordert wird."

„Was ist aber, wenn das geschehen muss, damit David zu Christus kommt? Was ist, wenn das Gottes Plan ist?"

Brenda sank in sich zusammen. „Ich kann mir im Augenblick vorstellen, wie Jesus sich in Gethsemane gefühlt hat, als er ausrief: ‚Lass diesen Kelch an mir vorübergehen.'" Und mit tränenerstickter Stimme sagte sie zu ihrer Freundin: „Oh, Sylvia, bete, dass dies nicht der Kelch ist, den ich trinken muss."

Sylvia drückte sie an sich und fragte: „Kann ich gleich jetzt für dich beten?"

„Ach, ja bitte!", flüsterte sie.

Und Sylvia betete.

24. Kapitel

Rachel, Leah und Daniel waren bei Tory zum Abendessen – ein Umstand, der für Spencer und Brittany zum Höhepunkt der Woche wurde. Die beiden hielten es für eine richtige kleine Feier, aber die Dodd-Kinder wussten es besser. Sie hatten gesehen, wie ihr kleiner Bruder im Museum zusammengebrochen war, und es war schließlich nicht das erste Mal gewesen. Mit ansehen zu müssen, wie er mit dem Notarztwagen abtransportiert wurde, war für sie alle ein Schock gewesen. Tory hoffte, sie ein wenig ablenken zu können, bis sie wieder etwas von ihren Eltern hören würden.

Doch als Sylvia herüberkam und sie bat, hinaus auf die Veranda zu kommen, ahnte sie, dass ihre Nachbarin keine guten Nachrichten hatte. „Brenda ist so sehr mit Joseph beschäftigt, dass sie es nicht geschafft hat, dich anzurufen", berichtete Sylvia und bemühte sich, in gedämpftem Ton zu sprechen. „Sie hat mich aber gebeten, dich über den neuesten Stand zu informieren."

Tory wartete gespannt.

„Man hat David und Brenda mitgeteilt, dass Joseph ein neues Herz braucht oder sterben wird."

Tory wurde bleich vor Schreck. Sie griff nach der Kette, an der die Gartenschaukel hing, und sank in deren Sitz.

„Eine Herztransplantation?"

„Ich fürchte ja."

„Arme Brenda."

„Das kann man wohl sagen", sagte Sylvia und setzte sich neben Tory auf die Schaukel, wobei diese zu quietschen begann, rhythmisch und mit jedem Schwung.

„Sie haben Joseph stationär in der Klinik aufgenommen. Und er muss dort bleiben, bis ein Herz gefunden ist."

„Und wie lange kann das dauern?"

„Wir wissen es nicht. Es können, Tage, Wochen oder Monate sein."

„Und Joseph muss die ganze Zeit dort bleiben?"

„Ja. Sein Herz arbeitet nur zu 15 Prozent. Es muss ständig unterstützt werden."

„Was macht sie denn – ich meine, mit den anderen Kindern?"

„Ich werde sie, so gut es geht, unterstützen. Das aber ist nicht mal das drängendste Problem im Augenblick. Das größte Problem ist, wie Harry sagt, das Geld."

„Wie meinst du das?"

„Nun, David ist doch selbständig. Und sie sind mit der Krankenversicherung nicht so gut versorgt. Sie müssen wahrscheinlich am Ende rund 30 Prozent selber bezahlen. Und eine Transplantation ist ziemlich kostspielig."

„Und was werden sie da machen?"

„Ich weiß es nicht genau", sagte Sylvia. „David ist jedenfalls fest entschlossen, das Geld irgendwie aufzubringen. Aber ich glaube kaum, dass er das schaffen wird. Das, was er noch zahlen muss, übersteigt möglicherweise sein Jahreseinkommen. Da auch ich nicht will, dass er sein Haus verkaufen muss, werde ich versuchen, Geld zusammenzubringen. Aber dazu brauche ich Hilfe."

„Natürlich, Sylvia, ich werde tun, was ich kann. Wir haben zwar nicht viel auf der hohen Kante, aber ..."

„Ich möchte kein Geld von dir", unterbrach sie Sylvia, „aber ich brauche Ideen. Ich weiß noch nicht, mit welcher Kampagne ich hier am Ort etwas erreichen könnte. Die Menschen helfen ja gern, wenn sie nur informiert sind. Meine Gemeinde, eure Gemeinde, ihre Gemeinde ..."

„Das denke ich auch. Sicher werden die Leute helfen."

Plötzlich kam Spencer durch die Verandatür gestürzt. „Mama, Britty hat die Gummibärchen genommen, und sie will mir nix abgeben."

„*Nichts* abgeben", verbesserte Tory ihn. „Spencer, geh rein und sag ihr, dass sie vor dem Zubettgehen nichts Zuckriges mehr essen soll."

„Aber sie isst keinen Zucker, sie isst Gummibärchen!"

„Sag ihr, sie soll keine verteilen, bis ich komme." Sie stand auf und Sylvia folgte ihr bis zur Tür.

„Ich sollte die beiden Dodd-Kinder jetzt mitnehmen", sagte Sylvia. „Sie müssen in ihren eigenen Betten schlafen."

„Bist du sicher?", fragte Tory. „Es würde mir überhaupt nichts ausmachen, wenn sie bei mir blieben."

„Nein, ich brauche Beschäftigung", seufzte Sylvia. „Und was habe ich sonst schon zu tun. Außerdem wird mir Harry helfen, wenn er nach Hause kommt. Und es sind ja auch umgängliche Kinder. Es gibt sicher keine Probleme."

„Na gut. Wirst du ihnen von Joseph erzählen?"

„Lieber nicht", antwortete Sylvia. „Das überlasse ich David, wenn er nach Hause kommt."

Tory blickte müde und abgespannt zum Haus der Dodds hinüber. „Wie haben es Brenda und David eigentlich aufgenommen?"

Sylvia hatte Mühe, die richtigen Worte zu finden. „Es ist schwer, wirklich schwer für sie. Sie gehen damit um, wie wir reagieren würden, wenn Joseph unser Sohn wäre."

„Es wird schlimm für die ganze Familie."

Sylvia nickte. „Wir müssen ihnen zur Seite stehen. Bevor ich die Kinder mit nach Haus nehme, werde ich noch schnell zu Cathy gehen und ihr berichten, damit auch sie Bescheid weiß. Sie wird auch wissen wollen, wie es steht. Vielleicht hat sie ja auch ein paar gute Ideen."

Tory nickte, ohne noch ein Wort zu sagen.

25. Kapitel

Cathy saß an ihrem Computer im Esszimmer und tippte Adressen. Seit die Schulbehörde sich geweigert hatte, alle Schüleradressen herauszugeben, war sie die letzten zwei Wochen kreuz und quer durch die Gegend gefahren und hatte unzählige Namen und Anschriften notiert. „An alle Eltern von Schulkindern" wollte sie einen Brief schreiben. Nicht jeder würde sich angesprochen fühlen, dessen Anschrift sie hatte, aber sie würde auf diese Weise möglichst viele Eltern erreichen.

„Wozu soll das gut sein?", fragte Mark, als er all die Briefbögen sah, die er in Umschläge stecken sollte.

„Für eure gute Erziehung und moralische Gesundheit", erklärte Cathy so beiläufig wie möglich.

„Pah!", machte Annie und drückte damit ihre Verachtung aus.

„Worum geht es genau?", fragte Mark sie.

„Es geht um den Sexualkundeunterricht, du Blödmann", belehrte Annie ihren Bruder. „Außerdem ist Mutti drauf und dran, unser Leben zu ruinieren."

„Wie ruiniere ich euer Leben?", fragte Cathy gereizt.

„Nimm Vernunft an, Mutti", sagte Rick, der gerade aus dem Nebenzimmer hereinkam. „Unser Freunde nennen dich schon die ‚Kondom-Mutti'. Sie lachen sich kaputt darüber, weil du dich ausgerechnet in dieser Sache so mit der Schule anlegst. Ich kann mich nirgends mehr blicken lassen. Wahrscheinlich mache ich mich aus dem Staub, bevor die Schule im Herbst wieder anfängt."

„Er hat ganz Recht, Mutti", sagte Annie, und Cathy hätte diese seltene Einmütigkeit der Geschwister sicher im Kalender angestrichen, wenn ihre Einstellung sie nicht so aufgebracht hätte. „Du glaubst gar nicht, wie schwer wir es im Augenblick haben. Selena Hartfield hat zum Beispiel heute überall herumposaunt, unsere Mutter wolle der Schule verbieten, mit ihren Kindern über Sex zu reden, weil wir immer noch an den Klapperstorch glauben. Ich habe mich zu Tode geschämt. Wenn du noch mehr Wind machst mit dieser Geschichte, dann ziehe ich zu Papa. Das muss ich mir nicht bieten lassen."

„Ich tue das doch nur für euch", sagte Cathy. „Die Schule hat kein Recht, eure Köpfe mit Schund vollzustopfen. Und wenn sie es nicht hinkriegen, dass die Mutter ein Video ansehen kann, das sie euch gezeigt haben, dann stimmt doch irgendetwas nicht. Wenn ihr mir egal wäret, dann würde ich dieses Theater nicht machen. Glaubt ihr vielleicht, es macht mir Spaß, jede freie Minute mit dieser Geschichte zu verbringen?"

„Ja", sagte Annie, „das glaube ich. Es gibt dir den Kick, den du wohl gerade brauchst, auch wenn wir uns für den Rest der Sommerferien nicht mehr aus dem Haus wagen können."

„Übertreibt ihr nicht ein bißchen?", fragte Cathy. „Bisher habt ihr kaum mal zwei Stunden hier zu Hause verbracht – höchstens mal zum Schlafen. Ich denke, eure sozialen Kontakte haben überhaupt noch nicht gelitten. Manchmal denke ich sogar, sie sind ein bisschen *zu* gut."

Annie zuckte mit den Schultern. „Im Moment geht es vielleicht noch. Aber wenn du erst anfängst, auf den Elternbeiratssitzungen Reden zu halten ... Und außerdem sieh doch mal den armen Rick. Seine Kontakte sind schon schlecht genug gewesen. Er ist inzwischen zum Aussätzigen geworden."

„Bin ich überhaupt nicht", maulte Rick. „Warum hältst du nicht endlich den Mund?"

„*Du* hältst den Mund! Mutti und ich unterhalten uns." Sie wandte sich wieder ihrer Mutter zu und kreuzte die Arme über der Brust, Verteidigungsbereitschaft signalisierend.

„Mutti, es tut mir Leid, aber ich muss auch konsequent sein. Ich weigere mich, an dieser Aktion teilzunehmen. Rick und Mark können meinetwegen die Blätter in Briefumschläge stecken. Aber ich stehe zu meinen Prinzipien."

„Prinzipien? Welche Prinzipien? Du stehst für das Recht ein, dass Kondome in der Schule verteilt werden?"

Annie wirkte einen Augenblick verunsichert, doch sie fasste sich schnell wieder. „Mutti, du verstehst das nicht. Es gibt eben Leute, die die Dinger brauchen. Sie tun es sowieso. Da ist es doch besser, sie so zu versorgen, dass sie sich schützen können und keine Krankheiten bekommen."

„Sie hat auch schon eine Gehirnwäsche hinter sich!", rief Cathy aus. „Ich komme offenbar schon zu spät. Die Gehirnwäsche hat bereits stattgefunden." Cathy begriff, dass sie sich jetzt nicht aus der Affäre ziehen konnte. Sie atmete tief ein, um genug Luft für das anstehende Wortgefecht zu haben. „Annie, es ist nicht richtig, vor der Ehe mit jemand zu schlafen, ganz egal, was Freundinnen, Lehrer oder befreundete Jungen sagen."

„Warum denn?", fragte Annie. „Wenn sich zwei Menschen doch wirklich lieben und es ihnen nicht darum geht, nur durch die Betten zu hüpfen, warum sollten sie dann denn nicht miteinander schlafen?"

„Weil ..." Cathy suchte krampfhaft nach einer Begründung, aber keine einzige wollte ihr einfallen. „Es ... ist einfach nicht anständig. Es tut euch nicht gut – aus den verschiedensten Gründen."

„Ja, okay, es ist schlecht wegen einer möglichen Schwangerschaft und vielleicht wegen AIDS. Aber wenn sie geschützt sind, dann passiert doch nichts."

„Aber die Bibel sagt, dass wir es nicht tun sollen", sagte Cathy, erleichtert darüber, dass ihr dieser Gedanke noch gekommen war. „Die Bibel ist diesbezüglich ganz eindeutig."

„Wo?", fragte Annie. „Zeig mir die Stelle. Sarah Beth sagt, dass sie uns den Ehebruch verbietet, weil dabei einem Menschen Unrecht getan wird. Wenn es aber zwischen zwei Menschen passiert, die einer Meinung sind und deshalb niemanden verletzen ..."

„Sarah Beth ist 15!", rief Cathy dazwischen. „Ihr Wort gilt für dich mehr als meins?"

„Sie hat es zumindest belegen können."

Cathy hätte ihr am liebsten etwas an den Kopf geworfen. „Ich weiß zwar nicht genau, wo das in der Bibel steht, aber ich weiß, dass etwas über *Unzucht* drin steht. Und ich werde es finden." Sie fühlte sich in Verlegenheit gebracht, und sie war wütend über sich selbst, dass sie die Bibel nicht besser kannte.

„Selbst wenn du was findest, weiß ich noch lange nicht, ob ich mich darauf einlasse. Die Bibel ist doch altmodisch. Diese ganzen Regeln waren vielleicht in der Steinzeit sinnvoll. Aber so vieles hat sich doch geändert.“

„Klar, es hat sich vieles verändert“, stimmte Mark zu.

„Nichts hat sich wirklich verändert. Die Bibel ist noch immer gültig.“ Die innere Anspannung schnürte ihr die Kehle zu. Wie konnte sie es so weit kommen lassen? Wie hatte sie ihre Kinder ohne ein Wertesystem großziehen können? Wie konnte sie ihnen erklären, was gesittetes Verhalten ist, wenn diese Erklärungsversuche kein Fundament hatten?

„Ich glaube auch, dass Sex vor der Ehe nicht richtig ist“, sagte Rick. Hatte er erkannt, dass seine Mutter Hilfe brauchte?

Cathy kämpfte gegen ihre Tränen an. „Danke, Rick. Dass du das sagst, tröstet mich ein bisschen.“

„Das sagst du nur, weil du Angst vor Mädchen hast“, sagte Annie zu ihrem Bruder.

„Habe ich nicht!“

„Weißt du, Mutti, er ist richtig scheu. Wie oft trifft er sich denn mit Mädchen?“

„Wenn ich wollte, hätte ich jederzeit die Gelegenheit dazu, du blöde Kuh.“

„Schluss jetzt!“, fuhr Cathy dazwischen. Mit hochrotem Kopf stand sie auf und schnappte sich den Stapel Briefumschläge. „Setz dich, Annie, und kein Wort mehr.“

„Wie bitte? Ich sagte doch, dass ich dir nicht helfen werde. Es ist eine Hetzkampagne, und ich will damit nichts zu tun haben!“

„Du setzt dich hin“, schrie Cathy sie an. „Sofort!“

Annie setzte sich zwar nicht, aber sie riss ihrer Mutter die Umschläge aus der Hand. „Rick, du auch“, befahl Cathy. „Fangt an. Mark, du nimmst die hier.“

Annie schüttelte wütend den Kopf. „Ich denke, ich muss einfach abhauen und zu Papa ziehen.“

„Ich bin es, die drauf und dran ist wegzulaufen!“, schrie Cathy und zwang sich, ihren Gefühlsausbruch zu beherrschen. „Und was dich betrifft, Annie: Hör auf damit zu drohen, zu Papa zu ziehen. Das macht mich unglaublich wütend. Und außerdem weißt du, dass es mir überhaupt nicht schwer fällt, irgendwelche Aktivitäten für einen ganzen Monat zu sperren, nicht wahr, Rick?"

„Stimmt."

In diesem Augenblick läutete es an der Tür. Mürrisch rief Cathy: „Es ist offen!"

Es war Sylvia, die den Kopf durch die Tür steckte.

„Hallo, Sylvia", rief Cathy müde. „Entschuldige, dass ich dir nicht aufgemacht habe. Ich dachte, es wäre jemand von den jungen Leuten. Ich bin gerade richtig in Stimmung, ihnen allen die Leviten zu lesen." Sie bemerkte Sylvias besorgte Miene. „Alles in Ordnung?", fragte sie. „Harry packt noch nicht für Nicaragua, oder?"

„Nein, nein", sagte Sylvia mit einem schwachen Lächeln. „Ich dachte, ihr solltet Bescheid wissen, dass Joseph wieder im Krankenhaus ist."

„O nein, ist es wieder das Herz?"

Auch die Kinder unterbrachen ihre Arbeit und sahen zu Sylvia hinüber.

„Ich fürchte ja."

„Was fehlt ihm denn? Was hat man gesagt?"

„Er braucht eine Herztransplantation."

Alle schwiegen betreten. Selbst den drei Kindern verschlug es die Sprache. Cathy stand langsam auf. „Eine Transplantation? Gibt es denn nichts, was man sonst noch machen könnte? Ich dachte immer, so was wäre das letzte Mittel."

„Das *ist* das letzte Mittel", sagte Sylvia. „Er ist heute wieder zusammengebrochen, weil sein Herz fast stehen geblieben ist. Sie haben ihn zwar wiederbelebt, aber offenbar wird er ohne Transplantation sterben."

Wie vom Blitz getroffen wandte sich Cathy ihren Kindern zu. Der Schock stand ihnen ins Gesicht geschrieben. Selbst Annie hatte es die Sprache verschlagen. Es war für alle unvorstellbar, dass bei einem kleinen Jungen irgendwelche wichtigen Organe versagten und er um sein Leben ringen musste.

Cathy versuchte wieder klar zu denken. „Sylvia, kann ich irgendetwas tun?"

„Ja, vielleicht", antwortete sie. „Wir müssen Geld sammeln. Die Dodds sind nicht optimal krankenversichert, und David verdient niemals so viel Geld."

„Klar", sagte Cathy. „Wir werden uns was ausdenken, nicht wahr, Kinder?"

Die Kinder nickten alle. So schweigsam hatte sie sie kaum einmal erlebt. Offenbar waren es Krisen wie diese, die sie still werden ließen. Als ihr Vater damals angekündigt hatte, sich scheiden zu lassen, hatten sie tagelang kein Wort geredet.

„In welchem Krankenhaus liegt er denn?"

„St. Francis", antwortete Sylvia. „Harry ist zwar nicht der behandelnde Arzt, aber er sieht immer wieder nach ihm."

„Das ist gut. Es wird Brenda ein bisschen Sicherheit geben."

„Das hoffe ich auch. Ich werde jetzt die Dodd-Kinder nach Hause bringen, damit sie ins Bett gehen können. Brenda und David sind noch beide im Krankenhaus."

Cathy nickte nachdenklich. „Annie und ich können auch auf die Kinder aufpassen, wenn das eine Hilfe ist."

Annie warf ihrer Mutter einen wütenden Blick zu, zuckte mit den Schultern und grummelte: „Kann ich machen."

„Und Mark und Rick könnten dafür sorgen, dass ihr Rasen immer gemäht ist."

Rick lehnte sich vor und meinte: „Ich tue, was ich kann."

„Das werden sie bestimmt zu schätzen wissen", sagte Sylvia. „Es kann eine lange Durststrecke werden, denn niemand kann sagen, wann ein Herz zur Verfügung stehen wird."

Cathy setzte sich wieder. „Du liebe Zeit, und ich dachte, mein Problem mit der Schulbehörde wäre von Gewicht."

Nachdem Sylvia gegangen war, starrte Cathy auf ihre Briefe, die sie mit Feuereifer adressiert hatte. Auf einmal schien das alles nicht mehr so wichtig zu sein.

„Mutti, wie bekommen sie denn überhaupt ein Herz?", fragte Mark vorsichtig.

„Was meinst du mit ‚wie'?"
„Ich meine ... wenn sie es jemand wegnehmen, stirbt der dann nicht?"
„Das ist vielleicht eine blöde Frage", sagte Annie.
Ricky gab schließlich die Antwort: „Man nimmt es jemandem heraus, der sowieso im Sterben liegt. Stimmt doch, Mutti?"
Mark blickte verwirrt in die Runde. „Du meinst, von jemand, der krank ist und dem es nicht mehr besser gehen wird?"
„Nein, so ist das nicht", sagte Cathy. „Normalerweise sind das Unfallopfer. Es sind Leute, die praktisch tot sind, deren Herz aber noch schlägt. Man nimmt es dann heraus und gibt es jemand, der es dringend braucht. Man tut das mit allen möglichen Organen." Cathy hätte sich nicht träumen lassen, dass sie eines Tages über diese Dinge mit einem so praktischen Bezug sprechen würde.
„Es muss also jemand sterben, damit Joseph gesund wird?" fragte Mark.
„Es sieht so aus."
Die Kinder schwiegen. Plötzlich sah Annie gar nicht mehr so mürrisch und abweisend drein, und es klang schon viel sanfter, als sie fragte: „Und was ist, wenn sie keins rechtzeitig zur Verfügung haben?"
„Sie müssen einfach", sagte Cathy. „Anders geht es nicht."
Ihre Augen wurden feucht, und am liebsten hätte sie jetzt ihre Kinder in den Arm genommen. Wie gern hätte sie gerade jetzt mit ihnen ausgiebig gekuschelt, wie sie es früher oft getan hatte, als sie noch klein waren. Sie wusste jedoch, dass sie es heute nicht mehr dulden würden. Vor ein paar Jahren musste sie dieses Recht aus irgendeinem Grund verwirkt haben, und sie wusste nicht, wie sie es sich wiederholen konnte.
Sie schloss die Augen und ließ die Tränen einen Moment ungehemmt rinnen. Als sie die Augen wieder aufschlug, hatten sich die Kinder still und heimlich in ihre Zimmer verzogen. So konnte jeder für sich seinen Gedanken nachhängen. Auch wenn sie oft so aufsässig waren und stur ihren Kopf durchsetzen wollten, so war Cathy doch heilfroh, dass ihre Herzen gesund und kräftig schlugen.

26. Kapitel

Die Dodd-Kinder waren ungewohnt ruhig, als sie sich an jenem Abend für die Nachtruhe fertig machten.

„Mutti hätte uns doch sicher angerufen, wenn etwas Schlimmes geschehen ist, oder?“, fragte Leah.

„Ganz sicher“, antwortete Sylvia.

Daniel beobachtete sie genau und wartete auf irgendeine Regung, die einen Hinweis auf Josephs wahren Zustand geben würde. „Wie lange muss Joseph denn nun im Krankenhaus bleiben?“

„Das weiß kein Mensch. Doch es kann schon eine Weile dauern.“

Rachel sank in ihre Kissen und fasste sich an ihre Brust. „Ich glaube, ich habe auch so was.“

„Was hast du auch?“, fragte Leah.

„Herzprobleme. Mein Herz macht auch dauernd *bum-ba-bum-ba.*“

„Mann, jedes Herz macht bum-ba-bum-ba“, sagte Daniel. „Das heißt aber noch lange nicht, dass du gleich ins Krankenhaus musst.“

„Aber wenn schon Joseph krank ist, bekommen wir anderen es vielleicht auch. Was dann?“

„Hör endlich auf, von dir zu reden“, rief Leah. „Wir sollten jetzt eher an Joseph denken.“

Daniel beobachtete noch immer Sylvia, und sie hatte das Gefühl, er könne jeden Gedanken von ihrem Gesicht ablesen. „Wann kommt Papa heim?“, fragte er.

Sylvia versuchte tapfer, jede Notlüge zu umgehen und alles zu verschweigen, was nicht unbedingt ausgesprochen werden musste. Es würde in jedem Fall besser sein, wenn David und Brenda die Berichterstatter wären. „Er müsste eigentlich bald kommen“, sagte sie. „Es war ein langer Tag für sie beide.“

„Wo schläft denn Mutti?“

„Sie haben ein Notbett in Josephs Zimmer aufgestellt.“

„Ist er auch richtig wach?“, fragte Rachel. „Redet er überhaupt was?“

„Aber natürlich“, antwortete Sylvia. „Er ist immer noch derselbe Joseph, wie Harry sagt.“

Nachdem sie die Kinder aufgefordert hatte, sich fertig zu machen, fragte sie sich, ob es überhaupt noch nötig sei, die Kinder ins Bett zu bringen. Sie überlegte wie es war, als ihre eigenen Kinder zehn und zwölf waren. Hatte sie sie da noch ins Bett gebracht? Ja, doch, sie hatte sie sogar noch auf die eine oder andere Weise ins Bett gebracht, bis sie das Haus verließen. Zumindest hatte es immer noch einen Gutenachtkuss gegeben, und sie hatten immer noch kurz gebetet. Aber sie wusste nicht, wie David und Brenda es machten.

Kurze Zeit später fand sie die Kinder im Zimmer der Mädchen versammelt. Daniel saß auf dem Fußboden und Leah und Rachel auf ihren Betten.

„Seid ihr fertig“, fragte Sylvia.

„Wir wollen erst noch beten“, sagte Leah. „Für Joseph.“

„Das ist wirklich eine gute Idee, finde ich.“

Rachel und Leah knieten sich neben Daniel auf den Boden, und Sylvia schloss dann den Kreis. „Fassen wir uns an den Händen“, schlug Leah vor.

Sie hielten sich bei den Händen und neigten die Köpfe.

Sylvia war erstaunt über die Gebete, die von diesen jungen Lippen kamen. Es waren persönliche Zwiegespräche mit Gott. Kannten sie den Heiligen Geist denn als ein echtes Gegenüber? Sylvia war voller Bewunderung. Brenda hatte offenbar ganze Arbeit geleistet. Die Kinder wussten, an wen sie sich in Zeiten der Not wenden konnten. Andererseits fragte sie sich, wie David angesichts eines solchen Glaubens seiner Kinder so unberührt bleiben konnte.

Als sie zu Ende gebetet hatten, trockneten sie alle ihre Tränen, und Daniel trottete in sein eigenes Zimmer. Sylvia setzte sich noch kurz zu den Mädchen aufs Bett und gab ihnen einen Kuss auf die Stirn. Daniel fand sie auf der unteren Matratze eines Etagenbettes sitzend. Sie fühlte sich schon ein bisschen unwohl, sich ihm zu nähern. Er war immerhin schon ein halber Mann – die größere Ausgabe von Joseph und die kleinere vom Vater. Wie war ihr Sohn

Stephen in diesem Alter gewesen? Sie versuchte, sich zu erinnern. Sie war ihm eigentlich immer mit Verständnis und Respekt begegnet. So ging sie nun auch auf Daniel zu.

„Gute Nacht, Daniel", sagte sie.

„Nacht", erwiderte er. „Wenn Papa nach Hause kommt, dann sag ihm, dass ich in Josephs Bett schlafe."

„Das mache ich."

Er sah sie an, als habe er noch etwas auf dem Herzen. „Ich will nur nicht, dass er noch hereinkommt und ausflippt, weil ich im falschen Bett liege."

„Das wird er sicher verstehen."

Er saß noch einen Augenblick aufrecht im Bett und dachte nach. Schließlich rutschte er unters Deckbett und zog es bis unters Kinn. „Es wird Joseph sicher bald besser gehen. Mein Bruder ist hart im Nehmen."

„Das ist er. Ihr seid es alle."

„Vielleicht, aber er besonders", erwiderte Daniel. „Ich meine sein Herz. Vielleicht ist es ja auch gar nicht so schlecht. Es ist ein bisschen krank. Es wird aber wieder heil werden, nicht wahr?"

„Er ist jedenfalls in sehr guten Händen. Harry und Dr. Robinson passen auf ihn auf. Sie sind beide gut ausgebildet", sagte sie und wusste doch, wie wenig diese Worte trösten würden.

„Glaubst du, dass ich ihn morgen besuchen darf?"

„Das weiß ich allerdings nicht. Vielleicht ist es wegen der Bakterien nicht erlaubt, ihn zu besuchen. Wir müssen einfach abwarten."

Er dachte einen Augenblick über ihre Worte nach. „Es wird furchtbar schwer werden für Joseph. Es wäre doch toll, wenn wir etwas für ihn tun könnten – vielleicht jeden Tag ein Video drehen, damit er sehen kann, wie es zu Hause zugeht. Wir haben aber leider keine Videokamera."

Sylvia lächelte. „Ich werde euch meine leihen. Seit der Hochzeit habe ich sie nicht mehr benutzt. Es ist jedenfalls eine großartige Möglichkeit, die Familie zusammenzuhalten, auch wenn sie getrennt ist."

„Toll“, rief er, und im Flüsterton fuhr er kurz darauf fort: „Es wäre eigentlich besser, wenn nicht er es hätte, sondern ich, weil ich es sicher besser ertragen könnte.“

Sie wollte schon über Gottes Ratschluss reden, aber dann war sie sich doch nicht sicher, ob eine theologische Abhandlung über dieses Thema ein Kind überhaupt trösten würde, und deshalb unterließ sie es.

„Danke, dass du rübergekommen bist und auf uns aufpasst“, sagte er.

„Alles klar. Gute Nacht, Daniel.“

Sie schaltete das Licht aus und ging in die Küche. Die offenbar wohlerzogenen Kinder hatten alles weggeräumt, was sie benutzt hatten. Dennoch gab es noch das eine oder andere in der Küche zu tun, und so war sie beschäftigt, bis der Vater nach Hause kam.

27. Kapitel

Am nächsten Tag war Cathy in die Klinik gefahren. Und sie stand nun an der Tür zum Krankenzimmer. Sie trug einen sterilen Kittel und einen Mundschutz. Beides hatte sie von der Stationsschwester für den Besuch angelegt bekommen. Joseph lag mit geschlossenen Augen in seinem Bett und rührte sich nicht. Offensichtlich schlief er. Brenda, die genauso angezogen war, sah aus, als habe sie schon tagelang nicht geschlafen. „Du hättest nicht extra vorbeikommen müssen", sagte sie, während sie Cathy umarmte. „Du musst doch in deiner Praxis sein."

„Ich habe doch immer über Mittag geschlossen", sagte sie, während sie an Josephs Bett trat und ihn sich ansah. Als hätte er ihre Blicke gespürt, schlug er seine Augen auf und sah sie an. „Hallo", sagte er tonlos.

„Ja, hallo", sagte sie und beugte sich über ihn. „Das ist vielleicht eine blöde Maske, mit der ich dich hier begrüßen muss."

Er mühte sich, ein wenig zu lächeln.

„Wie geht's dir, alter Junge?"

„Geht so", antwortete er.

„Er ist noch ein bisschen groggy von der Untersuchung heute Morgen. Das war vielleicht eine Prozedur", sagte Brenda. „Man hat den einen Teil vom Kunstherzen bei ihm eingesetzt."

„Weißt du schon, dass ich ein neues Herz bekomme?", fragte er.

„Ich habe davon gehört", antwortete Cathy. Sie versuchte, beeindruckt zu wirken. Darauf griff sie in die Tasche, die sie mitgebracht hatte, und zog ein paar Spiele hervor. „Sieh mal, ich habe ein paar Sachen mitgebracht, mit denen du dir die Langeweile vertreiben kannst, während du hier bist – wenn es dir wieder ein bisschen besser geht."

„Danke", sagte er.

„Annie, Mark und Rick wollen dich besuchen, sobald es geht", sagte sie. „Wäre dir das recht?"

Er nickte.

Als sie den schwachen kleinen Jungen dort liegen sah, angeschlossen an einen Kompressor und einen Monitor, der seinen Puls hörbar machte, da wusste sie nicht, wie sie die Tränen zurückhalten sollte, die jeden Augenblick hervorzuquellen drohten.

„Was macht dein Kampf mit der Schulbehörde?", erkundigte sich Brenda. Cathy war klar, dass Brenda mal etwas anderes reden wollte als über Josephs Herz.

„Na ja, es geht voran. Aber ehrlich gesagt, manchmal frage ich mich schon, ob das nicht alles umsonst ist und ob ich nicht alles hinschmeißen sollte."

Brenda sah sie verblüfft an. „Du musst es wenigstens versuchen."

„Wozu? Niemand hört mir zu."

„Woher weißt du das?"

„Ich weiß es natürlich nicht sicher. Gestern Abend habe ich die Briefe abgeschickt mit der Einladung zu einem Diskussionsabend, wo wir einen Gedankenaustausch führen und das Problem diskutieren wollen. Dann können wir überlegen, wie wir der Schulbehörde entgegentreten können. Ich habe aber so ein komisches Gefühl. Ich werde mir ziemlich blöd vorkommen, wenn niemand erscheint."

„Wie viele Briefe hast du abgeschickt?"

„Hunderte", sagte sie. „Du glaubst nicht, was das für eine Arbeit war. Wenn dann keiner kommt, gebe ich sicher auf. Vielleicht lohnt sich der Kampf ja gar nicht." Sie sah auf Joseph herab, der schon wieder mit geschlossenen Augen dalag.

„Natürlich lohnt es sich", sagte Brenda, und ihre Blicke trafen sich über ihren Mundschutz hinweg. „Ich habe in der letzten Zeit viel darüber nachgedacht. Bald ist der Sommer vorüber, und ich werde hier noch geraume Zeit bei Joseph bleiben, sofern kein Herz kommt. Und selbst wenn er eins bekommt, braucht er noch jede Menge Fürsorge und Zuwendung. Ich habe auch viel über meine anderen Kinder nachgedacht."

Joseph hatte wieder die Augen geöffnet, und er hörte offenbar zu.

„Ich werde das kommende Schuljahr gar nicht zu Hause unterrichten können", sagte sie. „Ich kann mich nur schwer durchringen, meine Kinder in die staatliche Schule zu geben. Eine christliche Schule werden wir uns aber nicht leisten können. Es wird uns deshalb nichts anderes übrig bleiben."

„Das verstehe ich gut", sagte Cathy. „Es muss dir schwer fallen, deine Kinder loszulassen, wo du immer so engagiert warst."

„Ich *bin* es immer noch. Und sobald es Joseph besser geht, werde ich wieder zu Hause unterrichten. Deshalb, Cathy, um all der Menschen willen, die bei der Wahl der Schule keine Alternative haben – gib nicht auf. Eltern haben ein Recht darauf, zu wissen, womit ihre Kinder in der Schule konfrontiert werden. Sie haben ein Recht darauf, ihre Zustimmung zu erteilen, wenn Filme und Videos gezeigt werden oder wenn ihnen irgendetwas dort in die Hand gedrückt wird. Ich weiß nicht, warum du es bist, die diesen Ruf zum Handeln bekommen hat. Aber ich bin überzeugt, dass Gott dich beauftragt, die Dinge zurechtzurücken. Wir dürfen die staatlichen Schulen nicht einem Wertesystem überlassen, das nichts taugt."

„Das habe ich mir auch schon ein paarmal gesagt", entgegnete Cathy.

„Dann gib auch bitte nicht auf. Stiehl dich nicht aus der Verantwortung. Wir brauchen dich!"

Cathy seufzte tief. „Nun, ich denke, wenn du hier diese Schlacht schlagen kannst, dann kann ich auch meine schlagen. Es ist das wenigste, was ich tun kann."

„Es ist viel! Und ich schätze es sehr. Und wenn ich nicht hier sein müsste, wäre ich auf deiner Veranstaltung."

„Na gut, es soll der Kampf meines Lebens werden – für dich und deine Kinder und auch für meine, selbst wenn sie es im Augenblick nicht schätzen."

* * *

Die Sitzung des Elternbeirats war dann allerdings nicht das wichtigste Thema an jenem Abend, an dem sich die Familien vom Zedernring in Sylvias Haus trafen, um zu beratschlagen, wie man Geld für Joseph sammeln könnte. Cathy bestand darauf, dass Rick,

Mark und Annie sie begleiteten. Vielleicht konnten ja auch sie etwas beitragen. Annie behauptete zwar, eine Verabredung zu haben, die sie aber auf Cathys Geheiß absagen musste. Murrend gab sie nach, wobei sie sich vornahm, ihrer Mutter den Abend zu verderben. Mark jammerte, dass er eine Online-Verabredung mit einem Chatpartner verpassen würde. Doch auch er durfte sich nicht drükken. Rick war der Einzige, der bereitwillig mitging. Und auf dem Weg hielt er seinen Geschwistern einen Vortrag über die Ungehörigkeit, Müttern das Leben so schwer zu machen.

Bevor sie das Haus betraten, ermahnte Cathy ihre Kinder noch einmal: „Benehmt euch ja anständig. Es liegt euch doch auch am Herzen, dass Joseph wieder gesund wird."

„Ja, ja, ja", leierte Annie. „Wir benehmen uns, wie *wir* wollen."

„Halt jetzt endlich deinen Rand, Annie", sagte Rick. „Macht endlich mal, was Mutti sagt."

„Mutti, ich muss mir diese ewige Bevormunderei nicht bieten lassen. Beschütze mich endlich davor. Rick ist im Moment nur so schleimig zu dir, weil er dir wieder irgendwas aus der Tasche leiern will – wahrscheinlich Geld."

„Geld?", fragte Mark. „Bekommen wir Geld, wenn wir mitmachen?"

Cathy stöhnte laut. „Nein, ihr kriegt natürlich kein Geld. Ihr tut das, weil euch Joseph etwas bedeutet – aus keinem anderen Grund. Und wenn ihr mich heute abend in eine peinliche Situation bringt, dann werdet ihr es bereuen. Habt ihr verstanden?"

Annie schlug die Hacken zusammen. Aber Cathy war ganz stolz darauf, wie gelassen sie reagierte und einfach an der Haustür läutete.

Sie hatten sich alle um Sylvias Esstisch versammelt und kamen auch sehr schnell auf Josephs Krankheit zu sprechen. Sylvia sagte: „Zunächst einmal habe ich Joseph auf die Gebetsliste in meiner und Brendas Gemeinde gesetzt. Und ich hoffe sehr, dass sich dort ein paar Familien angesprochen fühlen und finanziell helfen werden. Ein paar kleine Spenden werden jedoch nicht reichen."

„Was können wir sonst noch tun?", fragte Tory.

„Ich habe eine Idee für dich, Tory", sagte Sylvia. „Du bist Schriftstellerin. Du könntest deine Begabung einsetzen."

„Und wie?"

„Briefe. Schreib Briefe an jede Gemeinde, deren Adresse du ausfindig machst. Bitte um Spenden. Harry und ich werden morgen ein Spendenkonto bei der Bank einrichten. David soll der Verwalter sein. Alles Geld, was einkommt, wird direkt auf dieses Konto gehen. Du kannst das, Tory. Ich habe gelesen, was du geschrieben hast. Berichte von Joseph. Appelliere an ihr Mitgefühl als Eltern. Berichte von der Familiensituation. Da wird bestimmt Geld kommen."

Man sah es Tory an, dass sie sich unwohl bei dem Gedanken fühlte. „Sylvia, es muss für mich noch etwas anderes ..."

Sylvia lehnte sich vor. Sie wollte keine endlosen Diskussionen dulden. „Tory, wenn du jetzt mit der alten Leier anfängst, du hättest das Schreiben aufgegeben usw., dann komme ich rüber und schüttle dich."

Tory grinste. „Entschuldige. Ich schreibe die Briefe schon."

„Ich habe auch eine Idee", sagte Cathy und sah dabei ihre Kinder an. „Eigentlich war es ja Ricks Idee."

„Prima", sagte Sylvia. „Lass hören."

Statt Cathy ergriff Rick das Wort: „Also, wir haben uns gedacht, man könnte hier eine Art Tierjahrmarkt aufmachen. Man könnte Ponyreiten und so was anbieten. Mutti könnte als Tierärztin die mitgebrachten Lieblinge einem Gesundheitscheck unterziehen. Annie und Mark könnten ein Hundebad einrichten, und ich könnte die Besitzer mit ihren Tieren ablichten, denn ich verstehe mich aufs Fotografieren."

Sylvias Augen leuchteten, und sie sah Tory und Cathy fröhlich an.

Annie begann, eine Haarsträhne um den Finger zu wickeln. „Es war eigentlich auch meine Idee", warf sie ein. „Ich dachte an einen Streichelzoo."

„Ja", mischte sich Mark ein, „wir könnten Muttis Kunden fragen, ob sie Tiere zur Verfügung stellen, damit kleine Kinder sie streicheln können. Wir hätten dann Küken, Welpen und Kätzchen, vielleicht auch Lämmer und ein paar kleine Strauße ..."

„Das würde sicher nicht das große Geld bringen", meinte Cathy, „aber immerhin etwas. Der größte Vorteil aber wäre, wenn wir Aufmerksamkeit in der Gegend erregen und eine größere Zahl von Menschen solidarisieren. Wir machen die Menschen auf unser Anliegen aufmerksam, und dabei könnten auch größere Spenden einkommen."

„Ich glaube jedenfalls, dass das eine großartige Idee ist", sagte Sylvia.

„Wann könntet ihr anfangen?"

„Wir brauchen natürlich etwas Zeit, um alles auf die Beine zu stellen", sagte Cathy. „Ich habe an unseren Nationalfeiertag am 4. Juli gedacht."

„Hört sich gut an. Lasst uns das so planen. Und wo wollen wir alles einrichten und aufbauen?"

„Das ist natürlich ein Problem", sagte Cathy. „Zuerst dachte ich an den leeren Platz zwischen Torys und Brendas Haus. Aber ich glaube nicht, dass der ausreichen wird. Und wir brauchen sicher auch einen zentraleren Ort, wo die Leute es schon im Vorübergehen sehen und stehen bleiben. Wenn die Leute zu große Umwege machen müssen, kommen sie möglicherweise nicht."

„Wir könnten es bei meiner Gemeinde machen", sagte Sylvia. „Uns steht neben der Kapelle ein großes Gelände zur Verfügung. Wenn wir dort etwas tun, fällt es bestimmt auf."

„Glaubst du, man wird es uns gestatten?", fragte Cathy. „Ich meine, ich bin dort nicht Mitglied und ich benutze den Versammlungsraum schon diese Woche für meine Veranstaltung. Und nun bitte ich auch noch um die Wiese."

„Eine Gemeinde ist da, um Menschen zu dienen", sagte Sylvia. „Und du willst das auch tun. Was sollten sie dagegen haben?"

„Na gut. Wir versprechen auch, hinterher wieder alles in Ordnung zu bringen", erklärte Cathy.

„In der Zwischenzeit werde ich so viele Firmen wie möglich aufsuchen und mit ihren Chefs sprechen. Vielleicht findet ja doch der eine oder andere eine Spendenbescheinigung fürs Finanzamt ganz nützlich."

„Tolle Idee", raunte Tory.

„Okay, nun hat jeder von uns eine Aufgabe. Packen wir's an", sagte Cathy.

„Einen Moment, ich habe noch etwas auf dem Herzen", meldete sich noch einmal Sylvia zu Wort, während sie die Mappe schloss, in der sich ihre Notizen befanden. Sie blickte in die Runde und sagte dann: „Auch ihr könntet Organspender werden."

„Organspender?", fragte Mark. „Was ist das?"

Cathy legte die Hand auf die Schulter ihres Sohnes und antwortete: „Man unterschreibt eine Karte, auf der steht, dass man seine Organe für Menschen wie Joseph zur Verfügung stellt, falls man stirbt."

„Abartig!", rief Annie. „Warum sollte man denn so was tun?"

„Um das Leben eines Menschen zu retten", antwortete Sylvia. „Warum findest du das abartig?"

„Weil ..." Sie sah etwas hilflos zu ihrer Mutter hinüber. „Die versuchen dich sicher nicht zu retten, wenn jemand deine Niere oder irgendetwas anderes braucht ..."

„Das stimmt nicht", unterbrach Sylvia sie etwas schroff. „Das Ärzteteam, dass nach einem Unfall mit dir beschäftigt wäre, hat mit der Transplantation überhaupt nichts zu tun. Erst wenn du gestorben bist, nehmen sie Kontakt zu Angehörigen auf und fragen nach der Möglichkeit einer Organspende. Ein Transplantationsteam wird erst nach der Rücksprache mit den Angehörigen und deren Zustimmung hinzugezogen."

„Ich würde es dennoch nicht tun", sagte Annie trotzig.

Sylvia seufzte. „Und was wäre, wenn deine Mutter vielleicht mal eine Leber brauchte? Falls sie im Sterben liegen würde und eine Transplantation die einzige Möglichkeit zur Rettung ihres Lebens wäre? Würdest du es dann anders sehen?"

Kleinlaut antwortete Annie: „Das weiß ich nicht."

„Ich möchte dich nicht zu etwas überreden", sagte Sylvia. „Joseph aber wird sterben, wenn er kein Spenderherz bekommt. Jeden

Tag sterben in unserem Land neun Menschen wie Joseph, während sie auf ein Organ warten."

Für einen Augenblick sagte keiner ein Wort, bis Tory das Schweigen brach: „Barry und ich haben darüber gesprochen, als wir heirateten. Und wir entschlossen uns, keinen Spenderausweis zu unterschreiben. Wir meinten damals, dass es dem Zurückbleibenden unendlich wehtun würde. Aber ich habe bisher auch noch niemand persönlich gekannt, der ein Organ brauchte. Wenn es Britty oder Spencer wären, die eins brauchen würden ..." Sie konnte nicht mehr weiterreden, weil ihr die Stimme versagte. Nach einer kurzen Pause fragte sie dann: „Was muss ich tun?"

„Du musst einen Organspendeausweis unterschreiben und ihn immer mit dir führen."

Darauf zog Cathy ihren Ausweis hervor und zeigte ihn herum. „Ich habe das schon getan. Seht ihr, Kinder? Jetzt wisst ihr, dass ich Organe spende, wenn es mal sein sollte."

Annie und Mark fanden das gar nicht lustig, während Rick verkündete: „Ich werde das auch machen."

„Ich bin stolz auf dich", sagte Cathy so emotionslos wie möglich. „Sylvia, wir könnten doch für Organspendeausweise auf eurem Tierjahrmarkt werben. Lassen wir sie dort gleich unterschreiben. Wenn wir die Menschen erst einmal angesprochen haben, sollen sie auch gleich Nägel mit Köpfen machen können."

Sylvia schrieb eifrig Notizen in ihre Unterlagen. „Tolle Idee. Ich denke, wir haben alle Voraussetzungen für einen guten Start. Sie blickte einen nach dem anderen an – Cathy, Tory, Mark, Rick und Annie. „Ich finde es großartig, dass ihr alle helfen wollt. Aber besonders freue ich mich, dass gerade die jungen Leute so bereitwillig mitmachen."

Cathys drei Kinder sahen sich verlegen an, und Annie versteckte ihre Grimasse hinter der vorgehaltenen Hand.

„Wisst ihr was? Wenn wir schon hier so versammelt sind, können wir auch gleich für Joseph beten", schlug Sylvia vor.

„Also ... ich muss jetzt gehen", sagte Annie. „Ich habe ja noch meine ... etwas vor."

Cathy warf ihr einen wütenden Blick zu.

„Ich auch", rief Mark. „Auf mich warten Leute im Internet."

„Die können warten", sagte Cathy streng. „Wir beten jetzt erst zusammen."

Murrend neigten die jungen Leute ihre Köpfe mit den anderen, und Sylvia begann zu beten. Während Cathy ihren Worten lauschte, wurde ihr auf einmal bewusst, dass an der Sache mit dem Gebet doch mehr dran sein musste, als sie immer gedacht hatte. Menschen wie Sylvia redeten mit Gott wie mit einem guten Freund, der anwesend zu sein schien. Cathy war das alles ziemlich fremd. Doch in diesem Augenblick, da ihre Freundin und Ratgeberin für Joseph bei Gott vorsprach, wollte sie einfach nur glauben.

* * *

Am späten Abend, nachdem sie mit Barry noch über das Thema Organspende diskutiert hatte, konnte Tory nicht einschlafen. Schließlich stand sie auf, ging zu ihrem Computer und schaltete ihn ein. Sie hatte ihn nicht angerührt, seit ihr jenes andere Buch in der Bibliothek in die Hände gefallen war. Nun, da der Computer schrittweise seine Arbeit aufnahm und der Cursor anfing zu blinken, musste sie gegen das nagende Gefühl ankämpfen, auf der ganzen Linie versagt zu haben.

Gab es nicht doch noch Wichtigeres als ihre eigene Erfüllung und Erbauung? Josephs Leben stand auf dem Spiel, und da gab es Menschen, die glaubten, sie habe genug Talent, um irgendetwas dagegen zu unternehmen.

Sie dachte eine Weile darüber nach, was sie den Gemeinden schreiben könnte, so dass Menschen dadurch angesprochen wurden. Und als ihre Finger Worte und Sätze zu bilden begannen, empfand sie es als große Befreiung, sich nicht über Verkaufszahlen, Anerkennung und Ruhm Gedanken machen zu müssen. Sie schrieb sich einfach die Geschichte eines kleinen Jungen vom Herzen, dessen eigenes Herz zu versagen begann. Sie erzählte von einem Jungen, der dringend ein neues Herz brauchte, es sich aber nicht leisten konnte, und dessen Familie alles tun wollte, um ihm zu helfen. Zum Schluss ließ sie den Leser wissen, wie sehr die Eltern auf die finanzielle Hilfe bereitwilliger Mitmenschen angewiesen waren.

Um drei Uhr war sie mit dem Entwurf fertig. Für den Anfang druckte sie hundert Kopien aus, und sie entschloss sich, sie morgen zu adressieren.

Als sie wieder in ihr Bett kroch, hatte sie das wohlige Gefühl, etwas geleistet zu haben. Sie hatte etwas getan, was keiner in ihrer Nachbarschaft leisten konnte. Bald würde der Morgen dämmern, und sie musste damit rechnen, am nächsten Tag alles sehr gemächlich angehen zu können. Aber das machte nichts. Das Wissen, dass ihre Briefe auf dem Weg zu Menschen waren, die helfen konnten, würde ihr sicher zu einer Kraftquelle werden.

28. Kapitel

Bis Donnerstagabend war Cathy überzeugt, dass der kleine Versammlungsraum in Sylvias Gemeinde brechend voll mit Eltern sein würde, denen die gute Erziehung ihrer Kinder am Herzen lag. Sie hatte sogar den Brief von Tory vervielfältigt und sich vorgenommen, ihn zu verteilen.

Schon eine halbe Stunde vor Veranstaltungsbeginn war sie in der Gemeinde und versuchte, ihre Gedanken zu ordnen. Eine Viertelstunde vorher hatte sich noch kein einziger früher Vogel in das Gebäude verirrt. Fünf Minuten vor dem Termin sah Cathy auf die Uhr, und sie drohte in Panik zu geraten.

Um Punkt sieben kamen zwei Frauen zur Tür herein. „Entschuldigen Sie ... ist hier die Veranstaltung wegen der Schulpolitik?"

„Da sind Sie genau richtig", sagte Cathy etwas übertrieben euphorisch. „Kommen Sie herein."

Die beiden Frauen traten näher und sahen sich irritiert um.

„Wo sind denn die Leute?"

„Ich fürchte, Sie sind die ersten."

„Tatsächlich? Es ist sonst niemand gekommen?"

Sie mochte es gar nicht zugeben. „Nun, ich habe noch nicht aufgegeben. Sie kennen das ja. Man sagt 19 Uhr, und die Leute kommen alle eine Viertelstunde später. Und weil es eine Veranstaltung im Gemeindezentrum der Baptisten ist, glauben sicher viele, bevor man zur Sache komme, werde es eh noch Kaffee und Kekse geben. Da müssen wir noch ein paar Minuten Geduld aufbringen."

Die beiden Frauen nickten, sahen aber nicht so aus, als seien sie überzeugt worden. Vielmehr war ihnen anzumerken, dass sie am liebsten aus dem Toilettenfenster entkommen wären. Eine peinliche Stille lag über dem Raum, als sie sich irgendwo setzten, und Cathy versuchte die Anspannung zu überbrücken, indem sie eifrig ihre Papiere immer wieder zu ordnen vorgab. Plötzlich waren wieder Schritte zu hören. In den Saal trat ein gut aussehender Mann. „Seien Sie willkommen. Mein Name ist Cathy Flaherty." Ihre Stimme hallte in dem fast leeren Raum. „Wollen Sie auch zu der Schulveranstaltung?"

„Eigentlich schon", sagte er und blieb abwartend in der Tür stehen. „Bin ich hier richtig?"

„Das sind Sie", antwortete Cathy.

Er ging auf sie zu und reichte ihr die Hand. „Steve Bennett", sagte er. „Ich habe Ihren Brief bekommen, und er hat mich wütend gemacht. Ich war mir nicht sicher, ob ich überhaupt kommen sollte, denn ich habe nur eine Tochter, und die ist noch in der Grundschule. Aber immerhin, schon in ein paar Jahren ist sie sicher auch betroffen."

„Jeder ist willkommen", sagte Cathy, „auch Leute, die gar keine Kinder haben. Wir alle zahlen Steuern für diese Schulen. Kommt Ihre Frau auch noch?"

Er schüttelte den Kopf, während er sich setzte. Und dann sagte er, ein wenig errötend: „Meine Frau lebt nicht mehr. Ich erziehe meine Tracy schon drei Jahre allein."

„Oh, das tut mir Leid." Sie hätte sich am liebsten selbst geohrfeigt, denn in seinem Gesicht konnte sie lesen, dass er den Tod noch nicht ganz überwunden hatte. „Ich freue mich jedenfalls sehr, dass Sie gekommen sind. Ich hatte sehr gehofft, dass nicht nur Mütter kommen." Sie sah zu den beiden Frauen hinüber und fügte dann schnell hinzu: „Ich habe natürlich nichts gegen Mütter. Ich ... ich bin ja schließlich auch eine. Ich meinte nur ..."

Sie verstummte, als ihr bewusst wurde, was für einen Unsinn sie da redete. Jetzt waren Stimmen zu hören, und sechs weitere Zuhörer kamen hereingeschlendert. Sie bemühte sich, sie ein wenig intelligenter zu begrüßen. Zwanzig Minuten nach dem verabredeten Termin war sie der Meinung, dass nun wohl alle da waren, die kommen wollten. Zehn Personen waren schließlich erschienen.

Das Mikrofon, das sie extra aufgestellt hatte, links liegen lassend, setze sie sich auf einen Stuhl und begann zu erzählen, wie sie das Kondom in der Hosentasche ihres Sohnes gefunden hatte. Sie erzählte von ihrer Begegnung mit dem Rektor und von der Trägheit der Schulbehörde. Und alle Anwesenden hörten aufmerksam zu.

„Ich bin keine begnadete Rednerin", gestand sie ein. „Normalerweise habe ich es lediglich mit Tieren und Teenagern zu tun. Meine Absicht für heute Abend aber war, die Eltern dieser Gegend darüber zu informieren, was man unseren Kindern in der Schule alles beibringt. Ich hoffte, viele von Ihnen so aufzurütteln, dass wir zum Beginn des Schuljahres möglichst zahlreich bei der Schulaufsichtsbehörde in Erscheinung treten können." Sie sah die leeren Stuhlreihen und musste lachen. „Soweit dies bei dieser Teilnehmerzahl überhaupt möglich ist", ergänzte sie kleinlaut. „Ich hoffe, dass wir dennoch dort wahrgenommen werden. Und das Mindeste, was wir erwarten können, ist, dass wir die Gelegenheit bekommen, die Videos zu sehen, die sie unseren Kindern gezeigt haben bzw. zeigen wollen. Wir wollen das Lehrmaterial begutachten und das Recht einfordern, erst gefragt zu werden, bevor sie unseren Kindern irgendwelche Dinge in die Hand drücken. Irgendwo muss ja die Grenze gezogen werden."

Die anderen Eltern stimmten zu, und Cathy fühlte sich ein bisschen bestätigt. „Damit wir etwas erreichen, müssen Sie mit möglichst vielen Menschen darüber sprechen. Ich habe diese Briefe an so viele Menschen verschickt. Aber Sie wissen ja, wie das ist: Der Briefkasten ist immer voll, und wenn der Absender unbekannt ist, werfen wir so manche Sendung ungeöffnet fort. Wir müssen aber dafür sorgen, dass wir gehört werden und dass möglichst viele von uns im September bei der Schulbehörde vorsprechen. Wir müssen dort klarmachen, dass wir uns mit der gegebenen Situation nicht abfinden werden und dass sie das Thema nicht vom Tisch bekommen, solange sich nichts ändert. Wir müssen unsere Kinder schützen."

Sie war überrascht, so viel Applaus von der kleinen Gruppe zu bekommen. Als er endlich abflaute, fuhr sie fort: „Ich weiß, dass die Zahl der Anwesenden heute Abend nicht repräsentativ für die wirkliche Zahl derjenigen Eltern ist, denen das Wohl ihrer Kinder am Herzen liegt. Wir leben halt in einer Gesellschaft der ständig beschäftigten Menschen, und viele Eltern werden sich heute Abend dafür entschieden haben, bei ihren Kindern zu bleiben, statt über sie zu reden. Ich will hier also niemanden verurteilen. Auch ich habe schließlich schon so manche Veranstaltung sausen lassen. Ich wäre Ihnen also dankbar, wenn Sie diese Botschaft mit nach Hause nähmen und wir uns am 16. September bei der Sitzung des Elternbeirats sehen würden, damit man dort endlich begreift, was unser Anliegen ist."

Als das Schlusswort gesprochen war und die Zuhörer aufzubrechen begannen, hatte Cathy das Gefühl, dass die Veranstaltung trotz der geringen Beteiligung ein Erfolg war. An der Tür verteilte sie noch Handzettel, die über Joseph und sein Schicksal informierten. Steve Bennett blieb noch zurück, um Cathy zu helfen, die Pappteller und Plastikbecher einzusammeln, die liegen gelassen worden waren.

„Wissen Sie was? Mein Mädchen spielt Fußball", erzählte er. „Ich werde einen Text entwerfen und ihn bei den Spielen den Eltern ihrer Kameradinnen überreichen. Geben Sie mir doch auch noch ein paar Faltblätter für Ihre Transplantation da. Die werde ich dann auch noch austeilen."

„Tolle Idee", sagte sie und gab ihm zwei Stapel. „Ich wäre nie darauf gekommen, Sie darum zu bitten."

Sie sah ihn sich zum ersten Mal richtig an. Sein Haar war viel zu kurz geschnitten und seine Haut sah zerfurcht aus, als würde er ständig an der frischen Luft arbeiten. Doch er hatte ein freundliches Gesicht. „Ich finde es großartig, dass Sie uns die Augen geöffnet haben", sagte er. „Ich hätte sonst wahrscheinlich nie davon erfahren. Ich habe immer versucht, meine Tochter zu schützen. Ich kann deshalb den Gedanken nicht ertragen, dass diese sogenannten Pädagogen alles mit ihr anstellen können, sobald sie sich in ihren Klauen befindet."

„So sehe ich das auch", sagte sie. „Es ist verrückt, nicht wahr?"

„Darf ich Ihnen tragen helfen und ein paar Sachen zum Auto bringen?"

Ein richtiger Kavalier, dachte sie. Da gab es doch noch einen Vater, dem das Wohl seines Kindes am Herzen lag. Was für ein Wunder – heutzutage. Auf dem Weg zum Auto blickte sie ihn verstohlen von der Seite an. Sie fragte sich, welche Macken *er* haben würde. Irgendeine hatte er bestimmt. Männer haben alle eine. Es gelingt ihnen aber ziemlich perfekt, sie zunächst vor den Frauen zu verbergen.

Als er ihr Material im Auto abgelegt hatte, reichte er ihr die Hand. „Es war schön, Sie kennen gelernt zu haben, Cathy." Er schien dies ohne Hintergedanken zu sagen. Cathy war erleichtert. Endlich mal kein billiger Versuch, einen Flirt zu beginnen.

„Ganz meinerseits, Steve. Und danke fürs Kommen. Ich habe mich sehr darüber gefreut."

Sie stieg ins Auto, verriegelte die Türen und beobachtete, wie er zu einem Kleinlaster ging, der offenbar erst ein paar Jahre alt zu sein schien. Das war wenigstens kein Sportflitzer für die Midlife-Crisis. Wieder war Cathy irgendwie erleichtert. Und schon fragte „Sie sich, ob er wohl viele Frauenbekanntschaften hatte. Doch schnell verabschiedete sie sich wieder von diesen Gedanken, hatte sie sich doch geschworen, sich nie wieder mit Männern zu treffen.

29. Kapitel

Am Sonntagmorgen nahmen Tory und Barry die Kinder der Dodds mit in ihre Gemeinde. Brenda war dankbar für das Angebot, denn David wollte mit Frau und Sohn im Krankenhaus sein. Er war nicht dazu zu bewegen gewesen, mit in die Gemeinde zu gehen. Diese brüske Art, mit der er sich geäußert hatte, passte irgendwie gar nicht zu David, der sonst eher freundlich und zugänglich war. Seine Abneigung gegen die Kirche schien etwas Irrationales zu haben und zu seinem sonst sanften Charakter nicht zu passen.

Brittany und Spencer waren ganz aus dem Häuschen, als sie die etwas älteren Nachbarskinder abholten. „Daniel soll mit mir in die Sonntagsschule gehen", sagte Spencer.

„Er ist aber schon ein bisschen alt für deine Gruppe, Spencer", sagte Barry. „Zwölfjährige dürfen normalerweise nicht in die Gruppe der Vorschulkinder."

Daniel lächelte ihn etwas gezwungen an. „Tja, ich muss *leider* in meine eigene Gruppe."

„Und Leah und Rachel?", wollte Brittany wissen. „Können sie in meine Gruppe kommen?"

„Nein, jeder geht schön in seine eigene Gruppe", sagte Tory. „Ist das okay?"

Später, als die Dodd-Kinder die Sonntagsschule überstanden hatten, saßen sie mit den Großen im Hauptgottesdienst. Gelegentlich sah Tory die Reihe entlang. Ihre zwei hatten noch Material von der Sonntagsschule und waren damit beschäftigt. Die drei Dodds aber saßen gelangweilt in der Bank und warteten mißmutig, dass der Prediger zum Schluß kam. Auch Barry drohte einzunicken, und Tory puffte ihn in die Seite. „Wach auf!", raunte sie. „Das ist kein gutes Vorbild."

Nach dem Gottesdienst wurden Daniel, Leah und Rachel zum Krankenhaus gebracht, denn sie sollten mit ihren Eltern dort etwas essen. Barry wartete in der Halle mit Brittany und Spencer, während Tory die Kinder nach oben brachte.

Dort wurden sie von ihren Eltern herzlich begrüßt, umarmt und geküsst, als hätten sie sie eine ganze Woche nicht gesehen. Brenda wandte sich Tory zu und sagte: „Ist aber lieb, dass ihr sie mit in den Gottesdienst genommen habt. Ich weiß gar nicht, was ich ohne euch getan hätte."

„Kein Problem", antwortete Tory, die aus Angst, Keime einzuschleppen, an der Tür stehen geblieben war, obwohl sie doch Mundschutz und Kittel trug. „Wie geht es dir, Joseph?", fragte sie.

„Gut."

Es stimmte sicher nicht, aber seine Antwort überraschte sie nicht, es war eben Brendas Sohn. Auch er machte tapfer gute Miene zum bösen Spiel.

„Er blüht wieder richtig auf", sagte Brenda, während sie an sein Bett trat und ihm mit den Fingern durch die verschwitzten Haare fuhr. „Er erträgt alles bemerkenswert tapfer. Andere Kinder würden jammern und Theater machen. Er aber ist wirklich unwahrscheinlich brav. Es ist kein bisschen stressig, die ganze Zeit bei ihm zu sein. So, Kinder, und wie war der Gottesdienst in Torys Gemeinde?"

„Ganz gut", murmelte Daniel ohne allzu viel Begeisterung.

„Habt ihr neue Freunde gefunden?"

„Nö."

„Es war ganz schön langweilig", platzte Rachel heraus.

„Na, so schlimm wird es schon nicht gewesen sein." Brenda sah Tory verlegen an. Und Tory grinste zurück.

„Mutti, kannst du uns nicht zum Abendgottesdienst fahren", wollte Rachel wissen. „Wir proben doch gerade das Musical, und ich singe am nächsten Sonntag ein Solo. Wenn ich heute Abend nicht hingehe, nimmt man es mir wieder weg."

„Und ich und Daniel haben Sprechrollen, deshalb ..."

„Daniel und *ich*!", korrigierte Brenda ihre Tochter.

Joseph mischte sich ein: „Ich hatte auch eine Rolle. Ich falle schon aus, und wenn alle anderen von uns auch noch ausfallen, dann müssen sie alles abblasen."

„Wir können die anderen doch nicht im Stich lassen", jammerte

Rachel. „Mutti, bitte! Oder Papa, kannst du uns nicht vorbeibringen?"

„Nein, ich muss hier bleiben."

Tory war klar, wie verzwickt Brendas Lage war. Sie wollte Joseph einfach noch nicht allein lassen.

„Pass mal auf", sagte Tory, „wenn die Kinder unbedingt heute Abend gehen wollen, dann kann ich sie ja begleiten. Es würde mir überhaupt nichts ausmachen - wirklich."

Brenda schüttelte den Kopf. „Tory, du hast schon so viel für uns getan."

„Wo ist das Problem? Ich bringe sie zur Probe hin und komme dann zum Gottesdienst wieder. Und hinterher bringe ich sie nach Hause."

„Das rechne ich dir hoch an, Tory."

Doch ihre Freundin winkte ab. „Also, Leute, wann müsst ihr da sein?"

„Um halb fünf", sagte Daniel und seine Augen leuchteten.

„Gut, dann hole ich euch um Viertel nach vier ab und bringe euch rüber."

Schließlich mischte sich David doch noch ein: „Das ist nun wirklich nicht nötig, Tory. Ich bringe sie zur Gemeinde. Du müsstest dann nur zum Gottesdienst gehen und sie nachher mitbringen."

„Das geht auch." Tory wusste natürlich ganz genau, wie wichtig es Brenda gewesen wäre, wenn David statt ihrer am Gottesdienst teilgenommen hätte. Ob er wohl kommen würde, um seine Kinder beim Musical zu sehen? Sie konnte sich nicht vorstellen, dass ein so hingebungsvoller Vater wie David solch eine Gelegenheit verstreichen ließ.

* * *

Brendas Gemeinde war in einem Haus untergebracht, dass keinerlei architektonische Besonderheiten aufwies. Drinnen waren 25 Stuhlreihen aufgestellt, die in der Mitte durch einen Gang geteilt wurden. Das Licht fiel durch klare Fensterscheiben in den Raum, und an der Stirnwand hing ein schlichtes Holzkreuz. Das alles unterschied sich erheblich von der üppigen Ausstattung der Gemeinde von Tory und Barry. Dort hatte man einen Schuldenberg, bunte Scheiben und einen Altarraum, auf den alle stolz waren. Tory, Barry und die Kinder schlüpften schnell kurz vor dem Gottesdienstbeginn in eine der letzten Stuhlreihen. Als Leah und Rachel sie entdeckten, liefen sie schnell, um sich in die nächste Reihe zu setzen. Daniel, der bei den Jugendlichen vorn saß, winkte ihnen zu.

Man begann den Gottesdienst mit Anbetungsmusik. Die Gemeinde klatschte und sang dazu ganz ungezwungen. Tory sah die strahlenden Gesichter all derer, die um sie herum sangen und Gott priesen. In ihrer eigenen Gemeinde ging alles viel gesetzter und ehrerbietiger zu, und sie wusste nicht recht, wie sie sich zu dieser unbekannten Form der Anbetung stellen sollte. Brittany und Spencer waren auch aufgestanden und sangen freudig mit, statt, wie sie es gewohnt waren, artig auf ihren Stühlen zu sitzen und Bilder auszumalen.

Der Prediger, der offenbar weniger akademisch ausgebildet war und nicht so adrett daherkam wie ihr eigener Pastor, begann mit der Verkündigung. Aber das, was er sagte, hatte Substanz, und seine Worte trafen mitten ins Herz. Selbst Barry wurde diesmal nicht von Schläfrigkeit geplagt, denn was er da hörte, fesselte auch ihn. Die Predigt über das Weitergeben der Frohen Botschaft bedeutete ihnen gerade in diesem Augenblick so viel. Es war eine Botschaft, die direkt von Gott zu kommen schien und sie ganz persönlich herausforderte.

Nach dem Gottesdienst kamen viele auf die beiden Sullivans zu. Sie wurden mit Handschlag willkommen geheißen und man dankte ihnen, dass sie den Dodds so sehr zur Seite standen. Sie verließen auferbaut und fröhlich diesen Ort, statt schläfrig und gedrückt, wie sie es in ihrer eigenen Gemeinde so oft erlebt hatten.

Sie setzten die beiden Dodds vor ihrem Haus ab, wo David schon wartete. Und als sie auf ihr eigenes Grundstück fuhren, sagte Tory lächelnd: „Das hat irgendwie richtig Spaß gemacht. Fandest du nicht auch?“

„Stimmt, das war sehr schön."

„Mir war so, als hätte er nur für mich gepredigt."

„Kann nicht sein", sagte Barry und grinste dabei. „Er hat die Predigt auch für mich gehalten."

Sie musste lachen. „Offenbar war der Heilige Geist dort mächtig aktiv. Da verwundert es kaum, dass Brenda so ist, wie sie ist."

„Wie ist sie denn?", wollte Barry wissen.

„Ich weiß auch nicht so richtig. Man spürt, dass sie irgendetwas von diesem Geist mit in den Alltag nimmt und mit Gott im Reinen ist."

„In dieser Gemeinde muss man das einfach sein."

Zu Hause angekommen, war Tory erst einmal sehr beschäftigt. Schließlich mussten die Kinder gebadet und ins Bett gebracht werden.

Als sie sich dann später selbst fürs Bett fertig machte, hielt sie plötzlich inne und dachte nach. Sie sah zu Barry hinüber, der schon auf dem Bett lag und eine Zeitschrift las. Als habe er ihren Blick gespürt, sah er plötzlich auf. „Was ist los?"

Sie zuckte mit den Schultern. „Hast du eigentlich schon mal in Erwägung gezogen, die Gemeinde zu wechseln?"

Er schüttelte mit dem Kopf. „Der Gedanke konnte mir gar nicht kommen. Ich bin doch Diakon. Und Diakone machen sich nicht so einfach auf und davon."

„Warum eigentlich nicht?" Sanft berührte sie seine Füße. „Was spricht dagegen?"

Er ließ die Zeitschrift sinken und setzte sich auf. „Tory, wie kannst du so reden? Wir gehen in diese Gemeinde, seit wir verheiratet sind."

„Das weiß ich. Es ist nur so, dass ich dort noch nie die Kraft des Geistes so gespürt habe wie heute Abend."

„Ja, es war schön", stimmte er zu. „Aber in unserer Gemeinde beten wir eben anders Gott an. Das bedeutet nicht, dass der Heilige Geist dort weniger wirksam ist."

„Wie beten wir denn an?", fragte sie Barry. „Indem wir regelmäßig im Gottesdienst einschlafen? Indem wir unsere Kinder Bildchen malen lassen und von dem eigentlichen Geschehen abkoppeln? Indem wir unsere Lieder absingen und ständig auf die Uhr gucken, um zu sehen, wie lange wir noch durchhalten müssen?"

„Vielleicht ist unsere Anbetung nicht die Idealform", erwiderte Barry. „Vielleicht müssen wir daran arbeiten, der Anbetung einen wichtigeren Platz einzuräumen."

„Vielleicht, vielleicht." Mehr sagte sie nicht. Dafür kroch sie unter ihre Decke und dachte über alles nach, was sie heute erlebt hatte. Was hatte das alles zu bedeuten?

Am nächsten Morgen fragte Spencer beim Frühstück, ob sie wieder in diese Gemeinde gehen würden. „Ist denn unsere Gemeinde nicht auch gut?", fragte Tory.

„Doch, aber die andere Gemeinde ist toll."

„Was war denn so toll daran?"

Spencer dachte einen Augenblick nach. Schließlich gab Brittany die Antwort: „Ich fand die Lieder toll."

„Aber wir singen doch dieselben."

„Trotzdem wurden die da toller gesungen."

Tory lächelte. „Wurden sie! Vielleicht gehen wir auch noch mal hin."

„Können wir am Sonntag?", fragte Spencer. „Ihr Sonntagsschulraum ist cool. Und Leah sagt, Britty und ich wären in derselben Gruppe."

Tory wusste, dass das so war, denn weil die Gemeinde so klein war, wurden die Altersgruppen anders aufgeteilt. „Vielleicht gehen wir so lange hin, bis es Joseph besser geht und Brenda wieder ihre Kinder begleiten kann."

Sie wusste, dass Barry einverstanden sein würde, der Dodds wegen für eine Zeit die andere Gemeinde zu besuchen. Aber sie nahm sich vor, das Thema *Gemeindewechsel* nicht mehr anzusprechen. Barry hatte ja eigentlich Recht. Sie waren in ihrer eigenen Gemeinde aktiv und engagiert. Und deshalb sollten sie dort auch bleiben.

30. Kapitel

Sylvia hatte gehofft, der Besuch bei ihrer Bank am Montagmorgen werde gleich ein Erfolg. Doch als der Filialleiter mit der Begründung die Spende verweigerte, die Bank gebe prinzipiell nichts an Privatpersonen, war sie doch tief enttäuscht.

Aber sie ließ sich nicht beirren, ging zum Hauptkonkurrenten ihrer eigenen Bank und bot an, dort alle ihre Konten zu eröffnen, wenn man auf Josephs Spendenkonto etwas überweisen würde. Ihr Gesprächspartner meinte, man könne die Summe durchaus als Werbekosten deklarieren, aber sie müsse sich an eine höhere Stelle wenden, um ihr Anliegen vorzutragen, und die Entscheidung könne bis zu sechs Wochen auf sich warten lassen.

Irgendwie musste ihr die Zuversicht dabei abhanden gekommen sein, und offensichtlich wirkte sich das auch auf ihr Auftreten aus. Denn in der Chefetage wurde sie bereits von der Sekretärin abgewimmelt. Man habe keine Zeit, sie zu empfangen, hieß es dort.

Als sie sich schließlich entmutigt auf den Heimweg machte, taten ihr Kopf und Füße weh. Sie hatte durchaus zu hoffen gewagt, an einem Tag alles Geld zusammenzubringen, was die Dodds brauchten – und das alles nur durch ihre Entschlossenheit und Überzeugungskraft. Dass sie nun mit leeren Händen heimkam, hätte sie nie geglaubt.

Zu Hause angekommen, legte sie erst einmal ihr unbequemes Kostüm ab und warf die Pumps in die Ecke. Aber die Freizeitkleidung half lediglich, sich körperlich erleichtert zu fühlen. Seelisch war sie noch so bedrückt wie vorher. Schließlich ließ sie ihren Tränen freien Lauf, und sie kniete sich hin, um zu beten.

Sie bat Gott inbrünstig, auf ihrem Weg voranzugehen. Er möge für das Geld sorgen, denn sie selbst sei offenbar dazu nicht in der Lage.

Danach lief sie hinaus zu den Ställen, um nach ihren Pferden zu sehen. Ein junger Mann verdiente sich ein Taschengeld bei ihr. Dafür striegelte und fütterte er die Tiere und mistete den Stall aus.

Sunsstreak wieherte, als sie den Stall betrat. Sie ließ sich von ihr die Hände lecken, dann umklammerte sie ihren Hals und drückte ihn an sich.

„Sylvia!"

Von irgendwoher kam die Stimme, die sie rief. Sie schloss die Augen, denn sie wollte eigentlich mit niemandem reden. Sie war nicht in Stimmung, über ihr Versagen zu reden. Auch sollte niemand ihre verweinten Augen sehen.

„Sylvia!" Die Person kam näher. „Bist du da drin?"

Sylvia trat aus dem Stall heraus und sah Tory auf sich zukommen, die wieder perfekt frisiert und geschminkt war, trotz der brütenden Hitze. Sie erinnerte Sylvia an ihre brünette Barbiepuppe, und sie beneidete sie ein wenig. In ihren Shorts und dem lappigen T-Shirt fühlte sie sich unansehnlich, alt und nutzlos.

„Wie ist es gegangen?", fragte Tory. „Ich sah dich nach Hause kommen. Und jetzt bin ich schrecklich neugierig."

„Tja ... sagen wir, es war alles andere als ein durchschlagender Erfolg."

„Hast du etwa gar nichts bekommen?"

Sie seufzte. „Ich fürchte, es ist so, Tory."

„Na ja, morgen ist auch noch ein Tag", sagte Tory unerwartet optimistisch. Dann stutzte sie und sah etwas genauer hin. „Sylvia, geht es dir gut?"

„Nein, eigentlich nicht." Sie gingen ums Haus, damit Tory ihre Kinder besser beobachten konnte. Sylvia setzte sich missmutig auf ihren Schaukelstuhl, während Tory auf den hölzernen Stufen der Veranda Platz nahm.

„Ich hätte ahnen müssen, dass es so leicht nun auch wieder nicht geht", sagte Sylvia. „Ich habe mir wer weiß was heute Morgen noch eingebildet. Irgendwie habe ich geglaubt, ich stolziere irgendwohin, verlange, den Direktor zu sprechen, erzähle ihm von Joseph – und schwupps – habe ich zehntausend in der Tasche. Wie absolut schwachsinnig von mir."

„Geh nicht so hart mit dir ins Gericht", sagte Tory.

Sylvia lächelte müde. „Ich bin nur so schrecklich enttäuscht von mir. Plötzlich hatte ich wieder das Gefühl, gebraucht zu werden. Es hat nicht lange angehalten, oder?"

„Nun komm schon, Sylvia, lass den Kopf nicht hängen. Das war der erste Versuch. Du wirst schon noch Geld zusammenbekommen. Machen wir ein kleines Brainstorming. Seien wir kreativ. Es muss doch eine Möglichkeit geben, ihre Aufmerksamkeit zu erregen."

„Wie denn noch? Ich habe ausführlich von Joseph erzählt. Ich hatte sogar Bilder mit. Sie waren dennoch nicht interessiert."

„Gibt es vielleicht eine Möglichkeit, herauszubekommen, welche Geschäftsleute in der Stadt kranke Kinder haben? Vielleicht könnte Harry Unterlagen darüber besorgen."

Sylvia wollte nicht glauben, dass Tory solch einen Vorschlag machte. „Das wäre unanständig, Tory. Darum kann ich ihn gar nicht bitten."

„Warum nicht? Es muss doch Geschäftsleute geben, die Kinder im Krankenhaus hatten. Wenn es diesen Kindern wieder besser geht, können sich die Eltern vielleicht besser in Brenda und David hineinfühlen."

„Vielleicht, oder aber sie reagieren verärgert auf meine Anfrage, weil ihnen auch niemand finanziell unter die Arme gegriffen hat."

„Du hast wahrscheinlich Recht", sagte Tory und sah nach ihren Kindern. Sie hatten ihre Fahrräder auf die Seite gelegt und kauerten nun an einem Gullydeckel. Spencer versuchte, ihn mit Stöcken aufzukriegen. „Spencer, lass das!"

Aber Spencer dachte gar nicht daran. „Da sind Fische drin, Mama! Die will ich sehen!"

„Da sind doch keine Fische drin!", rief Tory zurück. „Lass das. Ich zähle bis drei. Eins ... zwei ..."

Noch ehe sie die letzte Zahl ausgesprochen hatte, warf Spencer seinen Stock fort, als drohte er gleich einen elektrischen Schlag zu bekommen.

Tory wandte sich wieder Sylvia zu. „Wie sieht es mit Herzattacken aus?"

„Was meinst du mit Herzattacken?", fragte Sylvia nach.

„Vielleicht könntest du eine Liste mit Herzinfarktopfern bekommen. Oder es muss doch auch Leute geben, denen Harry Bypässe gelegt hat. Darunter muss es doch auch Geschäftsleute geben, die eine Spende absetzen möchten."

Sylvia dachte einen Augenblick darüber nach. „Auch eine solche Liste bekomme ich unmöglich von Harry. Das dürfte er überhaupt nicht. Aber wenn du so tolle Vorschläge hast – warum versuchst du es dann nicht selbst?"

Tory erschrak. „Machst du Witze? Das könnte ich niemals."

Sylvia musste lachen. „Aber mir fällt da gerade ein, ein Freund von uns, Ed Major, hat letztes Jahr drei Bypässe bekommen. Er ist Besitzer eines Metall verarbeitenden Betriebes. Ihn könnte ich mal besuchen. Vielleicht kann ich ihn überzeugen ..."

„Warum hast du nicht gleich bei ihm angefangen?", fragte Tory sogleich.

„Ich bin überhaupt nicht auf den Gedanken gekommen, bis du die Herzinfarktopfer erwähntest. Ich werde also morgen einen Versuch starten."

„Du wirst es schon schaffen", sagte Tory.

* * *

Am nächsten Morgen sprach Sylvia bei dem Metall verarbeitenden Betrieb von Ed Majors vor. Sie fragte nach ihm im Sekretariat. Er kam auch gleich und führte sie in sein Büro. Keine Viertelstunde war vergangen, da schrieb er bereits einen Scheck über 500 Dollar für Josephs Spendenkonto aus. Er entschuldigte sich dafür, nicht mehr geben zu können, aber seine Firma schreibe rote Zahlen, und da sei eben nicht mehr drin.

Sylvia bedankte sich herzlich und begab sich voller Zuversicht zur nächsten Firma auf ihrer Liste. Die Dame am Empfang wollte gerade ihre Kaffeepause machen, und da lud Sylvia sie kurzerhand zu einer Tasse in die Kantine ein. Sie erzählte der Frau von Josephs Notlage und fragte, ob sie einen Mitarbeiter kennen würde, der selbst Probleme mit dem Herzen gehabt habe und sich deshalb besonders leicht in die Lage der Eltern hineinversetzen könne. Die Mitarbeiterin nannte einen der Prokuristen, der im letzten Jahr einen leichten Herzinfarkt gehabt habe. Bevor sie Sylvia bei ihm verließ, gab sie selbst noch 20 Dollar.

Der besagte Prokurist schrieb einen Scheck über 100 Dollar aus und brachte sie dann ins Büro des obersten Chefs. Dieser spendierte sogar 1000 Dollar, nachdem er ihre Geschichte gehört hatte.

Die nächsten fünf Versuche blieben zwar erfolglos, trotzdem fühlte sich Sylvia wie eine siegreiche Heldin. Immerhin hatte sie an einem einzigen Tag 1620 Dollar gesammelt. Wenn es so weiterlief, würden sie bald das nötige Geld für die Dodds zusammenbekommen.

Harry war schon daheim. Fast schwebte sie ins Haus, und gut gelaunt entschuldigte sie sich dafür, mit keinem großen Essen aufgewartet zu haben.

„Ist in Ordnung", sagte er. „Wir gehen essen."

„Ja, gehen wir aus. Ich habe auch Grund zum Feiern."

„Was sollen wir feiern?"

„Das viele Geld, das ich für Josephs Herztransplantation heute zusammenbekommen habe."

„Und wie viel ist es?"

„Eintausendsechshundertundzwanzig Dollar", sagte sie gedehnt und voller Stolz.

„So viel?"

„Genau. Ich weiß natürlich, dass das nur ein Tropfen auf den heißen Stein ist. Aber für den Anfang ist es doch toll. Gestern war ich noch so entmutigt, aber für heute habe ich allen Mut zusammengenommen. Wir sind jetzt auf dem Weg. Ich habe das Geld gleich eingezahlt. Dem Spendenkonto für Joseph Dodd ist nun Leben eingehaucht worden!"

„Ich *wusste*, dass du es schaffen würdest." Lachend drehte er sie vor sich im Kreis, dann zog er sie an sich. „Und du dachtest, schon zum alten Eisen zu gehören und nichts Sinnvolles mehr beitragen zu können."

Er wirbelte sie herum, und sie juchzte wie ein Teenager bei jeder Verrenkung, die sie vollführte.

* * *

Im Restaurant, während sie auf das Essen warteten, wurde Harry auf einmal sehr ernst. „Ich habe auch darüber nachgedacht, wie ich dem armen Joseph helfen könnte, welche Opfer wir für seine Genesung bringen könnten."

„Ich bin bereit, unser Möglichstes zu geben", sagte Sylvia.

„Ja, aber es gibt etwas, was wir verkaufen könnten und was ein bisschen Staub aufwirbeln und so andere auf das Problem aufmerksam machen würde."

„Und was wäre das?"

Er betrachtete das Eisteeglas, das vor ihm stand, und zog einen Strich in die kondensierten Wassertröpfchen an dessen Außenseite. Er brauchte einfach Zeit, sich die richtigen Worte zu überlegen. „Bevor ich es sage, möchte ich klarstellen, dass wir es nicht machen müssen, wenn du damit nicht einverstanden bist. Es ist zunächst mal nur so eine Idee."

„Harry, was ist es?", fragte sie ungeduldig. „Du weißt, dass ich mein Möglichstes geben möchte. Natürlich sind da erst einmal die Ausgaben für die Hochzeit, und wenn wir nach Nicaragua gehen wollen ..." Sie hielt mitten im Satz inne und sah Harry ins Gesicht. Zum ersten Mal, seit er von der Idee gesprochen hatte, hatte nun auch sie die Möglichkeit in Erwägung gezogen. „Ich meine, *wenn* ..., dann könnten wir immer noch Geld abzweigen, um zu helfen. Ich bin zu fast allem bereit."

Er hatte keine Vorstellung, wie sie reagieren würde. Aber dann traute er sich doch: „Ich dachte daran, die Pferde zu verkaufen."

Ihr stockte der Atem. „Was?"

„Hör erst einmal zu", sagte er, indem er ihre Hände mit seinen umschloß. „Cathy wird ihren kleinen Tierjahrmarkt an der Gemeinde haben. Das wäre eine gute Gelegenheit, die Pferde durch eine Auktion an den Mann oder die Frau zu bringen. Außerdem wäre solch eine Auktion sehr werbewirksam und würde noch mehr Menschen anziehen. Es wäre quasi ein öffentliches Ereignis."

„Aber Harry, ich liebe meine Pferde."

„Ich weiß, aber wer reitet sie denn noch groß? Die Kinder sind nicht mehr da ..."

„Sie reiten sie bestimmt, wenn sie mal nach Hause kommen. Und ich reite sie auch hin und wieder."

„Aber nicht allzu oft. Und außerdem macht es doch furchtbar viel Arbeit, sie ständig zu pflegen. Ich denke nur, wie viel das für Josephs Spendenkonto bringen würde."

Ihre Augen füllten sich mit Tränen, als sie auf das Besteck hinabsah, das vor ihr lag. Sie schob es hin und her und arrangierte es dann wieder in der richtigen Ordnung. Sie fragte sich, wie er auf die Idee kommen konnte, all das aufzugeben, was ihnen in all den Jahren etwas bedeutet hatte – ihr Haus, ihr Land, seine Karriere und nun auch noch die Pferde. War das der erste Schritt, um allen Besitz loszuwerden, damit er endlich aufs Missionsfeld gehen konnte? „Du verlangst viel, Harry."

„Ich weiß."

Ein längeres Schweigen legte sich lastend zwischen sie. Aber es beruhigte die Gemüter allmählich. Schließlich berührte er ihr Kinn und zwang sie sanft, ihm in die Augen zu sehen.

„Erinnerst du dich an die Geschichte von König David in der Bibel, als dieser Arauna die Tenne abkaufte, um darauf einen Altar zu errichten und dem Herrn ein Opfer darzubringen, obwohl Arauna sie ihm umsonst gegeben hätte?"

„Ja, ich erinnere mich", sagte sie leise. „David wollte nichts dem Herrn opfern, was ihn nichts kostet."

„Die Aufgabe der Pferde kostet uns was", sagte Harry. „Aber es ist nicht nur ein Opfer, das wir für Joseph bringen, sondern auch eins für den Herrn."

Der Kampf, der in ihrem Herzen tobte, war heftig. Dennoch wusste sie tief drinnen, dass sie richtig handeln würden. Mit verschwommenem Blick sah sie ihm ins Gesicht. „Wie kann ich mich weigern, wenn du es so darstellst?" Sie tupfte ihre Augenwinkel trokken. „Was mache ich den ganzen Tag in diesem leeren Haus ohne meine Kinder und ohne meine geliebten Pferde?"

„Ich denke, dass du schon Beschäftigung haben könntest." Das war das erste Mal seit vielen Wochen, dass er sie wieder einmal an Nicaragua erinnerte. Sie wollte es überhören.

Seinen aktuellen Vorschlag konnte sie jedoch nicht ignorieren. Sie suchte nach einem Winkel ihres Herzens, der so hell und freundlich war, dass sie dort die Kraft für dieses Opfer finden würde. „Es wird das Leben von Tory natürlich leichter machen, wenn Spencer nicht ständig ausbüxt, um das Fohlen zu streicheln. Sie kann dann etwas entspannter sein, wenn sie ihm mal für eine Minute den Rükken zukehrt."

Er lachte. „Der kleine Racker."

„Weißt du noch, als Steven so klein war? Auch er liebte die Pferde über alles. Wir haben damals schon mit ihm fürs Rodeo geübt."

„Und jetzt hat er sein eigenes Pferd in Nord Dakota. Er wird also nichts dagegen haben."

Sie wusste, dass er Recht hatte. Die Kinder würden nicht trauern. Sie allein war es, die so an den Pferden hing. „In Ordnung, Harry", sagte sie schließlich, „machen wir es."

„Dann müssen wir nur noch Cathy Bescheid geben", sagte er freudestrahlend. „Das wird sicher ein Magnet für den kleinen Tierjahrmarkt werden. Wer kommt nicht gern wegen eines Schnäppchens!"

Dagegen konnte sie nichts einwenden. „Ich hoffe nur, es bringt wirklich etwas."

„Er bekommt dadurch das Herz nicht schneller", gab Harry zu bedenken. „Es macht jedoch vieles leichter, während wir alle warten."

31. Kapitel

Tory war schon ein wenig neugierig zum Briefkasten gelaufen, und es steckte tatsächlich Post darin. Mit den Briefen in der Hand winkte sie hinüber zu Sylvia. Die überquerte gerade den Zedernring, um sich mit Cathy zu treffen. Tory sah die Post durch. Gleich obenauf befand sich ein Brief von einer Gemeinde, der sie vor ein paar Tagen geschrieben hatte. Ihr Herz pochte mächtig, als sie den Umschlag aufriss. Beim Herausziehen fiel ein Scheck heraus, der auf die Erde segelte. Bevor der Wind ihn fortwehen konnte, schnappte sie ihn sich, und dann sah sie, dass er hundert Dollar wert war. Nun wollte sie auch wissen, was in dem Brief stand:

Liebe Mrs. Sullivan,
vielen Dank für Ihren Brief. Wir haben Ihr Anliegen in der Gemeinde besprochen und ein Opfer extra für den kleinen Joseph Dodd eingesammelt, damit die Arztrechnungen beglichen werden können. Wir beabsichtigen, in Zukunft noch etwas mehr Geld zusammenzubekommen, aber wir wollen schon diese kleine Anzahlung vorausschicken. Wir möchten Sie außerdem wissen lassen, dass wir für ihn und seine Familie beten werden.
Wir danken Ihnen für das Vertrauen und dafür, dass Sie uns Ihre Not mitgeteilt haben. Es gab uns die Gelegenheit, auch unseren Teil beizutragen. Wir sind nur eine kleine Gemeinde, aber aufgrund Ihres Briefes haben wir versucht, unser Möglichstes zu tun.
In der Liebe Christi verbunden
Die Geschwister von der Survey Baptist Church

Nachdem Tory noch einmal den Scheck überflogen hatte, überkam sie das befriedigende Gefühl, etwas geschafft und geleistet zu haben. Diese Gemeinde war nur die kleine Filiale einer größeren Gemeinschaft. Sie fuhr an dem Haus immer vorbei, wenn sie ins Tal hinunter wollte. Wie hatten sie so schnell so viel Geld zusammenbekommen? Bildeten sie keine Rücklagen für den nächsten Bau, hatten sie keine Gehälter zu zahlen? Ganz bestimmt, aber trotzdem hatte diese kleine Gemeinschaft Mittel und Wege gefunden, etwas abgeben zu können.

Sie begann zu rennen. „Cathy, Sylvia! Ihr werdet es nicht glauben!"

Beide drehten sich um, und Tory hielt ihnen begeistert ihren Brief entgegen. „Lest mal. Und hier der Scheck über 100 Dollar."

„Hast du was veröffentlicht?", fragte Cathy.

„Nein!", antwortete Tory. „Besser! Ich habe vor drei Tagen Briefe wegen Joseph verschickt. Und das ist die erste Reaktion." Sylvia nahm den Brief, und Cathy sah ihr über die Schulter, um gleich mitzulesen.

„Toll! Der Brief muss ja richtig gut gewesen sein", sagte Cathy.

„Das ist sicher erst die Spitze des Eisbergs", sagte Tory. „Ich habe bestimmt an die hundert Gemeinden geschrieben. Glaubt ihr nicht auch, dass da noch mehr Geld kommen muss?"

„Die müssen ja postwendend geantwortet haben", sagte Sylvia. „Wenn wir das als gutes Zeichen deuten können, dann meine ich, dass da noch einiges zu erwarten ist." Sie lachte laut auf und umarmte Tory. „Du gutes Mädchen, du sagst nie wieder, dass du nicht formulieren kannst."

„Ich habe ihnen aber nur von Joseph erzählt. Es war kein großes Meisterwerk."

„Hauptsache, es hat seine Wirkung erzielt. Das ist einfach toll. Ich nehme den Scheck und werde ihn einreichen. Tory, heb alle Briefe auf, die eingehen, damit wir sie Brenda und David zeigen können. Es ist sicher für Brenda eine Ermutigung zu sehen, wie der Herr für sie sorgt. Und für David ist das sicher auch eine wichtige Erfahrung."

„Das mache ich", erwiderte Tory, während sie den Rest der Post durchsah. Aber sie hielt nur noch Rechnungen in der Hand.

„Ich habe den Eindruck, dass wir so richtig in Schwung gekommen sind", sagte Cathy. „Sylvia, erzähl Tory, was ihr vorhabt."

Augenblicklich war Sylvias Heiterkeit verflogen. Sie sagte: „Harry und ich haben uns entschlossen, die Pferde zu verkaufen."

Tory erschrak. „Nein! Du machst Witze!“

„Wir sind der Meinung, dass der Verkauf für Publicity auf eurem Tierjahrmarkt sorgen wird. Und wenn wir dort die Tiere bei einer Auktion verkaufen, können wir den Erlös für Joseph spenden.“

„Das ist für dich ein Riesenopfer. Du liebst doch deine Pferde so sehr.“

„Aber wir reiten ja kaum noch damit. Und du profitierst auch noch davon, weil du nicht mehr wegen der Pferde so auf Spencer aufpassen musst.“

Tory schüttelte den Kopf. „Es wird ihm das Herz brechen.“

„Er wird es verkraften“, erwiderte Sylvia. „Vor allem, wenn er erfährt, dass es für Joseph und sein krankes Herz ist.“

„Wahrscheinlich hast du Recht.“ Sie wandte sich an Cathy und fragte: „Haben wir denn schon einen Termin für den Tierjahrmarkt?“

„Vierter Juli“, antwortete Cathy. „Ich habe mit den Leuten von Sylvias Gemeinde gesprochen, und sie erlauben uns, ihre Wiese zu benutzen. Und ich habe auch noch mit Brendas Gemeinde gesprochen. Da kommen welche rüber und versorgen uns mit Essen. Sie haben auch kleine Partyzelte und andere Utensilien. Wir ziehen da eine richtig große Sache auf.“

„Wie sieht es mit eurer Gemeinde aus, Tory?“, erkundigte sich Sylvia. „Ist man dort auch bereit, ein bisschen zu helfen?“

Tory sah ein bißchen beschämt auf die Rechnungen, die sie noch immer in der Hand hielt. „Ich könnte mir denken, dass sie das noch tun. Bis jetzt habe ich allerdings keine feste Zusage.“ Sie seufzte und deutete dann auf den Brief von der hilfsbereiten Gemeinde. „Das da macht mir Mut. Ich denke, ich gehe nach Hause und schreibe noch ein paar weitere Briefe. Ich muss mich ja nicht auf Tennessee beschränken. Ich könnte im Grunde jede Gemeinde in unserem Land anschreiben – wenn ich wollte. Je mehr ich erreichen kann, desto besser, oder?“

„Klar“, sagte Sylvia. „Das war auch der Grund, warum ich gerade dir zugetraut habe, die Briefe zu schreiben. Hätte ich sie geschrieben, wären sie wahrscheinlich fast alle im Papierkorb gelandet.“

„*Ich* habe zu tun“, sagte Tory mit einem neckenden Unterton und grinste. „*Ich* habe jedenfalls keine Zeit, mit euch hier weiter zu tratschen. Bis nachher."

Sie lief geschwind nach Hause und war dabei so ausgelassen wie schon lange nicht mehr.

Als Tory und Barry sich an jenem Abend fürs Bett zurechtmachten, saß Barry auf dem Badewannenrand und beobachtete seine Frau, die gerade ihre Zähne putzte.

„Was guckst du so?", nuschelte sie mit einem Mund voller Zahnpasta.

„Ich sehe dich an, weil ich furchtbar stolz auf dich bin."

Sie spülte den Mund aus und trocknete ihn an einem Handtuch ab. Dann stellte sie sich vor ihn und fragte, wie das komme.

„Weil deine schriftstellerischen Fähigkeiten so groß sind, dass du damit inzwischen sogar das Leben der Dodds veränderst."

„Nun wollen wir aber mal auf dem Teppich bleiben. Mit 100 Dollar kommen sie nicht weit."

„Es wird noch mehr eingehen", sagte er. „Da bin ich ganz sicher. Tory, begreifst du, was das bedeutet?"

„Was?"

„Es bedeutet, dass du eine Bestätigung für deine Berufung bekommen hast. Du bist begabt. Nur weil eine Frau eine Geschichte geschrieben hat, bevor du sie veröffentlicht hast, musst du nicht gleich das Handtuch werfen."

„Aber Barry, ich habe keinen Bestseller geschrieben, sondern nur ein paar Briefe."

„Aber nicht jeder hätte sie so schreiben können – jedenfalls nicht so, dass sie Gefühle wecken und Menschen zum Handeln mobilisieren."

Sie lächelte sich im Spiegel an und fragte sich, ob das wirklich wahr war, was er da sagte. Hatte Gott sie durch die Höhen und Tiefen ihrer „Schriftstellerkarriere" geführt, damit sie zur richtigen Zeit vorbereitet war, genau die Briefe zu schreiben, die Joseph helfen würden? „Meinst du, wir bekommen damit eine größere Summe Geld zusammen?"

„Es wäre jedenfalls alles wunderbar zusammengefügt", sagte Barry.

„Ja, das stimmt."
Im Schlafzimmer angekommen, schlüpften sie unter ihre Dekken. Sie schmiegte sich an ihn und ließ sich von ihm wärmen.
„Barry, glaubst du, dass sich unsere Gemeinde auch beteiligen wird?"
„Ganz bestimmt. Ich werde das Thema am Mittwochabend im Finanzausschuss ansprechen."
„Das willst du tun? Und du denkst, dass man zustimmen wird?"
„Ich hoffe schon. Das Problem ist, dass es genug Leute in der eigenen Gemeinde gibt, die auf Hilfe angewiesen sind."
„Ja, ich weiß." Sie sah zu Barry hinüber und sagte dann: „Erinnerst du dich noch, wie schön es letztens in Brendas Gemeinde war?"
„Ja, es war toll."
„Es ist schon lange her, dass wir in einer anderen Gemeinde waren. Wir hatten im Grunde gar keine Möglichkeit zu vergleichen. Jetzt aber bin ich ganz schön nachdenklich geworden. Vielleicht sollten wir mal zu neuen Ufern aufbrechen."
„Tory, ich möchte unsere Gemeinde nicht verlassen. Immerhin bin ich dort Diakon. Da kann man solche Fragen nicht auf die leichte Schulter nehmen."
„Aber wenn du schon Diakon bist, könntest du die anderen vielleicht dazu bringen, uns bei dem Tierjahrmarkt zu helfen. Vielleicht könnten sie uns helfen, noch ein paar Buden aufzustellen, einige freiwillige Helfer schicken oder vielleicht Kekse backen."
„Wir sind in der Gemeinde eigentlich schon ganz schön ausgelastet", sagte er. „Wir haben selber schon so viele Aktivitäten, für die wir Freiwillige brauchen."
„Ja, ich weiß, es läuft viel bei uns. Und das finde ich auch gut. Aber manchmal muss man auch Prioritäten setzen. Leidende Menschen sollten wichtiger sein als Programme."
„Aber unsere Programme sind dazu da, leidenden Mitmenschen zu helfen."
„Stimmt schon. Aber es wäre eben schön, wenn sie Joseph auch helfen würden."

Er legte seinen Arm um sie und zog sie noch näher an sich heran. „Vielleicht muss man die Leute in unserer Gemeinde einfach nur anders ansprechen. Ich werde es am Mittwochabend im Finanzausschuss versuchen. Vielleicht darfst du auch beim Gebetstreffen persönlich dein Anliegen vortragen."

„Na gut, ich zähle auf dich", sagte sie und drehte sich zum Schlafen um.

* * *

Am Mittwochabend, als Barry von der Finanzausschusssitzung kam und Tory auf dem Gang draußen begegnete, wirkte er irgendwie abwesend. „Kommst du mit zum Gebetstreffen?", fragte sie und blickte ihn forschend an.

Er nickte nur.

„Was ist los, Barry?"

Er schüttelte den Kopf und zuckte mit den Schultern. „Ach, nichts. Ich bin nur ein bisschen enttäuscht."

„Sie wollen kein Geld lockermachen?", fragte Tory ernüchtert.

„Das schon." Barry sank in einen der Chippendalesessel, die im Foyer sehr dekorativ um ein antikes Tischchen arrangiert worden waren. „Nein, nein, sie zeigten sich sehr interessiert. Und man wollte den Dodds durchaus helfen. Aber sie wollten nicht, dass sich die Gemeinde offiziell an irgendeiner Aktion beteiligt."

„Warum denn nicht?"

„Sie haben Angst, den Leuten von Brendas Gemeinde auf die Füße zu treten."

Das trieb Tory die Zornesröte ins Gesicht. „Hast du zu bedenken gegeben, dass Brendas Gemeinde gar keine Zehen hat?"

Er lächelte. „Ich verstehe ihre Argumentation, Tory. Sie meinten, dass ihre Gemeinde alles koordinieren sollte."

„Wir haben niemand gebeten, irgendetwas zu koordinieren", sagte sie erbost. „Wir haben um ein bisschen Mithilfe gebeten."

„Nun, ich denke, das war ihre Art, nein zu sagen. Immerhin hat man Joseph auf die Gebetsliste gesetzt."

Sie setzte sich neben ihn auf einen Sessel. „Vielleicht bekomme ich ja wenigstens durch das Gebetstreffen ein paar individuelle Spenden."

„Tja, ich denke ... das wird nicht klappen", sagte Barry. „Als ich darum bat, dass du beim Gebetstreffen etwas sagst, meinten sie, dass das heute Abend nicht so günstig sei. Man habe schon so viele Gebetsanliegen auf der Liste."

„Man begrenzt hier die Liste der Gebetsanliegen?", fragte sie entsetzt.

„Soweit ich weiß, gibt es tatsächlich eine Fülle von Gebetsanliegen." Er tätschelte ihr Knie. „Du, ich bin genauso enttäuscht. Sie glauben, das Richtige zu tun, aber auch ich bin nicht mit dieser Art einverstanden."

„Barry, ich bin außer mir. Sylvias und Brendas Gemeinde beteiligen sich doch auch. Was wird man dort denken, wenn herauskommt, dass unsere sich verweigert? Ich möchte am liebsten dort reinmarschieren, mir das Mikro schnappen und sie alle zusammenstauchen."

„Das können wir nicht machen. Offen gesagt, ich fühle mich schuldig, weil ich mich bisher genauso verhalten habe wie die anderen. All die Jahre war ich den Nöten Fremder gegenüber genauso gleichgültig. Der große Unterschied diesmal ist, dass ich Joseph kenne und wir persönlich engagiert sind. Ich erinnere mich an die vielen Gebetstreffen, die ich abgesessen habe und auf denen ich niemals ein Gebet gesprochen habe, weil mir die Leute fremd waren. Ich rechnete immer damit, dass schon irgendjemand anders für sie beten werde. Es gibt Dutzende von Joseph Dodds auf dieser Liste, und wir laufen Amok, nur weil *unser* Anliegen nicht oberste Priorität für sie hat."

Sie schwiegen einen Augenblick. Dann sah Tory ihren Mann an und sagte: „Barry, ich möchte jetzt einfach nur nach Hause."

Er nickte. „Klar. Holen wir schnell die Kinder aus ihren Gruppen, bevor sie irgendetwas Wichtiges anfangen."

Sie begaben sich zuerst zu Brittanys Gruppe. Als sie um die Ecke bogen, hörten sie die Kinder singen. „Ich glaube, wir sind schon ein bisschen spät dran", dachte Tory.

Sie klopfte an die Tür und winkte Brittany heraus. Spencers Gruppe saß auf dem Fußboden. Und die Kinder sahen den Film *Mrs. Doubtfire*. So beschäftigte man also die Kinder. Profaner ging es nicht mehr.

„Der Film ist noch nicht fertig", protestierte Spencer, als Tory ihn aus dem Zimmer zerrte. „Sie haben noch nicht das Lied im Film gesungen. Es ist mein Lieblingslied."

„Dein Lieblingslied ist aus diesem Film?"

„Ja, wir haben ihn schon viermal in der Gemeinde gesehen." Sie warf Barry einen vielsagenden Blick zu.

„Warum gehen wir denn so früh?", fragte Brittany.

Barry legte seinen Arm um Torys Schultern und drückte sie kurz an sich. Sie sollte wissen, dass er auf ihrer Seite war. „Mama fühlt sich nicht ganz wohl."

„Wir könnten doch die Zeit nutzen und Joseph besuchen", schlug Tory vor.

„Au ja!", jubelte Spencer. „Dürfen wir mit rein?"

„Wohl nicht", antwortete Barry. „Ihr dürft erst ab zwölf in die Krankenzimmer. Wir wollen doch bei Joseph keine Keime einschleppen, oder?"

„Ich habe keine Keime!", widersprach Spencer. „Habe vorhin gebadet."

* * *

Barry wartete in der Empfangshalle mit den Kindern, während Tory hinauf zu Joseph ging. Er saß angezogen auf einem Stuhl und puzzelte. Tory musste zwar noch einen Kittel auf der Station tragen, aber der Mundschutz war nicht mehr nötig.

„Spencer und Britty sind unten", erzählte sie Joseph. „Sie sind sehr sauer, dass sie nicht raufkommen dürfen."

„Ich könnte doch zu ihnen runtergehen", meinte Joseph. „Darf ich, Mutti? Bitte! Meine Batterie hat noch dreißig Minuten. Und außerdem soll ich mich doch bewegen."

„Darf er das?“, fragte Tory.

„Klar“, sagte Joseph, bevor Brenda antworten konnte.

Brenda lachte. „Ich denke, es wird gehen – für ein paar Minuten. Aber er soll nicht ins Foyer. Ich werde fragen, ob sie nicht in den Aufenthaltsraum der Station kommen können.“

Tory lief nach unten, um ihre Rasselbande zu holen. Jeder bekam einen Kittel. Im Fahrstuhl hopste Brittany wie ein Gummiball auf und nieder, während Spencer sich auf sein Hinterteil setzte, weil er meinte, es sei lustiger, so Fahrstuhl zu fahren.

Joseph wurde inzwischen maskiert wie ein Bandit. Er war gerade auf dem Weg zum Aufenthaltsraum, als sie sich trafen. Er schob ein Wägelchen, an dem seine Herzapparatur befestigt war. Spencer und Brittany waren von all den vielen Schläuchen und Kabeln mächtig beeindruckt. Sie meinten, neben einem Roboter zu laufen. Barry blieb bei den Kindern, um sicherzustellen, dass Spencer nicht plötzlich den wilden Mann spielte und an einem von Josephs Schläuchen herumzerrte. Tory und Brenda setzten sich draußen auf dem Flur hin. „Wie läuft es so?“, fragte Tory.

„Eigentlich sehr ordentlich“, antwortete Brenda. „Ich genieße sogar die Zeit, die ich jetzt für ihn habe. Er ist es gar nicht gewohnt, so viel ungeteilte Aufmerksamkeit zu bekommen. Wir haben richtig Spaß hier. Und ich kann ihn auch recht intensiv unterrichten. Es ist ihm viel zu langweilig. Da wehrt er sich gar nicht.“

Tory sah sie ungläubig an. „Also Brenda, mir brauchst du doch nichts vorzumachen – ich meine deine Unbekümmertheit. Dein Kind wartet auf eine Herztransplantation. Da kannst du mir doch nicht erzählen, dass ihr *Spaß* habt.“

Brenda lächelte auf einmal nicht mehr. „Kann ich es doch nicht verbergen?“

„Was, die Tatsache, das du ein Mensch bist? Ja, Brenda, das kannst auch du nicht verleugnen. Du siehst trotz aller Bemühungen wie eine Mutter aus, die zu Tode erschrocken ist. Und ich würde genauso aussehen.“

Brenda sah sie mit ernster Miene an. „Ich versuche es, Tory, für Joseph und für David – und auch für mich. Ich versuche, meinen

Glauben zu behalten und mir immer wieder vorzustellen, wie es ist, wenn alles überstanden und Joseph wieder bei uns zu Hause sein wird. Aber dann denke ich auch immer wieder daran, wie es auch anders ausgehen könnte, und dann gerate ich in Panik. Und ich fürchte, dass ich das nicht besonders gut verbergen kann."

Brenda stand auf und ging zum Schwesternzimmer hinüber, vor dem ein Tisch mit einer Kaffeekanne und Bechern stand. Sie füllte zwei Becher und wusste auch, wie Tory ihren trank. So oft hatten sie gemeinsam am Küchentisch gesessen.

Tory wartete und gab Brenda Zeit, sich alles von der Seele zu reden.

„Ich habe in den letzten Tagen viel nachgedacht", sagte Brenda und gab Tory ihren Becher. „Ich hatte viel Zeit zum Beten. Und ich glaube, dass ich dabei eins gelernt habe: Man sollte mit jedem Kind jede einzelne Minute bewusst erleben."

Tory fixierte Brenda, denn sie wollte nicht ein einziges Wort der Weisheit verpassen. „Ist das nicht im Augenblick ein sehr intensives Erlebnis?", fragte sie.

Brenda lächelte. „Ja, Tory, es verändert dich total, wenn dir bewusst wird, dass jeder Augenblick vielleicht der letzte ist, den du mit deinem Kind erlebst. Ich sehe inzwischen aber auch seine Geschwister mit anderen Augen."

„Ich würde mich wie eine Glucke auf sie stürzen und mit Gott lamentieren."

„Glaube mir, das habe ich auch getan", gab Brenda zu. „Ich habe mit Gott gehandelt wie ein Autoverkäufer. Ich hatte das Gefühl, nur die richtige Kombination von Gebet, Bekenntnis, Buße, Bibelzitaten und Lobpreisübungen finden zu müssen – und schon würde Gott sagen: ‚Endlich hat sie hingekriegt, worauf ich die ganze Zeit gewartet habe. Nun werde ich ihre Gebete erhören.'"

Ihre Augen wurden wieder feucht, während sie an ihrem Kaffee nippte. „Am Tag, als Joseph eingeliefert wurde, ging ich in die Kapelle, um zu beten. Und ‚zufällig' kam auch Sylvia herein, die gute Seele. Sie schickte der Himmel. Ich brauchte sie damals so sehr. Ich weinte, war aufgewühlt, wütend und ... Na du kannst dir meinen

Zustand vorstellen. Sylvia sagte damals etwas zu mir, woran ich mich seitdem immer wieder erinnere. Sie meinte, dass alle Segnungen, die uns zuteil werden, letztlich von Gott kommen.

Und da sind unsere Kinder mit eingeschlossen. Wir versuchen immer, sie wie einen Raub festzuhalten, um jeden Preis. Wir glauben, sie seien unser Eigentum. Sie erinnerte mich dann daran, dass Joseph Gott gehört und nicht mir. Er ist mir lediglich für eine Weile anvertraut worden."

Tory merkte, wie schwer es ihr fiel, diese Worte über ihre Lippen zu bringen. „Aber ich muss dieses Geschenk mit offenen Händen halten, denn ich muss immer damit rechnen, dass Gott es wieder an sich nimmt. Es ist sein gutes Recht. Joseph ist kein Objekt zum Feilschen, und Gott liebt ihn schließlich noch viel mehr, als ich es je könnte."

Tory sah sie entgeistert an. So viel Gottvertrauen war für sie schwer nachvollziehbar. „Ich würde das nicht schaffen, Brenda. Wenn ich daran denke, wie oft ich wegen meiner Kinder greine und lamentiere. Trotzdem wäre ich gerade in diesem Bereich kaum in der Lage, meine Hand zu öffnen."

„Kann ich mir vorstellen", stimmte Brenda ihr zu. „Hin und wieder habe ich die Geschichte von Abraham und Isaak gelesen, der bereit war, seinem Gott ein Opfer zu bringen. Ich fragte mich dann immer, wie er das nur geschafft hat. Woher kommt die Kraft, Gott so zu vertrauen? Tja, und jetzt werde ich es vielleicht sogar am eigenen Leib erfahren."

Tory war tief berührt, aber sie wusste nicht, was sie sagen sollte. Brenda schien so weit entrückt – so voller Weisheit und geistlicher Tiefe. Wie sollte sie, Tory, da Trostworte finden, die angemessen wären? Sie überwand die zugeschnürte Kehle und fragte: „Was kann man tun, damit die Hand geöffnet bleibt?"

„Es ist nicht leicht", antwortete Brenda.

Tory sah gedankenverloren auf ihren Kaffeebecher und glitt mit dem Finger über dessen Rand. Wie verhielte sich Brenda, wenn Joseph wirklich stürbe? Würde ihr Glaube Bestand haben oder würde sie gegen Gott aufbegehren? „Wahrscheinlich haben wir gar keine andere Wahl, als ihm zu vertrauen", sagte sie und fürchtete gleichzeitig, etwas allzu Banales von sich gegeben zu haben.

„So ist es", sagte Brenda. „Menschen wie David glauben, eine andere Wahl zu haben." Sie schüttelte den Kopf. „Tatsache aber ist, dass Davids Hoffnungslosigkeit die Alternativen noch viel mehr einschränkt. Wenn Joseph wirklich stirbt, bleibt David nur noch ohnmächtige Wut und das Gefühl, vom Leben besiegt worden zu sein. Er wird niemals in der Lage sein, etwas Positives darin zu entdecken."

„Und du meinst, du würdest das können?", fragte Tory.

„So viel ist von mir noch niemals gefordert worden", sagte sie mit belegter Stimme. „Gott aber weiß, wie es mir geht. Er hat so etwas auch durchgemacht – in Gethsemane. Jesus klammerte sich auch an sein Leben. Aber dann öffnete er doch die Hand, und Gott machte ihm klar, dass er sein irdisches Leben haben wollte ..."

„Aber er trauerte auch", unterbrach Tory sie.

„O ja, das tat er", sagte Brenda kaum hörbar. „Ich werde auch trauern, wenn Er mir Joseph nehmen sollte."

Tory trocknete sich die Augenwinkel. „Du bist eben stärker als ich. Ich glaube, ich hätte inzwischen schon vor Wut irgendetwas zertrümmert oder wäre sonstwie Amok gelaufen."

„Das glaube ich gar nicht." Brenda lächelte sie müde an. „Denk doch mal an all das Geld, das du für Joseph zusammenbekommst. Du würdest in einer Notlage auch die Ärmel hochkrempeln und nicht vor Trauer vergehen."

Torys Miene hellte sich auf, und sie wischte sich die Tränen fort. „Stimmt, ich habe heute einige kleinere Schecks in der Post gehabt, und es ist noch keine Woche her, dass ich die Briefe rausgeschickt habe. Und außerdem bin ich noch lange nicht fertig. Die Gemeinden, die nicht geantwortet haben, sollen noch einen zweiten Brief bekommen. Und ich habe Dankesbriefe an die geschickt, die etwas gespendet haben. Ich habe zu dem Tierjahrmarkt eingeladen, so dass die, die etwas gegeben haben, das Gefühl bekommen, aktiv beteiligt zu sein."

„Gute Idee", sagte Brenda. „Ich schätze deine Bemühungen sehr.

Und David tut das auch, selbst wenn er nach außen vielleicht etwas stoffelig wirkt. Er ist so furchtbar stolz. Mitleid und Mildtätigkeit sind ihm zuwider. Deshalb wird er heute Abend ein Schild bei uns anbringen: *Zu verkaufen!*"

„Nein! Das kann er doch nicht machen!", sagte Tory empört. „Weshalb sammeln wir denn das ganze Geld? Etwa für unsere eigene Tasche? Wir wollen nicht, dass ihr wegzieht."

„Ich kann es ihm nicht ausreden." Brenda stand auf und ging zur Tür des Aufenthaltsraums. Sie spähte durch den Türspalt, um zu überprüfen, ob es Joseph gut ging. Nachdem sie sich vergewissert hatte, wandte sie sich wieder Tory zu. „Es ist aber trotzdem wahrscheinlich das Beste. Selbst mit den Spenden werden die Ausgaben noch horrende sein. Wir werden eine Weile zur Miete wohnen."

„Etwa in einer Wohnung? Mit deinen vier Kindern? Und was ist mit Davids Werkstatt?"

„Er sieht sich schon nach einem neuen Job um", erzählte Brenda. „Es soll etwas sein, womit er mehr Geld verdient." Sie konnte Tory nicht ins Gesicht sehen, und deshalb ging sie wieder zur Tür. „Joseph muss so langsam wieder in sein Zimmer, bevor die Batterie leer ist."

Tory, die immer noch nicht begriff, folgte Brenda, die ihren Sohn in sein Zimmer begleitete und ihn dort wieder an den Kompressor anschloss. Bevor sie sich auf den Weg machte, umarmte sie noch die Freundin und sagte: „Brenda, der Herr wird für alles sorgen."

Brenda lächelte, und dieses breite, fast gelöste Lächeln beeindruckte umso mehr, als ihre feuchten Augen dazu einen so deutlichen Kontrast bildeten. „Stimmt. Manchmal schickt er den Bock im Dornenbusch. Und im Augenblick könnte ich gleich ein paar davon gebrauchen."

* * *

Im Zedernring beobachteten Leah, Rachel und Daniel hinter der Fensterscheibe, wie ihr Vater das Schild für den Verkauf ihres Hauses in den Boden rammte.

„Das Essen ist fertig", rief Sylvia und versuchte sie etwas abzulenken.

Daniel sah sich zu ihr um. „Ich habe keinen Hunger."

„Ich auch nicht", sagte Rachel leise.

Sylvia trat hinter sie, und da sah sie, dass Leah weinte. Sylvia nahm das Mädchen in den Arm. „Ach, Süße, wein doch nicht."

„Ich liebe unser Haus", sagte Leah. „Wo sollen wir denn wohnen?"

„Wo immer es ist, es wird euch auch da gefallen", sagte sie, obgleich sie fest entschlossen war, diesen Umzug zu verhindern. Sie wollte sich bemühen, vorher genug Geld aufzutreiben. Vielleicht könnte sie dann David dazu überreden, das Haus wieder vom Markt zu nehmen.

David kam herein. Kaum eingetreten, sah er die traurigen Gesichter seiner Kinder. Und Sylvia bemerkte, wie sehr er mit seinen Gefühlen zu kämpfen hatte. „Es wird alles gut werden, okay?" sagte er. „Ich habe euch doch noch nie im Stich gelassen, oder?"

Die drei Kinder schüttelten schweigend ihre Köpfe.

Er kniete sich vor sie hin. „Also hört mal zu: Ich zähle auf euch. Mutti ist nicht hier, um das Haus sauber zu halten. Und es werden Leute kommen, die es besichtigen wollen. Deshalb müsst ihr es sauber halten. Ihr macht das bisher schon ganz toll. Doch ohne Mutti wird es euch mehr Mühe kosten. Denkt immer daran: Wir tun das alles nur für Joseph."

„Aber Joseph muss doch irgendwo wohnen, wenn er wiederkommt", wandte Rachel ein.

„Wir werden schon eine Wohnung finden. Vielleicht ist sie kleiner. Aber das wird auch gehen. Wir werden damit zurechtkommen."

„Aber was ist, wenn sie auf dem Tierjahrmarkt alles Geld zusammenbekommen, was wir brauchen?", fragte Daniel. „Können wir das Schild dann wieder reinholen?"

„So viel Geld werden sie dort niemals verdienen können", sagte David, um ihnen alle Illusionen zu nehmen. „Es ist unmöglich." Er warf Sylvia einen deutlichen Blick zu, bevor sie sich einmischen konnte. „Ich schätze sehr, was ihr alle für uns tut, Sylvia. Brenda genauso. Aber wir müssen realistisch bleiben."

Sie nickte. „Ich weiß, David."

Er wandte sich wieder seinen Kindern zu. „Mir ist klar, Kinder, dass bei uns alles ein bißchen drunter und drüber läuft. Wir sehen Mutti kaum, und auch ich habe kaum Zeit für euch. Aber es wird bald vieles besser werden. Es dreht sich zurzeit eben alles nur um Joseph. Wünschen wir ihm, dass er es durchsteht."

„Joseph braucht nicht unsere Wünsche", flüsterte Daniel. „Er braucht unsere Gebete."

David nickte. „Gebete - meinetwegen." Er richtete sich wieder auf, und Sylvia bemerkte jetzt erst, dass er in den letzten paar Wochen gealtert war. Er sah durchnächtigt und abgekämpft aus und wirkte gebeugt durch all das Leid. „Ich muss jetzt ins Krankenhaus", sagte er. Dann beugte er sich über jedes seiner Kinder, um es zu umarmen. „Ich habe euch sehr lieb, Kinder."

Sie erwiderten seine Zuneigung. Doch als er das Haus verlassen hatte, drängelten sie sich wieder alle am Fenster und starrten schweigend hinaus auf jenes Schild, das ihr Schicksal zu besiegeln schien.

Sylvia allerdings gab die Hoffnung nicht auf, dass es anders kommen würde.

32. Kapitel

Um zwölf Uhr sollte der Tierjahrmarkt eröffnet werden, aber bereits um acht waren Dutzende von Menschen erschienen, die helfen wollten. Cathy verbrachte den Vormittag damit, kleine Bereiche abzuzäunen, in denen die Kinder Tiere in den Arm nehmen und streicheln konnten. Ab zehn trafen die ersten Tiere ein, und der Strom schien nicht zu versiegen. Das alles erinnerte an die Szene vor der Arche Noah.

Kurz vor Eröffnung kamen einige Mitglieder von Brendas Gemeinde und brachten Grills und Würstchen mit, ebenso Kekse – und alles war für den Verkauf bestimmt, um Geld für den kleinen Joseph einzunehmen. Auch Sylvias Gemeinde beteiligte sich aktiv. Jemand spendierte Eis, und ein weiteres Mitglied schleppte literweise Fruchtsaftgetränke herbei. Andere bauten Spielbuden auf mit den von ihnen gestifteten Preisen. Viele waren gar nicht persönlich angesprochen und gebeten worden. Sie waren einfach gekommen und halfen mit.

Bald reichte der Platz auf der Wiese nicht mehr aus, und man musste auch noch den Parkplatz mitbenutzen. Die Theater- und Musikgruppe aus Brendas Gemeinde sorgte für das künstlerische Rahmenprogramm.

Gegen Mittag tauchte Steve Bennett mit seiner kleinen Tochter auf. Es war der Mann, dem Cathy auf der Schulveranstaltung begegnet war. Tracy, seine Tochter, hatte viele Sommersprossen im Gesicht und trug blonde Rattenschwänze. Cathy war erfreuter, ihn zu sehen, als dies den Umständen entsprechend zu erwarten gewesen wäre. Aber sie bemühte sich, dies nicht zu zeigen.

Das Mädchen war ein süßes Ding, wahrscheinlich in Josephs Alter. Die Kleine blieb zunächst immer dicht beim Vater. „Ich dachte, dass es Tracy Spaß machen würde“, sagte er. „Wenn es irgendetwas gibt, womit ich helfen kann, dann sagen Sie einfach Bescheid. Ich liebe Tiere, und die Tiere lieben mich. Wenn also irgendwo meine Hilfe gebraucht wird, bin ich zur Stelle.“

„Im Moment eigentlich noch nicht“, sagte Cathy. „Amüsieren Sie sich erst mal mit Tracy. Wenn sie sich nachher sicher genug fühlt, um ein bisschen allein herumzustromern, dann können Sie ja vorbeikommen, und ich werde Ihnen dann schon irgendeine Arbeit aufbürden.“

Es war zu merken, dass er sich freute. „Sie wird im Laufe der Zeit sicher eine Menge bekannter Kinder treffen. Aber im Moment bin ich noch der einzige Kumpel für sie hier, nicht wahr, Kleines?“ Das Mädchen lächelte schüchtern und nickte mit dem Kopf. „Wo gibt's die tollen Tierfotos?“, fragte sie dann noch.

Cathy deutete auf Rick, der vor ein paar Büschen seinen Fotoapparat auf ein Stativ gestellt hatte. Neben sich auf einem Schild stand: „Porträts mit Ihrem Lieblingstier – 10 Dollar.“ „Die Fotos macht Rick dort drüben. Hast du dein Tier mitgebracht?“

Die Kleine nickte wieder und sah zu ihrem Beutel herab.

„Sag nicht, was es ist.“ Cathy beugte sich zu ihr herab. „Lass mich raten. Du hast eine Rennmaus da drin.“

„Nö“, sagte sie und zog eine kleine Schildkröte hervor. Sie hielt sie hoch, und das Tierchen ruderte heftig mit seinen Beinen in der Luft.

„Die ist aber schön“, sagte Cathy. „Wo hast du sie her?“

„Ich habe sie heute Morgen bei unserem Bach zu Hause gefunden, und Papa hat gesagt, dass ich mich hier mit ihr fotografieren lassen kann. Dann tue ich sie wieder ganz schnell in einen Eimer, damit sie schwimmen kann.“

„Wenn du dich beeilst, musst du noch nicht anstehen.“

Tracy griff die Hand ihres Vaters. „Komm, Papa, machen wir schnell das Foto.“

Steve lachte und ließ sich hinüber zu Rick ziehen. Bald darauf stand Cathy an ihrem Stand und untersuchte Hunde auf Würmer. Nach einiger Zeit tauchte Steve wieder auf. „Tracy hat eine Freundin gefunden, und die beiden streifen jetzt umher. Kann ich irgendwo anpacken, da ich jetzt frei habe?“

„O ja“, sagte Cathy erleichtert. „Sie könnten die Tiere festhalten. Sehen Sie zum Beispiel den da drüben?“ Sie deutete auf einen Schäferhund, der doppelt so groß war wie das Mädchen, das ihn hielt. „Den hätte ich lieber in einem Zwinger, wenn Sie ihn hineinbugsieren könnten."

„Mache ich. Kein Problem."

Cathy bemerkte sogleich, dass er geübt war, mit Tieren umzugehen. Er hatte keine Angst, auf sie zuzugehen und sich schmutzig zu machen. Sie mochte seine Art. Doch bevor sie sich mit diesem Gedanken irgendwie anfreunden konnte, wischte sie ihn schnell fort. Es war ein Mann, und sie hatte sich vorgenommen, nichts mehr mit Männern anzufangen.

Sie sah sich ein wenig um. Drüben waren Leah, Rachel und Daniel damit beschäftigt, einige Buden zu betreuen. Harry und Sylvia mischten sich unter die Besucher, um immer wieder den Grund für diesen Tierjahrmarkt zu erläutern. Sylvia hatte in kurzer Zeit mehr Geld durch spontane Spenden zusammenbekommen als Tory und Barry mit ihren offiziellen Spendenbescheinigungen, die sie an einem Tisch ausgaben.

Dann entdeckte sie David in der Menge, der mit seiner Videokamera herumlief und angesichts all der Aktivitäten um ihn herum ziemlich irritiert zu sein schien. Denn das alles war schließlich nur für seinen Sohn auf die Beine gestellt worden. Seit der Eröffnung hatte er keine ruhige Minute gehabt. Ständig traten Menschen an ihn heran und machten Mut oder erkundigten sich, wie sie helfen könnten. Cathy wusste, dass ihn das alles tief bewegte. Ihr selbst ging es schließlich nicht anders.

Sie hoffte, dass das Video Joseph aufmuntern würde. Tatsache aber war, dass sich Josephs Zustand in den letzten paar Tagen sichtbar verschlechtert hatte. Bei ihrem letzten Besuch hatte er nicht mehr auf einem Stuhl gesessen, sondern die ganze Zeit im Bett gelegen und nach Atem gerungen. Und er hatte dunkle Ringe unter den Augen gehabt. Er aß kaum noch und nahm nach Brendas Angaben ständig ab.

Cathy hoffte deshalb inständig, dass das alles hier nicht umsonst sein würde. Wozu würde all das Geld nütze sein, wenn kein Herz gefunden würde?

„Das muss ja ein ganz besonderer kleiner Junge sein, um den es hier geht." Es war Steve Bennett, der mit ihr sprach. Er stand plötzlich hinter ihr.

„Es ist tatsächlich ein besonderer kleiner Kerl", sagte sie. „Aber ich denke, dass jeder kleine Mensch, der in seiner Existenz bedroht ist, das Bedürfnis weckt, ihm zu helfen."

„Erzählen Sie mir mehr von ihm", sagte er. „Ich weiß gar nicht, was ich täte, wenn meine kleine Tracy so betroffen wäre."

„Joseph ist genauso alt wie sie", erzählte Cathy.

„Das habe ich schon gehört."

In diesem Augenblick hörte die Band auf zu spielen, und Sylvia trat ans Mikrofon. Sie rief in die Menge: „Cathy, Dr. Cathy Flaherty! Wo bist du?"

Cathy winkte ihr zu, und Sylvia entdeckte sie sogleich. „Komm doch mal her und erzähle diesen netten Leuten, warum wir das alles hier auf die Beine gestellt haben."

Cathy lächelte Steve ein wenig verlegen an. Dann machte sie sich auf den Weg zum Podium. Es wurde ganz still, als sie ans Mikrofon trat. „Ich möchte Ihnen allen zunächst einmal danken, dass Sie gekommen sind", sagte sie. „Besonders danke ich natürlich all den freiwilligen Helfern und all den Menschen, die hier sind, weil sie dem kleinen Joseph Dodd helfen wollen."

Die Menge applaudierte, und Cathy wartete, bis es wieder still wurde. „Joseph kann heute nicht dabei sein, denn er liegt noch immer im Krankenhaus und wartet auf seine Herztransplantation. Es geht ihm nicht besonders gut, deshalb bitten wir um Ihre Gebete. Aber wie Sie wissen, wird noch mehr gebraucht. Sein Vater ist einer der fleißigsten Männer, die ich kenne", sagte sie und deutete auf David, der noch immer mit seiner Videokamera beschäftigt war. „Aber wie Sie alle wissen, decken die Versicherungen längst nicht alle Kosten ab, die bei einer derartigen Operation entstehen. Die Familie Dodd muss für 30 Prozent der entstehenden Kosten privat aufkommen. Und das kann eine Riesensumme sein. Deshalb sind wir so dankbar für all die Hilfsbereitschaft, die wir heute erleben durften."

Sie sah hinunter zu David, Daniel, Rachel und Leah. „Wollt ihr auch etwas sagen?“

Man merkte, dass das alles David höchst unangenehm war. Trotzdem gab er Daniel seine Videokamera, und dann bestieg er das Podest. Er räusperte sich und stellte das Mikrofon auf seine Höhe ein. „Es ist eine ganz besonders schwere Zeit für unsere Familie. Umso mehr beeindruckt mich die Solidarität, die ich hier erlebe.“ Ihm versagte plötzlich die Stimme. Er wischte sich die Augen und griff nach der Videokamera, die Daniel hielt. „Ich nehme das alles auf Video auf, damit Joseph sehen kann, welche Zuneigung ihm die Menschen entgegenbringen.“

Von seinen Gefühlen überwältigt, unterbrach David seine Rede. Er hantierte verlegen mit seiner Kamera. Dann ergriff er wieder das Wort. „Eins möchte ich noch sagen.“ Er räusperte sich. „Es ist wichtig für Joseph und viele Menschen in ähnlicher Lage ..., dass so viele wie möglich Organspender werden. Wir würden es deshalb sehr begrüßen, wenn Sie die Organspendeausweise unterschreiben würden, die wir dort drüben am Stand ausgeben.“ Er hüstelte und gab das Mikrofon an Cathy weiter.

„Ich möchte das voll und ganz unterstützen“, fügte Cathy hinzu. „Bitte unterschreiben Sie einen Organspendeausweis. Wie gesagt: Dort drüben finden Sie einen Tisch mit den entsprechenden Dokumenten, die Sie nur zu unterschreiben brauchen. Wir würden uns sehr freuen, wenn möglichst viele dies täten. Und nun wünschen wir weiterhin viel Spaß. Und wenn Sie unbedingt noch einen Nachschlag geben wollen, dann sind die Veranstalter sicher gern bereit, Ihre Spende entgegenzunehmen.“

Die Zuhörer lachten.

Am Ende hatten sie 5.000 Dollar, die auf Josephs Spendenkonto eingezahlt werden konnten. Darin enthalten war noch nicht der Erlös aus der Pferdeauktion. Diese erbrachte annähernd noch einmal die gleiche Summe. Cathy konnte es kaum fassen.

Nachdem die Menge sich zerstreut hatte und nur noch die freiwilligen Helfer übrig geblieben waren, fragte sie sich, ob sie es schaffen würden, den Platz vor dem Dunkelwerden noch in Ordnung zu bringen. Aber sie staunte nicht schlecht, als sie sah, wie viele Helfer noch blieben, um anzupacken.

Steve Bennett war einer von ihnen. Er und Rick bauten die Zäune und Zwinger ab, die sie aufgestellt hatten, und luden sie auf einen Lastwagen. Tracy, seine Tochter, saß derweil zwischen Leah und Rachel in der Koje seines Lastwagens und ließ sich von den beiden großen Mädchen die Zöpfchen neu flechten, während die Schildkröte immer wieder versuchte, das Weite zu suchen.

Annie hatte sich längst aus dem Staub gemacht, während Mark murrend herumging und die Beweismittel für den Aufenthalt von Tieren beseitigte. Das alles war schnell erledigt, und bald waren alle Spuren des Festes beseitigt. Cathy warf noch einen letzten prüfenden Blick über das Gelände. Dabei wurde ihr bewusst, dass Gott durch die Gemeinde für seine Kinder sorgte. Es war heute nicht nur um Joseph gegangen. Gott gebührte letztlich alle Ehre. Hier hatten Gemeinden unter Beweis gestellt, weshalb sie überhaupt Gemeinde waren.

Plötzlich spürte sie die große Sehnsucht, ihre Kinder in einer solchen Gemeinde groß werden zu lassen, in der Menschen füreinander einstanden und bereit waren zu geben. Sie fragte sich, ob es schon zu spät war, um sie noch unkompliziert mit diesem Lebensstil vertraut zu machen.

Ihr Blick wanderte zu Steve Bennett hinüber, der gerade noch dabei war, ein Geländer abzubauen. Hatte Gott ihn geschickt? Würde sie Ausschau nach einem Mann halten – was sie ja nicht tat –, dann wäre er der Typ, der in Frage käme. Er war kein Schönling, dem die Frauen zu Füßen lagen. Er sah so normal aus, dass er einem in keiner Menschenmenge irgendwie aufgefallen wäre. Aber er hatte etwas an sich, was ihn von all den Männern unterschied, die sie in der letzten Zeit kennen gelernt hatte. Er wirkte anziehend, was es ihr unmöglich machte, ihn heute einfach so gehen zu lassen, ohne sicher zu sein, ihn wiedersehen zu können.

Zum erstenmal, seit sie wieder allein lebte, dachte sie daran, einen Mann um ein Wiedersehen zu bitten. Doch dann verließ sie der Mut, und sie glaubte, dies nicht so einfach tun zu können.

Wenn er mit ihr etwas unternehmen wollte, so wusste er ja, wo sie zu erreichen war.

Sie verscheuchte alle weiteren Gedanken an ein Rendezvous und beendete ihre Arbeit.

Als die Wiese wieder tipptopp in Ordnung war und Rick seinen Bruder nach Hause gefahren hatte, waren Steve und seine Tochter die letzten, die noch geblieben waren. Er half Cathy, ein paar übrig gebliebene Gegenstände im Auto zu verstauen.

„Steve, ich kann Ihnen gar nicht sagen, wie sehr ich Ihre Hilfe heute geschätzt habe“, sagte sie. „Ohne Sie hätte ich das alles gar nicht geschafft.“

„Das hätten Sie schon. Es klappte doch schon alles wunderbar, als ich hier ankam.“

„Aber Sie haben so toll beim Aufräumen geholfen. Ich glaube, ich würde morgen noch damit beschäftigt sein.“

„Kein Problem“, sagte er. „Wissen Sie, es war einfach eine so großartige Idee. Wenn man bedenkt, wie viel Geld Sie eingenommen haben. Und ich denke, das war nur der Anfang. Wahrscheinlich wird in der Folgezeit noch mehr dazukommen.“

„Das hoffe ich“, sagte sie. Dann öffnete sie ihr Auto, stieg aber nicht ein. Er legte seine Hand auf die offene Tür und sagte: „Es war nett, Sie ein bisschen näher kennen gelernt zu haben. Ich gedenke, Sie auf der Ausschusssitzung der Schulbehörde im September wiederzusehen.“

„Schön. Das ist ja prima.“ Sie sahen sich einen Augenblick an, und sie dachte daran, ihn noch zu einem gemeinsamen Essen zu bitten. Aber dann konnte sie sich doch nicht überwinden, und sie hätte sich am liebsten geohrfeigt. Sie hörte Annie schon Vorträge halten: *Mutti, wir sind nicht mehr in den Fünfzigern! Werde endlich erwachsen. Heute ist es ganz normal, wenn Frauen Männer einladen!* Sie konnte kaum atmen vor Anspannung und wünschte sich so sehr, er würde die Initiative ergreifen.

Auch er schien mit sich zu kämpfen, und für einen Augenblick meinte sie, er werde sie sogleich fragen.

Aber dann rief Tracy aus dem Lastwagen: „Papaaa!“

Er wandte sich um und rief: „Ich komme gleich, Süße." Als er sie wieder ansah, wusste sie, dass die Chance vertan war.

„Tja, ich denke, wir sehen uns noch."

„Bestimmt", sagte sie. „Und vielen Dank noch mal."

Er blieb an ihrem Auto stehen, bis sie eingestiegen war, und dann schlug er die Tür zu. Anschließend lief er hinüber zu seinem Lastwagen. Er holte Tracy aus der Koje hervor und kitzelte sie, bis sie vorn Platz genommen hatte. Cathy sah noch, dass er Tracy ermahnte, ihren Sicherheitsgurt anzulegen. Dann brausten sie davon.

Cathy fühlte etwas, was sie schon lange nicht mehr empfunden hatte, und sie fragte sich, ob sie den Verstand verloren hatte. Bislang hatten alle Männer sie enttäuscht. Sie musste sich den Gedanken aus dem Kopf schlagen, dass es diesmal anders sei. Steve Bennett war ein stiller Mann. Aber stille Wasser sind tief, und er war ein Mann mit ganz normalen Wünschen und Gelüsten. Also konnte er kaum anders sein als all die anderen Exemplare, die sie bereits kennen gelernt hatte.

Dann aber dachte sie auch an Harry, Barry und David. Und sie fragte sich, ob es nicht doch noch ein paar Männer mehr wie sie geben könne, die treu waren und ihren Teil zur Partnerschaft beitrugen – ohne Hintergedanken. Vielleicht war ja Steve Bennett eine solche ehrliche Haut.

Warum hatte sie ihn also laufen lassen?

Sie seufzte und machte sich endlich auch auf den Heimweg, wobei sie versuchte, sich gedanklich mehr auf die Erfolge dieses Tages zu konzentrieren als auf die Misserfolge.

33. Kapitel

Am nächsten Morgen waren Rick, Annie und Mark gar nicht mehr so abgeneigt, sich für den Gottesdienst fertig zu machen. Nachdem Cathy die Kinder in der Sonntagsschule abgegeben hatte, wartete sie im Foyer auf den Gottesdienstbeginn.

„Cathy?"

Sie drehte sich verwundert um und sah in das breit lächelnde Gesicht von Steve Bennett, der heute einen weißen Anzug trug und wie ein Banker von der Wallstreet aussah.

„Steve! Gehen Sie etwa auch in diese Gemeinde?"

„Ja, seit einem halben Jahr. Aber ich wusste gar nicht, dass Sie auch hier sind. Sie sagten doch gestern, dass Sie ganz überrascht seien, dass die Gemeinde Ihnen die Wiese zur Verfügung gestellt habe, obwohl Sie gar kein Mitglied seien."

Sie lachte. „Ich bin ja auch kein Mitglied. Ich gehe nur seit ein paar Wochen hier zum Gottesdienst."

„Tatsächlich? Ich habe Sie noch nie gesehen."

„Wahrscheinlich gehen wir in unterschiedliche Gottesdienste", sagte sie und hoffte dabei, dass er nicht auf die Idee kam, dies alles sei nur eingefädelt, um ihn wiederzusehen.

„Wo sind die Kinder?", fragte er.

„Die sind in ihren Gruppen."

„Na fein." Er sah sie wieder so verlegen an wie gestern. „Nun ... wir kennen uns noch nicht sehr gut, aber ... was halten Sie davon, wenn ich Sie alle heute zum Essen einlade?"

„Uns alle? Das sind sechs Personen!"

„Das ist mir schon klar", sagte er. „Aber ich verdiene nicht so schlecht."

Sie lachte. „Den Eindruck habe ich auch. Ich möchte mich nur nicht aufdrängen."

„Soweit ich mich erinnere, habe ich diese Einladung ganz freiwillig ausgesprochen."

Sie grinste. „Wir können ja auch ins Schnellrestaurant gehen."

„Das könnten wir. Aber dann wäre ich die ganze Zeit beleidigt, weil das mein Selbstwertgefühl untergraben würde und ..."

„Okay, okay. Wir werden das teuerste Gericht auf der Karte bestellen", unterbrach ihn Cathy.

„Das geht in Ordnung." Plötzlich sah er sie mit ernster Miene an. „Ich hoffe, Sie haben nicht das Gefühl, dass ich mich gleich an Sie heranmache."

„Nein, nein, das Gefühl habe ich überhaupt nicht."

„Es gibt ja den einen oder anderen hier ..."

„Ja, solche Leute habe ich auch schon kennen gelernt", sagte Cathy.

„Das kann ich mir vorstellen. Eine Frau wie Sie erlebt das sicher öfter."

Es war kaum zu glauben, aber sie wurde doch tatsächlich rot. „Eigentlich gar nicht so oft."

„Na gut, ich schlage vor, dass wir uns nach dem Elf-Uhr-Gottesdienst hier am Fahrstuhl treffen."

„Hört sich gut an", sagte sie.

Den ganzen Gottesdienst über war sie in Hochstimmung. Da war sie ihm doch schon wieder in die Arme gelaufen, und dann noch die Überraschung, dass er in dieselbe Gemeinde ging. Sie hatte doch eigentlich schon die Hoffnung aufgegeben, einen gescheiten Mann kennen zu lernen, und nun war ihr ganz unterwartet doch noch einer über den Weg gelaufen. Allerdings hoffte sie doch sehr, dass er sich im Augenblick, da sie ihn küsste, nicht in einen Frosch verwandeln würde.

Die Kinder, die aus ihren Gruppen gekommen waren, erzählten, dass sie Klassenkameraden begegnet waren und man in Zukunft auch im Gottesdienst zusammensitzen wolle. Das war ja eine freudige Nachricht. Sie entdeckte Sylvia und Harry und setzte sich neben sie. Kurz vor Gottesdienstbeginn tauchte plötzlich Steve auf. „Ist noch Platz für zwei in der Reihe?"

„Klar. Ich dachte, Sie seien schon im ersten Gottesdienst gewesen."

„Das waren wir auch", sagte er und zwinkerte ihr zu. „Aber er war so gut, dass wir ihn noch einmal absitzen wollen."

Wann hatte sie sich schon einmal so geschmeichelt gefühlt? „Hallo, Tracy, wie geht's?", fragte Cathy.

„Gut", sagte die Kleine mit einem schüchternen Lächeln. „Und wie geht es Ihnen?"

„Großartig." Cathy war beeindruckt. Ein so wohlerzogenes Mädchen. Das sprach für Steves Erziehung. Jetzt hoffte sie nur, dass ihn das Benehmen ihrer eigenen Kinder nicht abschrecken würde.

Er nahm Platz und stellte sich Sylvia und Harry vor. Nachdem der Gottesdienst begonnen hatte, bemerkte Cathy, dass ihr seine sonore Stimme beim Lobpreisgesang angenehm in den Ohren klang. Es hörte sich irgendwie echt und authentisch an. Es schien für ihn Freude und keine Pflichtübung zu sein, Gott mit seiner Stimme zu preisen.

Steve folgte der Predigt mit aufgeschlagener Bibel, wobei ein Stift für Notizen bereitlag. Alles, was er tat, wirkte irgendwie beeindruckend natürlich und ungekünstelt. Und das sprach sie mächtig an. Irgendwann entdeckte sie auch Bill unter den Gottesdienstbesuchern. Das war der Typ mit dem Porsche. Er saß ein paar Reihen vor ihr neben einer aufgestylten Blondine mit engem Blüschen. Ständig begutachtete sie sich in ihrem Taschenspiegel, und ab und zu, wenn der Winkel stimmte, konnte auch Bill sich einen Augenblick darin bewundern.

Steve mit seiner Unbekümmertheit wirkte viel anziehender auf Cathy als dieser Gemeindecasanova.

Zum Schluss des Gottesdienstes betete Cathy noch, dass ihn der Restaurantbesuch mit ihren Kindern nicht gleich wieder vertreiben würde.

34. Kapitel

Am anderen Ende der Stadt sah sich Joseph gerade das Video an, das sein Vater vom Tierjahrmarkt gemacht hatte, als Dr. Robinson zur Visite vorbeikam. David und Brenda sahen schweigend zu, während der Arzt das Krankenblatt studierte und Joseph befragte. Der Junge antwortete allerdings nur monoton und einsilbig.

Schließlich tätschelte Dr. Robinson Josephs Hand und bat die Eltern, ihn auf den Flur zu begleiten.

„Was gibt es, Herr Doktor?“, fragte David, als sie draußen waren.

Dr. Robinson sah verlegen zu Boden, als suche er nach den passenden Worten. „Ich denke, Sie werden es auch schon bemerkt haben, dass es Joseph trotz unserer Bemühungen schlechter geht“, sagte er. „Es wird langsam wirklich dringend, ein Herz für ihn zu bekommen.“ Er stockte, und Brenda wurde bewusst, dass das alles auch an ihm nicht spurlos vorbeiging. Sie fragte sich, ob es jemals für ihn Routine werden könnte, ein sterbendes Kind zu behandeln.

„Wird er es trotzdem schaffen?“, raunte Brenda.

Er brauchte einen Augenblick für die Antwort. Dann sagte er: „Ich weiß es nicht. Ohne ein Wunder ...“

Er hätte eigentlich gar nichts zu sagen brauchen. Sie ahnten auch so, dass Dr. Robinson inzwischen glaubte, Joseph werde es nicht schaffen. Mit größter Kraftanstrengung gelang es Brenda, ihre Verzagtheit vor Joseph zu verbergen. Statt darüber nachzudenken, was geschehen könnte, konzentrierte sie sich nun ganz darauf, ihm den Augenblick zu verschönern.

Joseph sah sich den Film vom Tierjahrmarkt zwar mit Interesse an, doch die helle Freude, die Brenda erwartet hatte, blieb aus. Er sah eher betrübt drein, während der Film vor ihm ablief. Danach setzte sich Brenda auf seine Bettkante, lehnte sich über ihn und fragte: „Was ist mit dir, Joseph?“

Er starrte noch immer auf den schwarzen Bildschirm, und Brenda sah ihm in die Augen, um ein wenig Einsicht darüber zu gewinnen, was in der Seele dieses kleinen Jungen gerade vor sich ging.

Nach einer Weile begann Joseph zu reden: „Sie alle glauben, dass ich sterben werde, stimmt's?"

Brenda hielt den Atem an und versuchte, ihre Tränen zurückzuhalten.

„Sterben? Natürlich nicht! Niemand hätte sich die Mühe gemacht, unseren Tierjahrmarkt auf die Beine zu stellen und so viel Geld zu sammeln, wenn alle damit rechnen würden, dass du stirbst."

„Aber sie denken, dass ich sterben werde, wenn wir uns die Transplantation nicht leisten können oder wenn wir kein Herz bekommen", sagte er.

Es war wie ein Schock. Diese Gedanken waren Joseph offenbar noch gar nicht gekommen, bevor er das Video gesehen hatte. Jetzt wünschte sie, es ihm nie gezeigt zu haben.

„Liebes, du bist natürlich ziemlich krank. Und das weißt du ja auch. Aber man tut hier alles Menschenmögliche für dich. Und du wirst sicher bald ein Herz bekommen."

„Aber was ist, wenn keins zur rechten Zeit kommt?"

„Es wird. Es muss."

Er sah seine Mutter nachdenklich an. „Mama, erinnerst du dich noch daran, als der Arzt von meinem Herzen erzählte, dass wir dann in die Gemeinde gefahren sind und die Männer für mich gebetet haben?"

David, der mitgehört hatte, richtete sich auf und sah seiner Frau ins Gesicht. Und sie las in seinen Augen, was er ihr sagen wollte: *Ich habe dich gebeten, es zu unterlassen! Ich habe dir damals gesagt, dass es ihm nur schaden würde.*

Ihre Augen füllten sich mit Tränen, als sie auf ihren Sohn herabsah. „Ja, ich erinnere mich", sagte sie mit leiser Stimme.

„Es war toll", sagte er. „Ich fühlte, dass das Gebet wirkt."

„Gebete wirken immer, Schatz."

„Ich weiß, aber manchmal ..."

Es schnürte ihr die Kehle zu, und die Tränen ließen sich nicht länger zurückhalten. Besorgt streichelte Joseph ihr Gesicht „Musst nicht weinen, Mama. Ich weiß doch, dass ich in den Himmel komme."

Er drückte die Hand seiner Mutter und wandte sich dann an seinen Vater. „Papa?"

„Ja, mein Junge?"

„Wie bekommt man eigentlich ein Herz?"

David stand auf und stellte sich an sein Bett.

„Wie meinst du das: *Wie bekommt man ein Herz*?"

„Ich meine: Wo kommt es her?"

„Man entnimmt es einem anderen Menschen."

„Und von wem kommt *mein* Herz?", fragte Joseph.

„Das wissen wir noch nicht."

Joseph dachte einen Augenblick nach. „Was geschieht denn mit dem anderen?", fragte er schließlich. „Ich meine, wenn ich sein Herz habe."

David atmete einmal tief durch. Er stützte sich auf das Geländer am Bett und strich mit seinen schwieligen Händen über Josephs rotes Haar. „Tja, mein Junge, man bekommt ein Herz meistens, wenn einer einen Unfall gehabt hat und dabei stirbt. Wenn dann die Organe heil geblieben sind, können die Ärzte sie herausnehmen und sie Menschen geben, die wie du eins brauchen."

Ein Schatten fiel auf Josephs Gesicht. „Jemand muss sterben, damit ich leben kann?"

David nickte, und Brenda legte ihre Hand auf seine Schulter in der Hoffnung, ihm das Gefühl zu geben, er sei nicht allein.

„Irgendwie wie Jesus, nicht Mama?"

„Irgendwie wie Jesus."

Dieser Gedanke tröstete Joseph nicht besonders. „Wird es ein Kind sein – die Person, die sterben muss?"

„Ich weiß nicht", flüsterte Brenda.

„Das wissen wir nicht vorher", sagte David. „Du bekommst ein Herz, das zur Verfügung steht, wenn du oben auf der Liste stehst. Entscheidend ist nur, dass es zu deinem Körper passt. Es kann auch das Herz eines Erwachsenen sein. Es kommt auf den Zufall an."

„So zufällig ist es nun auch wieder nicht", rückte Brenda zurecht. Sie beugte sich über ihren Sohn, so dass er ihr in die Augen sehen musste. „Schatz, Gott hat alles in seiner Hand. Er weiß bereits, wessen Herz er dir geben will. Und wenn der Betreffende einen unvermeidlichen Unfall hat, dann hat Gott sich schon seiner Seele angenommen, bevor jemand sein Herz anrührt."

„Derjenige fühlt es also nicht?", fragte Joseph.

„Überhaupt nicht."

„Was ist aber mit den Eltern? Werden sie nicht furchtbar traurig sein?"

„Das werden sie sicher sein", sagte sie sehr leise. „Aber Gott bestimmt eben, wann wir zu ihm nach Hause gehen."

Sie schwiegen eine Weile. Joseph sah ihr verweintes Gesicht an und dachte nach. „Gott bestimmt auch, wann ich nach Hause gehe, oder?"

Es gelang ihr, zunächst nicht zu antworten. „Ja doch, Schatz, so ist das."

Und nach einer weiteren Pause fügte er hinzu: „Ich finde das gar nicht gut, dass ich jemand das Herz wegnehme."

„Aber vielleicht ist das Gottes einzige Möglichkeit, unser Gebet zu erhören", sagte seine Mutter. „Er benutzt den Tod eines Menschen, um damit ein anderes Leben zu retten. Ist das nicht typisch Gott? Er verwandelt den Tod in Leben."

Joseph sagte nichts mehr. Und kurze Zeit später schlief er ein. Brenda und David schlichen hinaus auf den Flur. David lehnte sich an die Wand, und Brenda hatte plötzlich das Gefühl, schon eine Ewigkeit nicht mehr geschlafen zu haben.

„Ich fände es besser, wenn du Joseph nicht solche Sachen erzählen würdest", sagte David und starrte dabei die gegenüberliegende Wand an.

„Was denn zum Beispiel?"

„Na ja, so Sachen über den Geist, der den Körper verlässt, und dass Gott alles in seiner Hand hält."

„Ich habe ihm die Wahrheit gesagt, David."

Er starrte sie an. „Für mich ist das keine Wahrheit, und es fällt mir unsäglich schwer, mit anzuhören, wie du einem Jungen, der möglicherweise sterben wird, solche Hirngespinste in den Kopf setzt."

„Was soll er denn nach deinem Geschmack glauben?", fragte sie, und Groll stieg in ihr hoch. „Soll er lieber glauben, das alles sei nur ein saublöder Zufall, aus dem es eben – wie das Schicksal so will – keinen Ausweg mehr gibt? Soll er glauben, dass sein Leben und sein Tod völlig ohne Sinn sind?"

„Du weißt, dass ich das nicht will", erwiderte David.

„Was hast du also dagegen, wenn ich ihm die Wahrheit sage? Gott hat alles unter Kontrolle, dass er sich um ihn sorgt und dass es Gottes Beistand ist, wenn er sein Herz bekommt."

„Und was ist, wenn sein Körper es abstößt?", fragte David und ließ damit seine ganze Anspannung durchklingen. „Wirst du ihm dann sagen, dass Gott einen Fehler gemacht hat?"

Am liebsten hätte sie ihn angeschrien, dass sie seinen Unglauben nicht länger ertragen könne. Aber sie musste sich damit abfinden. „David, ich weiß nicht, was geschieht. Gott nimmt uns vielleicht Joseph weg, und dann bringen wir abends statt vier nur noch drei Kinder ins Bett. Aber wenn das passiert, dann ist es niemandes *Fehler*!"

Er zog sie an sich und hielt sie eine Weile fest in seinen Armen. „Es tut mir Leid", flüsterte er, „ich wollte dich nicht verletzen."

Sie versuchte sich zusammenzureißen, aber ihr Gesicht blieb schmerzverzerrt. „Wenn du über Gott redest, als wenn es ihn nicht gibt, dann nehme ich das ganz persönlich, David."

„Warum denn? Unsere Weltanschauungen unterscheiden sich eben. Das ist alles."

„Es ist keine Weltanschauung. Für mich ist der Glaube etwas ganz Reales und Praktisches. Gott gehört zu meinem Leben. Ich liebe ihn. Und er hat sein Leben für dich und mich hingegeben – so wie jetzt jemand sein Leben geben muss, um Joseph zu retten. Der Unterschied ist nur, dass derjenige es nicht freiwillig tut. Er oder sie hat keine andere Wahl. Aber als Jesus auf die Erde kam, um für unsere Sünden zu sterben, da war es sein freier Wille. Er war nicht gezwungen, aber er tat es dennoch. Und wenn du so abfällig über ihn redest, dann tut mir das weh, denn ich bin ein Teil von ihm!"

David ließ es zu, dass sie sich an seiner Brust ausweinte. „Es tut mir Leid. Ich bin wohl nicht sonderlich sensibel gewesen."

„Joseph kennt Jesus auch“, schluchzte sie. „Du hast es mir versprochen, David. Als ich Christin wurde, hast du mir erlaubt, unsere Kinder entsprechend zu erziehen. Du meintest damals, dass das nicht schaden könne. Nimm es Joseph jetzt nicht weg, wo es alles ist, was ihm geblieben ist. Es ist viel, David, sehr sehr viel. Dieser Glaube ist mehr, als die meisten Menschen besitzen.“

„Nun beruhige dich“, flüsterte er. „Es tut mir ja Leid. Du erzählst ihm eben alles, was dir hilft, das alles zu überstehen. Ich wünschte, ich könnte auch so glauben.“

„Das wünschte ich mir auch!“, schluchzte sie, und sie sprach es als Gebet.

35. Kapitel

Der gemeinsame Restaurantbesuch mit Steve war von Anfang an für Cathy kein reines Vergnügen, denn ihre innere Anspannung wollte nicht weichen.

Noch hatten sich ihre Kinder recht ordentlich benommen. Doch Cathy rechnete damit, dass die Bombe jeden Augenblick platzen würde.

So zur Halbzeit geschah dann, was Cathy die ganze Zeit befürchtet hatte: Annie erfüllte voll und ganz ihre Erwartungen. „Mutti, kann mich Rick schnell nach Hause fahren? Allen holt mich gleich ab. Wir wollen ein bisschen an den See fahren."

Ohne aufzublicken, schnitt Cathy unverdrossen an ihrem Steak herum. „Nein, Annie. Ich bringe dich nach Hause, wenn wir mit dem Essen fertig sind."

„Ich bin aber schon fertig."

„Ich aber noch nicht", sagte Rick. „Und außerdem: Ich kutschiere dich nicht dauernd in der Gegend herum."

„Mutti, du musst es ihm befehlen", jammerte Annie. „Allen wird gleich dort sein. Es ist gemein, ihn warten zu lassen."

„Es ist gemein, hier am Tisch rumzujammern", schnauzte Rick sie an. „Und jetzt halt endlich deinen Mund!"

Cathy sah Steve etwas hilflos an. Er wirkte irritiert. Mit möglichst ruhiger Stimme sagte sie in die Runde: „Können wir mal aufhören mit dem Jammern *und* dem Zanken!"

„Ich jammere nicht", zischte Annie. „Ich habe nur mitgeteilt, dass ich weg muss. Ich werde doch bei diesem Rendezvous hier nicht mehr gebraucht!"

Starr vor Schreck warf Cathy Steve einen kurzen Blick zu. Er war gerade dabei, Tracys Fleisch in Stücke zu schneiden und tat so, als habe er nichts gehört. Doch da im selben Augenblick auch die Gespräche an den Nebentischen verstummten, war Cathy klar, dass man auch dort Annies Bemerkung vernommen hatte. „Annie, wenn du nicht sofort deinen Ton änderst und leiser sprichst, dann gehst du heute nirgendwo mehr hin. Halt jetzt deinen Mund, bis wir fertig sind."

„Na toll!" Annie warf die Serviette auf ihren Teller und schurrte den Stuhl zurück. „Ich rufe ihn an und sage ihm, dass er mich hier abholen soll."

Cathy starrte sie wutentbrannt an und Zornesröte stieg ihr ins Gesicht. „In Ordnung. Du rufst ihn jetzt an und sagst ihm, dass du heute nicht mehr das Haus verlassen wirst, weil du eine zu freche Lippe riskiert hast." Sie holte ihr Portmonee hervor und kramte nach ein paar Münzen. „Ich bezahle dir den Anruf sogar noch."

„Mutti, das kannst du nicht machen!"

„Du siehst doch, dass ich es kann."

Wutschnaubend stürmte Annie davon.

Cathy war den Tränen nahe. „Steve, es tut mir so Leid."

„Kein Problem", sagte er zwar, aber sie merkte ihm an, dass es durchaus ein Problem für ihn war.

Es kam noch schlimmer, denn Annie kehrte nicht zum Tisch zurück. Als sie nach dem Essen auf dem Parkplatz nachsahen, wurde allen klar, dass sich Annie aus dem Staub gemacht hatte.

„Ich wette zehn Dollar, dass Allen sie abgeholt hat", meinte Rick. Cathy bemühte sich, ihre Wut zu zügeln, während Steve noch die Rechnung bezahlte.

Als er herauskam, fragte er: „Ist alles in Ordnung mit Ihnen?"

Sie dachte daran, ihn anzulügen. Doch dann wurde ihr klar, dass dies nichts nützen würde. „Eigentlich nicht. Sie braucht wohl wieder eine etwas festere Hand. Es tut mir nur so Leid, dass sie uns das ganze Essen verdorben hat."

„Sie konnte es uns nicht verderben. Es war trotzdem nett."

„Seien Sie ehrlich, es war sicher das teuerste Fiasko, für das Sie je so viel Geld ausgegeben haben."

„Das stimmt nicht", widersprach er. „Aber jetzt sollte ich ganz schnell Tracy nach Hause bringen. Wir reden später weiter, okay?"

Ihr war klar, was er damit sagen wollte. „Ja, in Ordnung."

Als sie aus der Parklücke hinausfuhren, sagte Cathy: „Das war doch der reinste Alptraum."

„Nicht meine Schuld“, sagte Rick. „Annie war das Biest. Ich meine, wenn du sie dir nicht mal richtig zur Brust nimmst, dann bleibt die Gerechtigkeit ganz schön auf der Strecke.“

Auf dem Heimweg sagte Cathy kein Wort mehr. Als sie angekommen waren, eilte sie ins Haus, aber von Annie keine Spur. Ihre Sonntagskleider lagen am Boden, dort, wo sie aus ihnen herausgestiegen war. So wusste Cathy wenigstens, dass sie vor dem Restaurant nicht gekidnappt worden war.

„Sie ist bestimmt zum See gefahren“, sagte Mark. „Sie macht wirklich nur noch, was sie will.“

„Rick und Mark! Die Erziehung überlasst ihr bitte mir. Danke! Ich ziehe mich in mein Zimmer zurück. Sagt mir Bescheid, wenn Annie heimkommt.“

Schnell war sie in ihrem Zimmer verschwunden. Sie schlug die Tür hinter sich zu und warf sich aufs Bett. Was hatte sie bislang eigentlich alles falsch gemacht?

36. Kapitel

Die Schule fing wieder in der letzten Augustwoche an, und Brenda kam schon früh am Morgen vom Krankenhaus heim, um die Kinder am ersten Schultag auf den Weg zu schicken. Sie waren furchtbar aufgeregt und hatten tausend Fragen. Sie hatte schon gut vorgearbeitet, damit der Übergang ins Schulsystem den Kindern nicht so schwer fiel. So hatte sie dafür gesorgt, dass Leah und Rachel in dieselbe Klasse kamen. Und Daniel würde größtenteils mit Mark Flaherty zusammen Unterricht haben. Das Wissen, dass keins ihrer drei Kinder ganz allein zurechtkommen müsse, beruhigte sie sehr.

Sie versuchte, die Sache spannend zu machen, während sie die Pausenbrote einpackte. „Das wird vielleicht prima. Jetzt müsst ihr nicht mehr mir den ganzen Tag zuhören. Ihr habt jetzt auch noch andere Lehrer. Und denkt mal, wie viele neue Freunde ihr bekommen werdet."

Die Kinder schwiegen betreten. „Was ist, wenn andere sich über uns lustig machen, weil wir noch nie in einer Schule waren?", fragte Rachel schließlich.

„Das werden sie nicht. Und wenn doch, dann werden sie schnell zum Schweigen gebracht, wenn sie mitbekommen, was ihr alles auf dem Kasten habt."

„Können wir nicht warten, bis Joseph heimkommt? Dann kannst du uns doch wieder zu Hause unterrichten. Wir werden fleißig sein, um alles wieder aufzuholen", sagte Daniel.

„Ich verspreche euch, dass wir wieder anfangen, sobald alles wie früher ist. Doch sollte es wider Erwarten länger dauern, möchte ich, dass ihr inzwischen was lernt. Außerdem wird es für euch eine gute Erfahrung sein. Vertraut mir."

Als sie die Kinder zu ihren jeweiligen Schulen gefahren und den Papierkrieg zur Aufnahme hinter sich gebracht hatte, hoffte sie nur, dass sie das Vertrauen der Kinder nicht enttäuschen würde.

Mit jedem Tag, der verging, versuchte Brenda, die Zuversicht aufrechtzuerhalten, dass auch die Transplantation einen Tag näher gerückt war. Aber der seidene Faden, an dem diese Hoffnung hing, wurde immer dünner, denn Joseph ging es von Tag zu Tag schlechter. Er schlief jetzt fast die ganze Zeit. Und zwei Mal schon war sein Blutdruck so abgesunken, dass sie dachten, ihn zu verlieren.

Die einzig verbliebene Farbe in seinem Gesicht war das fahle Braun seiner Sommersprossen. Er stand nicht mehr auf – nicht einmal mehr zur Toilette, weswegen sie ein Blasenkatheter legen mussten. Anhand der Harnproduktion konnte man erkennen, dass sogar schon die Nieren ihre Arbeit einzustellen begannen.

Die Ärzte verlegten Joseph auf die kardiologische Intensivstation. Allerdings wurde es Brenda gestattet, bei ihm zu bleiben. Schließlich konnte sie den Schwestern so manche Pflicht abnehmen, so dass diese für andere Patienten mehr Zeit hatten. Am Abend blieb David bei Joseph, während Brenda mit ihren anderen Kindern im Aufenthaltsraum zusammentraf. Um ihre Mutter nicht noch mehr zu belasten, bemühten sie sich, ein möglichst rosiges Bild von den Verhältnissen zu Hause und in der Schule zu malen. Aber Brenda bemerkte dennoch, dass die Krise ihre Spuren im Familienleben hinterließ.

Die Tatsache, dass sie kurz davor standen, ihr Haus zu verkaufen, ließ das Stimmungstief noch weiter sinken. Ein Paar hatte es sich schon dreimal angesehen und David versichert, sich in Kürze wieder zu melden. Mindestens ein dutzend Mal hatte er das Haus Interessenten gezeigt. Der Zwang, das Haus ständig in einem tadellosen Zustand zu halten, war für die Kinder eine fast unerträgliche Belastung. Aber es schien ja kein Weg daran vorbeizuführen.

Am Montagmorgen kam Dr. Robinson vorbei und bat Brenda, mit David in Kontakt zu treten, weil er sie beide gemeinsam sprechen müsse.

Harry und Sylvia waren ebenfalls anwesend, als sie sich alle bei Dr. Robinson trafen. Brenda ahnte, dass es wohl darum gehen werde, sie auf das Schlimmste vorzubereiten. Sie hakte sich bei David ein, als sie das Sprechzimmer betraten, denn sie zitterte am ganzen Leib.

„Mrs. Dodd, Mr. Dodd", begann Dr. Robinson mit ruhiger Stimme. „Ich denke, es wird Sie kaum überraschen, wenn ich Ihnen mitteile, dass sich Josephs Zustand verschlechtert. Sie haben miterlebt, wie sein Blutdruck heute Morgen abgesunken ist. Sie wissen, dass seine Nieren immer schlechter funktionieren. Wir tun noch immer, was wir können. Und wir werden es weiterhin tun. Wenn die Nieren bis morgen nicht wieder besser arbeiten, werden wir Joseph an die Dialyse anschließen müssen. Wir passen ständig die Medikation seinem Zustand an. Wir tun wirklich alles, um ihn am Leben zu erhalten."

„Aber?", sagte David, denn er wusste, dass noch etwas kommen würde.

„Aber ..." Der Arzt warf Harry einen Blick zu, der ebenfalls völlig übermüdet aussah, als koste ihn Josephs Krankheit genauso viel Schlaf. „Aber es könnte sein, dass wir es doch nicht schaffen. Wir hoffen noch immer, rechtzeitig ein Herz zu bekommen. Joseph steht ganz oben auf der Liste. Jeden Augenblick kann das passende eintreffen. Wenn das aber nicht passiert ... tja, dann weiß ich nicht, was wir noch für ihn tun können."

Brenda sank in sich zusammen.

„Aber da ist doch der Apparat, der sein Herz stützen sollte", wandte David ein. „Er sollte ihn am Leben erhalten ... bis ..."

„Seine Wirkung ist auch begrenzt", antwortete Dr. Robinson. „In vielen Fällen tut er seinen Dienst, aber bei Joseph offenbar nicht so gut."

„Die Dialyse", mischte Brenda sich ein, „wird sie nicht helfen? Filtert sie nicht die Gifte aus seinem Körper, so dass sein Herz wieder besser arbeiten kann?"

„Es werden natürlich einige schädliche Stoffe ausgefiltert", antwortete Harry. „Und dadurch fühlt er sich für einige Zeit etwas besser."

„Dann sollten wir das auch tun", sagte Brenda, „so intensiv, wie es nötig ist."

David saß immer noch wie betäubt da. Dann sagte er: „Es ist ganz egal, was es kostet. Wir verkaufen das Haus ohnehin. Wir können auch noch unsere Möbel verkaufen und die Autos ... alles.

Wenn die Dialyse dafür sorgt, dass es ihm besser geht und vielleicht sein Leben rettet ..."

„Sein Herz ist krank", unterbrach ihn Dr. Robinson sanft. „Das ist das Hauptproblem. Es könnte sein, dass sein *Herz* es nicht schafft."

Brenda bedeckte ihr Gesicht mit den Händen und weinte bitterlich. Sylvia nahm sie in den Arm, ließ sich dann aber von ihr anstecken. David saß starr da wie eine Statue und starrte ins Leere.

„Es tut mir Leid", sagte Dr. Robinson. „Ich möchte nicht, dass Sie die Hoffnung verlieren. Aber ich habe immer wieder die Erfahrung gemacht, dass es letztlich besser ist, wenn Eltern wissen, was auf sie zukommen kann. Das gibt ihnen Zeit, sich auf alle Eventualitäten seelisch vorzubereiten."

„Auf so was kann ich mich nicht *vorbereiten*", raunte David mit belegter Stimme. „Ich werde niemals vorbereitet sein."

„Wir beten noch immer für ein Herz", berichtet Sylvia. „Es ist noch nichts verloren. Gott hört noch immer. Und sein Zeitplan ist perfekt abgestimmt."

Brenda sprach die Frage nicht aus, die ihr immer wieder durch den Kopf ging: *Warum wartet Gott ab, obgleich Joseph so schwach ist? Warum ist ein so junger und unschuldiger Mensch dem Tod so nahe?* Sie versuchte sich daran zu erinnern, wann zuletzt eins ihrer Gebete erhört worden war. Das schien schon so lange her zu sein. In der letzten Zeit hatte sie eigentlich nur noch für Joseph und auch für David gebetet. Und keins dieser Gebete war bislang erhört worden. Und nun wollte ihr verzagtes Herz wissen, warum das so war. Wie lange würde Gott noch brauchen, um Joseph zu retten?

„Wie lange?", fragte David, der sich immer noch nicht aus seiner Erstarrung gelöst hatte. „Wenn er kein Herz bekommt – wie lange hat er dann noch zu leben?"

Brenda sah auf und versuchte, die Miene des Arztes zu deuten. „Höchstens ein paar Tage."

„Ein paar Tage?" Sie fiel wieder in Sylvias Arm. Dann löste sie sich von ihr und wandte sich ihrem Mann zu und rief: „David!" Er öffnete seine Arme. Aber als sie sich in sie fallen ließ, war er so steif

und reglos, dass sie sich mit großer Sorge fragte, was wohl in seinem Kopf jetzt vor sich gehen mochte.

Es musste ein noch schlimmeres Chaos der Gefühle sein als bei ihr. Ohnmächtige Wut, Fassungslosigkeit und Verzagtheit – wie sollten sie all diese Gefühle auf einmal verarbeiten?

Als sie in Josephs Zimmer zurückkehrten, hatte sich nichts geändert. David wollte bei ihm bleiben, und so ging Brenda hinaus in den Aufenthaltsraum, wo Sylvia schon wartete.

„Wie geht's ihm?"

„Schrecklich", antwortete Brenda. „Wenigstens schläft er."

„Nein, ich meinte David."

Brenda schüttelte den Kopf und setzte sich zu ihrer Freundin.

„David ist kalt und unnahbar, und er schweigt sich aus. Aber man sieht ihm an, wie es innerlich in ihm kocht. Ich habe das Gefühl, dass David zum erstenmal in seinem Leben an Gott glauben möchte – aber nur um mit ihm zu streiten. Ich kann das durchaus nachvollziehen. Auch ich habe Gott schon Vorhaltungen gemacht. Warum erhört er nicht unsere Gebete? Warum heilt er meinen Jungen nicht?"

„Er wird es, Brenda. Irgendwie wird er es tun." Sie seufzte tief. „Auch ich habe ihm dieselbe Frage in den vergangenen Wochen gestellt", erzählte Sylvia. „Wenn ich unterwegs war, um Spenden zu sammeln, habe ich immer wieder gefragt: *Warum kommt das Geld, das sie so nötig brauchen, nicht schneller ein? Warum muss das alles so mühselig sein? Warum gibt es kaum Zeichen der Ermutigung für sie?*"

„Ich schätze es sehr, was du für uns getan hast", sagte Brenda. „Und ich spüre einfach, wie gut es uns tut, dass ihr drei - Cathy, Tory und du - euch so viel Mühe macht. Es tut mir Leid, dass ihr dadurch so mitleiden müsst."

„Danke, aber das wollte ich damit nicht gesagt haben", sagte Sylvia. „Wenn ich diese Fragen stellte, hat mich der Herr immer wieder daran erinnert, dass doch vieles auch seinen guten Gang läuft. Vergessen wir bei all dem Leid nicht die bereits erhörten Gebete und Segnungen."

Brenda schloß ihre Augen und versuchte sich vorzustellen, was das für Segnungen gewesen sein konnten. „Segnungen? Mal sehen …"

„Nehmen wir Dr. Robinson. Ist er nicht ein guter Arzt?"

„Stimmt. Und Harry auch. Es ist ein Segen, dass er dabei ist. Und du bist auch eine große Hilfe gewesen. Ich weiß gar nicht, was ich ohne dich gemacht hätte."

„Fällt dir noch etwas ein?"

„Die intensive Zeit mit Joseph. Jede Minute. Wenn er wach war, haben wir geredet und gespielt. So viel Zeit hatte ich noch nie für ihn. Schon immer waren da die drei Geschwister, die auch ihr Recht auf Zuwendung einforderten. Das war also gut."

„Fällt dir noch was ein?"

Brenda dachte einen Augenblick nach. Plötzlich huschte ein schwaches Lächeln über ihr Gesicht. „Weißt du, woran ich jetzt denken muss? Als wir vor ein paar Monaten nach Josephs erstem Anfall an seinem Geburtstag beim Arzt saßen, spielten wir ein kleines Spiel. Er sollte sich vorstellen, eine Million Dollar zur Verfügung zu haben und alles bis auf den letzten Cent ausgeben zu müssen. Es war richtig heiter, was ihm damals alles einfiel."

Sylvias Augen leuchteten. „Dann stell dir einfach mal vor, du hättest eine Million Segnungen – alles, was du dir wünschst. Was würdest du dir da wünschen? Machen wir eine kleine Diashow."

„Ich sehe ein Herz für Joseph", kam es wie aus der Pistole geschossen. „Eins, das funktioniert. Welches Bild kommt als Nächstes? Joseph auf seinem Fahrrad. Joseph umarmt einen Hund. Ein Familienporträt – so, wie wir in ein paar Jahren aussehen – mit *vier* Kindern." Sie schwieg einen Augenblick betroffen. „Aber wenn er stirbt, werden diese Bilder ganz anders aussehen."

„Sag mir, was wird dann auf den Bildern sein?", fragte Sylvia und nahm Brendas Hände. „Welche hellen Motive wird es dann immer noch geben?"

Brenda zwang sich mit eisernem Willen, ihre Situation aus einem anderen Blickwinkel zu sehen. Und nach einer Weile fiel ihr ein einziger Begriff ein und sie sagte: „Wiedervereinigung! Im Himmel. Wenn ich einmal dort ankomme, wird Joseph mir entgegengerannt kommen – und Jesus hinter ihm. Und dann ist da noch all die Liebe, mit der er unser Leben bereichert hat. Das kann man allerdings nicht auf einem Foto abbilden. Aber sie ist eine Realität in unserer Familie. Sie wird niemals vergehen. Sie gehört eindeutig zu den Segnungen."

„Und die Freunde, die für euch gebetet und euch ihre Liebe erwiesen haben? Das bedeutet euch doch sicher auch etwas", sagte Sylvia.

„O ja", antwortete Brenda. „Das stimmt. Aber ich wünsche mir eben auch so sehr, dass sie alle miterleben, dass Gott noch immer Gebete erhört."

„Glaubst du denn nicht mehr so richtig daran?"

Sie war sich nicht mehr sicher. „Ich sagte ja vorhin schon: Ich möchte sie in einer bestimmten Richtung erhört haben. Doch ich weiß durchaus auch, dass Gott einen ganz anderen Plan hat. Andererseits möchte ich nicht, dass Joseph leiden muss. Er soll ja in Gottes Obhut bleiben. Aber das Wie ist mir eben schleierhaft."

Sylvia bemerkte, dass Brenda die Kräfte verließen, und sie nahm sie fest in ihren Arm. „Bete für mich, Sylvia. Bete, dass ich es schaffe, Joseph in Gottes Arme zu legen und darauf zu vertrauen, dass er das absolut Richtige tun wird – selbst wenn es mir sehr wehtun wird. Auch wenn es uns allen wehtut. Jetzt ist mir noch so, als würde ich den Boden unter den Füßen verlieren, sollte Joseph sterben. Ich habe Angst, dass er mir entgleitet, sobald ich meine Augen schließe und einschlafe. Wenn ich zum Essen gehe, könnte er bei meiner Rückkehr nicht mehr da sein." Sie stand auf. „Selbst jetzt macht mich der Gedanke irre, dass er gerade seinen letzten Atemzug tun könnte, während ich hier herumsitze. Ich habe ständig das Gefühl, dass sein Leben von etwas abhängt, was ich eigentlich tun müsste. Doch tief in meinem Herzen weiß ich es natürlich besser. Bete, dass ich Gott wegen Joseph traue. Bete, dass ich genug Glauben habe, um ihn loszulassen."

„Das habe ich schon die ganze Zeit getan", sagte Sylvia. „Und ich habe das Gefühl, dass dieses Gebet gerade in diesem Augenblick erhört wird."

37. Kapitel

Jedesmal, wenn Cathy von einem Besuch bei Joseph zurückkehrte, wurde ihr klarer, wie dringend eine Operation für ihn wurde. Die Zeit wurde immer knapper für ihn.

An einem Donnerstag kam sie dann noch niedergeschlagener heim als all die Wochen zuvor. Annie schmollte vor dem Fernseher, weil sie weder das Haus verlassen noch telefonieren durfte, seit sie sich diesen Fehltritt im Restaurant geleistet hatte. Cathy hatte außerdem gedroht, ihr die Erlaubnis zu entziehen, weiter Fahrstunden zu nehmen, falls sie während des angesetzten Hausarrests ungehorsam sein würde. Und das schien seine Wirkung nicht zu verfehlen. Annie war nicht einmal heimlich aus dem Haus geschlichen.

Gerade als Cathy im Kühlschrank nachsah, was sie auf die Schnelle kochen könnte, läutete das Telefon. Annie sprang sofort hin. „Hallo?“, schrie sie fast in den Hörer. Doch aus dem enttäuschten Gesichtsausdruck schloss Cathy, dass es offenbar nicht für ihre Tochter war. Mürrisch hielt sie ihr den Hörer entgegen.

Cathy beschlich ein ungutes Gefühl. „Ist es Brenda?“

„Nein“, antwortete Annie, „irgend so ’n Typ.“ Cathy dachte sofort an Steve. Er hatte seit ihrem gemeinsamen Essen nichts mehr von sich hören lassen. „Hallo?“

„Cathy? Hier ist Steve.“

Seine Stimme zu hören munterte sie sofort ein bisschen auf. „Na?“

„Ich grüße Sie! Bei Ihnen geht es ja richtig hoch her.“

Sie stellte mit der Fernbedienung den Fernseher leiser und ging mit dem schnurlosen Telefon ins Esszimmer.

„Es war nur der Fernseher. Jetzt ist es besser.“

„Ich will Sie auch nicht in der Mittagspause stören. Eigentlich wollte ich nur fragen, ob Sie Lust haben, morgen Abend mit mir essen zu gehen.“

Sie war so perplex, dass sie zunächst gar nicht antworten konnte. „Ich kann kaum glauben, dass Sie mich nach den Erfahrungen mit den Kindern am letzten Sonntag noch mal einladen wollen.“

Er lachte. „Sie lade ich ja auch nicht ein.“

„Trotzdem – ich dachte schon, nie wieder etwas von Ihnen zu hören.“

Sie schwiegen einen Moment. Dann sagte er: „Ich wollte Sie eigentlich schon viel früher anrufen, aber ...“

Sie erzählte ihm nicht, dass sie zwei unruhige Nächte verbracht und inständig gehofft hatte, er werde sich wieder melden. Die ganze Woche hatte sie gebraucht, um wieder seelisch ins Gleichgewicht zu kommen. „Ist schon in Ordnung. Ich bin ohnehin beschäftigt gewesen.“

„Manchmal ...“, sagte er und kam ins Stocken. Es beunruhigte sie. Was würde er noch zu sagen haben? „Manchmal ist das mit dem Verabreden so eine Sache. So langsam mache ich mir Gedanken, wie Tracy reagieren könnte. Und ich denke über all die möglichen Komplikationen nach ...“

Sie schluckte, versuchte aber, sich nichts anmerken zu lassen. „He, wir gehen ja nicht zum Traualtar. Zwei Freunde gehen essen – das ist alles. Und ohne ihre Kinder.“

Er lachte wieder. „Na fein. Tracy wird morgen Abend bei ihrer Großmutter sein.“

„Und meine Kinder sind bei ihrem Vater.“

„Dann ist es morgen ja ideal.“

Am nächsten Abend war Cathy noch niedergeschlagener als die ganze Woche über. Sie freute sich zwar auf das Essen mit Steve, aber sie hatte zuvor mit Sylvia telefoniert, und die Nachrichten waren nicht gut.

Steve kam auf die Minute pünktlich, und Cathy bemühte sich, nicht allzu euphorisch zu wirken, als sie ihn einließ. „Hallo“, sagte sie.

„Tag.“

Die Chemie zwischen ihnen stimmte einfach. Es sprang sogleich ein Funke über, und das hatte sie schon jahrelang nicht mehr erlebt. Sie genoss seine Gegenwart. Wenn er in ihrer Nähe war, fühlte sie sich gleich besser. „Ich bin fast fertig“, sagte sie, „und hole nur noch meinen Pullover.“

„Klar. Wir haben keine Eile."

Sie lief, um ihre Strickjacke zu holen, und in Windeseile war sie wieder unten bei ihm.

Er nahm ihr die Jacke ab, um ihr beim Anziehen zu helfen. „Wie geht es Joseph?", fragte er dabei.

„Nicht gut. Ich fange an zu zweifeln, ob er durchhält, bis ein Herz zur Verfügung steht."

„Ist das Ihr Ernst?"

„Ja, es geht ständig bergab. Ich weiß gar nicht, wie Benda das durchhält. Sie liest ihm vor, sie singt ihm Lieder. Sie redet mit ihm und versucht, etwas mit ihm zu spielen. Aber er liegt nur apathisch da und ist zu schwach, um irgendetwas zu tun."

„Was sagt denn Ihr Nachbar, der Arzt?"

„Sie geben ihm nicht mehr viel Zeit."

Er sah sie plötzlich sehr besorgt an und ließ sich auf die Couch fallen. „Das hätte ich nicht gedacht, wo doch alles so erfolgreich gelaufen ist, der Tierjahrmarkt und die Spendenaufrufe. Ganz schön naive Vorstellung offenbar."

„Ich habe genauso gedacht. Es schien alles so glatt zu laufen." Sie nahm ihre Handtasche und fragte dann, indem sie ihn von oben bis unten musterte: „Wohin führen Sie mich denn aus?"

Er zögerte einen Augenblick. „Nun, ich hatte eigentlich an ein sehr schönes Fischrestaurant gedacht ... aber ..." Er stockte.

„Was aber?"

Er stand auf und sah ihr in die Augen. „Cathy, ich weiß nicht, wie Sie darüber denken, aber ich hatte heute Nachmittag so eine Idee."

„Was denn für eine?"

„Nun, ich dachte, wir könnten im Copy-Shop Informationsblätter über Joseph kopieren. Mit vielleicht tausend Stück könnten wir dann zum Stadion gehen, wo heute eine Gospelnacht stattfindet. Wir gehen dann herum und klemmen die Blätter an die Windschutzscheiben. Wir bitten einfach um Gebet und Spenden. Selbst wenn nicht so viel Geld einkommt. Das Gebet haben wir fast noch dringender nötig."

Zu Tränen gerührt, starrte sie ihn einen Augenblick an. „Sie haben Recht."

„Meinen Sie, dass wir das tun sollten, oder haben Sie eher Lust auf Steak?"

Sie lachte. „Wie kann ich da nein sagen! Steve, es ist eine so großartige Idee."

„Das Restaurant hat bestimmt noch geöffnet, wenn wir fertig sind", sagte er.

Ihr hatte es die Sprache verschlagen. Auf dem Weg zu seinem Auto betete sie leise zu Gott, falls es nicht sein Plan sei, möge er doch verhindern, dass sie sich in diesen Mann verliebte.

38. Kapitel

Auf dem Bildschirm im Krankenzimmer flimmerte das Video, das die Dodds zu Hause gedreht hatten. Gerade sangen die Geschwister ein Lied für den Bruder. Brenda beobachtete Joseph, wie er müde und abgespannt auf den Bildschirm starrte. Diese Aufnahmen vermochten es nicht mehr, ihn aufzuheitern, und sie fragte sich, ob er überhaupt noch die Kraft zu einem Lächeln hatte. Das Lied war zu Ende, und es folgte die Aufnahme von Gesprächen am Esstisch. Sie hatten ein Stativ dorthin gestellt, wo normalerweise Joseph am Tisch saß, so dass der Eindruck entstand, er selbst verfolge die lockere Unterhaltung und das Geplänkel bei Tisch.

Auf dem Video sah David besonders müde und abgearbeitet aus. Sie wusste, dass er mehr Aufträge angenommen hatte, als er schaffen konnte, und er arbeitete fast rund um die Uhr. David war ein stolzer Mann, der nicht von Spenden abhängig sein wollte, wenn es darum ging, Arztrechnungen zu bezahlen – zumindest so lange, wie er in der Lage war, selbst dafür aufzukommen. Oft musste er seine Arbeit unterbrechen, weil Interessenten ihr Haus besichtigen wollten. Abends und nachts verbrachte er dann noch so viel Zeit wie möglich im Krankenhaus mit Brenda und Joseph, während Sylvia zu Hause auf die Kinder aufpasste. Brenda sah ihm an, wie verzweifelt er sein musste. Aber wie sie Joseph nicht wirklich helfen konnte, so konnte sie ihm auch nichts von seiner Bürde abnehmen.

„Soll ich das Video abschalten, Schatz?“, fragte sie ihren Sohn.

Einen Augenblick antwortete Joseph nicht. Dann aber flüsterte er kaum vernehmlich: „Nein, es ist toll.“

Sie sah in sein kleines, bleiches Gesicht. „Was ist mit dir, Schatz? Du wirkst heute so traurig.“

Er sah sie müde an und fragte: „Mama, wenn ich sterbe, wie lange wird es dann dauern, bis *du* in den Himmel nachkommst?“

Ein kalter Schauer durchfuhr sie. Da hatte sie nun so viele Erziehungsbücher gelesen, aber in keinem war sie auf solch eine Frage vorbereitet worden. „Du wirst nicht sterben.“

„Wenn aber doch, wie lange wird es dauern?"

Es schnürte ihr die Kehle zu. „Das kann ich nicht genau sagen", sagte sie leise. „Aber ich denke mir, dass es dir so vorkommen wird, als sei nur ein Augenblick vergangen, denn die Zeit im Himmel läuft ja ganz anders ab."

Er nickte nachdenklich und sah wieder zum Bildschirm. „Glaubst du, Papa wird dort auch hinkommen?"

Brenda drehte sich zum Bildschirm um, denn Joseph sollte ihre Tränen nicht sehen. Das Video zeigte gerade David, der in der Küche hantierte und mit den Kindern schwatzte, wobei er sich ab und zu der Kamera zuwandte und so tat, als sei Joseph bei ihnen am Tisch. „Weißt du", sagte Brenda, „ich bete jeden Tag für euren Vater. Ich denke, dass er gerade in diesen Tagen etwas begreift."

Weil Joseph nicht reagierte, drehte sie sich wieder zu ihm um. Sie wischte ihm eine Träne von der Wange, und dann fragte er sie ganz leise: „Was ist, wenn ich ihn dann nie wiedersehe?"

Ein Kampf tobte in ihr, der sie aber davor bewahrte, sich seelisch aufzulösen. „Es ist noch alles drin, Joseph. Du wirst dein Herz noch bekommen." Dies war die einzige Antwort, die sie im Augenblick zu geben in der Lage war. Dieser geradezu sture Glaube war das Einzige, was sie noch aufrechterhielt. Er war es, der sie in diesem Krankenzimmer durchhalten ließ – Tag für Tag, Stunde für Stunde und Minute für Minute, verzweifelt bemüht, ihrem Sohn die Hoffnungslosigkeit auszureden – und sich selbst.

Joseph schüttelte schwach den Kopf. „Und wenn ich doch keins kriege?"

Sie war sich nicht sicher, ob ihre Stimme noch eine Antwort durchhalten würde. Dann versuchte sie es aber doch: „Wir beten immer noch, Joseph. Gott hat noch immer alles in seiner Hand. Er kennt das Problem mit deinem Herzen. Er hat es nicht vergessen."

„Warum hat er mir dann noch keins gegeben?"

„Es ist aus irgendeinem Grund noch nicht der richtige Zeitpunkt."

Er starrte sie an und grübelte. Sie hätte ihm das Nachdenken am liebsten verboten. Es würde ihm nicht gut tun. Er solle lieber an Dinge denken, die auch sonst kleinen Jungen durch den Kopf gehen – sich vorstellen, ein verwundeter Cowboy, Soldat oder Fußballspieler zu sein. Es wäre so wichtig, dass er sich schon sah, wie er genesen, aufstehen und sich auf den Heimweg machen würde. Doch er träumte nicht die Träume kleiner Jungen. Seine Gedanken waren eher die eines alten Mannes, der sein Leben zu Ende gelebt hatte und nun dem Tod ins Auge sah.

„Mama?“

„Ja, mein Schatz?“

„Ich möchte nach Hause. Ich möchte in meinem eigenen Bett schlafen.“

Sie strich ihm über den Kopf. „Das wirst du auch bald wieder, sobald du dein neues Herz hast und die Ärzte dich entlassen haben. Dann werden wir ein Riesenfest feiern und die ganze Nachbarschaft dazu einladen.“

Eine ganze Weile starrte er noch an die Decke. Was mochte ihn alles bewegen? Aber irgendwann schlummerte er ein. Erleichtert, dass sie nun - zumindest für eine Weile – seine Fragen nicht mehr beantworten musste, sorgte sie dafür, dass das Deckbett ihn richtig einhüllte und seine Füße warm blieben. Seine Zehen waren geschwollen, was ein weiteres Zeichen dafür war, dass sein Herz nicht richtig pumpte. Sie holte ein Paar Socken und streifte sie ihm behutsam über. Dann ging sie hinüber zum Fenster und starrte hinaus in die finstere Nacht.

Nach einer Weile drehte sie sich wieder zu ihrem Jungen um. Sie betrachtete sein graues Gesicht mit den bläulichen Lippen. War er nicht auf Gedeih und Verderb an sein sich auflehnendes Herz gebunden? Und bald würde es sich ganz verweigern. Hoffentlich würde es dann ein stilles, gnädiges Ende sein. Doch Gott wusste, was ihnen bevorstand.

Sie hörte Schritte im Korridor, und plötzlich stand David in der Tür. Es war eigentlich gar keine Besuchszeit, und deshalb hatte sie ihn auch gar nicht mehr erwartet.

Sie fielen sich in die Arme, und sie klammerte sich an ihn mit ganzer Kraft. „Hast du die Kinder allein gelassen?“

„Nein“, flüsterte er. „Sylvia kam rüber und schläft bei ihnen, damit ich noch einmal herkommen kann. Es war gut, dass sie sich angeboten hat." Er zögerte, sagte dann aber doch: „Ich hatte das Gefühl, gerade heute Nacht hier sein zu sollen."

Er hielt sie noch immer fest und fragte dann: „Hat sich was verändert?"

Brenda schüttelte den Kopf. „Er hat viel übers Sterben gesprochen. Und dann haben wir uns über den Himmel unterhalten. Er sorgt sich darum, dass er dort sein könnte, ohne dich je wiederzusehen."

David blickte finster drein. „Weißt du, Brenda, es fällt mir unsäglich schwer, an einen Gott zu glauben, der es zulässt, dass ein kleiner Junge wie er krank wird und mit neun sterben muss."

Diese fast gehauchten, aber dennoch scharfen Worte trafen sie mitten in die Seele. „David, du hast ja auch nicht geglaubt, als alles noch in bester Ordnung war. Dieses tragische Ereignis hat auf deine vorgefasste Meinung doch überhaupt keinen Einfluss."

„Das werden wir kaum einmal wirklich beurteilen können, oder?" Er stellte sich neben Josephs Bett, beugte sich über ihn und küsste ihn auf die Stirn. Darauf barg er sein Gesicht neben seinem Sohn im Kopfkissen und weinte unhörbar all seinen Kummer hinein. Brenda griff nach seinen bebenden Schultern und zog ihn zu sich.

„Weißt du", schluchzte er, „wenn ich mein Herz herausreißen könnte – ich würde es ihm geben."

„Ich weiß", raunte sie. „Ich fühle genauso."

„So etwas sollte nicht möglich sein. Das ganze Leben stinkt mir gewaltig."

Ohne auf diese Bemerkung einzugehen, setzte sie sich auf die mit Plastik bezogene Couch im Zimmer, und er nahm neben ihr Platz. Von dort aus beobachteten sie ihren Sohn - das kaum wahrnehmbare Heben und Senken seiner Schulter. Und sie lauschten auf das schwache und unregelmäßige Piepsen des Herzmonitors. Es war schon fast Mitternacht, und außer den Schritten, die sie gelegentlich draußen auf dem Korridor hörten, breitete sich eine bleierne Grabesruhe in dem kleinen Zimmer aus. So still muss der Tod selbst sein. Und Brenda fragte sich, ob sich Joseph genauso still und leise davonmachen würde – einfach ohne Kampf. Auf einmal würde er das Atmen einstellen und nie wieder die Augen öffnen.

So vergingen die Stunden, und ohne es zu wollen, schlummerten beide ein. Als Brenda wieder erwachte, war es bereits ein Uhr. Und sie fühlte sich schuldig, weil sie eingeschlafen war, während ihr Sohn möglicherweise im Sterben lag. Sie stand auf und ging zu seinem Bett.

David erwachte ebenfalls und fragte benommen: „Ist er in Ordnung?"

Joseph hatte sich nicht bewegt, seit er am Abend eingeschlafen war. Der besorgte Blick auf den Monitor verhieß nichts Gutes, denn sein Herz schlug beängstigend schwach. Würden die nur noch wenig ausgeprägten Kurvenspitzen vor dem Morgengrauen zu einer flachen Linie erstarrt sein?

„Brenda!?" David stand auf und stellte sich neben seine Frau.

„Er ist ... ich weiß es nicht." Sie prüfte seinen Puls am Hals und fand ihn kaum noch. „Komisch, er hat sich überhaupt nicht bewegt. Er liegt stocksteif auf seinem Rücken. So schläft er doch sonst nie."

Sie drehten ihn auf die Seite und begannen, Rücken und Beine sanft zu massieren, um den Kreislauf wieder in Schwung zu bringen. Dadurch veränderte sich der Puls, was zwei Schwestern auf den Plan rief. Sie sahen besorgt aus, was Brenda noch mehr beunruhigte. Aber all diese Aktivitäten rissen ihn nicht mehr aus dem Schlaf.

Die beiden saßen wieder auf der Couch und wendeten ihren Blick nicht mehr ab von ihrem Sohn, als könne er aus dem Leben scheiden, sobald ihre Aufmerksamkeit nachlassen würde.

Als das Piepsen aus dem Monitor plötzlich noch schwächer wurde, sprangen beide auf.

Brenda lief zu Josephs Bett und schüttelte ihn. Gleichzeitig beobachtete sie den Monitor. Sein Herzschlag wurde aber nicht besser. „Joseph, nein!", schrie sie in höchster Verzweiflung.

Kurz darauf wurden die Pulse immer seltener und unregelmäßiger und ein Alarm ertönte schrill. Schwestern stürmten herbei und schoben die Eltern hastig beiseite. Anweisungen schollen durch den Raum, Geräte wurden herbeigeholt und in aller Eile in Betrieb genommen. Und dann schob jemand David und Brenda hinaus auf den Flur.

Hier standen sie nun – allein, sich aneinander klammernd – und warteten darauf, dass jemand käme, um ihnen zu melden, dass ihr Sohn tot sei.

39. Kapitel

Daniel konnte in jener Nacht nicht schlafen. Sylvia hörte, wie er die Treppe hinunterlief. Sie wälzte sich aus Brendas Bett, zog sich einen Morgenmantel an und folgte ihm nach unten.

„Daniel? Ist irgendwas?"

Er war gerade in der Küche angekommen und hatte das Licht angeschaltet. Er sah ganz verschlafen aus und sein Haar war zerzaust. Er sah irgendwie nicht mehr wie ein zwölfjähriger Junge aus. In den vergangenen paar Monaten hatte er sich verändert – wie Leah und Rachel auch. Er wirkt jetzt viel reifer. Sylvia ahnte, was ihn gerade jetzt offenbar umtrieb. „Ich konnte nicht schlafen", sagte er.

„Machst du dir wegen Joseph Sorgen?"

Er antwortete nicht. Dann besann er sich und sagte: „Ich musste immer wieder an seine Schuhe denken. Er konnte sie nicht anziehen, als sie in die Klinik wollten, weil seine Füße geschwollen waren. Ich habe schon gedacht, ob ihm vielleicht meine besser passen. Aber sie sind so muffig und schmutzig. Ich will sie waschen. Dann können wir sie ihm morgen mitbringen. Er fand meine Schuhe schon immer toll."

„Und was ziehst du dann zur Schule an?", fragte Sylvia.

Er zuckte mit den Schultern. „Vielleicht meine Plastiksandalen. Ist doch egal."

Sylvia erinnerte sich an die Zeit, da ihre eigenen Kinder zwölf waren. Auch damals schon spielten Schuhe eine große Rolle. Eine Zeit lang wollte Sarah unbedingt schwarze Turnschuhe haben, die sie dann selbst mit Neonfarben anmalte. Steve brauchte unbedingt Sportschuhe mit hohem Schaft. Nur mit denen würde er es schaffen, ins Basketballteam der Schule zu kommen.

Doch die beiden mussten keine Nächte durchwachen und sich um einen der Geschwister Sorgen machen, dem die Schuhe plötzlich nicht mehr passten.

„Weißt du, wie man sie wäscht, Sylvia?", fragte Daniel. „Ich weiß, wie man Jeans, Unterwäsche und so 'n Zeug wäscht. Aber Turnschuhe?"

„Klar", sagte sie und nahm ihm die Schuhe aus der Hand. In der kleinen Waschküche stopfte sie sie in die Waschmaschine, fügte das Pulver hinzu und schaltete den Waschgang ein. Als sie sich umsah, stand Daniel noch immer herum und wusste offenbar nicht recht, was er tun sollte.

„Worüber denkst du nach, Daniel?"

Wieder zuckte er mit den Schultern. „Es wäre toll, wenn ich morgen nicht zur Schule müsste und in die Klinik könnte. Ich muss einiges mit Joseph besprechen, wenn er aufwacht."

Sylvia zog einen Stuhl unter dem Tisch hervor und setzte sich darauf.

„Was musst du mit ihm besprechen?"

„Ich ... muss ihm einfach mal sagen, was für ein cooler Typ er eigentlich ist. Das habe ich ihm noch nie gesagt. Normalerweise habe ich ihn immer nur *Blödmann* genannt."

Sie betrachtete ihr barfüßiges Gegenüber im zerknitterten T-Shirt und den Boxershorts. „Ich bin sicher, dass er weiß, wie wenig ernst man solche dummen Schimpfwörter nehmen muss."

„Ich möchte es ihm aber trotzdem sagen." Sie merkte, wie sehr ihn das Thema beschäftigte. Am liebsten hätte sie ihren Gefühlen freien Lauf gelassen, ihn an sich gezogen und gedrückt. Aber das wäre ihm sicher höchst unangenehm gewesen. Sie wusste nicht recht, wie sie sich verhalten sollte. „Soll ich dir 'ne warme Milch machen?", fragte sie schließlich.

Er nickte.

Sie wärmte die Milch in einer Kasserolle und füllte zwei Gläser damit. Als er ausgetrunken hatte, stützte sie ihre Ellbogen auf den Tisch und das Kinn in die Hände. Dann fragte sie: „Du fühlst dich auch ziemlich hilflos, oder?"

Er starrte sein leeres Glas an und nickte.

„Ich übrigens auch", sagte sie. „Ich habe gebetet und gebetet, komme aber innerlich dennoch nicht zur Ruhe. Eine innere Stimme sagt mir, dass wir nicht aufhören sollen zu beten."

„Das machen wir auch – wegen Joseph."

„Ich habe auch gerade gebetet, als ich dich die Treppe hinuntergehen hörte."

Er lächelte. „Und ich habe es getan, bevor ich runterging." Er stand auf, stellte sein Glas in die Spüle und schob den Stuhl wieder ordentlich an den Tisch. „Danke für die Milch. Ich werde jetzt einfach mal versuchen zu schlafen."

„Okay." Sie sah ihm nach, wie er aus der Küche trottete. „Daniel!"

Er blieb stehen und wandte sich noch einmal zu ihr um.

„Ganz viele Leute beten auch. Joseph ist von vielen Betern umgeben."

„Ich weiß", sagte er und verschwand in der Dunkelheit. Sie wusste, dass er oben auch noch beten würde.

40. Kapitel

Brenda war am Ende ihrer Kräfte, als der letzte Arzt das Zimmer verließ. Man hatte Joseph zwar wiederbeleben können, aber sie wusste, dass es nur eine Frage der Zeit war, bis sein Herz ganz versagen würde. So, wie er dalag, sah er aus, als habe seine Seele den Körper schon verlassen – zumindest, als sei sie bereits im Aufbruch begriffen.

Es war die längste Nacht, die Brenda und David gemeinsam wachend durchgestanden hatten. Dennoch schien alles wie im Flug an ihnen vorüberzuziehen. Als der Morgen graute, fiel ihr auf, dass sich Joseph seit der Reanimation überhaupt noch nicht gerührt hatte. Sie stellte sich neben sein Bett und suchte seine Hand, die irgendwo unter dem Deckbett lag. Sie fühlte sich eiskalt an, und die Finger waren blau angelaufen. Brenda dachte daran, wie wohlig warm diese Hand sonst gewesen war und wie sie sich immer feucht angefühlt hatte, wenn er wieder einmal vor Daniel geflohen oder dem Hund hinterhergelaufen war.

Schleppend vergingen die Stunden. Schwestern hielten Joseph in Bewegung, gaben ihm Spritzen, wechselten seinen Venenzugang und überprüften die Anschlüsse am Monitor. Joseph aber wachte von all dem nicht auf. David verließ die Klinik nicht mehr. Nur um etwas Essbares zu besorgen, ließ er sie kurzzeitig in der Intensivstation allein. Doch hinterher bekamen sie keinen Bissen herunter. Sie waren nicht unter der Dusche gewesen, und Josephs Frühstückstablett wurde hinausgetragen, ohne dass irgendjemand es angerührt hätte. Und noch immer wachte Joseph nicht auf.

Nachdem er bereits 24 Stunden geschlafen hatte, beugte sich Brenda über sein Bett. „Wo ist er bloß? Warum wacht er nicht auf?"

David stellte sich ihr gegenüber ans Bett. Jetzt sah sie, wie übermüdet und ausgezehrt er aussah.

Sie dachte plötzlich an die Fragen ihres Sohnes, die er gestern über den Tod und den Himmel gestellt hatte. Und dann kam es ihr auf einmal so unmenschlich vor, ihn hier sterben zu lassen. Alte

Leute starben im Krankenhaus, aber doch keine Kinder! Kinder sollten zu Hause sein, umgeben von all den Dingen, die ihnen Trost spenden.

„Ganz zum Schluss hat er mir gestern noch gesagt, dass er nach Hause wolle. Er will in seinem eigenen Bett schlafen." Und nach einer Pause fragte sie: „David, Joseph liegt im Sterben, nicht wahr?"

Er nickte, unfähig zu sprechen. Brenda aber beugte sich zu Joseph und drückte ihre Stirn gegen seine. „Was ist, wenn wir ihn tatsächlich mit nach Hause nehmen?"

Es kam keine Antwort, dann sah sie auf und blickte in das vom Leid gezeichnete Gesicht ihres Mannes.

„Wie meinst du das?", fragte er.

„Ich meine ... wenn er schon stirbt ..., dann können wir ihn doch auch mit nach Hause nehmen, David. Lassen wir ihn in seinem eigenen Bett sterben. Nicht in einem kalten Krankenzimmer mit Schläuchen und Alarmsirenen. Nicht hier."

Beide schwiegen einen Augenblick. „Aber die Kinder", raunte David. „Es wäre eine zu große Belastung für sie."

„An sie denke ich natürlich auch. Auf jeden Fall müssen sie von ihm Abschied nehmen. Er ist immerhin ihr Bruder."

Er starrte seinen Sohn an, der so still vor ihm lag. „Aber Brenda, solange er hier ist, besteht immer noch ein Fünkchen Hoffnung, dass er überleben wird."

„David, ich möchte nicht, dass mein Sohn hier stirbt."

„Was für einen Unterschied macht das schon?", raunte er unwirsch. „Ob nun hier oder dort?"

„*Er* wollte nach Hause. *Er* wollte in seinem eigenen Bett schlafen."

„Es ist aber doch noch nicht alles zu spät ..." Seine Stimme überschlug sich, als ihm bewusst wurde, wie klein die Chance geworden war. Und so konnte er nicht weiterreden.

„Wir können doch die Apparate mitnehmen", sagte sie. „Wir bringen ihn im Krankenwagen nach Hause. Dort kann eine private Schwester für ihn sorgen. Er kann dann alles bekommen, was er braucht. Aber er wäre zu Hause, in seinem eigenen Zimmer, im

Kreise seiner Lieben. Und außerdem wohnt Harry direkt gegenüber. Wenn sie dann doch noch ein Herz finden, sind wir in ein paar Minuten hier. Und wenn nicht – dann ist er wenigstens zu Hause – in seinen eigenen vier Wänden."

David sah sie lange an und dachte über ihren Vorschlag nach. Sie bemerkte, wie sehr er mit sich kämpfte.

„Und was geschieht, wenn sein Herz wieder stehen bleibt? Wer reanimiert ihn dann?"

Ihre Reaktion war unerwartet heftig: „Wie oft wollen wir diesen irrsinnigen Kraftakt noch durchstehen, wenn es doch kein Herz gibt? Wer weiß, wie Joseph darunter leidet. Vielleicht ist die Zeit gekommen ... ihn gehen zu lassen."

Er bedeckte sein Gesicht mit seinen schwieligen Händen und weinte in sie hinein. Dann, als er sich wieder gefasst hatte, blickte er auf und sagte: „In Ordnung. Vielleicht erwische ich Dr. Robinson noch, bevor er das Haus verlässt. Und ich werde Harry anrufen."

Als er das Zimmer verlassen hatte, hatte Brenda das unwiderstehliche Bedürfnis, ihren Sohn im Arm zu halten und ihn ihre Liebe spüren zu lassen. Sie legte sich behutsam neben ihn auf sein Bett, indem sie darauf achtete, keinen seiner Schläuche und Kabel abzuziehen. Ganz sanft schob sie ihren Arm unter seinen Kopf, aber Joseph rührte sich nicht.

Schon nach wenigen Minuten kehrte David zurück. „Dr. Robinson hat auf den Piepser noch nicht reagiert. Sie warten noch. Außerdem habe ich mit Harry telefoniert. Er hat natürlich versucht, es uns auszureden. Doch als ich ihm die näheren Umstände erklärte, meinte er, dass er uns verstehen könne. Er will für uns tun, was in seinen Kräften steht."

Brenda, die immer noch auf dem Bett lag, flüsterte ihrem Sohn etwas ins Ohr: „Wir nehmen dich mit nach Hause, Joseph. Kannst du mich hören? Es geht nach Hause!"

Aber Joseph reagiert nicht. Er lag da – kraftlos und bleich.

41. Kapitel

Harry konnte nach Davids Anruf nicht mehr schlafen. Und da Sylvia drüben bei den Dodds war, sah er keinen Sinn darin, sich einfach ins Bett zu legen, und entschloss sich, in die Klinik zu fahren. Vielleicht konnten sie seine Hilfe gebrauchen, wenn sie tatsächlich Joseph mit nach Hause nehmen wollten.

Er klopfte an die Scheibe vom Seiteneingang und wartete, bis der dort tätige Hausmeister die Tür öffnete und ihn einließ. Als die Tür aufschlug, hörte er von drinnen eine Frau wehklagen.

„Was ist los?", fragte er den Hausmeister.

„Schwerer Unfall auf der Autobahn."

Besorgt machte Harry einen Umweg über die Notaufnahme. Vor dem Fenster flackerten die Blinklichter der Krankenwagen. Eine Frau weinte jämmerlich in den Armen ihres Mannes. Plötzlich versagten ihr die Beine, und er ließ sie hinabgleiten, bis sie auf dem Boden saß. Auch der Mann weinte, aber mehr in sich hinein. Offenbar war jemand gestorben, der ihnen sehr nahe stand. Zwar hatte Harry das schon viele Male miterleben müssen, sich aber niemals daran gewöhnen können.

Vor der Notaufnahme begegnete Harry Sanitätern. Sie machten sich auf den Weg zurück wie zwei Krieger nach der verlorenen Schlacht. Es waren noch andere Patienten da – ein Mann mit einem gebrochenen Arm, eine Frau mit einem Schnitt im Fuß und ein junger Mann mit einem Asthmaanfall. Sie alle beobachteten stumm das Drama dieser Familie, das sich so unmittelbar vor ihren Augen abspielte. Harry wünschte sich, irgendetwas tun zu können. Er dachte schon daran, die Angehörigen anzusprechen. Aber dann kam jemand, der sich um sie kümmerte, und Harrys Hilfe war nicht mehr nötig.

Leise für diese Menschen betend, ließ er eine Schwingtür hinter sich und gelangte schließlich zu den Fahrstühlen. Auf dem Weg kam ihm Dr. Robinson entgegen.

„Chris! Wohin so eilig?", fragte Harry.

Der Mann wirkte aufgewühlt und erschüttert. „Ich bin froh, dich zu treffen, Harry. Vielleicht brauche ich deinen Beistand."

„Wofür?", fragte Harry.

„Ich muss mit den Eltern reden", sagte er. „Sie haben gerade ihren achtjährigen Sohn verloren. Vor allem, Harry – sein Herz ist noch völlig intakt."

* * *

Eine halbe Stunde später verließen Harry und Dr. Robinson das Zimmer, in dem sie mit den Eltern gesprochen hatten. Beide hatten keinen Funken Energie mehr. Die Eltern waren so verstört und aufgelöst, dass sie eigentlich ein Beruhigungsmittel gebraucht hätten. Aber sie wollten keins haben.

Zunächst hatten sie den Gedanken strikt von sich gewiesen, das Herz ihres Sohnes zur Verfügung zu stellen. Sie hatten ja noch nicht einmal seinen Tod als Tatsache akzeptiert. Und die Vorstellung, sein Herz herzugeben, war mehr, als sie ertragen konnten. Harry hatte dann von Joseph erzählt, der ein Stockwerk höher lag und jede Stunde, vielleicht sogar jede Minute mit seinem Ende rechnen musste. Er berichtete von der Absicht der Eltern, ihn zum Sterben mit nach Hause zu nehmen.

Irgendwann begriffen dann auch die Eltern, dass das Herz ihres Sohnes einer anderen Familie das Leid ersparen konnte, das sie gerade durchmachten. Es konnte immerhin einem anderen Kind das Leben retten.

Widerstrebend und mit schwerem Herzen unterzeichneten sie ihre Einwilligung. Auf dem Weg zum Fahrstuhl fragte Harry Dr. Robinson: „Und was nun?"

„Ich werde mich sofort mit dem Transplantationsteam in Verbindung setzen. Wir müssen ja erst einmal feststellen, ob es für Joseph in Frage kommt. Wenn nicht, bekommt es irgendein anderer Patient. Falls es aber passt, können wir innerhalb von ein paar Stunden operieren. Wir sollten die Dodds so schnell wie möglich informieren."

Die Fahrstuhltüren öffneten sich und sie traten in die Kabine.
„Was ist, wenn das Herz nicht passt?", fragte Harry. „Gibt es dann noch irgendeinen Hoffnungsschimmer für die Eltern?"
„Nein. Jetzt aber müssen wir Joseph für einen möglichen Eingriff vorbereiten. Du kannst schon mal ein paar Gebete losschicken, für die du so berühmt bist. Joseph wird sie brauchen können."

42. Kapitel

Brenda und David hörten, das sich draußen auf dem Flur etwas tat. Neugierig geworden, öffneten sie die Tür. Vor dem Schwesternzimmer standen Dr. Robinson und Harry. Angst schnürte Brenda die Kehle zu. Sie war sicher, dass die beiden gekommen waren, um Joseph auf seine letzte Reise vorzubereiten. Aber dann hatte sie plötzlich den Eindruck, dass die Schwestern etwas feierten. Brenda sah nur lachende Gesichter, und die Schwestern fielen sich in die Arme. Sie sah David an, der noch im Zimmer stand.

„Was ist denn da los?", fragte er und stellte sich hinter seine Frau, so dass auch er hinaussehen konnte.

„Ich weiß es nicht."

Dann machten sich Harry und Dr. Robinson in ihre Richtung auf den Weg. Irgendetwas Wichtiges schien sie zu bewegen, obwohl sie nicht so freudig gestimmt wirkten wie die Schwestern.

„Gibt es was Neues?", fragte David, als sie bei ihnen ankamen.

„Vielleicht habe ich gute Nachrichten für Sie", sagte Dr. Robinson. „Es könnte sein, dass wir ein Herz haben. Wir machen gerade die Tests, und das Transplantationsteam wird in Kürze entscheiden, ob es für Joseph passt. Wenn das der Fall ist, können wir innerhalb der nächsten paar Stunden mit dem Eingriff beginnen."

Brenda tat einen Schritt zurück und versuchte zu verarbeiten, was Dr. Robinson ihr gerade mitgeteilt hatte. Es hatte ihr die Sprache verschlagen. Hoffnung keimte auf. Und sie hatte fast vergessen, wie sich das anfühlte.

„Doktor, wie lange wird es dauern, bis das Herz hier ist?", fragte David.

Dr. Robinson zögerte einen Augenblick. Dann sagte er: „Es ist bereits hier. Das Transplantationsteam bereitet sich schon vor."

Brenda entdeckte zum ersten Mal seit Tagen den ersten Anflug eines Lächelns auf Davids Gesicht. „Wir können wieder hoffen, David", sagte sie ganz leise. „Wir können wieder hoffen."

Beide aber wussten auch, wie trügerisch diese Hoffnung sein konnte. Sie machten sich also auf eine lange Wartezeit voller Angst und Bangen gefasst, während die Schwestern Joseph auf den Eingriff vorbereiteten.

Es waren keine zwei Stunden vergangen, da trat Dr. Robinson wieder ins Zimmer. Diesmal lächelte er ganz eindeutig. „Es kann losgehen!“, sagte er, und Brenda und David sprangen auf und fielen sich in die Arme. „Der Eingriff kann in Kürze beginnen.“

„Wir haben ein Herz! Wir haben ein Herz!“, jubelte Brenda und hätte am liebsten vor Freude getanzt.

Eine Schwester, die Joseph mit Jod einstrich, lachte mit. „Ich denke, sie müssen jetzt dringend telefonieren“, sagte sie.

„O ja!“, sagte Brenda. „Wir müssen alle bitten, für uns zu beten.“

43. Kapitel

Das Telefon riss Cathy aus dem ersten Schlummer der Nacht. Blinzelnd suchte sie nach dem Wecker. Wer von den Freunden ihrer Kinder war so unverschämt und rief so spät abends noch an? Sie nahm den Hörer ab, bereit, dem späten Anrufer die Meinung zu sagen. „Hallo!", sagte sie barsch.

„Cathy? Hier ist Brenda."

Im Nu saß Cathy aufrecht im Bett. „Brenda, was ist?"

„Wir haben ein Herz! Joseph wird gerade für die OP fertig gemacht."

„Ja!", rief Cathy triumphierend. „Ich bin in einer Viertelstunde da."

„Du musst nicht extra herkommen. Wir kommen schon zurecht."

„Machst du Witze? Ich bin natürlich gleich bei euch." Sie legte auf und warf sich in Windeseile ihre Kleider über.

Annie tauchte auf. Sie war immer noch angezogen und offenbar noch gar nicht im Bett gewesen. „Wer war 'n das, Mutti?"

„Brenda. Sie haben ein Herz. Joseph ist gleich im OP."

„Ich möchte mitkommen!", rief Annie.

Jetzt kam auch Rick aus seinem Zimmer. „Was ist das hier für ein Lärm?"

„Joseph hat ein Herz", informierte ihn Annie. „Mutti, warte, ich muss noch meine Schuhe holen."

„He, ich komme auch mit", rief Rick.

„Aber wir können dort nichts anderes tun als warten. Außerdem muss jemand bei Mark bleiben."

In diesem Augenblick erschien Mark verschlafen auf dem Flur. „Warum schreit ihr denn alle so?"

Cathy zog sich die Schuhe an und eilte zur Treppe. „Joseph bekommt sein neues Herz", rief sie. „Ich fahre schnell in die Klinik, und ihr drei Kinder bleibt zu Hause."

„Bitte, Mutti!", protestierte Mark. „Ich will mitkommen."

Annie hatte inzwischen ihre Schuhe gefunden und sah Cathy,

über das Treppengeländer gelehnt, mit Hundeblick an. „Wir sind doch auch beteiligt. Wir haben mitgeholfen. Und jetzt wollen wir auch dort sein."

„Bitte, Mutti", bettelte auch Rick.

Sie seufzte. „Ihr habt fünf Minuten zum Anziehen, und dann seid ihr im Auto. Oder ich fahre allein." Als sie sich noch schnell die Zähne putzte, hoffte sie inständig, dass ihre Rasselbande keine Unruhe in die Klinik mitbringen würde.

* * *

Tory war so schläfrig, dass sie das Telefonläuten gar nicht richtig registrierte. Schließlich nahm Barry es ab.

Sie spürte, dass er sich abrupt im Bett aufsetzte und sie gleich darauf bei den Schultern packte.

„Wach auf, Liebes. Es ist Brenda."

Tory griff sich den Hörer und versuchte, die Benommenheit aus ihrem Hirn zu schütteln. Tory warf Barry noch einen besorgten Blick zu, den er erwiderte. Rief Brenda sie an, um ihnen mitzuteilen, dass Joseph gestorben sei?

Bangend nahm sie den Hörer ans Ohr.

„Brenda?"

„Tory, wir haben ein Herz!"

Ein Schauer der Erleichterung überflutete sie. „Ich glaube es nicht! Das ist ja großartig! Ich komme gleich in die Klinik."

„In Ordnung. Vielleicht kannst du noch Cathy abpassen. Dann könnt ihr zusammen herkommen."

Tory legte auf, sprang aus dem Bett und riss die Kleiderschranktür auf. „Barry, sie haben ein Herz! Ich fahre schnell in die Klinik. Bleibst du bei den Kindern?"

„Mache ich", sagte er. Auch er war nun hellwach.

„Wenn es die ganze Nacht dauert, versuche ich rechtzeitig zurück zu sein, bevor du ins Büro fährst."

„Da mach dir keine Sorgen. Ich fahre morgen dann ein bisschen später."

Sie holte die Sachen hervor, die sie anziehen wollte, und drehte sich einmal im Kreis. „Oh, Barry, bete für uns alle!"

„Du hast Recht." Er schlang seine Arme um sie. „Und fahr vorsichtig – nicht wie eine Verrückte."

„Ich fahre ja gar nicht, wenn ich Cathy noch erwische", sagte sie. „Ob du sie anrufst und sie fragst, ob ich mitfahren kann?"

Barry nahm den Hörer ab.

„Oh, Barry, vielleicht ist der Alptraum bald vorbei."

Während er Cathys Nummer drückte, sagte er zu Tory: „Vielleicht sind unsere Gebete ja doch noch erhört worden."

* * *

Im Haus der Dodds hatte Brendas Anruf, den Sylvia angenommen hatte, Daniel aufgeweckt. Als Sylvia auflegte, stand er nämlich in der Tür und hörte zu.

„Was ist denn, Sylvia?", fragte Daniel.

Als sie die Angst in seinem Gesicht sah, stand sie auf und legte ihre Hände auf seine Schultern. „Daniel, man hat ein Herz für deinen Bruder gefunden. Er wird sehr bald in den Operationssaal gebracht."

Daniel starrte sie zunächst ganz entgeistert an, dann machte er auf dem Absatz kehrt, lief in den Flur und rief laut durchs Haus: „Leah, Rachel, aufwachen! Joseph hat ein Herz bekommen!"

Sylvia wollte ihn zurückhalten. Aber es war schon zu spät. Die Mädchen sprangen aus ihren Betten und tanzten vor Freude. „Joseph hat ein Herz! Können wir hin, Sylvia? Bitte!"

Sylvia war der Meinung, dass es Dinge gab, die wichtiger waren als eine Krankenhausordnung. „Zieht euch an", sagte sie. „Ich werde euch hinfahren."

Mit lautem Hallo und fröhlichem Geschrei warfen sie sich ihre Kleider über, und innerhalb weniger Minuten saßen sie im Auto.

44. Kapitel

Cathy, Tory und die Kinder erreichten die Klinik in Rekordzeit. Sie parkten vor der Notaufnahme, weil sie sich sicherer fühlten, durch das beleuchtete Gebäude ihr Ziel anzusteuern, statt über den dunklen Parkplatz. In der Eingangshalle warteten Journalisten mit Fernsehkameras, und Tory fragte sich, ob sie Josephs Transplantation für so berichtenswert hielten. Woher sollten sie es erfahren haben?

„Bleibt ihr hier“, sagte Tory. „Ich werde mich auf die Suche nach Brenda und David machen.“ Sie sah in verschiedenen Aufenthaltsräumen nach. Aber von den Dodds war niemand zu sehen. In einem Raum saß eine weinende Frau in der Ecke. Ihr Mann hielt sie im Arm, während ein Arzt beruhigend auf sie einsprach. An die Brust gepresst, hielt sie ein Paar schmutziger Tennisschuhe, die offensichtlich einem Kind gehörten.

Tory wollte gerade wieder gehen, als sie die Frau wimmern hörte: „Bitte ... können Sie sie ihm anziehen? Ich möchte nicht, dass er kalte Füße kriegt.“

Tory drehte sich noch einmal um und sah, wie der Arzt die Schuhe entgegennahm und die Frau in die Arme ihres Mannes fiel. Die tiefe Verzweiflung in den Augen dieser Frau machte Tory klar, dass in dieser Familie jemand sein Leben gelassen haben musste. Wie gut konnte sie mitfühlen! Dann fiel ihr Joseph wieder ein. Eine vorbeieilende Schwester wies ihr den Weg zum Aufenthaltsraum der chirurgischen Intensivstation. Schnell holte sie noch Cathy und die Kinder, und dann betraten sie den Warteraum, der sich schnell füllte.

Als alle Freunde eingetroffen waren, hatte die Operation bereits begonnen. Zunächst waren alle noch in freudiger Erregung und richtig aufgekratzt. Doch als dann eine Stunde nach der anderen verging, wurden vor allem Brenda und David immer stiller. Irgendwann hielt es Brenda nicht mehr auf ihrem Stuhl. Sie lief unstet hin und her, ging draußen zum Cola-Automaten, kam zurück und hob immer wieder den Hörer vom Telefon ab, um zu prüfen, ob der

Wähltton noch zu hören sei. Der Arzt hatte nämlich versprochen, sofort anzurufen, sobald der Eingriff überstanden sei.

Als Brenda wieder einmal hinausgegangen war und nach einer Weile immer noch nicht zurückkehrte, entschloss sich Tory, ihr nachzugehen. Als sie sie weder in den Fluren noch in der Toilette fand, sah sie noch in der Kapelle nach. Und tatsächlich: Brenda saß dort in der ersten Bank. Tory wollte sich gerade schon zurückziehen, um ihre Freundin zum Gebet in Ruhe zu lassen, als Brenda sich umdrehte und Tory an der Tür entdeckte. „Komm rein, Tory. Es ist in Ordnung."

„Lass dich nicht stören", sagte Tory. „Ich wollte dich nicht ablenken."

„Machst du nicht. Komm nur."

Tory ging den kurzen Mittelgang entlang und hatte dabei das Gefühl, heiligen Boden zu betreten. Brendas Augen waren zwar rot und verweint, aber es ging von ihnen ein Strahlen aus, dessen Schönheit kein künstliches Make-up hätte hervorbringen können. Es kam aus tiefster Seele und entsprang dem Gefühl, eine schwere Prüfung überstanden zu haben. Tory setzte sich neben sie. „Es dauert doch ganz schön lange."

Brenda nickte und stand auf. Dann lief sie ein paarmal vor dem Altar hin und her. Schließlich blieb sie vor einem der bunten Glasfenster stehen. „Aber wir wussten es vorher. Ein Herz lässt sich nicht so einfach herausholen. Ich möchte auch gar nicht, dass sie sich beeilen."

Tory dachte daran, wie unvorstellbar schwierig solch ein Eingriff überhaupt war. Dass es Ärzten gelungen war, dies zu vollbringen! Die Vorstellung, eins ihrer eigenen Kinder läge jetzt betäubt auf dem OP-Tisch mit Atemmaske, offenem Brustkorb und dem Garanten fürs Weiterleben in einem Behälter daneben, trieb ihr die Tränen in die Augen. Doch sie war bemüht, sich wegen Brenda zurückzuhalten.

Brenda drehte sich zu Tory um. „Ich dachte gerade an das Gleichnis von den anvertrauten Pfunden."

Tory sah sie verwundert an. Sie fragte sich, weshalb ausgerechnet dieses Gleichnis zu den aktuellen Ereignissen passen sollte. Machte sie sich gerade Sorgen um das Geld?

„Ich dachte daran, dass auch unsere Kinder solche anvertrauten Pfunde sind“, sagte Brenda. „Gott hat sie uns übergeben, und wir haben nun die Wahl, ob wir sie für uns behalten und verbergen oder investieren.“

Tory versuchte, das Bild mit der Realität in Verbindung zu bringen. Aber es wollte ihr nicht gelingen.

„Was meinst du mit *verbergen*?“

Brenda zuckte mit den Schultern. „Das kann vieles sein. Vielleicht wenn ich sie nicht mehr wirklich wahrnehme, zu beschäftigt bin, um Zeit für sie übrig zu haben. Es gibt so furchtbar viele Kinder, die herumstreunen, ohne dass sich irgendjemand um sie kümmert. Ich meine nicht die Kinder, die aus materieller Not ohne Obdach sind oder deren Eltern tot sind. Nein, es sind Kinder, deren Eltern für das materielle Wohl sorgen, es damit aber bewenden lassen. Sie lieben sie nicht mehr, sie erziehen sie nicht und zeigen ihnen nicht mehr den Weg ins Leben.“ Tory hörte Brenda mit gespannter Aufmerksamkeit zu.

„Sie sind ihren Eltern lästig geworden. Am liebsten würde man sie wieder loswerden, weil sie nicht zum gewohnten Lebensstil passen und der eigenen Selbstverwirklichung im Wege stehen.“

Tory fühlte sich persönlich getroffen. Aber sie spürte gleichzeitig, dass Brenda es gar nicht persönlich meinte. Es ging ihr offensichtlich nicht darum, mit dem Fingern auf sie zu zeigen. Wahrscheinlich war ihr gar nicht bewusst, wie sehr sich Tory angesprochen fühlte.

„So viele Eltern setzen ihre ganze Hoffnung auf die Zukunft“, fuhr Brenda fort. „Sie warten nur darauf, dass ihre Kinder endlich erwachsen sind, um sich dann aller Verantwortung zu entledigen. Andere leben nur in der Vergangenheit: ‚Ach, wie schön war das doch, als die Kinder noch da waren.‘ Nie stellt sich wirkliche Zufriedenheit ein – nicht einmal bei Christen. Ich muss sagen, dass ich glücklich und zufrieden gewesen bin. Gott hat mir diese vier Kinder geschenkt, und ich habe sie ‚investiert‘. Sie sind mein Lebenswerk. Ich weiß, dass du eine Schriftstellerin werden möchtest." Mit diesen Worten setzte sich Brenda wieder neben Tory und nahm ihre Hand. „Du fändest es doch sicher schön, wenn deine Bücher in den Regalen stehen und du Literaturpreise gewinnen würdest. Aber ich finde, es gibt etwas noch Spannenderes für dich und für mich. Das ist das, was wir tagtäglich in unseren Familien erleben. Denk einmal darüber nach. Diese kleinen Wesen sind uns in die Hand gegeben. Und es ist unsere Aufgabe, sie so großzuziehen, dass sie sich nach Gottes Vorstellung entwickeln. Dann können wir ihm, wenn er kommt, zeigen, was wir weise investiert haben."

Tory war sehr nachdenklich geworden. Ihre Kinder hatte sie eigentlich nie wirklich als Segen empfunden. Es war jedesmal eine leichte Geburt gewesen, und sie waren auch geplant zum richtigen Zeitpunkt gekommen. Dennoch empfand sie sie die meiste Zeit als Hindernis. Schließlich waren sie der Grund, warum sie ihre eigenen Träume und Sehnsüchte nicht verwirklichen konnte. Sie hatte immer geglaubt, dass alle überarbeiteten Mütter in der Tretmühle ihres Alltags so empfinden müssten. So sehr sie ihre Kinder liebte, so waren sie ihr doch auch oft lästig.

„Vielleicht nimmt uns Gott Joseph heute fort", sagte Brenda. „Aber wenn er es tut, dann weiß ich wenigstens, dass ich dem Jungen alles gegeben habe, was in meiner Macht stand. Ich hoffe, dass ich mit diesem ‚Pfund' gewuchert habe. Und wenn er doch noch ein erwachsener Mann wird, habe ich ihm hoffentlich alles mit auf den Weg gegeben, damit er ein Leben mit Gott führen kann. Doch selbst, wenn er sich anders entscheiden sollte, wird Gott meinen guten Willen sehen."

Beide schwiegen eine Weile, und eine heilige Stille erfüllte den Andachtsraum.

Schließlich flüsterte Tory: „Du erziehst deine Kinder ohne Schuldgefühle, und du trittst Gott mit der Gewissheit gegenüber, dein Bestes gegeben zu haben. Ich glaube kaum, das je zu erreichen."

Brenda wischte sich die Augen trocken und stand auf. „Lass uns wieder zu den anderen gehen. Vielleicht ruft der Arzt ja doch gleich an."

Tory war noch ganz in Gedanken versunken. „Ich komme gleich nach“, sagte sie. „Ich möchte noch einen Augenblick still beten.“

Brenda nickte und hielt sich noch einen Augenblick fest an ihrem Arm. Dann ließ sie Tory allein.

Tory sah hinauf zu dem Glasfenster mit der Taube. Dabei ließ sie sich noch einmal alles durch den Kopf gehen, was ihre Freundin ihr soeben mit zu Herzen gehenden Worten gesagt hatte. „Herr, vergib mir“, schluchzte sie leise. „Vergib mir, dass ich die Kinder so häufig nur als Last und Hindernis empfunden habe, dass ich zu wenig getan habe, um mit dieser Gabe etwas Sinnvolles anzufangen. Vergib mir, dass ich nicht mein Bestes für sie gegeben habe.“ Sie ging vor zum Altar und kniete nieder, wobei sie ihr Gesicht in beiden Händen barg. „Herr, in den kleinen Joseph ist schon so viel Liebe geflossen worden. Wenn du es zulässt, dass er heranwächst, dann kann er noch viel für dein Reich tun. Herr, lass ihn leben. Und ich danke dir, ich danke dir von Herzen für meine Kinder.“

Sie spürte, wie der Heilige Geist sie durchdrang und der Friede Gottes sich über sie legte. Todmüde und immer noch ein bisschen verwirrt von all den neuen Erkenntnissen, die Brendas Herz bewegt hatte, kehrte sie zurück in den Aufenthaltsraum.

45. Kapitel

Bei Tagesanbruch wurde die Anspannung unerträglich. Brenda drehte hektisch ihre Runden, während David an der Tür stand und immer wieder nach dem Doktor Ausschau hielt.

Cathy saß auf einem Stuhl, den Kopf hinten an die Wand gelehnt. Sie konnte sich nicht rühren, weil Annie an ihrer Schulter eingeschlafen war. So nahe war ihr ihre Tochter schon seit Monaten nicht mehr, und deshalb wollte sie sie auf keinen Fall wecken. Daniel und seine Schwestern, die zunächst noch ziemlich aufgedreht waren, bemerkten schließlich doch, wie zunehmend angespannt ihre Eltern die Nacht verbrachten, und so wurden auch sie irgendwann still. Auch Mark und Rick, die sich zuvor noch angeregt unterhalten hatten, schwiegen nun.

Sylvia und Tory saßen nebeneinander und unterhielten sich leise darüber, welche Geranien Tory an der Ostseite des Hauses anpflanzen sollte und ob es nicht besser wäre, wenn die Bryans nun die Ställe einreißen würden, da es keine Pferde mehr gab. Sie ließen dabei die Tür keinen Augenblick aus den Augen, denn jeden Augenblick konnte dort jemand erscheinen, um sie zu informieren.

Mark und Rick boten an, in der Cafeteria jedem ein Frühstücksbrötchen zu besorgen. Doch noch bevor sie den Fahrstuhl erreichten, öffnete sich dessen Tür, und Harry trat heraus. Sie wussten, dass er assistiert hatte, und blieben wie angewurzelt stehen. „Habt ihr's geschafft?“, fragte Mark.

Harry legte seinen Arm um seine Schulter und sagte: „Ja. Wir haben es hinter uns.“

Er begleitete sie zum Aufenthaltsraum. Die Spannung war so unerträglich, dass wohl jeder den Atem anhielt.

Harry sah erschöpft und durchnächtigt aus. Und keiner wagte, die entscheidende Frage zu stellen. Endlich, nachdem er ein bisschen Kraft geschöpft hatte, sprach er die erlösenden Worte: „Joseph hat es gut überstanden.“

Mit einem Aufschrei der Erleichterung fielen sich Brenda und

David in die Arme. Ihre Kinder sprangen auf, lachten und umarmten sich. Sylvia schlang ihre Arme um Harry, und Freudentränen rannen über seine Wangen.

„Können wir zu ihm?“, fragte Brenda in den frohen Lärm.

„Er ist noch in der Aufwachstation. Das Herz war übrigens ideal – stark und gesund.“ Die Rührung hinderte ihn am Weiterreden. Dann räusperte er sich und sagte: „Ihr könnt zu ihm, wenn sie ihn auf die Intensivstation verlegen. In der Zwischenzeit könnt ihr beide Kontakt mit dem Transplantationsteam eine Treppe tiefer aufnehmen. Es gibt noch eine Menge zu besprechen.“

* * *

Als Tory nach Hause kam, war sie todmüde. Die Kinder schliefen noch, und Barry saß am Küchentisch, trank Kaffee und sah sich die Nachrichten im Fernsehen an. Als sie eintrat, stand er auf und gab ihr einen Begrüßungskuss.

„Hat er es überstanden?“, fragte er.

„Der Eingriff war jedenfalls erfolgreich. Joseph hat ein neues Herz.“

„Und nun?“

„Er wird noch eine Weile auf der Intensivstation verbringen müssen. Sie haben ihn unter ständiger Beobachtung. Aber morgen soll er schon mal aufstehen und ein paar Schritte tun können. Und wenn alles glatt läuft, ist er schon in einer Woche zu Hause. Die Medikamente belasten sein Immunsystem, und deshalb meinen sie, er sei zu Hause besser aufgehoben als im Krankenhaus mit all den dort verbreiteten Keimen. Wir müssen halt abwarten.“

„Du musst schrecklich müde sein“, sagte er. „Ich mache dir schnell ein bisschen Frühstück.“

„Nein, lass mal. Ich habe überhaupt keinen Hunger.“

Gedankenverloren sah sie auf die Mattscheibe. Plötzlich das Foto eines kleinen Jungen. Und sie hörte den Nachrichtenssprecher sagen: „Der achtjährige Tony Anderson war auf der Stelle tot, als ein entgegenkommendes Fahrzeug die Mittelleitplanke durchbrach und mit dem Ford der Familie frontal zusammenstieß.“ Es folgten ein paar Bilder von der Unfallstelle. Zu sehen war das Wrack, in dem er getötet worden war. Anschließend wurden noch die trauernden Eltern im Krankenhaus gezeigt. Die Kamera zielte auf ein paar schmutzige Kinderturnschuhe, die die verzweifelte Mutter an ihr Herz drückte. Es war das Paar, das Tory im Aufenthaltsraum der Chirurgie gesehen hatte, als sie die Dodds suchte.

„... wurde in der St.-Francis-Klinik um ein Uhr dreißig für tot erklärt“, hörte sie den Sprecher sagen.

Jene Frau hatte also, kurz bevor Tory vergangene Nacht die Klinik betrat, ihr Kind verloren. Tory kamen die Tränen.

Barry bemerkte es und fragte: „Schatz, was hast du? Bist du in Ordnung?“

„Die Nachrichten. Dieser kleine Junge.“

„Kennst du die Familie?“

„Nein. Aber vergangene Nacht ...“ Sie konnte nicht weiterreden. Dann fasste sie sich wieder. „Ich habe sie im Aufenthaltsraum gesehen. Sie waren völlig verzweifelt. Und unten im Foyer waren Kameraleute. Sie müssen die Aufnahme gemacht haben, kurz bevor ich der Frau begegnete.“ Sie sah Barry erschrocken an. „Meinst du, das Herz, das Joseph bekommen hat, könnte von diesem Jungen stammen?“

Er dachte nach. „Hat man denn gesagt, von wem das Herz ist?“

„Das nicht. Aber Brenda hat sich schon gewundert, dass sie dann doch so schnell eins hatten. Es war schon in der Klinik, als man Brenda und David informierte. Das wäre doch kaum möglich gewesen, wenn das Kind nicht dort gestorben wäre.“

„Wahrscheinlich nicht.“

Er ließ es zu, dass sie sich an seiner Schulter ausweinte. „Warum nimmt dich das denn so mit?“, fragte er.

„Unsere Blicke trafen sich dort im Aufenthaltsraum. Ich habe ihr Leid gesehen. Und dann bin ich nach oben gegangen, dorthin, wo Feierstimmung herrschte, weil Joseph ein Herz bekommen hatte. Wahrscheinlich war es das Herz jenes kleinen Jungen.“

„Vielleicht“, sagte Barry. „Aber wenn er es nicht bekommen hätte, dann würden Josephs Eltern jetzt trauern und weinen.“

„Ich weiß", flüsterte sie. „Ich weiß ja. Es hat mich nur so getroffen. Wenn man erlebt, dass Kinder sterben, dann fragt man sich, warum die eigenen zu Hause verschont geblieben sind." Sie löste sich aus seinen Armen und fragte: „Die Kinder sind sicher noch nicht wach, oder?"

„Nein, nein", flüsterte er. „Die beiden schlafen in Brittys Bett. Spencer meinte, er müsse sie beschützen. Und so ist er zu ihr ins Bett gekrochen."

Tory gelang ein leises Lächeln. Immer wenn Spencer sich fürchtete, meinte er, seine Schwester beschützen zu müssen. „Ich sehe mal nach, ob sie nicht doch schon wach sind."

Die beiden lagen in einem völlig zerwühlten Bett – Spencer in seinem Superman-Pyjama und Brittany in einem T-Shirt von ihrem Lieblingshandballverein.

Sie ging leise auf sie zu und trat dabei auf einen von Spencers Turnschuhen, die mitten im Zimmer auf dem Boden lagen. Nachdem sie ihr Gleichgewicht wiedergefunden hatte, bückte sie sich und nahm die Schuhe vom Boden auf. Sofort musste sie an die Tennisschuhe denken, die die wehklagende Mutter gestern Nacht an sich gepresst hatte. Sie dachte an die verzweifelte Bitte jener Frau, dem toten Sohn die Schuhe an die Füße zu ziehen, damit sie nicht kalt würden. Wie sinnlos! Und doch so verständlich. Diese Frau hatte schließlich gerade ihren Sohn verloren.

Tory schloß die Augen und drückte Spencers Schuhe an ihre Brust. Sie war tief berührt. Als sie Barrys Hand auf ihrer Schulter spürte, drehte sie sich zu ihm um. „Ich werde mich ändern, Barry", sagte sie ernst. „Du wirst es erleben. Ich werde nicht mehr klagen. Wie bin ich nur darauf gekommen, mein einziger Lebenszweck sei das Schreiben, wo ich doch zwei so liebe Kinder habe?"

Er nahm sie in den Arm und schwieg.

„Mama?" Es war Spencers Stimme. Er gähnte und reckte sich ausgiebig. Dann stand er auf und streckte seine Arme nach ihr aus. Tory setzte sich auf die Bettkante und zog ihn auf ihren Schoß. Auch Brittany erwachte und murmelte schlaftrunken: „Hallo, Mama."

„Morgen, meine Süße. Wisst ihr was? Joseph hat letzte Nacht ein neues Herz bekommen."

„Und wie findet er's?", fragte Spencer.

Tory musste lachen. „Bestimmt ganz toll."

„Kommt er jetzt auch wieder nach Hause?", wollte Brittany wissen.

„Ich denke schon. In ein paar Tagen, wenn alles glatt geht." Sie tätschelte Spencers nacktes Bein und fuhr Brittany durchs Haar. „Was wollen wir heute denn gemeinsam anstellen?"

„Bist du nicht müde", fragte Barry. „Du brauchst doch bestimmt ein bisschen Schlaf."

„Ach, weißt du, es ist noch ein bisschen Energie übrig, und die will ich in meine Familie investieren."

46. Kapitel

Am Sonntagmorgen entschlossen sich Barry und Tory, Brendas Kinder wieder in ihre Gemeinde zu begleiten. Brenda und David wollten im Krankenhaus bei Joseph bleiben, dem es zwar ganz gut ging, der aber längst noch nicht über den Berg war. Durch den Einsatz für den Tierjahrmarkt und die vielen Stunden, die Tory mit Brenda im Krankenhaus verbracht hatte, waren ihr viele Gemeindeglieder schon ein bisschen vertraut. Auch Barry wurde herzlich begrüßt. Die Kinder konnten es kaum abwarten, in die Sonntagsschule zu gehen und von dem Wunder zu erzählen, das sie mit Joseph erlebt hatten.

Die Erwachsenen trafen sich vor dem Hauptgottesdienst heute im Altarraum zu einer besonderen Anbetungszeit. Sie nannten es *Powersession*, und die beiden Sullivans hatten zunächst keine Ahnung, was sie dort erwarten würde. Dann aber hörten sie, dass man ganz besonders intensiv für Joseph beten wolle, und so waren sie schnell Feuer und Flamme.

Die Teilnehmer stellten sich rings um das Podium im Altarbereich auf, und viele schütteten im Gebet ihr Herz aus. Nach dieser Stunde intensiven Gebets fühlten sich sowohl Barry als auch Tory persönlich vom Heiligen Geist berührt. Ihre Herzen waren wieder rein und ihre Sinne klar und offen für neue Impulse. Zum Gottesdienst nahmen Tory, Barry und die Kinder in einer der vordersten Reihen Platz. Barry fielen diesmal die ganze Zeit über die Augen nicht zu. Vielmehr verfolgte er die Predigt sehr aufmerksam, nickte und lächelte zustimmend. Am Ende des Gottesdienstes, als sie das letzte Lobpreislied sangen, überraschte Barry seine Frau. Er sang so voller Inbrunst, und die tiefe Rührung machte die Augen feucht. Das kannte sie von Barry gar nicht.

Auf dem Heimweg, nachdem sie die Dodds in die Klinik gebracht hatten, sah Tory ihren Mann von der Seite an und fragte: „Wie hast du diese Anbetungszeit erlebt?“

Er lächelte. „Ich glaube, die Frage, ob ich Diakon bleiben sollte, ist hiermit entschieden. Es ist der richtige Augenblick, die Gemeinde zu wechseln."

Die Kinder auf dem Rücksitz jubelten, und Tory lächelte vergnügt. „Bist du sicher, Barry? Sie rechnen doch mit dir in der Gemeinde."

„Sie können noch immer mit genug anderen rechnen", antwortete er.

„Vielleicht sollten wir bleiben und dort ein Feuer entzünden."

Barry dachte einen Augenblick darüber nach. „Ich habe das Gefühl, dass *wir* es sind, die das Feuer nötig haben. Im Augenblick sind wir nicht in der Lage, jemand anders zu aktivieren. Lass uns eine Zeitlang Brendas Gemeinde besuchen. Dann können wir immer noch entscheiden, ob wir zurückgehen, um andere zu motivieren. Ich persönlich brauche jetzt vor allem etwas mehr Jüngerschaftsschulung." Er schwieg einen Augenblick. Dann fuhr er fort: „Erinnerst du dich, was der Pastor heute über den zweiten Petrusbrief gesagt hat? Wir sollen unsere Erlösung viel mehr wertschätzen. Ich glaube, dass ich das bisher viel zu wenig getan habe."

„Mir geht es genauso", gab Tory zu. „Wenn ich dann Brenda sehe, bete ich: *Herr, wenn ich es schon nicht schaffe, wie du zu sein, dann lass mich wenigstens wie Brenda sein.*"

Als die Kinder ihren Mittagsschlaf hielten, kam Barry in die Küche, wo Tory die Zeitung las. Er holte sich den Autoschlüssel.

„Wohin willst du?", fragte sie.

„Ich will mal in die Klinik fahren und mit David reden."

„Wirklich?" Die beiden hatten eigentlich nie eine besonders enge Beziehung gehabt. Die Freundschaft zwischen den Familien lief hauptsächlich über die beiden Frauen. „Finde ich gut. Ich denke, dass er sich freuen wird."

Er nickte. „Ich bin rechtzeitig zurück, um uns alle in den Abendgottesdienst zu fahren."

„Dann kannst du ja gleich die Dodd-Kinder mitbringen."

„Gute Idee."

Als er gegangen war, lehnte sich Tory in ihrem Stuhl zurück und dachte nach. Sie war sich gar nicht sicher, ob Barry schon einmal mit einem anderen Mann über seinen Glauben gesprochen hatte. Aber sie wusste, dass es das war, was ihn zu David trieb. Die Predigt musste ihn stark motiviert haben. Sie war so dankbar und hoffte inständig auf Davids Bereitschaft, ihm zuzuhören. Das nämlich würde wiederum Barry Mut machen, noch häufiger Zeugnis für seinen Glauben abzulegen. Und vielleicht würde sie dann auch aktiver werden.

47. Kapitel

Brenda war ganz überrascht, als Barry plötzlich allein in der Klinik auftauchte. Eine Weile trieb er seine Späße mit den Kindern, die froh waren, ein bißchen unterhalten zu werden. Schließlich blieb ihnen doch nur der Aufenthaltsraum der Intensivstation als Betätigungsfeld. Und Joseph durften sie nur alle paar Stunden für wenige Minuten besuchen. Als Barry dann David fragte, ob er mit ihm in der Cafeteria eine Tasse Kaffee trinken wolle, und David einverstanden war, wunderte sich Brenda noch mehr. Sie sah den beiden nach und fragte sich, ob das etwas zu bedeuten habe. Dann wandte sie sich wieder den Kindern zu, die inzwischen Monopoly spielten.

„Mutti, ich glaube, den Sullivans hat unser Gottesdienst heute Morgen ganz doll gefallen", sagte Daniel.

„Tatsächlich?"

„Doch. Barry hatte sogar Tränen in den Augen."

„Na so was!", sagte Brenda, und sie fragte sich, ob das etwas mit Barrys Besuch zu tun haben konnte. Sicherheitshalber schickte sie noch schnell ein leises Stoßgebet zum Himmel.

* * *

Unten in der Cafeteria saßen sich Barry und David am Tisch gegenüber. Sie tranken ihren Kaffee und aßen ein Stück Kuchen. „Und, wie kommst du so zurecht?", fragte Barry.

„Es geht", antwortete David. „Ich will dir nichts vormachen. Es ist nicht leicht gewesen."

„Ich war heute Morgen in Brendas Gottesdienst", erzählte Barry so beiläufig wie möglich. „Sie hatten dort eine Gebetszeit für Joseph vor dem eigentlichen Gottesdienst. Sie nannten es *Powersession.*"

„Powersession? Was soll das denn sein?"

„Das bedeutet, dass sich Leute zu einer intensiven Fürbitte für eine Person zusammenfinden. Ich habe so etwas auch noch nicht erlebt. Aber es ist eine gute Sache. Und dann komme ich heute

Nachmittag her und erfahre, dass es Joseph wesentlich besser geht. Das beeindruckt mich schon sehr. Ich denke doch, dass das Gebet eine Menge bewirkt hat."

David lächelte und nickte. Er wollte höflich sein und mit Barry kein Streitgespräch anfangen. „Die Ärzte haben ja schließlich auch noch ein bisschen dazu beigetragen."

„Natürlich", sagte Barry. „Ich glaube jedoch, dass es Joseph auch deshalb so gut geht, weil viel Gebet mit im Spiel ist. Ich will damit nicht sagen, dass es ein Verdienst der Beter ist. Ich meine nur, dass Gott erhört hat."

„Ja, das sagt Brenda auch immer. Aber du kennst mich. Ich habe damit Probleme." Er stützte seine verschränkten Arme auf den Tisch und sah Barry herausfordernd an. „Wir waren in dieser Nacht drauf und dran, Joseph mit nach Hause zu nehmen. Wir wollten nicht, dass er im Krankenhaus stirbt. Und dann stand plötzlich ein Herz zur Verfügung."

„Und du glaubst nicht, dass Gott all das vorbereitet hat?"

David schüttelte den Kopf. „Ich kann das nicht glauben. Ich denke einfach, dass vieles ohne irgendein Zutun gut ausgeht – manchmal aber auch nicht."

„Du glaubst also eher an Zufälle als an Gott?"

„Es ist natürlich kein wirklicher *Glaube* an Zufälle", antwortete David. „Dinge geschehen eben. Richtig glauben tue ich an gar nichts – im Sinne von echtem Vertrauen. Höchstens meiner Frau und meinen Kinder vertraue ich."

Barry wusste im Augenblick nicht weiter. Ihm war bekannt, dass Brenda schon viele Male mit David über das Evangelium gesprochen hatte, so dass kaum etwas, was er heute sagen würde, Davids Herz bewegen konnte. Dazu war nur der Heilige Geist imstande. Im Stillen betete er um Worte, die nicht zum inneren Widerstand reizten, sondern Davids Unglauben durchdringen und mitten in sein Herz treffen würden.

„Weißt du, Brenda hat etwas gesagt – kurz bevor wir das Herz bekamen und als wir noch glaubten, wir würden Joseph verlieren – was mich nachdenklich gemacht hat. Ich hatte ihr zuvor zu verstehen gegeben, dass ich nicht an einen Gott glauben könne, der uns unser Kind rauben wolle. Worauf sie meinte, dass ich auch nicht bei vier gesunden Kindern an Gott glauben würde. Und damit hatte sie Recht. Wenn es eine Möglichkeit gäbe, mich zum Glauben zu zwingen, dann würde ich es um Brendas willen tun.

Ich habe schon daran gedacht, es ihr vorzuspielen. Ich wäre mit ihr zum Gottesdienst gegangen, hätte neben ihr gesessen und aus vollem Halse die Lieder mitgesungen, als sei ich einer von ihnen. Aber die Gemeinde und ich stehen seit langem auf Kriegsfuß miteinander. Es ist keine besonders appetitliche Geschichte. Ich habe mich schon genug verstellt in meinem Leben. Da bin ich jetzt lieber ehrlich mit meinem Unglauben. Ich bin nicht bereit, um des lieben Friedens willen meine Frau hinters Licht zu führen."

„Ich kenne deine Geschichte nicht", sagte Barry. „Aber wenn du nur einmal in Brendas Gemeinde gehst, stellst du fest, dass alles ganz anders ist als in deinen Erinnerungen."

David starrte etwas verlegen seinen Teller an. Offenbar hatten Barrys Worte bestimmte Erinnerungen geweckt. „Ich glaube kaum, dass das so sein wird. Ich habe auch Probleme mit der dortigen Gottesdienstgestaltung. Selbst diese so genannten Powersessions – großes Wort und nichts dahinter. Es ist letztlich doch nur ein großes Brimborium."

„Das war es beileibe nicht!", rückte Barry zurecht. „Wir haben einfach nur darum gebeten, dass Gottes Wille geschehe – wie der auch immer sein mochte."

„Ich nehme noch heute den Ältesten übel, dass sie über Joseph gebetet haben. Andererseits – wenn ich bedenke, wie sie uns unterstützt haben. Sie haben uns Essen ins Haus gebracht, Geld gespendet und Krankenbesuche gemacht ..."

Er räusperte sich. „Uns – meiner Mutter und mir – ist es damals ganz anders ergangen, als ich noch ein Kind war." David lehnte sich zurück und streckte sich. Barry wusste, dass David kaum mehr über seine Vergangenheit sagen würde.

„Die ganze Sache mit Gottes Willen – das ist ein weiterer Bereich, wo ich meine Probleme habe. Es ist mir alles ein bisschen zu mystisch. Und ist es nicht doch ein bisschen zu fatalistisch, alles immer nur Gott zuzuschreiben, was immer auch geschieht? Ob du nun deinen Vater, den Mann, Haus und Hof oder deine Freunde verlierst ..."

Barry horchte auf. War diese Anspielung von David ein Zufall? Oder war es der Punkt, wo er einhaken konnte? Schließlich hatte er darum gebetet. „Du sprichst von deiner Mutter, nicht wahr?"

David sah vor sich auf seine gefalteten Hände. „Es war wie eine Manie bei ihr. Was immer mein Vater auch tat, wie abstoßend sich die Gemeinde uns gegenüber auch benahm – für sie wurde nur wieder der Wille Gottes erfüllt. Das diente aber immer nur als Vorwand, nicht selbst aktiv werden zu müssen und aus eigener Kraft eine Besserung der Umstände herbeizuführen."

„Da hast du ja ein ganz schönes Päckchen zu tragen", sagte Barry.

„Wie meinst du das?"

„Du musst eine ganze Menge vergeben – eine Riesenmenge. So was kann einen ganz schön belasten. Es bestimmt dein Leben, solange du dich davon nicht endgültig trennst."

David zuckte mit den Schultern. „Ich bin darüber hinweg. Ich sage dir: Die Gemeinde und ich, das läuft nicht. Ich bin im Grunde auch ohne Glauben glücklich und zufrieden. Brenda spricht immer von einem erfüllten Leben. Ich empfinde ganz viel Erfüllung in unserem Leben. Sicher, es könnte finanziell noch etwas mehr herausspringen – also materiell. Aber bis auf Josephs Krankheit hatten wir keinen Grund zu klagen."

„Wenn die Probleme kommen – wie die Sache mit Joseph -, dann gerät aber alles ganz schnell aus den Fugen."

David fühlte sich offenbar unwohl. Er sah Barry nicht an, sondern blickte umher. „Du meinst also, ich soll glauben, Gott habe schon alles unter Kontrolle?"

„Sicher. Er hat es nämlich, ob du es glaubst oder nicht."

David schüttelte den Kopf und aß das letzte Stück Kuchen auf. Dann wechselte er abrupt das Thema und sprach über Fußball und Angeln. Irgendwann brachen sie auf und gingen zurück zum Aufenthaltsraum.

Dort sagte Barry zu Brenda: „Wenn du willst, nehme ich jetzt die Kinder mit. Wir nehmen sie auch zum Gottesdienst mit. Tory und ich wollen wieder hingehen. Wir denken darüber nach, unsere Mitgliedschaft zu wechseln."

Brenda war hoch erfreut. „Das ist ja toll! Dann gehen wir zusammen in eine Gemeinde."

„Genau", sagte er und sah David von der Seite an. „Sagt Joseph, wir wünschen uns alle, dass er schnell wieder auf die Beine kommt. Sagt ihm auch, dass man ihn in der Gemeinde vermisst."

„Das mache ich gern", sagte Brenda.

Barry winkte noch einmal und verließ die beiden. Im Stillen aber betete er, dass der Heilige Geist vollenden möge, was er begonnen hatte.

48. Kapitel

Am Abend der Ausschusssitzung in der Schulbehörde zog sich Cathy so konservativ wie möglich an, und sie betete, dass möglichst viele Menschen kommen. In den vergangenen Wochen hatte sie die Fähigkeit, Menschen anzusprechen, die sie durch ihren Einsatz für Joseph weiterentwickelt hatte, gut einsetzen können. Sie hatte mit Flugblättern auf ihr Anliegen aufmerksam gemacht. Wenn irgendwo Veranstaltungen waren, hatte sie auf den Parkplätzen Flugblätter an die Windschutzscheiben geklemmt. Sie hatte Menschen persönlich angesprochen oder angerufen. Für eine Kandidatur im Kongress hätte sie kaum mehr getan. Es war jedenfalls ein mühevoller Einsatz. Sie war ja eigentlich kein Mensch, der gern auf Konfrontationskurs ging. Es lag ihr gar nicht, Staub aufzuwirbeln oder Menschen gegen sich aufzubringen. Doch genau das erwartete sie für heute Abend, wenn sie das Wort ergreifen würde.

Seit ihrer letzten Verabredung hatte sie Steve nur ein- oder zweimal kurz gesehen. Und sie war zu dem Schluss gekommen, dass er nicht verlässlicher und nicht mehr an Verbindlichkeit interessiert war als all die anderen Männer, mit denen sie sich getroffen hatte. Sicher, er fand sie offenbar attraktiv. Aber irgendwie schien er hin- und herzuschwanken zwischen dem Interesse an ihr und der Treue zu seiner verstorbenen Frau. Und ihren Kindern gegenüber war er auch merkwürdig distanziert und gleichgültig.

Als er dann aber doch wieder anrief, klopfte ihr Herz gewaltig, und sie hoffte, dass er ein neues Treffen vorschlagen werde. Das ließ sie sich allerdings nicht anmerken. Sie gab sogar vor, so beschäftigt zu sein, dass sie kaum etwas Zeit für ein längeres Gespräch erübrigen könne.

Sie erwartete, ihn auf der Sitzung in der Schulbehörde zu treffen, und ihre Hoffnung wurde nicht enttäuscht. Er saß noch in seinem Auto, als sie auf den Parkplatz fuhr, als habe er auf sie gewartet. Als sie ausstieg, sah sie sich um. Es standen schon eine Menge Autos dort, und immer neue kamen hinzu.

„Da wird ja was los sein“, meinte Steve.

„Meinen Sie, die kommen alle auf unsere Veranstaltung?“

„Ich weiß nicht. Lassen wir uns überraschen.“

Drinnen angekommen, versuchte sie abzuschätzen, wie viele gekommen waren. Es waren schon nicht mehr genug Sitzplätze vorhanden. Die Mitarbeiter der Schulbehörde mühten sich redlich, genug Stühle herbeizuschaffen. Es war zwar eine öffentliche Veranstaltung, doch auf solch einen Ansturm war man natürlich nicht vorbereitet.

Cathy ging umher, schüttelte Hände und erfuhr bei den kurzen Gesprächen, dass tatsächlich viele gekommen waren, um mehr über den Sexualkundeunterricht zu erfahren. Nun war klar, dass sie nicht umsonst gearbeitet hatte. Die Schulaufsichtsbehörde war jetzt gezwungen, ihr zuzuhören!

Als für jeden ein Stuhl gefunden worden war, eröffnete man die Sitzung. Zunächst ging es in der Tagesordnung um Haushaltsfragen. Doch dann rief der Sitzungspräsident Cathy ans Mikrofon. Es war so aufgestellt, dass sie dem Ausschuss zugewandt und mit dem Publikum im Rücken reden musste.

„Wie die meisten von Ihnen wissen“, begann sie, „bin ich hier, um über etwas zu reden, was sich im letzten Jahr in unseren Oberschulen zugetragen hat und was sich – wie ich erfahren habe – immer noch wiederholt. Ich fand damals in der Hosentasche meines Sohnes ein Kondom. Und Sie können sich vorstellen, wie aufgebracht ich war.

Ich ging natürlich zunächst davon aus, dass er es sich gekauft hatte. Als ich ihn zur Rede stellte, erklärte er mir, es in der Schule ausgeteilt bekommen zu haben. Außerdem habe man ein Video über Safer Sex und über den Gebrauch von Kondomen vorgeführt bekommen. Dies sei keineswegs das erste Mal gewesen. Ich war ausgesprochen beunruhigt.“ Der Applaus bestätigte ihr, dass es anderen Eltern genauso ergangen war. Sie sah sich einen Augenblick um und hatte das Gefühl, Rückendeckung bekommen zu haben.

„Sie sehen, ich bin nicht die einzige besorgte Mutter hier“, sagte sie, nachdem der Applaus verebbt war. „Ich appelliere an Sie, die

Sie Einfluss ausüben, diesem Treiben ein Ende zu setzen. Es ist nicht Aufgabe der Schule, unsere Kinder mit der Sexualität vertraut zu machen, und schon gar nicht, den Gebrauch von Kondomen zu lehren. Das ist Aufgabe der Eltern."

Wieder wurde geklatscht.

„Ich denke, angesichts einer nie da gewesenen Zahl von Schülerschwangerschaften sollten wir unsere jungen Leute lehren, sich zurückzuhalten, statt ihnen die Techniken des Safer Sex nahe zu legen."

Einer der Ausschussmitglieder unterbrach sie: „Dr. Flaherty, ich verstehe Ihre Besorgnis. Aber wir müssen uns damit abfinden, dass die jungen Leute es tun. Deshalb müssen wir ihnen wenigstens sagen, wie man sich vor tödlichen Krankheiten schützt. Ich möchte meinen Sohn jedenfalls nicht beerdigen müssen, weil er AIDS bekommen hat."

„In diesem Punkt bin ich ganz Ihrer Meinung. Weder Ihr Sohn noch meiner oder irgendein anderer Jugendlicher", sagte Cathy. „Aber wir verhindern dies immer noch am besten dadurch, dass wir sie lehren, das erste Mal hinauszuschieben."

Wieder brandete starker Beifall auf. Doch sie hob ihre Hand, um ihn schnell zu beenden. Dann fuhr sie fort, und ihr war anzumerken, wie sehr sie mit dem Herzen dabei war.

„Vor ein paar Monaten sagte jemand zu mir, wir könnten schon froh sein, wenn wir unsre Kinder großziehen können, ohne dass sie schwanger oder krank würden. Aber in den vergangenen Wochen habe ich miterleben müssen, wie Eltern um das Leben ihres Kindes kämpfen mussten. Dieses Kind war tatsächlich krank geworden. Aber es war gleichzeitig charakterlich stabil – auch wenn es den Tod vor Augen hatte. Diesen stabilen Charakter besaß es nicht, weil seine Eltern es mit Ge- und Verboten traktiert oder ihm ständig die schlechten Alternativen vor Augen geführt hätten. Dieses Kind bildete seinen Charakter, weil ihm ein stabiles Wertsystem vermittelt wurde. Falls – nein, *wenn* dieser kleine Junge einmal erwachsen ist, wird er möglicherweise gar nicht auf die Gedanken kommen, zu fragen, ob Sex vor der Ehe in Ordnung sei, wenn niemand dabei zu

Schaden kommt. Er wird ein tiefes Verständnis dafür entwickelt haben, dass voreheliche Sexualität grundsätzlich die Menschen beraubt."

Sie räusperte sich, um ihre Stimme zu festigen.

„Mir war das lange Zeit auch nicht bewusst. Und deshalb haben auch meine Kinder diese Fragen gestellt. Und ich muss beschämt eingestehen, dass ich oft die Antwort nicht gewusst habe. Doch indem ich meine Freundin beobachtete, wurde mir klar, dass wir unseren Kindern von vornherein Besseres mit auf den Weg geben können. Wir können ihnen mehr zutrauen! Wir können uns selber mehr zutrauen. Wenn wir für unsere Kinder das Beste wollen, müssen wir für sie ein Fundament aus Werten legen, die eine ganz konkrete Quelle haben. Es ist die Bibel. Unterlassen aber sollten wir dann, ihnen Kondome in die Hand zu drücken und aufreizende Videos vorzuführen. Wir können ihnen vorleben, dass Moral ein Fundament ist, statt ihnen unbekümmert die Mittel an die Hand zu geben, durch die sie ihr Leben ruinieren."

Wieder brandete stürmischer Beifall auf, der erst nachließ, als Superintendent Jacobs das Wort ergriff. „Glauben Sie wirklich, die jungen Leute hören einfach so auf, miteinander zu schlafen, weil wir es ihnen verbieten?", fragte er. „Wir müssen sie bewaffnen, Dr. Flaherty."

Cathy trat wieder dicht ans Mirkofon. „Es ist aufschlussreich, dass Sie ein so gewalttätiges Bild gebrauchen. Da denkt man unwillkürlich an all die Schießereien, die in letzter Zeit in Schulen vorgekommen sind." Im Saal wurde es so still, dass man eine Stecknadel hätte fallen hören. „Sie geben einem gewaltbereiten Jugendlichen doch auch keine Pistole, weil sie ihn damit abhalten wollen, sie abzufeuern. Genauso ist es Unsinn, einem von seinen Hormonen getriebenen Teenager ein Kondom zu geben und zu hoffen, dass dieser ihn vom Sex abhalten werde."

Wieder brandete spontan stürmischer Applaus auf, und sie spürte, dass ihr Gesicht glühte. „Wie Sie sehen, bin ich hier nicht die Einzige, die so denkt und empfindet." Sie blickte von einem Mitarbeiter zum anderen und erkannte, dass einige freundlich lächelten und zustimmend nickten, als wollten sie ihr Mut machen. Sie war ganz verdutzt. Waren einige von ihnen etwa auf ihrer Seite?

Doch sie wollte den Faden nicht verlieren, und so zog sie schnell eine Zeitschrift hervor, die sie gekauft hatte. „Ich möchte Sie bitten, den Artikel zur Hand zu nehmen, den ich Ihnen kopiert habe“, sagte sie. „Der Artikel ist aus einer großen Elternzeitschrift, und er beschreibt ein Abstinenzprogramm, das schon in vielen Städten funktioniert hat. Die Schwangerschaften unter Teenagern sind dort zurückgegangen, und auch die AIDS-Rate ist drastisch gesunken.“

„Ich habe mich über dieses Programm schon ausführlich informiert“, sagte Dr. Jacobs. „Ich glaube aber nicht, dass es bei uns funktionieren würde.“

„Warum wollen Sie es denn nicht wenigstens versuchen?“, fragte Cathy. „Glauben Sie nicht, dass unsere Kinder den Versuch wert wären?“

„Ich versuche es erst gar nicht, weil es reine Zeitverschwendung wäre.“

„Reine Zeitverschwendung? Sie wollen sie lieber ermuntern, durch die Betten zu springen, als ihnen beizubringen, sich nicht wie Tiere aufzuführen?“

Die Anwesenden hinter ihr bekundeten lautstark ihren Unmut. Der Diskussionsleiter klopfte ein paarmal mit dem Hammer auf den Tisch und übernahm das Mikrofon. „Vielen Dank, Dr. Flaherty. Ich denke, Sie haben Ihren Standpunkt klargelegt. Möchte noch jemand etwas dazu sagen?“

Mindestens fünfzig Personen standen auf und hoben ihre Hand. Die Mitarbeiter sahen auf ihre Uhren, um abzuschätzen, wie lange sie noch auszuharren hätten. Der Superintendent ließ sich in die Lehne seines Stuhles fallen und sagte dann resignierend: „Na gut, stellen Sie sich der Reihe nach dort am Mikrofon an. Jeder hat drei Minuten Redezeit. Wir werden nicht jeden von Ihnen anhören können, aber bevor wir abstimmen, sollen sich doch einige äußern können.“

Cathy übergab das Mikrofon und ließ sich dann auf den Stuhl sinken, den Steve ihr freigehalten hatte. Ein Riesenstein fiel ihr vom

Herzen. Und Steve lächelte sie aufmunternd an. Ein Elternteil nach dem anderen äußerte Ergänzendes zu ihren Ausführungen. Die einen berichteten von den Kommentaren ihrer Kinder, nachdem sie das Video gesehen hatten. Andere erzählten unter Tränen von Schwangerschaften und Abtreibungen und von plötzlichen sexuellen Aktivitäten, nachdem die Kondome ausgeteilt worden waren.

Nach vierzig Minuten entschloss man sich zur Stimmabgabe. Am Ende waren sechs von acht Mitgliedern des Gremiums dafür, es den Eltern zu gestatten, Material für den Sexualkundeunterricht vorher zu begutachten. Überhaupt wolle man das Konzept dieses Unterrichts überdenken. Zum Verdruss von Dr. Jacobs wurde sogar jemand beauftragt, sich mit dem Abstinenzprogramm näher zu beschäftigen, das Cathy kurz vorgestellt hatte. In den einzelnen Schulen sollte dann im kleineren Kreis darüber abgestimmt werden.

Nach dem offiziellen Ende der Veranstaltung wurde Cathy von vielen Teilnehmern umringt. Man dankte ihr für ihren Einsatz und lobte ihr Engagement. Steve hielt sich bewusst zurück. Sie sollte ihren Triumph so richtig auskosten können. Nachdem sich der Saal geleert hatte und hauptsächlich nur noch die Mitarbeiter der Schulaufsichtsbehörde anwesend waren, kam eine von ihnen auf Cathy zu und legte ihren Arm um sie. „Sie haben noch einen weiten Weg vor sich", raunte sie ihr ins Ohr.

Cathy sah sie verdutzt an. „Sie waren die ganze Zeit auf meiner Seite?"

„Das können Sie annehmen", sagte die Frau. „Ich bin nämlich auch Mutter und habe Kinder in der Grundschule und in der Oberschule."

„Und warum haben Sie dann nicht längst etwas unternommen?"

„Ich wusste es gar nicht", sagte sie. „Ich sitze hier direkt in der Aufsichtsbehörde, aber meine Kinder haben mir nie etwas erzählt. Bis das Thema jetzt auf die Tagesordnung gesetzt wurde, hatte ich also keine Ahnung. Ich bin erst ein Jahr dabei, und das Programm ist schon vorher ins Leben gerufen worden."

„Dann bin ich froh, dass ich standhaft geblieben bin", sagte Cathy.

„Das stimmt. Wissen Sie, die Mitarbeiter hier vom Amt sind eigentlich ganz vernünftige Leute. Sie versuchen, das Beste für unsere Kinder zu tun. Aber manchmal brauchen wir die Unterstützung von Eltern wie Sie, die uns auf Probleme aufmerksam machen bzw. bestimmte Mitarbeiter mit einer abweichenden Meinung überzeugen wollen. Erziehung ist schließlich keine leichte Aufgabe."

„Das ist wohl wahr."

Die Frau drückte sie. An der Tür drehte sie sich noch einmal um und rief Cathy zu: „Wenn Sie etwas anpacken, dann ziehen Sie es durch! Sollten Sie sich wieder einmal mit dem Ausschuss anlegen, dann sagen Sie mir vorher Bescheid, damit ich mich besser vorbereiten kann."

Cathy lachte und folgte ihr nach draußen. Auf dem Parkplatz unterhielt sich Steve mit ein paar Nachzüglern. Und als sie in ihren Wagen gestiegen war, kam er noch zu ihr und lehnte sich ins offene Fenster. „Ich bin ganz schön stolz auf Sie, meine Dame", sagte er.

Sie lachte. „Ich bin irgendwie auch ein wenig stolz auf mich. Wollen wir bei einem Milchshake ein bisschen feiern?"

„Ich würde ja gern, aber bei Tracy ist ein Babysitter, und ich habe ihr versprochen, so zu kommen, dass ich sie noch ins Bett bringen kann."

„Dagegen kann ich natürlich nichts sagen. Ich schätze einen Mann, der gleichzeitig auch noch ein guter Vater ist."

„Und ich mag eine Frau, die gleichzeitig eine gute Mutter ist."

Solch ein Kompliment hatte sie schon lange nicht gehört. Niemand lobte normalerweise ihre Qualitäten als Mutter. Und es war niemand da, der ihr Mut machte. Viel öfter meinte sie, Grund zur Selbstverdammnis zu haben. Deshalb war sie richtig gerührt. „Meinen Sie das wirklich?", fragte sie und fand es gleich darauf ein bisschen peinlich.

„Ich weiß es einfach", sagte er. „Wie viele Frauen würden schon so wie eine Löwin für ihre Kinder kämpfen!"

„Da sind meine Kinder aber ganz anderer Meinung. Sie schämen sich zu Tode. So haben sie mir erzählt, dass ihre Freunde mich schon als ‚Kondom-Mutti' bezeichnen."

Er schmunzelte. „Eines Tages werden sie es zu schätzen wissen."

„Ja, vielleicht." Sie startete den Motor. „Sieht so aus, als wären wir die Letzten." Ihre Blicke trafen sich, und sie sahen sich eine Weile in die Augen. Plötzlich lehnte er sich noch weiter vor und gab ihr einen Kuss auf die Wange. Und ihr Herz pochte gewaltig.

„Ich rufe Sie heute Abend noch an, wenn Tracy im Bett ist", sagte er. „Dann können wir über diesen ereignisreichen Abend noch einmal reden."

„Ich freue mich schon drauf."

Auf dem Heimweg dankte sie Gott, dass er ihr geholfen hatte, die ganze Aktion durchzuziehen, dass der Ausschuss zu ihren Gunsten entschieden hatte, und vor allem dafür, dass es mit Steve durchaus noch etwas werden konnte.

49. Kapitel

Sylvia saß an dem Tisch auf der Veranda, der mit Papieren und Dokumenten bedeckt war. Sie ließ ihren Blick über die leere Koppel schweifen. Eigentlich hatte sie erwartet, todtraurig über den Verlust der Pferde zu sein, so, wie sie nach Sarahs Hochzeit getrauert hatte, als das Haus plötzlich so leer war. Doch diesmal empfand sie den Verlust sogar als Segen und nicht als Fluch.

Harry kam mit einem Glas Eistee heraus und setzte sich neben sie. „Was ist denn das für ein Papierkram?“, fragte er.

„Ich rechne mal zusammen, wie viel Geld wir gesammelt haben. Ich denke, wir haben genug für alle Rechnungen, die bisher zusammengekommen sind. Natürlich sind noch längst nicht alle eingegangen. Aber ich habe auch noch ein paar Versprechen für Spenden. Wenn wir uns noch etwas mehr anstrengen, werden wir für alle Kosten aufkommen können. Ich denke, Gott hilft uns, damit die Dodds bei uns in der Straße wohnen bleiben können. Weil die Kaufinteressenten bisher kein Darlehen bekommen haben, haben wir noch etwas Zeit. Wenn wir genug Geld haben, wird David auch das Schild wegnehmen.“

„Wie viel von den Spenden hast *du* eigentlich herbeigeschafft?“, fragte er.

Sie lächelte. „Ungefähr die Hälfte.“

Er lehnte sich vor und sah sie an. „Entschuldigen Sie, meine Dame, waren Sie es nicht, die meinte zu nichts mehr nütze zu sein?“

Sie warf ihren Kopf in den Nacken und lachte lauthals. „Ist ja schon gut. Ein kleines Flämmchen brennt wohl doch noch in mir.“

Er nahm noch einmal den Brief von dem Ehepaar aus Nicaragua zur Hand, das um Hilfe und Rat gebeten hatte. „Weißt du, ich habe ein richtig schlechtes Gewissen. Die ganze Zeit habe ich mich nur für Joseph eingesetzt. Und deshalb habe ich kaum Zeit gehabt, mich um die Belange von Maria und Carlos zu kümmern.“

„Es ist ja noch nicht zu spät“, sagte sie. „Übrigens habe ich auch ein bisschen nachgedacht.“

Er ließ den Brief sinken und sah sie neugierig an. „Ja, und?“

„Was hältst du davon, Harry, wenn wir Carlos und Maria anbieten, während seiner Ausbildung in unserem Haus zu wohnen? Wir könnten auch die Anreise bezahlen, ihm einen Job besorgen und sehen, wo der Sohn zur Schule gehen kann.“

Harry runzelte die Stirn. „Es würde dir nichts ausmachen, mit ihnen in einem Haus zu leben?“

„Nein, weil wir gar nicht hier sind.“

Er saß plötzlich ganz aufrecht mit weit aufgerissenen Augen da. „Was meinst du damit?“

Sie griff nach seiner Hand und drückte sie. „Wir gehen nach Nicaragua.“

Fassungslos starrte er sie einen Moment an, und seine Augen wurden feucht. „Bist du sicher?“, fragte er schließlich.

„Ich habe viel gebetet in der letzten Zeit“, sagte sie, „und Gott gebeten, mein Herz zu verändern. Vor ein paar Monaten, als alles hier anfing, da dachte ich noch, ich könnte wirklich nicht viel beitragen. Aber inzwischen sehe ich doch, dass ich genug Talente habe, die Gott gebrauchen kann. Ich kann mit Kindern arbeiten und ich kann Mütter beraten. Deshalb möchte ich nun gehen. Auch du kannst diesen Menschen so viel bieten, und ich kann meinen Anteil dazu beitragen. Vielleicht kann ich ihre Krankheiten nicht heilen, aber ich kann versuchen, ihre Herzen zu heilen.“

„Bist du dir absolut sicher?“

„Absolut. Und wenn Carlos und Maria in unserem Haus wohnen, habe ich Frieden darüber, weil ich weiß, dass wir es behalten, falls wir doch noch einmal heimkehren. Oder wir verkaufen es, wenn er seine Ausbildung beendet hat.“

Harry ließ sich nach hinten in den Stuhl fallen, und er lachte laut. „Ich kann einfach noch nicht glauben, was ich da höre!“

„Glaube es!“, sagte sie. „Ich bat Gott, mein Herz zu verändern, wenn er uns senden wolle. Ich wollte es nicht und erwartete es auch nicht. Aber er hat es doch getan. Und jetzt bin sogar ich Feuer und Flamme.“

Harry stand auf, schloss seine Frau in die Arme und küsste sie.

50. Kapitel

Ein paar Tage später fuhren Tory, Sylvia und Cathy nach dem Abendessen noch einmal ins Krankenhaus, um Brenda und Joseph Gesellschaft zu leisten. Er war inzwischen in ein normales Krankenzimmer verlegt worden und es ging ihm zunehmend besser. Die Frauen ließen ihn schlafen und gingen hinüber in den kleinen Aufenthaltsraum, der genau gegenüberlag. Dort kamen sie schon nach kurzer Zeit auf die schönsten Augenblicke in den vergangenen Monaten zu sprechen.

„Als man uns mitteilte, dass ein Herz gefunden ist", raunte Brenda. „Das war ein schöner Augenblick."

„Dasselbe gilt für mich: Als du mich anriefst", sagte Tory.

„Als meine Kinder sich einverstanden erklärten, mit Geld zu sammeln", sagte Cathy.

Sylvia begann zu lachen. „Als Ed Majors mir den ersten Scheck übergab."

Brenda grinste. „Als wir unseren Garten für Josephs Feier einwikkelten."

„Der Tierjahrmarkt", meldete sich Tory. „Als Spencer es doch noch erlaubt wurde, auf Sylvias Pferd zu reiten, bevor es verkauft wurde."

Brenda lächelte. „Als die Ältesten mit Joseph in der Gemeinde beteten."

„Als ich Steve Bennett kennen lernte", fügte Tory hinzu. Sie alle sahen sie an und lächelten verschmitzt.

„Als wir Brendas Gemeinde entdeckten", meldete sich Tory.

„Als *ich* Sylvias Gemeinde kennenlernte", fügte Cathy schnell hinzu.

„Als der Arzt uns mitteilte, dass alles gut gegangen war."

„Als deine Kinder die Videoaufnahmen machten", sagte Sylvia.

„Als Joseph nach der Operation die Augen aufschlug."

„Als ich Harry mitteilte, dass ich mit ihm aufs Missionsfeld gehen wolle."

Dann schwiegen plötzlich alle, und ihre Gedanken kreisten nicht mehr um das vergangene Leid, sondern um die erfahrenen Segnungen, nicht mehr um seelische Qualen, sondern um so manchen freudigen Augenblick. Die Stimmung unter ihnen war heute so ganz anders als damals, als sie zusammensaßen, nachdem Joseph zum ersten Mal zusammengebrochen war. An jenem Abend war ihnen allen zum Klagen zumute gewesen.

„Zu den schönsten Augenblicken gehört wahrscheinlich dieses Treffen hier", flüsterte Tory. „Wir, die wir hier zusammensitzen, wissen, dass wir alle nicht mehr dieselben sind, wie damals, als alles anfing."

„Das stimmt", sagte Sylvia. „Dies ist ein ganz besonderer Augenblick."

* * *

Als Tory in jener Nacht heimkehrte, lag Barry mit den Kindern vor dem Fernseher. Sie alle schliefen fest. Sie ging zu ihnen hin, und sie spürte augenblicklich eine tiefe Zuneigung für sie alle. Sie kniete sich neben sie und war tief berührt von der Liebe, die sie für sie empfand.

Plötzlich kam ihr eine Idee. Sie ging in ihr Arbeitszimmer, schaltete den Computer an und begann, all das aufzuschreiben, was ihr Herz bewegte. Sie schrieb über den Zedernring – ihre kleine Sackgasse -, über das Kind, das ein Herz brauchte, und über Nachbarn, die sich zusammentaten, um das fehlende Geld herbeizuschaffen. Sie schrieb über all die neuen Erkenntnisse, die sie selbst gewonnen hatte – über die Liebe zu ihren Kindern, über all die Segnungen, die sie vor lauter Hektik nicht mehr wahrgenommen hatte, und über die Freude, die ihr der Alltag geraubt hatte. Sie schrieb über Gott, der ihr Herz veränderte, aber nicht nur ihres, sondern auch das von Sylvia und Cathy. Sie berichtete von Brenda mit ihrer aufopfernden Liebe, die Gott so sehr vertraute, dass sie ihre Hand öffnen konnte – und damit rechnen musste, dass Er ihr den Sohn wieder nahm. Tory erzählte von der Lektion, die sie über die Bereitschaft lernen musste, ihre Kinder als geschenkte Gabe zu akzeptieren. Und sie konnte berichten, dass Gott ihr über Brenda zu einer wichtigen Erkenntnis verholfen hatte: Nicht die Schriftstellerei war der Dreh- und Angelpunkt ihres Lebens, sondern die ihr anvertrauten Kinder.

Es war bereits fünf Uhr früh, als sie fertig war. Und da merkte sie erst, dass sie einen ganzen Artikel geschrieben hatte. Sie würde ihn an ihre Lieblingszeitschrift senden und abwarten, ob man ihn gebrauchen könne. Wenn nicht, so wollte sie das auch akzeptieren. Nicht die Worte an sich waren von Bedeutung, sondern die Botschaft dahinter: Es hatte sich ein Wandel in ihrem Herzen vollzogen, und der würde sich auch im Leben ihrer Familie positiv bemerkbar machen.

Auf Zehenspitzen schlüpfte sie nach draußen. Die Dunkelheit begann bereits, die Herrschaft über den Himmel an den Tag zu übergeben. Tory lief zum Briefkasten und steckte den Umschlag ein. Auf dem Weg ins Haus bemerkte sie die ersten Sonnenstrahlen über dem Kamm der Berge. Sie blieb stehen und beobachtete tief berührt, wie die Himmelsfarben immer hellere Töne annahmen, bis schließlich die Glut der aufgehenden Sonne über dem Gipfel hervorquoll.

Sie stand regungslos da und ließ das alles auf sich wirken. Es war, als sei Jesus mit seinem Glanz ganz neu in ihr Herz gekommen. Tiefe Freude und unendliche Dankbarkeit durchströmten sie und erwärmten ihr Herz so, wie die ersten Strahlen der aufgehenden Sonne sie äußerlich wärmten. Auf einmal spürte sie wieder so viel Lebensmut, dass sie den neuen Tag mit Spannung und großer Vorfreude erwartete.

Sie hätte noch lange so stehen und beobachten können, wie Gott auf wunderbare Weise einen neuen Tag werden ließ. Aber dann kehrte sie doch ins Haus zurück, wo ihre Familie auf dem Boden im Wohnzimmer immer noch schlief. Doch statt Mann und Kinder aufzuwecken und in ihre Betten zu geleiten, legte sie sich zu ihnen. Sie schmiegte sich zwischen ihre beiden Kinder und legte ihre Hand auf Barrys Arm. Es gab keinen Ort, wo sie jetzt lieber gewesen wäre, und nichts in der Welt hätte sie weglocken können. Hier war ihr Betätigungsfeld und die Quelle all ihrer Lebensfreude.

Hier gehörte sie her!

In unserer Reihe Francke-Lesereise ist außerdem erschienen:

B. J. Hoff
Insel der Erinnerung
Bestell-Nr. 330 420
ISBN 3-86122-420-8
444 Seiten, fester Einband

Ein mächtiger Hurrikan fegt über die Grüne Insel und hinterlässt eine Spur der Verwüstung. Davon bleiben auch die Emigranten, die in Amerika eine sichere Heimat gefunden haben, nicht unbeeinflusst.

Die Schicksale eines reichen Verlegers, einer Emigrantin, einer armen Irländerin und eines freiheitsliebenden Künstlers werden in diesem Roman, der ganz in der Tradition der „Irish Saga" steht, kunstvoll geschildert und packend miteinander verwoben.

Eine mitreißende Erzählung von Judith Pella

Wer bist du, Fremder?
Bestell-Nr. 330 421
ISBN 3-86122-421-6
264 Seiten, fester Einband

Shelby Martin befindet sich in einer Krise, als ihr Vater stirbt und ihre Mutter davonläuft. In dieser Situation lernt sie Frank Stefano kennen und fühlt sich sofort zu ihm hingezogen. Weil auch er ihre Gefühle erwidert, beschließen die beiden spontan, zu heiraten.

Doch nach den Flitterwochen entdeckt Shelby, dass ihr Mann offensichtlich eine dunkle Vergangenheit hat. Dadurch wird das Vertrauen zu ihm zutiefst erschüttert. Wird sie die Kraft finden, einer ungewissen Zukunft entgegenzutreten?

Eine fesselnde Geschichte von Liebe, Geheimnis und Gottvertrauen.